DANIELLE STEEL

Avec une centaine d'ouvrages publiés en France et 800 millions d'exemplaires vendus à travers le monde, Danielle Steel est, depuis ses débuts, une auteure au succès inégalé. Francophone, passionnée de notre culture et de l'art de vivre à la française, elle a été promue, en 2014, au grade de chevalier de l'ordre de la Légion d'honneur.

**Retrouvez toute l'actualité de l'auteure sur :
www.danielle-steel.fr**

VIE SECRÈTE

ÉGALEMENT CHEZ POCKET

. COUPS DE CŒUR
. JOYAUX
. NAISSANCES
. DISPARU
. LE CADEAU
. ACCIDENT
. CINQ JOURS À PARIS
. LA MAISON DES JOURS
HEUREUX
. AU NOM DU CŒUR
. HONNEUR ET COURAGE
. LE RANCH
. RENAISSANCE
. LE FANTÔME
. LE KLONE ET MOI
. UN SI LONG CHEMIN
. DOUCE AMÈRE
. FORCES IRRÉSISTIBLES
. LE MARIAGE
. MAMIE DAN
. VOYAGE
. LE BAISER
. RUE DE L'ESPOIR
. L'AIGLE SOLITAIRE
. LE COTTAGE
. COURAGE
. VŒUX SECRETS
. COUCHER DE SOLEIL
À SAINT-TROPEZ
. RENDEZ-VOUS
. À BON PORT
. L'ANGE GARDIEN
. RANÇON
. LES ÉCHOS DU PASSÉ
. IMPOSSIBLE
. ÉTERNELS
CÉLIBATAIRES
. LA CLÉ DU BONHEUR
. MIRACLE
. PRINCESSE
. SŒURS ET AMIES
. LE BAL
. VILLA NUMÉRO 2
. UNE GRÂCE INFINIE
. PARIS RETROUVÉ

. IRRÉSISTIBLE
. UNE FEMME LIBRE
. AU JOUR LE JOUR
. AFFAIRE DE CŒUR
. DOUBLE REFLET
. MAINTENANT ET POUR
TOUJOURS
. ALBUM DE FAMILLE
. CHER DADDY
. LES LUEURS DU SUD
. UNE GRANDE FILLE
. LIENS FAMILIAUX
. LA VAGABONDE
. IL ÉTAIT UNE FOIS
L'AMOUR
. UNE AUTRE VIE
. COLOCATAIRES
. EN HÉRITAGE
. JOYEUX ANNIVERSAIRE
. TRAVERSÉES
. UN MONDE DE RÊVE
. LES PROMESSES DE LA
PASSION
. HÔTEL VENDÔME
. TRAHIE
. SECRETS
. LA BELLE VIE
. SOUVENIRS D'AMOUR
. ZOYA
. DES AMIS SI PROCHES
. LA FIN DE L'ÉTÉ
. L'ANNEAU DE
CASSANDRA
. LE PARDON
. SECONDE CHANCE
. JUSQU'À LA FIN DES
TEMPS
. STAR
. PLEIN CIEL
. SOUVENIRS DU
VIÊTNAM
. UN PUR BONHEUR
. VICTOIRES
. LOVING
. COUP DE FOUDRE

. PALOMINO
. AMBITIONS
. LA RONDE DES
SOUVENIRS
. KALÉIDOSCOPE
. UNE VIE PARFAITE
. BRAVOURE
. UN SI GRAND AMOUR
. MALVEILLANCE
. UN PARFAIT INCONNU
. LE FILS PRODIGUE
. MUSIQUE
. CADEAUX
INESTIMABLES
. AGENT SECRET
. L'ENFANT AUX YEUX
BLEUS
. COLLECTION PRIVÉE
. L'APPARTEMENT
. OURAGAN
. MAGIQUE
. LA MÉDAILLE
. PRISONNIÈRE
. MISE EN SCÈNE
. PLUS QUE PARFAIT
. LA DUCHESSE
. JEUX DANGEREUX
. QUOI QU'IL ARRIVE
. COUP DE GRÂCE
. PÈRE ET FILS
. VIE SECRÈTE

. OFFRIR L'ESPOIR

DANIELLE STEEL

VIE SECRÈTE

ROMAN

*Traduit de l'anglais (États-Unis)
par Sophie Pertus*

Les Presses de la Cité

Titre original :
THE RIGHT TIME
L'édition originale de cet ouvrage a paru en 2017
chez Delacorte Press, Random House,
Penguin Random House Company, New York.

L'éditeur de cet ouvrage s'engage dans une démarche
de certification FSC® qui contribue à la préservation
des forêts pour les générations futures.

Pour en savoir plus :
www.editis.com/engagement-rse/

Le Code de la propriété intellectuelle n'autorisant, aux termes de l'article L. 122-5, 2° et 3° a, d'une part, que les « copies ou reproductions strictement réservées à l'usage privé du copiste et non destinées à une utilisation collective » et, d'autre part, que les analyses et les courtes citations dans un but d'exemple et d'illustration, « toute représentation ou reproduction intégrale ou partielle faite sans le consentement de l'auteur ou de ses ayants droit ou ayants cause est illicite » (art. L. 122-4).
Cette représentation ou reproduction, par quelque procédé que ce soit, constituerait donc une contrefaçon, sanctionnée par les articles L. 335-2 et suivants du Code de la propriété intellectuelle.

© Danielle Steel, 2017, tous droits réservés

© Presses de la Cité, un département place des éditeurs 2020,
pour la traduction française
ISBN : 978-2-266-32211-9
Dépôt légal : janvier 2022

Chers amis,

J'espère que *Vie secrète* vous plaira. Au fil des rebondissements de l'intrigue, ce roman aborde un certain nombre de sujets qui me tiennent à cœur. J'ai toujours aimé célébrer la force de l'âme humaine et la ressource que trouvent les êtres lorsque, au cours de leur vie, ils sont confrontés à des défis qui paraissent insurmontables. Parfois, des événements imprévus font changer du tout au tout des situations désastreuses ou tragiques. Ainsi la vie va-t-elle offrir une solution inattendue à Alex, orpheline à 14 ans, en la plaçant dans un couvent parmi un groupe de religieuses pleines d'énergie et d'initiatives. Elle n'y vivra pas retirée de la société mais, au contraire, à la fois protégée et encouragée à aller au-dehors pour suivre la voie qui lui est destinée, à faire preuve de courage dans cette découverte d'elle-même et de ce que le monde peut lui donner.

Je me réjouis qu'Alex ait choisi un parcours original, celui d'auteure de romans policiers, et du travail acharné qu'elle y consacre. J'adore étudier la manière dont chacun d'entre nous exprime ses talents personnels. Un lien particulier m'unit à elle car nous avons l'une et l'autre commencé à écrire dès notre plus jeune âge, et j'ai moi aussi publié mon premier livre à 19 ans. La suite n'est pas toujours facile. On se retrouve projeté très jeune dans un monde d'adultes. Puis, si le succès vient, il s'accompagne au fil des années d'autres difficultés à affronter, de décisions à prendre pour organiser sa vie autour de ce nouvel élément. Car ce n'est pas évident. On a beau faire, on ne peut pas éternellement rester dans l'ombre. Alex va découvrir cette rançon de la gloire que je connais bien. Chacun vit différemment la réussite. Les aventures qui jalonneront son chemin l'aideront à devenir la femme qu'elle est destinée à être.

Quelle que soit la voie que vous empruntez, vous avez un talent. La façon dont vous l'exprimez, dont vous le vivez, dont vous le partagez avec les autres vous est propre. Chacun réagit à sa manière face à l'existence et aux dons qu'il a reçus ; certains les cachent tandis que d'autres les vivent au grand jour et en font profiter les autres. J'espère que l'histoire de cette jeune auteure de romans policiers vous captivera. La victoire et le succès prennent bien des formes et des apparences. Elle va suivre une trajectoire passionnante, fascinante et gratifiante. Je ne doute pas que la vôtre le sera tout autant !

Amitiés,

Danielle Steel

À mes merveilleux enfants que j'aime tant,
Beatrix, Trevor, Todd, Nick, Samantha,
Victoria, Vanessa, Maxx et Zara.
Puissiez-vous travailler avec ardeur,
aimer de tout votre cœur et être aimés aussi intensément.
Puissent toutes les victoires que vous remporterez
et les projets que vous mènerez à bien
être appréciés et fêtés comme ils le méritent.
Tout, absolument tout ce dont vous rêvez est possible.
Les belles choses de la vie se présentent à point nommé.
Je vous aime de tout mon cœur et de tout mon être.
Maman/DS

1

À plat ventre sur son lit, les yeux fermés de toutes ses forces, Alexandra essayait de ne pas écouter ses parents se disputer. Cela pouvait durer des heures. À la fin, c'était toujours la même chose : une porte claquait et son père montait lui dire que tout allait bien.

Cette fois, cela faisait déjà une heure qu'elle entendait sa mère crier. À 7 ans, elle avait l'impression d'avoir toujours connu ces scènes entre ses parents. Mais, depuis deux ans, cela avait tendance à empirer. Après, sa mère quittait la maison familiale pour quelques jours, parfois quelques semaines. À son retour, le calme revenait un temps. Et puis cela recommençait, comme ce soir. Pendant le dîner, sa mère avait annoncé qu'elle avait envie d'aller quelques jours à Miami pour voir des amis. Contrarié, son père lui avait rappelé qu'elle en revenait tout juste et avait envoyé Alex dans sa chambre. Latino-Américaine au caractère volcanique, sa mère, elle, se moquait bien qu'elle soit témoin de leurs altercations.

Elle se plaqua un oreiller sur la tête pour étouffer le bruit. Rien à faire, on les entendait dans toute la maison. Et même dans celle d'à côté, quelquefois, lui disaient ses copains du quartier résidentiel de Boston où ils habitaient. C'était surtout sa mère qui hurlait, qui cassait des objets ou de la vaisselle, parfois. Son père, lui, s'efforçait de la calmer avant que les voisins appellent la police. Cela ne s'était encore jamais produit mais il craignait que cela arrive.

Carmen Cortez et Eric Winslow s'étaient rencontrés à Miami où il était en voyage d'affaires pour répondre à un appel d'offres. Il dirigeait une entreprise de bâtiment spécialisée dans les bureaux et plus particulièrement les banques. Le premier soir, il avait dîné seul dans un petit restaurant très animé. Un groupe de très beaux jeunes gens était entré. Quand ils s'étaient assis à la table à côté de la sienne, il les avait entendus parler espagnol. Une jeune femme d'une beauté spectaculaire avait aussitôt attiré son attention. Sentant qu'il l'observait, elle lui avait souri. Il était fichu.

Homme raisonnable, Eric menait une vie tranquille. Il avait perdu sa femme deux ans plus tôt d'un cancer du sein contre lequel elle avait lutté avec courage. Ils n'avaient pas d'enfants, un choix dicté par les problèmes de santé dont son épouse avait souffert toute sa vie. Ils ne l'avaient jamais regretté. Pour eux, c'était la décision la plus sage à prendre compte tenu de leur situation.

Eric avait connu une belle réussite professionnelle. Barbara, qui enseignait l'histoire américaine à l'université de Boston, également. Ils aimaient leur maison, qui lui paraissait aujourd'hui bien grande et vide sans la présence de sa femme. Il comptait vieillir à ses côtés. Rien ne l'avait préparé à se retrouver veuf à

48 ans. Après sa mort, il s'était retrouvé perdu, déso-rienté. Il passait ses soirées à lire dans son bureau, seul. Sans Barbara, il n'avait plus goût à rien. Quand il rentrait de ses fréquents déplacements professionnels, il n'avait plus personne à retrouver, plus personne à qui raconter ce qu'il avait fait. En principe, après ce voyage à Miami, ç'aurait dû être la même chose que depuis ces deux dernières années. Le même silence assourdissant. Les mêmes repas préparés par Elena, la gouvernante, qui continuait de venir plusieurs fois par semaine. C'était pratique : il lui suffisait de les réchauffer au micro-ondes. Il n'avait pas de famille, pas de frères ni de sœurs, pas d'enfants ; avec leurs amis, il se sentait la cinquième roue du carrosse, si bien qu'il passait presque toutes ses soirées et tous ses week-ends seul. Il ne lui restait qu'un plaisir dans la vie, qu'une distraction : la lecture de romans policiers, qu'il dévorait avec passion. Il en possédait une pleine bibliothèque.

Ce soir-là, à Miami, un orchestre de salsa se mit à jouer dans le restaurant. Il n'était pas au bout de ses surprises car, au bout de quelques mesures, la jeune femme de la table voisine l'invita à danser. Elle portait une robe rouge très courte et échancrée qui moulait son corps parfait. Elle ne tarda pas à lui apprendre qu'elle était mannequin, et actrice à l'occasion. Elle était arrivée de Cuba quatre ans plus tôt, à l'âge de 18 ans. Ils dansèrent quelques minutes puis, lui déco-chant le plus charmant des sourires, elle rejoignit ses amis. Il ne se doutait pas de ce dans quoi il s'embar-quait, en acceptant cette danse. Du reste, cela ne lui ressemblait pas. Mais comment résister à cette jeune femme éblouissante ? Elle passa la fin de la soirée avec sa bande. Ils avaient l'air de bien s'amuser. En partant, bien qu'il se sentît un peu bête, il ne put s'empêcher de lui donner sa carte de visite et de lui dire dans quel hôtel il était descendu. De toute façon, une femme aussi jeune, aussi débordante de vie ne l'appellerait jamais.

— Si jamais vous passez à Boston…

Là, se dit-il, je frise le ridicule. Il avait vingt-huit ans de plus qu'elle : plus du double de son âge. À ses yeux, à ceux de ses copains, il devait faire figure de vieillard. Oui, mais de sa vie il n'avait rencontré une femme aussi séduisante, avec ses cheveux noirs, ses yeux verts, sa peau hâlée et son corps de rêve. Toute la nuit, il songea à elle. Le matin, il eut une surprise : alors qu'il s'apprêtait à se rendre à une réunion, elle lui téléphona. Il l'invita à dîner. Elle accepta et lui fixa un rendez-vous. Son image ne le quitta pas de la journée.

Lorsqu'ils se retrouvèrent au restaurant, elle était sublime dans sa robe noire ultracourte, perchée sur de hauts talons. Après le repas, ils allèrent danser puis se rendirent dans un bar qu'elle connaissait, où ils bavardèrent jusqu'à 4 heures du matin. Elle le fascinait. Elle lui expliqua qu'elle était hôtesse d'accueil événementiel mais rêvait de faire une grande carrière d'actrice à Los Angeles ou à New York. En attendant, depuis son arrivée de La Havane, elle vivait de petits boulots de serveuse, mannequin, barmaid ou danseuse. Elle s'exprimait dans un anglais parfait avec un léger accent qui ajoutait encore à son charme. Jamais il n'avait vu une fille aussi belle. Il rentrait à Boston le lendemain. Cependant, assura-t-il, si sa société décrochait ce contrat à Miami, il reviendrait souvent. Finalement, il refit le voyage deux semaines plus tard rien que pour la voir, le temps d'un week-end fabuleux. Au bout d'un mois, il était fou amoureux. À son âge, c'était insensé, mais tant pis.

Eric emmena Carmen dans des restaurants dont elle avait entendu parler mais où elle n'avait jamais mis les pieds. Ils firent de longues promenades sur la plage. Lors de sa deuxième visite, elle passa le week-end avec lui à son hôtel. Eric était bel homme, avec un corps mince et athlétique. Elle affirmait que leur différence d'âge ne la dérangeait nullement. Conscient de ses difficultés financières, il lui proposa à plusieurs reprises de l'aider. Chaque fois, elle le remercia mais déclina. En fin de compte, la société d'Eric ne remporta pas le marché de Miami. Cependant, trois mois après le début de leur relation, cédant à une folle impulsion – ce qui, pourtant, lui ressemblait bien peu –, il demanda Carmen en mariage. Et elle accepta.

Ils furent unis par un juge de paix de Miami, sans la mère de Carmen qui n'avait pu quitter La Havane, mais en présence de quelques-uns de ses amis. Pour le dîner de noces, Eric avait réservé au Fontainebleau Hotel que Carmen adorait. À la fin du week-end, elle entassa tout ce qu'elle possédait dans des valises et le suivit à Boston où elle se rendait pour la première fois de sa vie. Une fois devant la maison, il porta sa jeune épouse exotique pour franchir le seuil et la faire pénétrer dans un monde dont elle ignorait tout. Les premiers mois, elle subit un choc culturel brutal. Il faisait gris, glacial, et il neigeait souvent : elle avait horreur de cela. Elle se plaignait d'avoir tout le temps froid et de s'ennuyer pendant qu'il était au bureau. Ses amis lui manquaient. Au bout de quelques mois, il l'emmena les voir à Miami. Ils enviaient sa nouvelle vie confortable même si la différence d'âge entre Eric et elle les laissait sceptiques. Quelque six mois après leur mariage, Eric et Carmen eurent la surprise de découvrir qu'elle était enceinte. C'était un accident – un heureux accident, conclut Eric après réflexion. L'état de santé de Barbara leur avait interdit d'avoir des enfants. Aujourd'hui, la perspective de devenir père l'enchantait. Avec un peu de chance, ce serait un garçon qui pourrait transmettre son nom... Passionné de sport, il lui apprendrait à jouer au base-ball et l'emmènerait assister à des matchs. Et pourquoi pas proposer ses services de coach pour l'entraîner dans un club pour enfants ? Cette naissance allait peut-être également renforcer ses liens avec Carmen. Mal à l'aise dans le milieu conservateur bostonien qu'il fréquentait et qu'elle jugeait assommant, elle ne s'était pas fait d'amis. Résultat, ils passaient leur temps en tête à tête.

Cependant, cette naissance l'enthousiasmait beaucoup moins que lui. À 22 ans, elle ne se sentait pas prête pour la maternité. Mettre sa carrière de mannequin entre parenthèses un an au moins la contrariait profondément, même si elle n'avait décroché aucun contrat à Boston où elle passait ses journées à regarder des feuilletons hispano-américains à la télévision en attendant le retour d'Eric.

Le bébé était pour février. Persuadés d'avoir un garçon, Eric et Carmen décorèrent sa chambre en bleu. Eric trépignait. Il avait déjà acheté une boîte de cigares à distribuer autour de lui pour le grand jour.

Alexandra naquit à Boston par une nuit de blizzard. L'accouchement fut pire que tout ce que Carmen avait pu imaginer ou craindre. Le médecin affirmait qu'il était normal, pour un premier, que le travail soit un peu long et douloureux. Il n'empêche que, après la naissance, Carmen ne voulut même pas voir le bébé. Un lourd silence se fit dans la salle de travail lorsque l'obstétricien annonça que c'était une fille. Eric, qui était présent, mit plusieurs heures à se remettre de sa déception. Cependant, dès qu'il eut pris sa fille dans ses bras, il devint fou d'elle. Assommée par les calmants, Carmen dormait. Elle eut ensuite du mal à s'habituer au bébé. À leur retour à la maison, ce fut surtout Elena, la gouvernante, qui s'occupa d'Alexandra. Carmen, elle, ne parlait que de retrouver sa ligne et d'aller voir ses amis à Miami, ce qu'elle n'avait pas fait depuis des mois car Eric ne souhaitait pas qu'elle voyage dans les derniers temps de sa grossesse.

Un régime draconien et des séances de gymnastique quotidiennes lui permirent de mincir d'autant plus vite et plus facilement qu'elle était très jeune. Alexandra avait trois mois quand sa mère, partie passer trois jours à Miami, y resta deux semaines à faire la fête sans discontinuer, mais au moins rentra-t-elle de bien meilleure humeur. En son absence, Eric et Elena s'étaient occupés de la petite.

Après cela, elle prit l'habitude de se rendre en Floride tous les mois. Elle y fut même engagée pour quelques salons. Chaque fois, elle laissait le bébé à Eric. Elle n'avait toujours pas d'amis à Boston et leur vie trop traditionnelle pour son goût – comme son mari d'ailleurs – l'ennuyait à mourir. Le rôle de mère non plus n'était pas son fort. Elle n'aspirait qu'à une chose : rejoindre sa bande à Miami.

Alex avait 1 an lorsque Eric découvrit que Carmen y avait une liaison avec un danseur portoricain. Elle le lui avoua en pleurant et jura que cela ne se reproduirait pas.

En dépit de ces promesses, il y eut de nouveaux dérapages, de plus en plus fréquents. Les années qui suivirent, elle eut plusieurs amants. Malgré son comportement, pour leur fille autant que pour lui-même car il était toujours aussi épris, Eric fit son possible pour sauver leur mariage. Finalement, il dut se rendre à l'évidence. Carmen ne se poserait jamais et elle ne l'aimait pas. Peut-être resterait-elle avec lui pour des raisons pratiques et pour les bons côtés de leur style de vie, mais elle n'était pas amoureuse de lui. Il se mit alors à redouter qu'elle le quitte en emmenant Alex, âgée de 3 ans. Il ne voulait pas la perdre. Même une garde partagée aurait été pour lui un cauchemar. D'autant qu'il savait que l'existence dissolue que Carmen mènerait à Miami ne conviendrait pas du tout à une enfant aussi jeune. Alex était sa fille et il souhaitait pour elle une éducation saine et traditionnelle, loin du mode de vie désordonné, voire douteux qu'adoptait sa mère dès qu'elle retrouvait son monde d'avant lui.

Pour que leur mariage tienne, Eric ne voyait qu'une solution : laisser Carmen agir et aller et venir à sa guise. Et fermer les yeux sur ses aventures même si aucune ne lui échappait. Lorsqu'elle avait un nouvel homme dans sa vie, elle passait son temps au téléphone avec un sourire heureux.

Entre eux deux, cependant, de violentes disputes éclataient quand elle se trouvait à Boston. S'il l'emmenait à des soirées professionnelles, elle buvait trop et flirtait avec tous les hommes qui passaient à sa portée : en un mot, elle se tenait mal. Mais elle était d'une beauté saisissante et, partout où elle entrait, les têtes se tournaient. Eric était fier de l'avoir à son bras. Hélas, elle était trop libre pour qu'il pût l'apprivoiser. C'était tout juste s'il parvenait à la garder auprès de lui. Elle s'envolait et revenait quand cela lui chantait, quitte à négliger leur enfant. Par chance, jamais elle ne demandait à emmener Alex à Miami. Rien n'aurait pu mieux convenir à Eric.

Alex grandissait donc au son de leurs querelles ou seule avec son père lorsque sa mère était absente. Avec l'aide d'Elena, il prenait soin de la fillette à merveille. La gouvernante était pour elle comme une grand-mère aimante. En revanche, elle n'approuvait pas la conduite de Carmen qu'elle réprimandait vertement en espagnol. Langue dans laquelle elle s'adressait aussi à Alex, tout comme le faisait Carmen. Ainsi, à 3 ans, la petite fille était parfaitement bilingue. C'était par ailleurs une enfant délicieuse, qui adorait son père et aimait également sa mère tout en sachant qu'elle ne pouvait compter sur elle. Son point de repère, le roc auquel elle s'appuyait, c'était Eric.

Il l'emmenait à l'école le matin et Elena allait la chercher, même lorsque Carmen se trouvait à Boston car cette dernière était trop occupée chez la manucure, à faire du shopping ou téléphoner des heures durant à ses amis de Floride. Au bout du compte, même à la maison, elle était comme absente. Alex s'efforçait pourtant de lui faire plaisir, de la contenter pour que ses parents se disputent moins, en vain. Elle avait beau s'appliquer à être très, très sage pour que Carmen ne se mette pas en colère, les scènes se succédaient. Elle se rendait bien compte que sa maman n'aimait pas Boston.

L'altercation de ce soir, qui lui faisait cacher sa tête sous son oreiller, n'était pas bien différente de toutes les autres. Toutefois, elle durait depuis un temps fou. Enfin, elle entendit claquer une porte, signe infaillible que c'était fini pour le moment. Dans l'après-midi, elle avait vu sa mère faire une valise. Il n'était pas difficile de deviner où elle allait. Du reste, quelques minutes plus tard, elle entendit son père monter l'escalier et ouvrir la porte de sa chambre.

La pièce était toujours peinte en bleu et elle savait pourquoi. Son père lui avait raconté qu'il avait été assez bête pour avoir souhaité un fils avant qu'elle naisse. Il ignorait alors quelle chance ce serait d'avoir une petite fille.

Il avait commencé à l'emmener à des matchs de base-ball à 5 ans, à lui parler des joueurs, à lui expliquer les règles. Elle en savait plus long sur ce sport que beaucoup de garçons. Cela faisait aussi des années qu'ils y jouaient ensemble dans le jardin. Il ne cessait de s'extasier sur son talent, sa coordination œil-main, sa frappe plus puissante que celle de tous les enfants de son âge, son lancer impeccable…

Le soir, depuis toujours, il lui lisait des histoires. Fou de romans policiers, il incitait Alex à profiter de son temps libre pour s'adonner elle aussi à la lecture. Ensemble, ils avaient dévoré tous les classiques de la littérature enfantine : *Le Petit Monde de Charlotte*, *Stuart Little*, les histoires de Winnie l'ourson quand elle était plus petite, *La Saga d'Anne*. Depuis peu, il l'initiait à la série des *Alice*. Bien qu'encore un peu jeune, peut-être, elle l'adorait. Alex se réfugiait dans la lecture pour échapper aux tensions entre ses parents et aux accès de mauvaise humeur de sa mère. Les livres étaient ses amis.

Elle en était déjà à sa deuxième aventure d'Alice, dont son père lui lisait un chapitre chaque soir. Les mystères que résolvait la jeune fille et son sens de l'observation la captivaient.

— On se fait un petit coup d'Alice ? lança-t-il d'une voix joviale en entrant dans sa chambre.

Alex sortit la tête de sous son oreiller, ses cheveux bruns emmêlés, les yeux écarquillés. Elle acquiesça.

— Elle est partie ? demanda-t-elle, la gorge serrée.

— Elle rentrera dans quelques jours, affirma-t-il d'un ton rassurant.

C'était vrai, Alex le savait. N'empêche. Et si, un jour, sa mère ne revenait pas ? Elle n'était pas facile à vivre, elle se mettait souvent en colère, elle n'aimait ni lui lire des histoires ni jouer avec elle, mais c'était sa mère. Parfois, elle lui vernissait les ongles de pied. Alex adorait cela. Un jour, elle lui avait mis du vernis doré ; elle avait enlevé ses chaussettes pour le montrer à ses copines à l'école.

Eric prit le livre dans la bibliothèque et ils s'installèrent sur le lit, l'un contre l'autre, adossés aux oreillers. Ils avaient commencé par *Alice au manoir hanté*. Il lui avait expliqué que ces livres avaient été écrits longtemps auparavant mais qu'ils étaient encore très bons. Maintenant, ils lisaient *Alice au ranch*, qui plaisait énormément à Alex. Elle aimait beaucoup la manière théâtrale dont son père lui faisait la lecture. Il avait l'art de mettre le ton pour rendre l'histoire encore plus captivante.

Il lui lut deux chapitres, un bras passé autour de ses épaules, puis ce fut l'heure de dormir. Demain, elle avait école. Tandis qu'il refermait le livre, elle darda sur lui ses yeux verts.

— Tu crois qu'elle téléphonera de Miami ?

— Je ne sais, avoua-t-il avec franchise.

Carmen était imprévisible ; parfois – très souvent, même –, elle semblait complètement oublier leur existence.

— Elle était très fâchée, quand elle est partie ?

Alex était visiblement inquiète. Eric hocha la tête en feignant le détachement. Mais elle n'était pas dupe, il le savait. Vivre ainsi, comme à côté d'un volcan au bord de l'éruption, était aussi dur pour elle que pour lui.

— Tu veux venir assister à l'entraînement de printemps avec moi ? lui proposa-t-il pour la distraire.

Elle aimait bien voyager avec lui. Il l'avait déjà emmenée une fois à l'entraînement de printemps des Red Sox. Elle fit oui de la tête en souriant.

Puis elle enfila son pyjama, se brossa les dents et se mit au lit. Il la borda, l'embrassa et éteignit la lumière. Sur le seuil, il s'arrêta un instant et la regarda.

— Ça va s'arranger, Alex. Ça s'arrange toujours. À son retour, maman sera de bonne humeur.

Hélas, cela ne durerait pas, elle ne le savait que trop bien.

— Bonne nuit, ma chérie. Je t'aime, ajouta-t-il comme tous les soirs.

— Moi aussi, je t'aime, papa.

Sur quoi, elle ferma les yeux et songea à Alice et au mystère qu'elle tentait de dénouer dans le roman qu'ils étaient en train de lire. Ce qu'elle était intelligente, cette Alice ! Rien ne lui échappait. Elle résolvait toujours tout, comme si elle possédait des pouvoirs magiques. Alex aurait bien voulu avoir ces mêmes pouvoirs pour savoir quand sa mère allait revenir.

Peut-être quand ils auraient fini le livre.

2

Le lendemain, Eric et Alex suivirent leur routine habituelle. Le départ de Carmen à Miami ne bouleversait guère leurs habitudes. Elle ne se levait jamais, le matin ; Eric la laissait toujours faire la grasse matinée, c'était lui qui s'occupait du petit déjeuner d'Alex – flocons d'avoine, toasts et bacon. Le week-end, il faisait des pancakes ou des œufs au plat. Elena leur préparait de quoi dîner avant de rentrer chez elle. Carmen n'avait jamais essayé d'apprendre à faire la cuisine. Elle n'avait à son répertoire que quelques plats cubains trop épicés pour Alex et qu'Eric n'appréciait pas davantage.

Eric préparait le déjeuner d'Alex qu'il mettait dans sa boîte Wonder Woman avec une barre chocolatée. Après l'école, elle rentrait avec Pattie, la voisine, chez qui elle allait jouer. Celle-ci avait quatre enfants, deux plus âgés et deux plus jeunes qu'Alex. Elle aimait bien aller chez eux : il y avait toujours quelque chose à faire. Chez elle, c'était trop calme en attendant le retour de son père. Il passait la prendre chez Pattie en rentrant du bureau. Ils dînaient ensemble. Le système était parfaitement huilé et les absences de Carmen n'y changeaient rien, sauf qu'Alex manquait d'entrain quand sa mère n'était pas là. Elle s'inquiétait tout le temps de savoir quand elle allait revenir.

— Comment va-t-elle ? demanda Eric à Pattie à mi-voix en venant la chercher ce soir-là.

Les deux garçons se couraient après et il entendait brailler la télévision dans la salle de jeu pendant que Pattie préparait le dîner. Son mari, avocat, rentrait tard pratiquement tous les jours. C'était une femme charmante ; Eric lui était très reconnaissant de son aide.

— Ça a l'air d'aller ; elle est un peu trop calme, peut-être.

Cela arrivait souvent. Alex était plutôt introvertie. Même si elle aimait bien la compagnie des autres enfants, en tant que fille unique, elle passait beaucoup de temps avec son père et était finalement plus habituée à être avec des adultes.

— Mais c'est toujours le cas quand Carmen s'absente, ajouta Pattie.

Elle voyait juste. Son mari et elle entendaient parfois Eric et Carmen se disputer, surtout quand il faisait doux et que les fenêtres étaient ouvertes. Et si Alex n'en parlait pas, cette atmosphère était forcément stressante pour un enfant.

Entre Pattie et Carmen, le courant n'était jamais vraiment passé. Il faut dire que celle-ci ne cherchait en aucune façon à se lier avec d'autres mamans, à organiser des goûters ou simplement à inviter les copines d'Alex. Elle semblait s'intéresser bien davantage à elle-même qu'à quiconque, y compris sa propre fille. Au fond, elle n'avait pas grand-chose d'une mère.

D'autre part, Pattie était nettement plus âgée. Carmen n'avait que 30 ans et ne les paraissait pas. Elle était ravissante, et à voir sa façon de s'habiller on lui aurait plutôt donné la vingtaine. Pattie ne pouvait s'empêcher de trouver qu'Eric et elle formaient un drôle de couple. Toutefois, elle voyait bien comment, ébloui par sa beauté, il avait pu l'épouser sur un coup de tête – pour le regretter sans doute amèrement aujourd'hui.

Depuis le début, huit ans auparavant, leur mariage était orageux – tout le quartier le savait. Du reste, Elena ne manquait pas de s'étendre sur le sujet si jamais Pattie lui en donnait l'occasion, ce qu'elle évitait autant que possible. Elle n'avait aucune envie de se mêler de ce qui ne la regardait pas. En revanche, elle aidait bien volontiers Eric à s'occuper d'Alex quand elle le pouvait. Elle avait un peu de peine pour la petite.

Le père et la fille rentrèrent chez eux. Eric fit réchauffer le repas pendant qu'elle faisait ses devoirs sur la table de la cuisine. Après le dîner, elle prit son bain toute seule et son père l'aida à se laver les cheveux. Il lui raconta qu'il était passé à la librairie acheter des livres de ses auteurs favoris. Ce soir, promit-il, ils allaient continuer l'aventure d'Alice.

La vie suivit ainsi son cours pendant deux semaines, dans l'attente du retour de Carmen. Elle n'appela pas, mais ce n'était pas la première fois. Cela arrivait généralement quand elle avait un nouvel amant. Quoi qu'il en soit, pour Alex, Eric feignait de ne pas s'en inquiéter. Carmen finit par lui téléphoner au bureau. Elle savait qu'il ne pouvait pas parler en présence de leur fille, or elle avait quelque chose d'important à lui dire.

Qui plus est, elle ne voulait pas avoir à l'annoncer elle-même à Alex.

— Je ne vais pas rentrer, dit-elle froidement.

— C'est-à-dire ? Quand, alors ? demanda-t-il, la tête ailleurs.

— Jamais. Je n'en peux plus. J'ai gâché mes plus belles années à Boston. Je ne sais pas comment tu fais pour supporter cette ville ennuyeuse à mourir.

À moins que ce ne soit tout simplement sa vie, ou même lui, qui la barbe à ce point ? À sa décharge, elle avait grandi à Cuba, dans l'atmosphère de fête et de musique propre aux Caraïbes où on papotait, riait, dansait et buvait du rhum. Dans un monde sensuel. Alors que, à Boston, avec Eric, elle avait la sensation d'être morte. Pour elle, le centre de l'univers, c'était Miami.

— Tu restes en Floride ?

Il était inquiet, triste, mais pas étonné. Il le redoutait depuis des années. En un sens, la fin de leurs incessantes disputes serait un soulagement. Mais quelle angoisse pour leur petite fille…

— Dans un premier temps, oui. Je vais faire deux salons et j'ai rencontré quelqu'un qui m'a dit qu'il pouvait me pistonner pour entrer dans une agence à Vegas. Là-bas, j'aurai plein de travail comme mannequin.

— Ce n'est pas une ville saine, pour un enfant, fit-il valoir avec sérieux.

Il ne voulait pas que la petite soit élevée à Las Vegas, surtout avec les fréquentations de sa mère. Le projet de Carmen était pire que tout ce qu'il avait pu imaginer pendant toutes ces années où il craignait son départ. Il n'était plus amoureux : la vie avec elle était bien trop compliquée. En revanche, il ne voulait pas perdre Alex, même à mi-temps en cas de garde partagée. C'était son pire cauchemar qui se réalisait. Il avait cru que son cœur s'arrêtait quand elle lui avait annoncé son plan. Il ne voyait pas comment l'en empêcher.

— Je ne compte pas la prendre avec moi, déclara Carmen sans une once de regret dans la voix. Elle sera bien mieux à Boston avec toi. Elle pourra toujours me rendre visite quand je serai installée. Je verrai si je me plais à Vegas. Sinon j'essaierai peut-être L.A. Tu as raison, ce n'est pas une vie pour un enfant. Et moi, j'ai besoin de ma liberté.

Au moins, elle se connaissait bien. Pour Eric, depuis des années, elle était libre. Elle n'avait jamais été une véritable épouse. Sur le plan intime, au début, c'était fabuleux. Mais une fois la passion retombée après la naissance de leur fille, elle s'était mise à se conduire comme une étrangère. Toutes les occasions étaient bonnes pour quitter la maison et cela faisait près de cinq ans qu'ils n'avaient pas fait l'amour. En ce qui concernait les deux années précédentes, elle lui avait donné l'impression de n'y consentir que par obligation. Le feu de leur mariage s'était consumé en un an. Ç'avait été une erreur monumentale. Il avait eu tort de l'épouser et il le savait. Elle avait presque trente ans de moins que lui et elle détestait tout de sa vie ; leur union n'avait été qu'une mascarade.

— Je viendrai peut-être la voir de temps en temps, ajouta Carmen d'un ton vague.

Le cœur d'Eric se serra pour sa fille. Carmen avait beau être une mauvaise mère, Alex conservait encore quelques illusions à son sujet. C'était sa mère, et elle l'aimait.

— Bien sûr, viens quand tu voudras. Tu vas lui manquer, assura-t-il avec tristesse. N'avoir qu'un père, ce n'est pas la même chose.

— Tu t'occupes d'elle bien mieux que moi. À la maison avec vous deux, j'avais l'impression d'être en prison.

— Je sais, mais cela ne va pas être facile à comprendre pour elle.

Puis il se décida à lui poser la question qui lui trottait dans la tête. Au fond, cela ne changeait rien mais il avait envie de savoir pourquoi elle le quittait maintenant.

— Il y a quelqu'un d'autre ?

Elle hésita longuement avant de répondre.

— Oui. Oui, on peut dire ça. Ce n'est sans doute pas une histoire sérieuse mais nous passons de bons moments ensemble. Il a des relations à Vegas et à L.A.

C'était une chose qu'Eric ne pouvait lui offrir, lui qui menait une existence calme et banale. Il avait espéré lui apporter la stabilité, une vie meilleure. Hélas, rien de tout cela ne l'intéressait, pas même leur fille. Elle n'avait vraiment pas la fibre maternelle. Trop égoïste et immature, elle n'aspirait qu'à un monde tapageur où ni Eric ni Alex n'avaient leur place.

— Je veux divorcer. Je n'en peux plus.

C'était le bouquet. S'il ne s'attendait pas à ce qu'elle revienne, il n'aurait jamais cru qu'elle demanderait si vite le divorce. Cela faisait beaucoup à dire à Alex d'un coup. Du reste, fallait-il tout lui révéler à la fois ou petit à petit ?

— Je te laisse la garde entière, précisa Carmen.

Cela faisait au moins une bonne nouvelle. C'était ce qu'il avait toujours souhaité, dans l'hypothèse d'une séparation définitive.

— Merci. Veux-tu un droit de visite régulier ?

Il espérait que non, mais c'était la moindre des choses que de le lui demander. De toute évidence, déjà absorbée par sa nouvelle vie, elle ne faisait plus aucun cas de lui ni de leur fille. Elle n'était pas méchante, seulement totalement irresponsable – ce qui était difficile à expliquer à une enfant de 7 ans même si, à sa manière, Alex le savait.

— Non. On verra quand je serai installée. Je te tiendrai au courant.

Puis elle marqua une pause avant d'aborder un sujet délicat, même si Eric s'était toujours montré très généreux.

— Est-ce que tu pourras m'aider un peu financièrement, pendant un an ou deux, le temps que je trouve un bon job ?

Il hésita. Mais elle était la mère de sa fille et il voulait se conduire honorablement vis-à-vis d'elle, même si la réciproque n'était pas vraie.

— Oui. Nous allons trouver un arrangement du moment que la somme est raisonnable. Tu vas l'appeler ? s'enquit-il avec inquiétude.

Il estimait qu'elle devait le faire. Elle ne pouvait pas disparaître comme cela de la vie de leur fille. Pourtant, c'était à craindre.

— Merci pour la pension. Et non, je ne vais pas lui téléphoner tout de suite. Tu veux bien te charger de lui expliquer, dans un premier temps ? Je te dirai où envoyer le chèque.

Carmen savait qu'elle pouvait compter sur lui ; une fois de plus, elle échappait à ses responsabilités. Cela dit, il ne s'attendait pas à une telle dérobade ni à ce qu'elle coupe presque entièrement les ponts. Pas de doute, il y avait bien un autre homme là-dessous. Et, cette fois, elle ne voulait plus être sa femme, ni même la mère d'Alex.

— Il faudra lui téléphoner de temps en temps, lui recommanda-t-il avec insistance.

— Oui... j'essaierai... Ah, Eric. Je suis désolée... Mais je n'ai pas pu. J'étais en train de mourir à petit feu.

Il la plaignait presque, parce qu'il se rendait compte que c'était la vérité. Lui aussi mourait à petit feu. Ces huit ans de torture avaient tué quelque chose en lui.

— Je sais, assura-t-il d'une voix grave.

Hélas, celle qui allait souffrir le plus, c'était leur fille, privée de mère à 7 ans. Comment pourrait-elle comprendre que Carmen, incapable de s'acquitter de son devoir maternel, était la seule responsable de cette séparation ; qu'elle-même, Alex, n'avait rien fait de mal ? C'étaient là des concepts bien compliqués, bien subtils pour une enfant de son âge.

Après avoir raccroché, il resta un long moment à regarder par la fenêtre en songeant à cette conversation. Certes, la décision de Carmen n'avait rien d'étonnant. Pourtant, elle l'avait un peu surpris. Cela allait mal entre eux depuis si longtemps qu'il s'y était habitué. Il n'envisageait pas concrètement la possibilité d'un changement, en bien ou en mal, même s'il se doutait au fond de lui qu'elle risquait de le plaquer un jour ou l'autre. Et voilà, elle l'avait fait.

Il quitta le bureau de bonne heure pour aller lui-même chercher Alex à l'école. Quand il appela Pattie pour la prévenir, elle entendit tout de suite à sa voix que quelque chose clochait.

— Il y a un problème ?

Elle l'appréciait. C'était un bon père qui compensait bien les défaillances de Carmen vis-à-vis de la petite.

— Non… enfin, oui. Carmen veut divorcer.

— Elle est rentrée ?

— Non, elle est à Miami. Elle envisage de s'installer à Las Vegas ou à Los Angeles. Elle a rencontré quelqu'un. De toute manière, cela devait arriver. J'avais espéré qu'elle attendrait qu'Alex soit un peu plus grande, mais sa décision est prise. Elle ne reviendra pas.

Soudain, il se fit la réflexion qu'elle ne lui avait pas demandé de lui envoyer ses vêtements. Peut-être ne voulait-elle plus des tenues comme il faut qu'elle portait à Boston. Ou peut-être souhaitait-elle abandonner derrière elle toute son ancienne vie.

— Est-ce qu'elle demande la garde ? s'enquit Pattie avec inquiétude.

— Non, elle me la laisse entièrement. Je suis soulagé, mais cela va être dur pour Alex. Lorsqu'on est abandonné par sa mère à cet âge, on se pose forcément beaucoup de questions.

— Dites-moi si je peux faire quoi que ce soit…

— Merci. Nous allons nous débrouiller, répondit-il pour la tranquilliser autant que pour se rassurer lui.

— Je n'en doute pas. Mais il se peut qu'Alex réagisse mal au début.

Elle était bien petite pour encaisser un coup pareil, même si, dans son rôle de mère, Carmen n'avait jamais été à la hauteur comme elle venait de le prouver une fois de plus en partant sans un regard en arrière.

Eric attendait devant l'école dans son break Volvo quand Alex sortit avec tous les autres enfants. Elle ne le vit pas tout de suite. Lorsqu'il l'appela en lui faisant signe, elle courut vers lui et monta en voiture. Elle le considéra un moment d'un air grave, comme si un sixième sens lui faisait deviner ce qu'il ne lui avait pas encore dit. Il cherchait encore les mots pour lui annoncer la nouvelle.

— Maman ne va pas revenir, c'est ça ?

Il hésita, mais elle devait l'avoir lu dans son regard. Il hocha la tête. Impossible d'échapper à la vérité. De toute façon, mentir était hors de question. Au fond, c'était presque comme si sa mère était morte, même si Carmen avait dit qu'elle viendrait la voir. La connaissant, il ne fallait pas trop compter dessus. Elle était tellement peu fiable, tellement inconstante, que sa fille ne lui manquerait sans doute même pas. Loin des yeux, loin du cœur.

— Est-ce que je la reverrai un jour ?

Toute pâle, les yeux pleins de larmes, Alex semblait au comble de l'angoisse.

— Oui, dit-il d'une voix ferme, mais je ne sais pas quand. Elle ne sait pas encore où elle va habiter. Mais elle a dit que tu pourrais aller la voir quand elle serait installée. Et peut-être qu'elle viendra nous voir ici.

— Je vais rester avec toi ?

— Bien sûr. Tu vas être obligée de me supporter pour toujours. Je t'aime, ma chérie, ajouta-t-il en la serrant dans ses bras. Ta maman a besoin de vivre sa vie, elle est ainsi. Cela n'a rien à voir avec toi ; tu n'as rien fait de mal et tu n'aurais rien pu y changer.

Il tenait absolument à faire comprendre cela à Alex et espérait y parvenir.

— Je sais, assura-t-elle courageusement en essuyant ses larmes tandis qu'il démarrait. Peut-être qu'elle n'était pas prête à être maman.

Elle s'efforçait de trouver une explication.

— Peut-être. En tout cas, nous sommes tous les deux, Al. Nous allons faire des choses géniales ensemble, toi et moi : lire plein de livres, aller à des matchs de base-ball, pourquoi pas voyager…

— On pourra aller voir maman là où elle sera ?

— Bien sûr. Allez, pour commencer, on va lire tous les *Alice*. Toute la série. Ça te dit ?

Elle avait beau être petite, elle comprenait qu'il s'évertuait à lui montrer la situation sous son meilleur jour pour lui remonter le moral. Elle lui sourit en hochant la tête.

— Oh, oui ! Et ensuite, on pourra lire tes romans policiers à toi ?

Elle savait combien il les aimait. Il arrivait même qu'il lui en parle.

— Peut-être quand tu seras un peu plus grande.

Il détailla la liste de ce qu'ils allaient faire ensemble dans un avenir proche et dans les mois à venir. Le départ de sa mère en aurait presque paru comme une bénédiction, une chance.

— Vous allez divorcer ? Les parents de Sally Portman ont divorcé l'année dernière. Maintenant, elle va chez son papa le mercredi soir et le week-end.

— Cela pourrait arriver – pas l'histoire des mercredis et des week-ends, mais il se pourrait que nous divorcions, ta maman et moi, parce qu'elle n'a plus envie de vivre ici avec nous.

Alex hocha de nouveau la tête. Elle essayait d'assimiler la nouvelle.

— Tu crois qu'elle va se remarier ?

— Je ne sais pas.

— Et toi ?

Cette question le fit rire.

— Je ne crois pas, miss Alex. Pour l'instant, nous allons nous concentrer sur nous. On ne peut pas résoudre tous les mystères d'un coup.

Même s'il percevait sa tristesse, elle l'avait plutôt bien pris. Ce soir-là, ils finirent *Alice au ranch*. Alex adora le dénouement. Soudain, le livre prenait pour elle un tout autre sens. Tout en l'écoutant lui raconter l'histoire, elle songea qu'elle vivait seule avec son père, exactement comme Alice. Celle-ci non plus n'avait pas de mère. Peut-être que, un jour, son père et elle résoudraient eux aussi des mystères tous les deux... Qu'est-ce qui avait bien pu arriver à la maman d'Alice ?

— On ne sait jamais comment ça va se terminer, remarqua-t-elle, pensive, à la dernière page.

N'empêche qu'elle avait deviné la fin, ou presque. Elle aimait chercher la clé de l'énigme au fil du récit et se débrouillait particulièrement bien.

— La vie est aussi un peu comme cela, pleine de surprises tantôt bonnes, tantôt moins bonnes.

— J'aime bien chercher ce qui va se passer.

— Moi aussi. C'est pour cela que j'aime autant les romans policiers, dit-il avant de la border et de lui souhaiter une bonne nuit avec un baiser.

Puis il éteignit la lumière et sortit. Elle ne s'endormit pas tout de suite. Où était sa mère ? Lui manquait-elle ? Pensait-elle à elle ? Deux larmes roulèrent sur son oreiller. Quand la reverrait-elle ? Elle fit une petite prière pour elle et sombra enfin dans le sommeil. Elle rêva de Carmen. Elle était si belle dans son rêve, et elle était revenue vivre avec eux. Peut-être que cela arriverait pour de vrai, un jour...

3

Carmen demanda le divorce un mois après avoir téléphoné à Eric. Il n'en dit rien à Alex. Elle n'avait pas besoin d'être mise au courant des détails techniques de la fin du mariage de ses parents. Carmen demanda qu'il lui verse une petite pension pendant deux ans, ce qu'il accepta comme convenu. Elle n'en voulait pas à son argent : sa liberté comptait bien davantage. Lorsqu'elle lui écrivit, elle n'avait pas encore bougé de Miami. Et elle n'avait toujours pas appelé Alex. Elle lui apprit qu'elle allait bientôt partir à Las Vegas. Au moins, se dit Eric, tant qu'il lui enverrait de l'argent, il ne perdrait pas sa trace. Pour Alex, il ne voulait pas qu'elle disparaisse. Ils pourraient avoir envie, ou besoin, d'entrer en contact avec elle.

Deux mois plus tard, elle lui écrivit à nouveau, de Las Vegas, pour lui donner sa nouvelle adresse.

Alex avait surmonté le choc reçu en apprenant que sa mère ne rentrerait pas. S'y attendait-elle ? Son institutrice et Pattie la trouvaient un peu moins bavarde, peut-être, mais elle leur semblait aller bien et c'était aussi l'impression d'Eric.

Cet été-là, ils séjournèrent dans un hôtel ranch du Wyoming. Alex put monter à cheval, assister à des rodéos – et adora cela. De temps à autre, Eric se rappelait combien il avait rêvé d'avoir un garçon, avant sa naissance. Mais sa petite chérie était tendre, affectueuse et capable de tout faire. Elle aimait le base-ball, elle aimait les livres qu'il lui choisissait, elle était bonne en sport. D'après son institutrice, elle avait un don pour l'écriture. Du reste, à leur retour du Wyoming, Alex lui annonça qu'elle pensait écrire des livres, plus tard. Elle avait 8 ans. Elle passait dans la classe supérieure. Ils n'avaient pas de nouvelles de Carmen depuis sa dernière lettre.

— Tu crois que je pourrai devenir auteure de romans policiers, papa ? s'enquit-elle d'une voix résolue.

— Oui, répondit-il, pensif. Mais la plupart des grands auteurs de policiers sont des hommes. D'une manière générale, ce sont plutôt des hommes qui écrivent ce genre de livres, même si quelques femmes y excellent aussi. Ils sont naturellement doués pour cela, surtout dans le cas des thrillers et des histoires d'espionnage, les genres que je préfère. Pour ma part, je n'adore pas les policiers écrits par des femmes. Bref, si tu comptes te spécialiser dans ce genre, il faudra soit que tu écrives des romans à énigmes comme une Anglaise qui s'appelait Agatha Christie, soit, s'il s'agit de thrillers comme j'en lis ainsi que beaucoup d'autres hommes, que tu les signes d'un nom masculin.

Il avait l'air très sérieux, or il savait tout sur les romans policiers : il en lisait tant... Elle ne le voyait jamais avec autre chose dans les mains. N'empêche que c'était bizarre.

— Tu veux dire qu'il faudra que je fasse semblant d'être un homme ? Que je mette une fausse moustache et des habits d'homme ?

La manière dont elle interprétait son conseil le fit rire.

— Tu serais très mignonne, avec une fausse moustache, fit-il, taquin. Non, je veux dire que tu pourrais simplement les signer d'un nom d'homme pour que les gens croient qu'ils sont écrits par un homme. Mais tu n'auras pas besoin de te déguiser.

Elle parut soulagée.

— Mais pourquoi est-ce qu'ils ne les liront pas s'ils savent que je suis une femme ?

Elle avait beau croire tout ce que disait son père, cela lui semblait absurde.

— Parce que, en règle générale, ce sont des hommes qui écrivent les romans à suspense, pas des femmes, répéta-t-il avec conviction.

— C'est complètement idiot, papa. Je suis sûre que les femmes y arriveraient très bien.

Il secoua la tête avec conviction.

— Alors si j'écris quand je serai plus grande, j'utiliserai ton nom. Comme ça, les gens croiront que c'est toi, dit-elle en riant.

Néanmoins, ce qu'il soutenait l'avait marquée. Était-ce vrai ? Son père avait souvent raison. De toute façon, elle aimerait bien écrire sous son nom à lui. Ce serait très amusant. Et si c'était ce qu'il fallait pour que les hommes comme les femmes lisent ses livres…

Il s'écoula des mois avant que sa mère se manifeste enfin. Elle était partie depuis près d'un an. Le divorce n'était pas encore prononcé. Eric reçut une carte postale dans laquelle elle annonçait qu'ils devaient se rendre à New York pour le travail de son petit ami et qu'ils feraient une halte à Boston pour voir Alex. Eric ne dit rien de ce projet à sa fille pour qu'elle ne soit pas déçue si jamais Carmen annulait au dernier moment.

Celle-ci téléphona à la maison un soir tard. Alex dormait à poings fermés.

— Nous venons d'arriver à Boston.

— Où descendez-vous ?

Elle lui indiqua un motel bon marché un peu à l'extérieur de la ville.

— Je peux passer la voir demain ?

On était vendredi. Alex n'avait pas école le lendemain. Cela tombait bien, mais, même dans le cas contraire, Eric lui aurait fait manquer la classe pour qu'elle voie sa mère. C'était plus important. Maintenant, il regrettait de ne pas lui avoir annoncé la visite de Carmen.

— Bien sûr. Elle va être si contente ! Tu restes combien de temps ?

Leur fille allait-elle être perturbée par ces retrouvailles ? De toute façon, c'était une occasion à ne pas rater. Cela faisait trop longtemps. Alex parlait de sa mère de temps en temps, disait qu'elle lui manquait, qu'elle espérait qu'elle allait bien, qu'elle allait appeler... Restait à espérer qu'elle ne serait pas trop bouleversée de la revoir.

— Nous reprenons la route demain. Je ne suis là que pour la journée, répondit Carmen allègrement.

— Tu veux passer la prendre après le petit déjeuner ?

Elle hésita un instant qui lui parut interminable.

— Je ne pourrais pas simplement venir à la maison ?

Il n'avait pas très envie de la voir mais, au fond, ce serait peut-être plus facile ainsi pour Alex. Après un an de silence radio, sa mère risquait de lui être devenue presque une étrangère.

— Comme tu voudras.

Elle s'annonça pour 10 heures et raccrocha.

Le lendemain matin, Eric réveilla sa fille. D'habitude, il la laissait dormir le samedi matin. Aujourd'hui, c'était spécial. Il voulait lui laisser le temps de s'habituer à l'idée de revoir sa mère et de se préparer.

— Ta maman est à Boston, lui annonça-t-il quand elle eut ouvert les yeux.

— Là ? Maintenant ?

Elle le regardait comme s'il lui avait dit que c'était Noël.

— Oui. Elle s'est arrêtée sur la route de New York. Elle vient te voir après le petit déjeuner.

Alex sauta du lit avec un grand sourire.

— Je veux mettre ma nouvelle robe !

Elle plongea dans le placard et en ressortit avec une robe de velours rose pâle et des chaussures vernies noires qu'elle avait achetées avec Pattie. Elle brossa ses longs cheveux bruns jusqu'à ce qu'ils soient bien brillants, se lava la figure et mit ses affaires neuves. À 9 heures, elle était prête. Trop excitée pour avaler quoi que ce soit, elle s'assit dans le salon pour attendre sa mère. Elle n'avait pas bougé quand Carmen arriva, à midi, plus ravissante que jamais dans un jean, un tee-shirt moulant et un blouson de cuir noir, des talons hauts aux pieds. Elle était accompagnée d'un homme d'allure un peu minable et qui semblait nerveux. Il dit à Carmen qu'il allait attendre dans la voiture. Il avait paru mal à l'aise dès qu'il avait vu Eric dont il n'avait même pas croisé le regard. Il devait avoir 25 ans tout au plus. En faisant entrer Carmen, Eric eut l'impression d'être leur grand-père. Il s'abstint de remarquer qu'Alex l'attendait depuis deux heures mais il était contrarié qu'elle soit si peu ponctuelle.

Dès qu'elle entendit sa mère, Alex bondit sur ses pieds, courut jusqu'à elle et la serra de toutes ses forces en scrutant son visage dans l'espoir d'y lire ce qu'elle-même éprouvait depuis un an. C'était au tour de Carmen d'être mal à l'aise. Elle ne se sentait pas à sa place dans ce salon formel qui avait été le sien pendant huit ans. Elle avait presque des airs d'adolescente égarée.

— Waouh ! Ce que tu as grandi ! dit-elle à Alex en lui rendant son étreinte avec maladresse. Laisse-moi te regarder…, ajouta-t-elle avec un sourire en reculant d'un pas. Tu es toujours aussi jolie.

— Toi aussi.

Alex semblait émerveillée. En un an, elle devait avoir oublié combien sa mère était belle, rayonnante – et jeune.

Eric lui proposa de boire ou de manger quelque chose mais Carmen refusa.

— Je viens de prendre mon petit déjeuner et nous n'allons pas tarder à nous remettre en route. Vince doit être à New York à 18 heures.

— C'est qui, Vince ? voulut savoir Alex qui s'était décomposée en entendant que sa mère allait si vite repartir.

Il fallait cinq heures de voiture pour rejoindre New York, songea Eric. Carmen n'allait donc pas rester plus d'une heure.

— Mon petit ami. Il est acteur et danseur. Nous allons nous installer en Californie ensemble. Il a des relations là-bas.

Tout cela ne disait rien à Alex. Eric, en revanche, comprit qu'elle pourchassait toujours les mêmes chimères.

— Qu'est-ce que vous allez faire, en Californie ?

Alex ne la quittait pas des yeux, comme pour la graver dans sa mémoire.

— Je vais peut-être jouer dans un film. Comme ça, tu pourras me voir au cinéma.

— J'aime mieux te voir en vrai, fit valoir Alex tristement.

Un silence se fit. Eric s'éclipsa pour les laisser seules. Mais il ne serait pas loin si sa fille avait besoin de lui.

— Tu m'as manqué, ajouta-t-elle.

Carmen mit une bonne minute à répondre.

— Toi aussi, tu m'as manqué. Mais je me suis bien amusée, à Vegas.

Ce n'était pas ce qu'il fallait dire. Elle aurait voulu entendre que sa mère n'avait pas cessé de penser à elle toute cette année passée – or ce n'était de toute évidence pas le cas.

— Ça marche bien, à l'école ?

Décidément, Carmen ne savait pas quoi dire. Elle ne remarqua même pas que sa fille s'était faite belle pour elle avec sa robe et ses chaussures neuves. À aucun moment elle ne se détendit, ne se montra maternelle. Puis, avant même que l'heure soit écoulée, elle se leva en disant qu'elle devait partir mais qu'elle était ravie de l'avoir vue – comme à une vieille amie. Entendant la porte d'entrée s'ouvrir, Eric sortit de la cuisine pour dire au revoir à Carmen. Il ne vit que le petit visage défait d'Alex qui regardait partir sa mère. Sur le seuil, elle lui étreignit une dernière fois la taille. Carmen ne tarda pas à se dégager, lui planta un baiser sur le sommet du crâne et dit qu'il fallait qu'elle y aille. Un instant après, elle n'était déjà plus là pour entendre Alex crier : « Je t'aime ! » juste avant que la porte se referme.

Il n'y eut pas de réponse. Quelques secondes plus tard, ils entendirent démarrer la voiture. Alex se mit à pleurer et s'écroula dans les bras de son père. Il la conduisit jusqu'au canapé et la tint serrée contre lui. Ses larmes lui brisaient le cœur. Pour la première fois de sa vie, il haït réellement son ex-femme pour ce qu'elle faisait subir à leur fille, qui porterait sans doute à jamais les cicatrices de ses blessures. Et pendant ce temps, Carmen vivait sa vie en toute insouciance, sans se préoccuper de personne. Ce « je t'aime » resté sans réponse résonnerait éternellement aux oreilles d'Eric.

— Elle n'a pas dit quand elle reviendrait, bredouilla Alex entre deux sanglots.

Il chercha les mots pour la consoler sans rien montrer de sa colère vis-à-vis de Carmen.

— Je crois qu'elle ne sait pas elle-même quels sont ses projets. Mais elle a été contente de te voir.

Ce n'était pas très convaincant.

— Pourquoi elle n'a pas pu rester plus longtemps ?

— Il fallait qu'elle n'arrive pas trop tard à New York.

Alex mit des heures à se calmer et des semaines à se remettre de la douleur que cette visite éclair lui avait causée. Elle s'était sentie abandonnée par sa mère, encore davantage que quand Carmen avait déserté la maison. D'autant qu'elle avait un an de plus et qu'elle ressentait les choses avec plus d'intensité. Une fois de plus, Carmen s'était comme évaporée, sans téléphoner pour lui dire qu'elle avait été heureuse de la voir ou promettre de revenir.

Un mois après être passée, elle communiqua à Eric son adresse à Los Angeles afin qu'il puisse lui envoyer son chèque mensuel. Alex, elle, n'eut aucune nouvelle.

Six mois plus tard, Eric reçut en pleine nuit un appel de quelqu'un qui lui apprit être un ami de Vince. Il lui annonça qu'ils avaient eu un accident de voiture, qu'un chauffard en état d'ébriété leur était rentré dedans et que Carmen et Vince étaient morts. Il n'avait pas davantage de détails à lui donner.

Après avoir raccroché, Eric resta une heure sans bouger, le regard dans le vide, à s'efforcer en vain de ressentir quelque chose pour Carmen. Il n'arrivait à songer qu'à Alex. Sa mère, qui n'avait jamais été à la hauteur, était morte. Elle ne compenserait jamais ses insuffisances. Sauf que, à 9 ans, Alex était bien trop jeune pour perdre sa maman – même si, à la vérité, Carmen n'avait jamais été digne de ce nom et que, depuis près de deux ans qu'elle était partie, elles ne s'étaient revues qu'une fois.

Il attendit deux jours pour l'annoncer à Alex, au cours d'un week-end tranquille et pluvieux. Pour éviter de la bouleverser avant d'aller dormir, il le lui dit juste après le petit déjeuner. Il sut qu'il n'oublierait jamais son petit visage ravagé par la détresse.

— C'est pas vrai ! Tu mens ! cria-t-elle.

Puis elle monta en courant dans sa chambre dont elle claqua la porte. Il la trouva sur son lit, la tête sous l'oreiller, en larmes. La fillette pleura pendant des heures. Quand enfin elle alla un peu mieux, ils sortirent faire une promenade. Le soir, une fois Alex couchée, Eric téléphona à l'ami de Vince en Californie pour lui demander ce qui était prévu pour les obsèques. Eric souhaitait faire rapatrier Carmen à Boston et qu'elle soit inhumée à côté de sa première femme afin que, plus tard, Alex sache où se trouvait sa mère. L'ami lui donna les renseignements nécessaires et, le lendemain matin, il put appeler le funérarium et tout organiser. Le corps de Vince allait être renvoyé à ses parents à San Diego. Personne n'avait réclamé celui de Carmen. À sa connaissance, depuis la mort de sa mère à La Havane peu après leur mariage, elle n'avait plus de famille.

Le corps de Carmen allait donc être ramené à Boston pour y être enterré. Il n'en parla pas à Alex. Le lendemain du jour où il lui avait annoncé la mort de sa mère, elle lui avait donné un très beau poème qu'elle avait écrit pour sa maman. Voir combien elle aimait cette femme qui l'avait pourtant abandonnée lui faisait monter les larmes aux yeux. Carmen n'en méritait pas tant. C'était presque insoutenable.

4

Alex avait toujours été très liée à son père, surtout depuis qu'ils vivaient seuls tous les deux. La mort de Carmen les rapprocha encore. Peu à peu, Alex sembla se remettre du choc de la perte de sa mère. Au moins, c'en était fini de l'attente d'une visite et des espoirs déçus. La page était en quelque sorte tournée.

Elle lisait plus que jamais. Toute la série des *Alice* terminée quelques mois plus tôt, elle était passée à des policiers un peu plus adultes. Son père lui avait donné à lire des romans à énigmes dont ceux d'Agatha Christie qu'elle ne lâchait plus. Elle adorait Miss Marple et Hercule Poirot et la manière dont ils menaient leurs enquêtes. Bien entendu, elle essayait de découvrir le coupable plus vite qu'eux.

Elle écrivait aussi beaucoup. Son institutrice lui trouvait un vrai talent pour la poésie et les haïkus. En dernière année de primaire, elle reçut un prix pour une de ses nouvelles, l'histoire poignante d'une petite fille dont la mère avait été tuée. L'année suivante, deux ans après la mort de Carmen, Eric reçut un coup de téléphone de M. Farber, son professeur d'anglais, qui demandait à le voir. Son ton grave lui fit craindre une très grosse bêtise, ce qui l'étonnait car Alex n'avait jamais reçu la moindre punition. Il ne lui en parla pas ce soir-là. Il préférait attendre d'avoir entendu la version du professeur.

Il se rendit à ce rendez-vous avec une certaine appréhension. L'air sombre, M. Farber lui tendit six pages couvertes de l'écriture encore enfantine d'Alex.

— Il m'a semblé important de vous montrer ceci, monsieur Winslow. Mes collègues et moi estimons que c'est assez inquiétant.

Alex avait-elle écrit quelque chose d'inconvenant, de déplacé ? Une lettre haineuse adressée à un professeur ? Une diatribe contre sa vie sans mère ? Effrayé par l'expression du professeur, il s'empara des feuillets. Il ne comprenait pas ce qu'elle avait pu écrire pour le bouleverser à ce point. Il se mit à lire et se retrouva captivé par l'histoire qu'elle contait avec un talent stupéfiant pour son âge, dans un style très personnel.

Elle consacrait la première page à la présentation des personnages et à une scène d'exposition. Dès la deuxième page, pris par le récit, il brûlait de savoir la suite. Jusque-là, tout allait bien. Mais, à la page suivante, Alex décrivait un meurtre sanglant, terrifiant, digne des meilleurs thrillers. Puis elle faisait entrer en scène un policier énigmatique à qui l'horreur de ce crime ne faisait pas perdre son sens de l'humour. À la cinquième page, elle révélait plusieurs éléments de surprise inattendus. Enfin, à la sixième et dernière page, elle bouclait l'intrigue, révélait l'identité du meurtrier – que personne, pas même Eric, n'aurait pu soupçonner – et envoyait le coupable derrière les barreaux.

C'était brillamment écrit et construit, pour n'importe qui et plus encore pour une enfant de son âge. Eric rendit le devoir au professeur avec un sourire de fierté. M. Farber ne l'avait sans doute fait venir qu'afin de le féliciter pour le talent d'écriture de sa fille. Leurs interminables conversations sur la littérature policière avaient manifestement porté leurs fruits.

— Vous rendez-vous compte à quel point il est choquant qu'une petite de 11 ans écrive des choses pareilles ? lui demanda pourtant le professeur d'un ton accusateur. Comment peut-elle même concevoir une telle violence ? C'est du ressort d'un psychologue. Étiez-vous conscient de ces pensées morbides chez votre fille ?

Eric resta un instant interdit avant de répondre.

— À vrai dire, non, je n'étais pas au courant, mais je suis très impressionné.

Contrairement au professeur d'anglais scandalisé, Eric était ravi.

— Il n'y a vraiment pas de quoi rire, monsieur. Cette histoire montre qu'Alex est très perturbée.

Là, il passait les bornes.

— Eh bien, à mon sens, cela montre qu'elle est extrêmement douée pour l'écriture. Il n'y a pas une faille dans la construction de son récit et elle a même réussi à m'étonner. Je lis énormément de romans policiers – on peut dire que c'est ma passion – et Alex et moi en parlons souvent. Il semblerait qu'elle m'écoute plus attentivement que je ne le pensais.

— Mais enfin, c'est extrêmement malsain, à son âge, de penser à ce genre de chose et d'en savoir autant sur ces horreurs. On jurerait que cela a été écrit par un adulte.

— Pour ma part, je trouve plutôt flatteur qu'elle ait pu écrire une nouvelle qui nous fasse froid dans le dos.

— Il faut que vous preniez cela très au sérieux, monsieur Winslow.

Le professeur criait presque.

— Mais c'est le cas. Elle m'a dit il y a plusieurs années qu'elle voulait devenir auteur de romans policiers. Manifestement, elle était plus déterminée que je ne l'ai cru sur le moment. Et cela prouve que, avec quelques cours de création littéraire, elle pourrait bien avoir tout le talent requis pour y parvenir.

Il refusait de croire que cette histoire témoignait d'un esprit malade. Il n'y voyait que les premiers signes d'une vocation dont il se réjouissait.

— Je suis très fier d'elle, conclut-il en se levant. Pourrais-je avoir une copie de cette nouvelle ? J'aimerais en parler avec elle ce soir.

Avec une mine plus scandalisée encore, le professeur donna l'original à Eric qui le plia et le glissa dans sa poche. Ils se serrèrent la main et M. Farber le regarda partir d'un air écœuré.

— Si vous encouragez ce genre de pratique, lança-t-il dans son dos, vous allez la détruire psychologiquement.

Pourtant, c'était bien ce qu'Eric comptait faire : l'encourager. Il lui tardait de lui dire combien il était impressionné.

Il lui en parla le soir même tandis qu'ils dînaient d'enchiladas au poulet et au fromage, leurs préférés, et de riz à l'espagnole préparés par Elena, auxquels il avait ajouté une salade.

— Aujourd'hui, lui annonça-t-il, je suis allé voir ton professeur d'anglais.

— M. Farber ? Mais pourquoi ?

Visiblement, elle ne se doutait pas du cataclysme qu'avait déclenché sa nouvelle. Eric éclata de rire.

— Parce qu'il semble persuadé que, si tu es capable de décrire un meurtre comme celui-ci, c'est que je fais régner chez nous une atmosphère dangereuse. Moi, je trouve ton histoire fantastique, Al. Où es-tu allée chercher tout cela ?

Elle rayonnait et lui débordait de fierté.

— Je me suis inspirée du roman dont tu m'as parlé la semaine dernière, mais j'ai inventé les détails, expliqua-t-elle. Pour le meurtre, j'ai rajouté tout ce que j'ai pu imaginer de plus affreux en m'appliquant pour que ça paraisse vrai. Je ne voulais pas que ça soit trop long. Et j'ai essayé de surprendre à la fin.

— Eh bien, c'est incroyable. Tu m'as captivé dès le début et, effectivement, tu as réussi à me surprendre. Tu as du talent et, si tu continues à travailler, je crois que tu pourras devenir un grand écrivain. Je suis extrêmement impressionné.

L'histoire n'avait rien de gnangnan. Ce n'était pas non plus un policier « cosy ». Ils continuèrent d'en parler pendant tout le dîner. Alex lui exposa une autre idée.

— Je crois qu'il vaut mieux que ces histoires restent entre nous, lui conseilla-t-il. N'en parle pas en cours d'anglais : ce serait du gâchis. Discutons-en à la maison et écris des choses plus classiques pour M. Farber, sinon il finira par me faire mettre en prison.

Comme il riait en disant cela, elle ne s'inquiéta pas. N'empêche, la réaction de son professeur la surprenait. Quoi qu'il en soit, elle était folle de joie que son père ait aimé son histoire.

Ainsi encouragée, Alex s'efforça ensuite d'écrire tous les jours, chez elle. Elle composait des histoires intéressantes, souvent très fortes. Puis, guidée par les critiques bienveillantes de son père, elle les retravaillait et les peaufinait jusqu'à en être pleinement satisfaite. Eric les conservait dans un classeur. À la fin de l'année, il en contenait plus de cinquante. Certaines étaient meilleures que d'autres mais elles avaient toutes plusieurs points communs : un style à la fois adulte et très personnel et un dénouement qu'Eric ne devinait presque jamais. Pas de doute, elle était douée. Il commença à orienter ses lectures vers les policiers et les thrillers pour lesquels il avait une prédilection afin qu'elle apprenne des meilleurs : Dashiell Hammett, David Morrell, Michael Crichton et même des traductions de Georges Simenon. Alex passait maintenant le plus clair de ses week-ends à lire des romans policiers pour adultes et à écrire.

Pour ses 12 ans, Eric lui offrit un présent magnifique : une Smith Corona portative en parfait état. Il lui apprit à s'en servir. Au bout de deux semaines, elle tapait avec ses dix doigts et adorait sa machine à écrire.

— Beaucoup d'auteurs de polars célèbres utilisent des machines à écrire anciennes, lui apprit-il. Cela fait partie du mythe.

Ce cadeau de son père était son trésor. Un jour, elle le montra à une camarade de collège qui le trouva bizarre.

— Qu'est-ce que tu fiches avec ce machin ?

— Oh, je m'amuse le week-end, répondit-elle avec désinvolture.

— Ça a l'air archi-vieux, commenta Becky avec dédain.

Alex se garda bien de lui révéler qu'elle écrivait des nouvelles policières, les plus compliquées possible. Même si elle en trouvait certaines plutôt bonnes et, surtout, qu'elle s'amusait bien à les inventer, c'était son secret.

À ses 13 ans, ils en étaient à trois classeurs pleins. Son père lui fit la surprise de l'emmener à la Bouchercon, la grande convention annuelle d'auteurs de romans policiers. Elle écouta avec avidité plusieurs conférences. Au retour, elle écrivit une nouvelle particulièrement réussie. Son père était si fier qu'il voulait la faire publier dans une revue spécialisée. Ils se demandaient auxquelles les proposer quand il la regarda étrangement, comme s'il ne la reconnaissait pas.

— Mais qui êtes-vous, mademoiselle ? lui demanda-t-il d'une voix forte qui ne ressemblait pas à la sienne. Une des filles des voisins ? Que faites-vous chez moi ?

Elle le dévisagea, abasourdie. Presque aussitôt, tout rentra dans l'ordre. Il regarda autour de lui, un peu perdu.

— Ça va, papa ?

Il lui avait fait une de ces peurs ! Mais il se mit à rire, comme si de rien n'était.

— Oui, oui, tout va bien. J'ai voulu te fiche la frousse. Tu pourras mettre ça dans une histoire, conclut-il avant d'aller boire un verre d'eau.

— Ne recommence jamais ça, s'il te plaît. À cause de toi, j'ai la chair de poule.

Cela se reproduisit quelques semaines plus tard à une rencontre de base-ball. Les Red Sox affrontaient les Yankees. Le score était de six à trois. Il faisait particulièrement chaud. Au beau milieu du match, Eric se tourna vers Alex d'un air égaré.

— Qui joue ? Les Yankees et les Orioles ?

— Tu veux rire ? C'est les Red Sox contre les Yankees !

Une seconde plus tard, c'était passé. Néanmoins, pendant une minute, il avait eu un blanc. Cette fois, elle en était certaine. Il fit pourtant mine de ne s'être rendu compte de rien. Lorsqu'elle lui en reparla, il mit l'incident sur le compte de la chaleur.

Puis cela lui arriva au travail. Il sortit de son bureau, désorienté, et demanda à sa secrétaire ce qu'elle faisait là un week-end. Elle ne sut que répondre. Un peu plus tard, comme il semblait aller très bien, elle conclut que c'était une plaisanterie.

Les trous de mémoire se répétèrent une demi-douzaine de fois au cours des mois suivants. Quand, un soir, en rentrant, il demanda à Elena qui elle était et ce qu'elle faisait là, il comprit que quelque chose de terrifiant lui arrivait. Il prit rendez-vous chez son médecin à qui il décrivit ses symptômes : il avait des absences qui pouvaient durer plusieurs minutes, au cours desquelles il ne savait plus où il était et ne reconnaissait plus les gens autour de lui ; parfois, il oubliait

54

jusqu'à son propre nom. C'était comme s'il devenait incapable de penser, comme si les circuits de son cerveau disjonctaient. Il craignait une tumeur. Inquiet lui aussi, le médecin l'adressa à un neurologue qui lui fit passer un scanner de la tête et des tests.

Eric n'en parla pas à Alex tant qu'il n'en savait pas davantage. Une semaine plus tard, le neurologue le fit venir pour lui faire part des résultats. Dans l'ascenseur du cabinet médical, il eut encore une absence. Il resta une dizaine de minutes dans la cabine à monter et descendre sans pouvoir se rappeler où il allait ni pourquoi il était là. Et puis cela lui revint. Il put appuyer sur le bon bouton et se présenta très ébranlé au praticien qui l'accueillit d'un air grave. Il dit qu'il venait d'avoir encore une crise. Elles se répétaient à une fréquence hebdomadaire, maintenant, voire plus. Certes, cela ne durait que quelques instants mais c'était suffisant pour qu'il sente que c'était très sérieux.

— Ai-je une tumeur au cerveau, docteur ?

Il tenait à savoir la vérité. Pouvait-il s'agir tout simplement d'un effet du stress ? Professionnellement, il traversait une passe difficile. Les affaires marchaient moins bien et il craignait que sa hiérarchie ne le lui reproche. Ils avaient perdu plusieurs appels d'offres, récemment, sans qu'il comprenne bien pourquoi. Il s'était pourtant chargé personnellement des présentations et tout semblait s'être bien déroulé.

— Non, répondit le neurologue, vous n'avez pas de tumeur. Néanmoins, je n'ai pas de bonnes nouvelles. Désolé. Les images de votre cerveau montrent des anomalies.

— Aurais-je fait une attaque sans m'en rendre compte ?

Le médecin secoua la tête.

— Les résultats des examens indiquent une démence ou une maladie d'Alzheimer précoce. Nous pouvons vous prescrire un traitement pour ralentir l'évolution de la maladie mais nous ne pouvons pas l'enrayer et les dégâts sont irréversibles. Il est difficile de prédire le temps qui s'écoulera entre les différents stades ou combien de temps vous allez conserver votre autonomie. En tout cas, c'est malheureusement une maladie évolutive.

— Mon père a souffert de démence précoce. Il avait à peine la soixantaine. Mais j'ai 64 ans et je suis veuf avec une fille de 13 ans. Vous êtes en train de m'annoncer que je vais devenir sénile ? Mais qui va s'occuper d'elle ? demanda Eric, les larmes aux yeux.

— Il va falloir que vous y réfléchissiez, monsieur Winslow, lui conseilla le médecin avec douceur. Je suis navré de vous annoncer cette mauvaise nouvelle. Votre état peut très bien rester stationnaire un certain temps – peut-être même assez longtemps – mais, si notre diagnostic est avéré, il s'agit bien, hélas, d'une maladie irréversible.

Il lui établit une ordonnance pour le médicament dont il avait parlé et demanda à le revoir un mois plus tard, sauf si les choses se dégradaient nettement d'ici là. Eric sortit du cabinet comme foudroyé. Il n'était que 14 h 15. Il avait prévu de retourner au bureau mais téléphona pour dire qu'il n'était pas bien et qu'il rentrait chez lui. À son arrivée, Elena était dans la cuisine.

Il mit plusieurs minutes à la reconnaître et à se rappeler son prénom.

— Tout va bien, monsieur Winslow ? s'inquiéta-t-elle.

Il lui assura que oui, mais qu'il se sentait légèrement grippé. Il allait monter s'étendre dans sa chambre.

Il resta des heures allongé sur son lit à tenter de mettre de l'ordre dans ses pensées qui lui échappaient. Que faire d'Alex ? Il n'avait pas de famille à qui la confier, personne pour prendre soin d'elle. Certes, il avait veillé à garantir son avenir matériel grâce à l'argent qu'il avait mis de côté au fil des ans et une bonne assurance. Néanmoins, elle ne pourrait pas rester seule dans les cinq années à venir. Il obtint un rendez-vous avec son avocat pour le lendemain.

Lorsque Alex rentra de l'école, Elena lui apprit que son père avait la grippe. Elle crut qu'il dormait mais il était toujours couché sur son lit, en larmes, la porte fermée à clé pour qu'elle ne le voie pas pleurer.

Eric se rendit donc chez Bill Buchanan, son avocat, le lendemain. Il lui exposa la situation. Bill était consterné. Sans être réellement proches, ils entretenaient d'excellentes relations depuis trente ans. Ils passèrent en revue ce qui était prévu pour Alex sur le plan financier. Elle aurait ce qu'il fallait pour vivre plusieurs années en faisant attention, et pour poursuivre ses études. Restait le plus préoccupant : où vivrait-elle s'il arrivait quelque chose à Eric ? Il avait désigné Bill comme tuteur, mais cet arrangement purement légal n'était à ses yeux qu'une précaution formelle. Il avait pensé vivre encore vingt ou trente ans, avec un peu de chance. Maintenant, même si c'était le cas, il savait qu'il ne serait plus en possession de toutes ses facultés. Et s'il devait puiser dans ses économies pour financer ses soins, que resterait-il à Alex ? C'était affreusement angoissant. Ils envisagèrent différentes options mais aucune ne correspondait à ce qu'il souhaitait pour sa fille chérie.

Bill suggéra un pensionnat. Elle pourrait passer les vacances chez des camarades. Il n'était pas question qu'elle vive seule chez eux avec la gouvernante, sans famille ni surveillance parentale, toute son adolescence. Cependant, Eric savait qu'elle aurait horreur de se retrouver enfermée. Il ne pouvait pas lui faire cela. Sans même parler de la question des congés. Quant à séjourner dans des familles inconnues... À force de vivre seule avec lui, elle était bien plus habituée à la compagnie des adultes qu'à celle des enfants de son âge. Hélas, ils n'avaient aucune famille, ni de son côté ni de celui de Carmen. D'autre part, il n'était pas prêt à révéler à Alex ce qui lui arrivait. Il avait trop peur de ce qui le menaçait. Pour elle, si jeune, ce serait pire encore.

L'avocat ne voyait pas d'autre choix que l'internat. Scolarisée dans le meilleur collège privé de Boston, excellente élève, elle entrerait au lycée l'année prochaine. Il était important qu'elle puisse poursuivre ses études dans les meilleures conditions possible. Pour autant, l'école n'était pas le seul problème. Si Eric mourait ou perdait son autonomie avant qu'elle soit majeure, Alex aurait besoin d'une personne responsable pour veiller sur elle.

— Il n'y aura peut-être pas d'autre solution que le pensionnat, répéta Bill avec lucidité.

Il était plus inquiet encore pour Eric. Qu'adviendrait-il de lui quand il aurait complètement perdu la raison ? Car la question n'était plus de savoir *si* cela allait arriver mais *quand*. Pas trop vite, c'était tout ce qu'il pouvait espérer. Il avait accepté de devenir le tuteur d'Alex pour pouvoir aider à prendre les décisions qui s'imposeraient, ainsi que l'exécuteur testamentaire d'Eric. Restait maintenant à trouver une solution satisfaisante pour l'adolescente.

Le traitement sembla ralentir un peu l'évolution de la maladie. Bientôt, cependant, Eric constata que les crises – même si elles étaient parfois très brèves – revenaient presque tous les jours. Au bureau, le travail lui devenait de plus en plus difficile. Deux mois après le diagnostic, son directeur général le convoqua pour lui faire remarquer qu'il n'était plus aussi performant. C'était une baisse de forme passagère, assura Eric. Il allait se ressaisir. Mais son supérieur fit valoir qu'il n'était qu'à un an de l'âge de la retraite. Pourquoi ne pas devancer l'appel ? Il lui semblait prêt, affirma-t-il.

— Vous allez pouvoir profiter de la vie !

Il présentait les choses sous leur angle le plus positif ; n'empêche que c'était très clair, Eric devait partir. Il n'avait pas le choix. Pour lui, c'était le commencement de la fin.

Quelques semaines plus tard, il eut droit à un chaleureux pot de départ et à une plaque-souvenir en bronze. Hélas, une fois privé de son activité professionnelle, il se retrouva seul chez lui toute la journée, sans occupation. Quand il sortait se promener, il lui arrivait d'oublier où il habitait. Cela lui revenait au fil de la marche. Sauf une fois, en fin d'après-midi, où il fut incapable de se souvenir de son adresse et même de son nom. Voyant son air égaré, une gentille jeune femme le prit dans sa voiture pour rouler dans le quartier afin de localiser sa maison. Lorsque la mémoire lui revint enfin, il fut surpris de la distance qu'il avait parcourue à pied. Quand il rentra après avoir abondamment remercié la jeune femme, Alex était déjà là.

— Qui t'a déposé, papa ?

De loin, elle semblait charmante. Son père sortait-il avec elle ? Comment se faisait-il qu'il ne lui en ait pas parlé ? Elle savait combien il s'ennuyait depuis qu'il ne travaillait plus. Et il lisait beaucoup moins qu'avant ses chers romans policiers.

— Oh, une ancienne collègue sur qui je suis tombé cet après-midi.

Il ne se voyait pas avouer à Alex qu'une inconnue était venue à son secours et l'avait ramené tel un enfant perdu. Un enfant, c'était bien ce qu'il avait l'impression de redevenir. Plus il s'en rendait compte, plus il enrageait. Il était fréquemment de mauvaise humeur et s'emportait contre Alex malgré lui. Son expression blessée quand il se mettait en colère le désolait. Il ne profitait pas du tout de sa retraite, contrairement à ce qu'il lui avait dit. Il lui avait caché qu'on l'avait contraint à la prendre. À son ancien bureau, on ne savait pas davantage qu'il souffrait de la maladie d'Alzheimer. Seuls son médecin et son avocat étaient au courant. Cependant, de plus en plus, Alex se rendait compte qu'il était désorienté.

60

Il achetait toujours les derniers romans policiers de ses auteurs favoris mais ne les finissait pas. Il y en avait en permanence trois ou quatre entamés qui traînaient çà et là.

— Ça va, papa ? lui demandait-elle de temps en temps avec inquiétude.

— Bien sûr, affirmait-il en souriant.

Sauf que le traitement faisait déjà moins d'effet qu'au début, ainsi que le médecin l'en avait averti.

Avant la rentrée de septembre, ils passèrent trois semaines de vacances dans le Maine. Le troisième jour, il se perdit dans les bois. L'hôtel dans lequel ils étaient descendus envoya une équipe à sa recherche. Les secours le retrouvèrent facilement, en train d'errer. Au retour, mort de honte, il raconta que sa boussole était cassée et qu'il s'était perdu. Le reste du séjour se passa sans accroc si ce n'est qu'il oublia plusieurs fois le prénom de sa fille, qui en fut choquée. Ce n'était encore jamais arrivé.

Au cours de l'été, elle avait écrit plusieurs histoires qu'elle avait rangées dans le classeur. Il n'en lut ni n'en commenta aucune. Le jour de la rentrée, il ne lui proposa pas de la conduire au lycée. Aucun de ses changements de comportement, même les plus subtils, ne lui échappait. Il paraissait distrait en permanence, désorienté quand ils sortaient ; un soir, en rentrant du lycée, elle le trouva tournant en rond dans le salon en caleçon. Cela aussi était inédit. Elena lui confia qu'il avait passé la journée au lit.

Deux mois après la rentrée, Alex n'avait plus de doute. Son père allait très mal. Il perdait complètement la tête. Il avait sombré dans la démence. Un matin,

61

comme il refusait de se lever, semblait ne plus savoir où il se trouvait et ne se rappelait pas le prénom d'Alex, elle appela le médecin. Il vint chez eux pour lui expliquer ce qui arrivait. Il la trouva d'une maturité étonnante pour son âge. Il fit valoir qu'il allait bientôt falloir se résoudre à placer son père dans un établissement spécialisé. Elle refusa tout net. Elle allait le garder chez eux et s'occuper de lui.

Le médecin l'aida à trouver un infirmier pour prendre son père en charge la semaine. Elle insistait pour veiller sur lui elle-même le week-end. De toute façon, maintenant, il passait le plus clair de son temps à dormir. Elle lui lisait ses livres préférés. En général, il ne l'écoutait pas et il s'endormait. Elle lui parlait comme s'il comprenait encore tout ce qu'elle disait et le traitait avec toute la dignité et le respect qu'il méritait. Le voir dans cet état lui déchirait le cœur. La maladie progressait à pas de géant. À Noël, il ne reconnaissait plus personne d'autre qu'elle. Un second infirmier vint en renfort car elle n'y arrivait plus toute seule. Il était sorti dans la rue en pyjama puis il s'était déshabillé dans la cuisine devant Elena qui l'avait regardé faire en sanglotant avant de s'enfuir. Il n'était plus possible de se voiler la face. Moins de deux ans après l'apparition des premiers symptômes, ses facultés mentales étaient sérieusement altérées.

Alex se faisait un sang d'encre, même en cours. Elle parvenait tout juste à se tenir à jour de ses devoirs mais n'avait pas écrit une nouvelle depuis des mois. Pendant les vacances de Noël, son père cessa de se nourrir. Il ne sortait plus du lit. Après une semaine de perfusions, il fut hospitalisé pour être alimenté par sonde nasogastrique. Entourée par Pattie et Elena, Alex regarda partir l'ambulance qui l'emmenait avant de se réfugier en pleurant dans les bras de Pattie.

Elle passa le reste des vacances à son chevet. Au nouvel an, il ne la reconnaissait plus. Son esprit était une page blanche, comme s'il était retombé en enfance. Il dormait. Il pleurait et riait sans raison, refusait toute nourriture et arrachait sa sonde. Il fallut le contenir.

La semaine précédant la rentrée, Alex passa toutes les nuits à l'hôpital. Elle dormait sur un lit de camp dans sa chambre. Le jour de la reprise des cours, elle se rendit directement de l'hôpital au lycée et y revint l'après-midi en sortant de classe. À son arrivée, elle trouva le lit vide. C'était bizarre qu'ils l'aient déplacé, songea-t-elle. Lui faisaient-ils d'autres examens ? Elle était là, un peu perdue, à se demander où il était passé, quand l'infirmière en chef vint la trouver.

Les infirmières s'étaient attachées à elle parce qu'elle était très mûre pour son âge, qu'elle faisait preuve à leur égard de politesse et de respect et surtout à cause de son dévouement pour son père qu'elle veillait telle une mère, ne le quittant pas un instant.

— J'ai une mauvaise nouvelle, Alex, dit l'infirmière en chef avec douceur en la prenant dans ses bras.

Alex se raidit. Elle n'aurait pas dû aller au lycée aujourd'hui, elle le savait. Elle n'avait même pas pu lui dire au revoir. À vrai dire, il ne restait personne à qui dire au revoir ; le père qu'elle avait connu et aimé était parti depuis des mois. L'infirmière lui assura qu'il était mort paisiblement, dans son sommeil, juste après son départ.

Elles appelèrent Elena qui vint la chercher. Bill Buchanan l'aida à se charger des formalités et à organiser les obsèques. L'église était pleine de gens, notamment d'anciens collègues de son père, qui l'avaient connu et admiré. Au cimetière, découvrir la tombe de sa mère lui fit un choc. Son père ne lui avait jamais dit qu'il avait fait rapatrier le corps de Carmen pour qu'elle soit inhumée dans le caveau familial. Elle rentra du cimetière avec Elena. Quelques intimes les accompagnèrent mais il n'y eut pas réellement de réunion car, la sachant seule pour s'occuper de tout, beaucoup préférèrent ne pas s'imposer. Elle passa la soirée dans la chambre de son père, dans son fauteuil préféré, pour sentir encore un peu sa présence à ses côtés.

Bill Buchanan vint la voir le lendemain. Il fallait que le tribunal confirme le rôle de tuteur que son père lui accordait par testament, expliqua-t-il, mais ce ne serait qu'une formalité. Il ajouta qu'Eric n'avait pas réussi à décider où elle devrait vivre et que lui-même n'avait pas non plus de solution à proposer.

— Je ne peux pas rester ici avec Elena, tout simplement ? demanda-t-elle d'une voix tremblante.

Si ce n'était pas possible, qu'allait-il advenir d'elle ? D'après Bill, son père avait veillé à ce qu'elle ait les moyens financiers de faire des études et de démarrer dans la vie si elle se montrait raisonnable, mais, quant à savoir où elle habiterait d'ici là, rien n'était résolu. Eric avait souhaité que l'on garde la maison pour elle, pour plus tard ; Bill avait suggéré de la louer, dans l'intervalle, ce qui aurait l'avantage d'apporter un revenu complémentaire.

— Je ne veux pas aller en pension, prévint-elle comme si elle lisait dans les pensées de l'avocat.

Sauf qu'elle n'avait aucune famille et qu'elle ne pouvait pas s'installer chez des voisins jusqu'à sa majorité, dans quatre ans. Elle ne pouvait pas non plus rester dans la maison, d'autant qu'Elena rentrait chez elle tous les soirs.

— Réfléchissons-y chacun de notre côté, d'accord ? suggéra-t-il. Tu n'es pas obligée de déménager tout de suite.

Elena avait accepté de passer la nuit sur place le temps qu'ils trouvent une solution. N'empêche que Bill ne voyait pas d'autre option que la pension.

Cette situation le peinait tant qu'il s'en ouvrit à sa femme ce soir-là au dîner.

— Son père non plus ne voulait pas qu'elle aille en internat. Il savait que cela ne lui plairait pas. Mais que faire ?

S'il l'envoyait en pension, il se ferait l'impression d'être un monstre. Mais quelle autre solution pouvait-il exister pour une adolescente de 14 ans sans famille ? En tant que tuteur, c'était à lui qu'il incombait de résoudre ce problème – mais comment ? Il n'en avait aucune idée. Du reste, même si elle partait en internat, que deviendrait-elle pendant les vacances ?

— Attends, je vais passer un coup de fil. Une idée un peu folle me vient.

Jane Buchanan se leva de table pour appeler sa cousine, mère supérieure d'un couvent de dominicaines de la banlieue de Boston. Il ne s'agissait ni d'un orphelinat ni d'un foyer de jeunes filles, mais du lieu de vie de religieuses enseignantes ou infirmières dont la plupart, d'ailleurs, ne portaient plus l'habit. Lorsqu'elle s'y rendait, Jane avait l'impression de se retrouver dans une résidence universitaire pour adultes. Le couvent organisait des séminaires, des cours du soir pour les femmes du quartier… Sa cousine, mère Mary Margaret, était une femme pleine de vie, très intelligente et engagée dans le monde. Peut-être aurait-elle une suggestion. En tout cas, elle ne voyait pas vers qui d'autre se tourner que MaryMeg, comme on l'appelait en famille. Infirmière de profession, celle-ci avait attendu l'âge de 30 ans pour entrer dans les ordres. Comme chaque fois que Jane téléphonait, elle mit une éternité à répondre.

— Pardon, j'étais au cours de Pilates. On vient d'en ouvrir un ici. J'adore.

MaryMeg avait également suivi des cours de cuisine et de photographie. À l'approche de la soixantaine, elle aimait toujours autant profiter de ce que le couvent lui permettait de découvrir, et ne manquait pas de se tenir au courant des affaires du monde et de rencontrer les femmes de la communauté au service de laquelle les religieuses se plaçaient. Tous ces cours pour adultes leur permettaient de nouer des relations avec elles et de les ramener vers l'Église. Ils attiraient du reste beaucoup de monde, au point que le diocèse lui rappelait parfois qu'elle n'était pas à la tête d'un centre de loisirs. Elle menait ces actions en faveur de la santé et de l'éducation, assurait-elle, et cela lui suffisait généralement pour s'en tirer.

— Qu'est-ce qui t'arrive ?

— J'ai besoin de tes lumières. Bill a un problème au sujet d'un client qui vient de mourir.

— Je ne fais pas les enterrements et je ne suis pas avocate : je suis infirmière.

— Tu es aussi la plus futée de la famille.

Jane lui expliqua en quelques mots la situation d'Alex.

— Si son père était un client de Bill, il doit y avoir de l'argent, observa MaryMeg, pragmatique.

— Une somme tout à fait respectable, paraît-il, confirma Jane. Il n'était pas riche à millions mais il avait une maison, des économies et une bonne assurance. Le problème, c'est que la gamine n'a pas de famille, personne pour la recueillir.

— Pauvre petite.

Sa situation faisait de la peine à MaryMeg, mais qu'y pouvait-elle ?

— Et la pension ? suggéra-t-elle.

— Elle n'a aucune envie d'y aller. D'après Bill, c'est une enfant d'une intelligence exceptionnelle. En internat, elle aurait l'impression d'être en prison. Je ne crois pas qu'elle soit très à l'aise avec les jeunes de son âge. Elle vivait seule avec son père depuis des années. Sa mère les a abandonnés, puis elle est morte quand la petite avait 9 ans. Elle était très proche de son père, mais, si j'ai bien compris, elle est plutôt du genre introverti, et sans doute plus en phase avec les adultes. Elle a été élevée d'une façon peu conventionnelle.

— Où est-elle scolarisée actuellement ?

Impressionnée par la réponse de sa cousine, MaryMeg enchaîna :

— Ce serait dommage de la retirer de cet excellent lycée, mais, tu as raison, elle ne peut pas rester seule chez elle. Nous ne prenons pas d'enfants – autrement, je l'accueillerais volontiers, naturellement. Et il est évident que vous ne pouvez pas la placer en foyer. Ce serait pire encore que la pension. Qu'attends-tu de moi au juste ?

— Une idée de génie comme tu en as souvent. Je ne connais personne d'aussi doué que toi pour résoudre les problèmes. Remarque, à 14 ans, ce n'est plus vraiment une enfant...

— Mais ce n'est pas encore une adulte. Nos sœurs ne sont pas des baby-sitters. Elles ont toutes un emploi et fort à faire avec les cours que nous donnons en plus le soir. D'un autre côté, ajouta la mère supérieure d'un air pensif, c'est sans doute de la folie mais je me demande quand même si nous ne pourrions pas la prendre ici. Bon, ça ne passerait pas très bien auprès du diocèse – à moins que je puisse obtenir une dispense spéciale. Mais on pourrait toujours commencer par une période d'essai. Cela dit, si elle n'a pas envie d'aller en pension, le couvent risque de ne pas l'emballer non plus.

— Elle n'a pas franchement le choix.

— Je vais y réfléchir et en parler avec les autres. La maison est quasi pleine puisque j'ai vingt-six sœurs en ce moment, mais il nous reste une chambre libre. Quand même, tu ne crois pas que cela lui ferait bizarre de vivre parmi des religieuses ?

— Ça pourrait te faire une jeune novice, fit valoir Jane sur le ton de la plaisanterie.

— C'est fini depuis longtemps, tout ça. La moitié de celles qui nous rejoignent ont passé 40 ans. Les plus jeunes ont au moins la trentaine. Nous ne recrutons pas d'adolescentes. Heureusement, parce que je n'y suis pas du tout favorable. Mais sinon, tu la connais ? Comment est-elle ?

— Bill dit que c'est une enfant charmante.

— Je te rappelle demain quand j'en aurai parlé avec les sœurs.

La mère supérieure gérait la communauté de façon démocratique, même si la décision finale lui appartenait, et qu'elle devait bien sûr demander l'aval de l'administration diocésaine pour ce qui sortait de l'ordinaire.

— Merci. Je ne voyais vraiment pas vers qui d'autre me tourner.

Ce soir-là, mère MaryMeg réfléchit encore au problème et pria. Le lendemain au petit déjeuner, après la messe de 6 heures, elle l'exposa aux sœurs. Presque toutes, enseignantes et infirmières, devaient être au travail à 8 heures ; le couvent était pour ainsi dire désert toute la journée. Seules deux religieuses à la retraite tenaient l'accueil en l'absence des autres.

— Alors, mes sœurs, qu'en pensez-vous ?

Elle leur fit passer les toasts. Les couventines se relayaient aux fourneaux et la cuisine était très simple.

— Voulons-nous vraiment endosser la responsabilité d'une jeune fille de 14 ans ? objecta sœur Thomas, l'une des plus âgées, sceptique. C'est un âge épouvantable, souligna-t-elle avec une grimace, ce qui fit rire les autres.

Mère de six enfants, elle était entrée au couvent aux 21 ans du dernier, après la mort de son mari.

— Tu es bien placée pour le savoir.

— Les adolescents n'ont en tête que le sexe, la drogue et le rock'n'roll. Et ils sont d'une impertinence… Même mes deux filles étaient terrifiantes.

— Elle n'a nulle part où aller, leur rappela mère MaryMeg.

Sa décision était prise depuis la messe. Toutefois, elle tenait à ce que les autres parviennent seules à la même conclusion. Si elle leur forçait la main, cela ne marcherait pas.

— Et si nous faisions un essai, étant bien entendu que, si nous n'y arrivons pas ou si elle est trop difficile, elle sera envoyée en pension, que cela lui plaise ou non ?

— Où ira-t-elle en classe, si elle vit ici ? s'enquit sœur Regina.

À 27 ans, c'était la benjamine du groupe. Elle avait la vocation depuis ses 15 ans. Bien trop jeune, de l'avis de MaryMeg, mais elle avait fait son noviciat à Chicago et ne les avait rejointes qu'une fois ses vœux prononcés. Autrement, elle lui aurait conseillé d'attendre.

— Il faudrait qu'elle aille à l'école de la paroisse, remarqua mère MaryMeg. Nous ne pourrons pas la conduire en ville pour qu'elle continue à fréquenter son établissement actuel. Cela dit, elle pourra y faire des études très correctes. Si elle est aussi intelligente que l'affirme ma cousine, elle se débrouillera. Je suggère que nous la rencontrions. Si ça se trouve, d'ailleurs, c'est nous qui ne lui plairons pas…

Toutes acquiescèrent à cette proposition avant de débarrasser et de filer au travail. À cette heure, la maison était une ruche. Après le départ des sœurs, MaryMeg consulta les messages, passa les commandes d'épicerie et autres fournitures qu'elles se faisaient livrer en gros par souci d'économies puis téléphona à Jane.

— De l'avis général, il faudrait que nous la rencontrions. Cela me semble une bonne idée. Cette petite n'aura peut-être aucune envie de vivre entourée de bonnes sœurs. Elle préférera peut-être encore la pension.

— Et si tes sœurs et toi, vous l'appréciez ?

— Alors, nous pourrons faire un essai de quelques mois pour voir si ça marche.

— Je transmets à Bill. Tu es un ange.

Mère MaryMeg se mit à rire.

— Pas franchement. Je me suis bien trop amusée avant d'arriver ici. Mais nous serions ravies de l'aider. Tu crois qu'il pourrait nous l'amener en fin de journée ?

— Je vais voir.

— Nous avons des cours demain soir et, le week-end, c'est la folie. Vraiment, aujourd'hui, ce serait l'idéal.

— Je dis ça à Bill.

— Nous pourrions la rencontrer juste avant le dîner, à 18 heures. Il peut me laisser un message si je suis sortie.

Quand les deux cousines – qui, filles de jumelles, avaient été élevées presque comme des sœurs et étaient toujours très liées – eurent raccroché, Jane appela Bill à son cabinet. Pouvait-il accompagner Alex au couvent en fin de journée – si l'idée plaisait à cette dernière, bien sûr ?

Il passa chez Alex après les cours et lui exposa le projet. Pour lui, c'était soit cela, soit la pension.

— Un couvent ? Avec des bonnes sœurs ? Il va falloir que j'entre dans les ordres ?

Elle paraissait consternée. Certes, son père et elle allaient de temps en temps à la messe, mais ils n'étaient pas profondément religieux.

Quoique logique, sa question fit sourire Bill.

— Telle que je connais la cousine de ma femme, certainement pas. Si elles t'accueillent parmi elles, ce sera dans le seul but de t'aider. Mais elles sont extrêmement occupées : elles ont presque toutes un emploi à l'extérieur et elles donnent en plus des cours, le soir, au couvent. Elles compteront sur toi pour aller en classe, avoir de bonnes notes et savoir te rendre utile. Tu serais inscrite au lycée de leur paroisse.

Dans tous les cas, couvent ou pension, elle devrait quitter son établissement actuel. Sa vie se retrouvait intégralement chamboulée par la mort de son père. Après le départ de Bill, elle alla s'asseoir dans la chambre de son père pour contempler la bibliothèque pleine des livres qu'il aimait et qu'ils avaient partagés. Tout irait au garde-meubles en attendant que, adulte, elle revienne ici ou ait une maison à elle. Les objets qu'elle connaissait, auxquels elle était attachée, allaient passer des années dans des cartons. Rien ne serait plus comme avant. Et voilà qu'elle allait peut-être vivre dans un couvent. Entre les deux options, elle n'aurait su dire laquelle lui semblait la pire. Elle sortit de la chambre en larmes et descendit à la cuisine où elle trouva Elena en pleurs elle aussi. Elles s'étreignirent en laissant libre cours à leur chagrin.

5

Bill Buchanan quitta son cabinet plus tôt que d'habitude pour aller chercher Alex chez elle et la conduire au couvent Saint-Dominique. Quand il arriva, elle l'attendait, en robe noire toute simple et chaussures plates. Il lui sembla qu'elle avait pleuré ; c'était bien compréhensible. Comment savoir ce qui était le mieux pour Alex ? Lui-même n'en avait aucune idée. Les derniers mois, Eric n'était plus en mesure de prendre une décision, surtout aussi complexe. Et, avant de tomber malade, il n'imaginait pas que le temps lui était compté.

Alex ne dit pas un mot de tout le trajet. Des images déprimantes d'un couvent sombre et austère et de bonnes sœurs décaties, puis des derniers jours de son père, défilaient dans sa tête.

— Ça va, Alex ? finit par lui demander Bill.

Elle hocha la tête.

— Je crois que tu vas apprécier la cousine de ma femme, poursuivit-il. Bien qu'elle soit religieuse, c'est un sacré personnage. Elle a beaucoup d'humour et elle est très gentille.

Alex avait du mal à se figurer une mère supérieure avec de l'humour. Ça n'allait pas ensemble. Elle hocha la tête par politesse mais ne desserra pas les dents. À l'arrivée, elle resta sans bouger une bonne minute. Tout compte fait, la pension serait peut-être moins pénible.

La congrégation occupait un grand bâtiment d'une drôle de forme sis derrière l'église, sur un terrain arboré assez vaste, doté d'un jardin qui avait représenté un bon investissement à l'époque de son achat. À l'étage, un dédale de petites chambres accueillait les sœurs tandis que les pièces du rez-de-chaussée, plus vastes, constituaient les parties communes et les salles de cours. C'était mère MaryMeg qui avait mis en place ces activités et ces ateliers pour les enfants, les jeunes et leurs parents. Extrêmement populaires, ils avaient nettement participé à l'intégration des religieuses.

Alex finit par descendre de voiture, sans enthousiasme, traînant presque les pieds, et suivit Bill, en se frayant un chemin entre les petits que leurs parents étaient venus chercher. Ils avaient les bras chargés de sculptures en argile, de dessins et de peintures réalisés pendant le cours d'arts plastiques animé par plusieurs sœurs. Ils criaient d'excitation tandis que leurs mères papotaient gaiement. À l'intérieur, un groupe d'adolescents sortait d'une grande salle de réunion qui faisait aussi office de gymnase. C'était là qu'avait lieu le nouveau cours de Pilates. Organisé un peu plus tard dans la soirée, après une séance de gymnastique pour les femmes enceintes, il rencontrait un franc succès. Deux autres sœurs, infirmières, enseignaient aux tout jeunes parents comment s'occuper des nouveau-nés. Enfin, différents cours réservés aux seniors étaient en projet.

Bill n'était pas venu au couvent depuis plusieurs années. Il fut stupéfait de voir le nombre de gens du quartier qui circulaient dans les couloirs. Mère Mary Margaret en avait fait un lieu d'accueil pour tous : c'était une réussite. Alex regardait autour d'elle, impressionnée par tous ces enfants, ces femmes, ces adolescents qui couraient, bavardaient, allaient et venaient. On était loin du cloître sombre, austère et silencieux qu'elle s'était représenté. Bill se dirigea vers l'accueil où une femme en jean et tee-shirt, qui était pourtant bien une religieuse, leur indiqua un bureau au bout d'un long couloir, après la salle de gym. Ils y trouvèrent une femme en jean, elle aussi, avec un sweat-shirt rouge, juchée sur un escabeau pour changer l'ampoule d'un plafonnier, qui les considéra avec un mélange de consternation et de gêne. Elle avait les cheveux gris attachés en queue-de-cheval et un joli visage qui rappelait toujours à Bill celui de sa femme.

— J'aurais dû mettre mon habit pour vous recevoir. Excusez-moi, je n'ai pas eu le temps de me changer.

Elle leur sourit et, l'ampoule vissée, descendit de l'escabeau qu'elle replia pour l'appuyer contre le mur.

— Nous avons perdu notre homme à tout faire le mois dernier et cela faisait trois jours que j'étais dans le noir.

Elle embrassa Bill sur la joue et tendit la main à Alex qui la fixait avec étonnement. Elle était grande et costaude, et son sweat-shirt portait le sigle de Stanford, université qu'elle avait fréquentée plus de trente ans auparavant.

— Je suis mère Mary Margaret mais tu peux m'appeler mère MaryMeg. Je suis très heureuse de ta visite. Ici, c'est un peu la folie tous les jours. Nous organisons beaucoup de cours et de séminaires pour les gens du quartier – principalement le soir puisque nous travaillons toutes.

Elle leur indiqua deux sièges élimés avant de s'asseoir à son bureau. Alex avait peine à croire que c'était une religieuse. Elle l'aurait plutôt vue enseignante, principale ou tout simplement mère d'élève.

— Il n'est jamais arrivé que quelqu'un vienne vivre chez nous, leur expliqua-t-elle sans détour. Nous ne sommes pas vraiment organisées pour cela. N'empêche que cela pourrait marcher si cela ne te dérange pas d'habiter dans un endroit aussi animé et si tu mets la main à la pâte. Nous faisons la cuisine à tour de rôle selon un roulement mensuel. Les sœurs font leur prière quand c'est mon tour : je suis meilleure au marteau et à la perceuse qu'aux fourneaux.

Bill le savait, elle possédait bien d'autres compétences, un diplôme universitaire de psychologie, un mastère de théologie… Elle avait également préparé un doctorat de psychologie tout en exerçant le métier d'infirmière.

— Alors, ça te dirait de vivre ici ? demanda-t-elle à Alex en allant droit au but.

— Je ne sais pas… C'est très différent de ce à quoi je m'attendais…

— Je suis désolée, pour ton père. Je sais que c'est un très gros changement pour toi. Bill me dit que tu n'as pas envie d'aller en pension. Pourquoi donc ? Ce pourrait être sympa de te retrouver avec des jeunes de ton âge.

— Je ne pratique pas tellement d'activités, avoua Alex prudemment. Je lis beaucoup et j'aime écrire. Mon père et moi passions beaucoup de temps ensemble. En internat, j'aurais peur de me retrouver piégée et d'être obligée de faire plein de choses qui ne me plaisent pas. J'ai toujours vécu entourée d'adultes, avec mon père. Ma mère est… partie… quand j'avais 7 ans et elle est morte quand j'en avais 9. En fait, j'ai été seule avec mon père pratiquement toute ma vie.

Ses yeux s'emplirent de larmes mais elle se retint de pleurer. MaryMeg hocha la tête.

— Qu'est-ce que tu aimes écrire ? lui demanda-t-elle avec douceur.

Des nouvelles ou des poèmes, sans doute, supposait-elle.

— Des polars, répondit Alex avec un petit sourire. Mes professeurs trouvent ça bizarre donc je n'en écris plus pour les devoirs. Mon père, lui, les trouvait plutôt bons.

— Tu deviendras peut-être écrivain, plus tard. En tout cas, si tu restes ici, il faudra que tu sois indépendante. Les sœurs ne pourront pas te courir après si tu n'es pas rentrée à l'heure ou si tu ne nous as pas dit où tu étais. Nous devrons pouvoir te faire confiance pour aller en cours, faire tes devoirs et te conformer aux règles de la maison. C'est beaucoup demander à quelqu'un de ton âge, mais, autrement, cela ne marchera pas. Qu'en dis-tu ?

Elle regardait Alex dans les yeux et s'adressait à elle comme à une adulte, comme à une jeune religieuse davantage qu'une adolescente de 14 ans.

— Je crois que j'en serai capable, fit Alex dans un souffle.

Bill Buchanan avait été clair avec mère MaryMeg : le père d'Alex avait laissé de quoi subvenir à ses besoins. Elle ne serait pas pour le couvent une charge financière. La succession pourrait s'acquitter d'une pension mensuelle. Toutefois, l'argent n'était pas l'essentiel dans cette affaire, avait souligné la mère supérieure. C'était surtout une question de responsabilité. Et il faudrait qu'Alex y mette de la bonne volonté, qu'elle coopère avec les sœurs. Cette rencontre avec Alex effaçait ses craintes éventuelles. Elle lui paraissait sage, gentille et mûre pour son âge. En outre, Bill lui avait rapporté qu'à sa connaissance son père n'avait jamais rencontré aucun problème avec elle. Elle était très bonne élève, raisonnable et bien élevée.

— Et si on essayait ? proposa mère MaryMeg au bout de quelques minutes. On verra ce que ça donne. Tu veux rester dîner avec nous ce soir ? Je pourrai te présenter aux autres.

Si elle venait vivre avec elles, cela lui ferait vingt-six mères de substitution alors qu'elle avait vécu sans maman depuis sept ans. Ce serait pour elle un gros changement. De toute façon, la vie en communauté demandait un temps d'adaptation, même pour les sœurs. Aujourd'hui, beaucoup vivaient seules ou partageaient un appartement à quelques-unes. Dans l'Église moderne, les couvents aussi grands et animés que Saint-Dominique étaient rares. Les religieuses adoraient l'atmosphère qui y régnait, en particulier depuis l'arrivée de mère Mary Margaret.

— Oui, j'aimerais bien.

Alex était un peu étourdie par la perspective d'emménager dans un couvent avec tout un groupe de femmes qu'elle ne connaissait pas.

— Parfait.

La mère supérieure se leva et leur sourit.

— Tu peux nous la laisser, Bill, si tu veux. L'une de nous lui fera visiter les lieux après le dîner et la raccompagnera chez elle. Tu n'es pas obligé de rester.

Il était 18 h 30. La cloche qui appelait à table avait sonné depuis dix minutes.

Bill prit congé d'elles dans le hall et promit d'appeler Alex le lendemain. Mère MaryMeg la conduisit au réfectoire qui se trouvait au sous-sol. De l'escalier, on entendait le bavardage animé des sœurs. N'appartenant pas à un ordre qui appliquait la règle du silence, elles parlaient, riaient, se racontaient leur journée comme n'importe quelles autres femmes. Elles se levèrent respectueusement à l'entrée de leur mère supérieure, mais sans interrompre leur conversation si ce n'est pour la saluer. Mère MaryMeg accompagna Alex jusqu'à une table autour de laquelle étaient assises les sœurs les plus jeunes qui se relevèrent quand elle s'approcha. Elles accueillirent Alex avec chaleur et lui firent une place sur le banc dès qu'elles apprirent qu'elle restait dîner. Elle se glissa discrètement à côté de sœur Regina qui se présenta avec un grand sourire et lui servit une assiette de poulet rôti.

— Le mardi, chuchota-t-elle, on a des pizzas. Sœur Sofia est italienne. Elle fait aussi très, très bien les pâtes. Moi, je suis nulle en cuisine.

Les autres acquiescèrent en riant. Alex sourit à son tour, intimidée par toutes ces nouvelles têtes. Certaines religieuses – notamment celles qui étaient infirmières à la clinique catholique du quartier, apprit-elle – portaient l'habit, mais la plupart étaient en civil, et notamment en jean, ce qui la rassura.

Modernes, décontractées, de tout âge y compris un certain nombre qui lui semblaient jeunes, elles composaient une assemblée qui n'avait rien à voir avec ce qu'Alex avait redouté. Pendant qu'elle mangeait son poulet, ses épinards et ses frites, celles dont elle partageait la table lui posèrent des questions sur son école. À leur tour, elles lui parlèrent de leurs activités, de leur métier, des ateliers qu'elles animaient… Sœur Regina lui apprit qu'elle était responsable du nouveau cours de Pilates. Deux autres enseignaient les arts plastiques aux enfants du quartier. À les entendre, c'était un bonheur de vivre et de travailler ici.

— Tu as un petit ami ? s'enquit l'une d'elles.

Croyant qu'il s'agissait d'un piège, Alex secoua la tête. De toute façon, elle n'était encore jamais sortie avec un garçon. Il y en avait bien un ou deux qui lui plaisaient, au lycée, mais il n'avait jamais été question de petit copain. Du reste, son père préférait qu'elle en ait un seulement plus grande et, aujourd'hui encore, elle était d'accord avec lui.

— Moi, à ton âge, j'en avais deux, avoua la sœur qui l'avait interrogée.

Les autres la taquinèrent. L'un des deux, précisat-elle, était devenu prêtre. Missionnaire en Afrique, il continuait de lui envoyer des cartes de vœux.

Après le dîner, mère MaryMeg pria sœur Regina de lui montrer la chambre qui serait la sienne si elle venait vivre avec elles. Minuscule, elle contenait en tout et pour tout un lit, un bureau et une commode assez fatigués, donnés au couvent. La cellule n'avait aucun charme. Bien qu'elle se demandât où elle rangerait ses affaires, elle soupira de soulagement en constatant que le bureau pourrait accueillir sa machine à écrire.

— On devrait pouvoir arriver à caser une petite bibliothèque pour tes livres de classe, commenta sœur Regina, pensive.

Alex n'en dit rien mais elle aurait souhaité apporter quelques livres de son père, notamment ceux qu'ils aimaient lire ensemble. Un vrai défi, étant donné l'exiguïté de la pièce !

— Nous ne passons pas beaucoup de temps dans notre chambre, expliqua la religieuse.

En redescendant, elles tombèrent sur la mère supérieure dans le hall.

— Tu veux bien raccompagner Alex chez elle ? demanda-t-elle à sœur Regina.

Une fois celle-ci partie chercher les clés, MaryMeg se rendit compte que la jeune fille était un peu submergée. Toute sa vie s'était trouvée bouleversée d'un coup. Où vivre ? Avec qui ? C'était une décision bien lourde à prendre à son âge.

— Alors, Alex ? Que penses-tu de vivre avec nous ?

— J'aimerais bien, répondit-elle poliment. Tout le monde a été très gentil.

Elle avait les larmes aux yeux. Son père lui manquait, elle n'avait pas envie de quitter sa maison ni de se séparer d'Elena. Toutefois, elle préférait nettement ce couvent et ces sœurs chaleureuses à un internat. Ici, dans sa chambre, aussi petite fût-elle, elle aurait plus de chances de pouvoir écrire que dans un dortoir.

Cela faisait pencher la balance même si sa décision était surtout motivée par l'accueil qu'elle avait reçu ce soir.

— Tu pourrais t'installer ce week-end, suggéra mère MaryMeg. Il y aura du monde pour t'aider. Dis-nous juste quand tu penses arriver, je verrai les détails avec Bill.

Sur ces entrefaites, sœur Regina revint avec les clés de l'un des quatre breaks du couvent. Alex la suivit, s'installa sur le siège passager et boucla sa ceinture. Sœur Regina bavarda tout au long du trajet.

— Ce que je suis contente que tu viennes vivre avec nous ! conclut-elle en se garant devant la maison d'Alex. Ton chez-toi risque de te manquer, mais nous allons bien nous occuper de toi, promis.

Alex hocha la tête et la remercia. Regina attendit qu'elle ait ouvert la porte et soit entrée ; elle vit Elena l'accueillir et jeter un coup d'œil à la voiture qui l'avait déposée. Quand la porte se fut refermée, elle reprit le chemin du couvent.

Alex, elle, était montée et, assise sur son lit, regardait sa chambre.

Elle n'aurait de place pour presque rien dans sa petite cellule. Elle allait tout de même emporter un maximum de livres. Elle pourrait toujours glisser les cartons sous son lit et les empiler dans les coins. Ses livres, c'était ce qu'il y avait de plus important. Ils faisaient tellement partie de sa vie avec son père, ils avaient tant compté pour lui qu'elle ne pouvait les reléguer au garde-meubles. Ce soir-là, des heures durant, elle passa les titres en revue pour choisir ceux dont elle ne voulait pas se séparer. Elle décida d'emporter ses *Alice* préférés car c'était cette série qui l'avait initiée à la littérature policière et qu'elle constituait un symbole fort du début de sa vie seule avec son père. En s'entourant des romans favoris d'Eric, elle aurait l'impression de le garder un peu avec elle. Elle resta debout bien après minuit à faire des piles, sans oublier les éditions originales auxquelles il tenait tant. Elle les manipulait avec précaution et, le lendemain, les emballa soigneusement dans les cartons qu'Elena lui avait procurés.

Son école ne lui manquerait pas plus que cela. Elle venait d'y entrer et n'y avait pas encore de vrais amis. Non, c'était la maison qu'il allait lui être le plus difficile de quitter. Elle y avait vécu toute sa vie et son père y avait passé les vingt années précédant sa naissance. C'était un peu comme sortir du sein de sa mère pour entrer dans un monde nouveau, peuplé d'inconnus, et découvrir un mode de vie, celui du couvent, auquel elle n'était pas habituée. Elle n'avait aucune idée de la manière dont les choses se passeraient et moins encore de ce qu'il adviendrait d'elle si cela ne marchait pas. Avec ses notes, elle aurait pu être admise dans n'importe quel pensionnat, sauf qu'ils lui paraissaient bien trop grands et trop froids. Étrangement, le couvent lui semblait bien plus chaleureux, et elle y serait entourée d'adultes.

Bill lui avait promis de l'y emmener le dimanche matin, avec ses affaires. Dès la semaine suivante, une fois la maison vidée, il la mettrait en location. Elena avait été priée de donner les vêtements de son père. Les déménageurs se chargeraient de porter le reste au garde-meubles en attendant le jour où Alex aurait l'âge de faire le tri et, peut-être, d'emménager de nouveau dans leur maison. Mais ce n'était pas pour tout de suite : il fallait d'abord qu'elle termine ses études secondaires puis qu'elle aille à l'université. Elle en avait encore pour huit ans. De toute façon, au plus tôt, elle ne pourrait en prendre possession qu'à ses 21 ans. La route était encore longue. En attendant, dimanche, un nouveau chapitre de son existence allait s'ouvrir à Saint-Dominique. Quel y serait son quotidien ? Combien de temps y resterait-elle ? Quelques mois ? Un an ou deux ? Ensuite, le destin déciderait de ce qu'il lui réservait...

Alex attendait dans le salon avec Elena quand Bill passa la prendre. Elle emportait six valises de vêtements, douze cartons de livres, sa machine à écrire et sa lampe de chevet avec les agneaux bleus qu'elle avait depuis toujours. Ils étaient bleus, lui avait expliqué son père, parce qu'ils s'attendaient à avoir un garçon. Sauf qu'ils avaient eu la chance d'avoir en fait une petite fille... Elle s'était endormie tous les soirs en regardant cette lampe et ne pouvait concevoir de s'en séparer. En plus des livres préférés de son père, des *Alice* et des éditions originales, elle avait pris les classeurs qui contenaient ses nouvelles. Sans oublier ses oreillers et un pull d'Eric encore imprégné de son odeur. Tout le reste serait entreposé pour les années à venir.

Elena s'était mise à pleurer bien avant l'arrivée de Bill. Elle avait promis à Alex de lui rendre visite aussi souvent que possible. Après plus de quinze ans chez les Winslow, il allait falloir qu'elle retrouve un poste. La perspective d'avoir affaire à un nouvel employeur l'effrayait. Elle était sincèrement désolée qu'Alex ne puisse pas rester à la maison avec elle. Au moment de partir, Alex l'étreignit en sanglotant. Elena lui glissa dans la main une médaille religieuse pour lui porter chance. Sortir de la maison pour la dernière fois lui déchira le cœur. Le chagrin que trahissait son petit visage fit monter les larmes aux yeux de Bill quand il démarra. Il n'avait jamais rien vu d'aussi triste que cette jeune fille en train de pleurer en serrant sa lampe de chevet d'enfant entre ses mains. Ni l'un ni l'autre ne dit mot de tout le trajet jusqu'à Saint-Dominique. Il ne restait rien à dire, si ce n'est son désespoir d'avoir perdu et son père et son chez-elle et d'être séparée de la gouvernante à qui elle était tellement attachée. Pattie et ses enfants étaient venus lui dire au revoir la veille au soir. Tout le monde avait pleuré. C'était une situation difficile, à laquelle personne ne pouvait rien, hélas. Pattie espérait de tout son cœur que l'on s'occuperait bien d'Alex au couvent. Avec son mari, ils avaient envisagé la possibilité de l'accueillir chez eux mais ils n'avaient pas la place. La maison était déjà comble, avec leurs quatre enfants. Du reste, c'était une trop lourde responsabilité à endosser.

Le vendredi, Bill avait signé les documents autorisant le transfert d'Alex à l'établissement scolaire paroissial tout proche de Saint-Dominique où son dossier serait envoyé. Puis il avait fixé avec MaryMeg le montant de la petite pension qui serait versée au couvent tous les mois pour le gîte et le couvert de la jeune fille, avec l'approbation du diocèse.

Ils arrivèrent au moment où les religieuses sortaient de l'église voisine. Beaucoup portaient l'habit monacal pour assister à l'office, sauf les plus jeunes qui ne le mettaient que très rarement. Mère MaryMeg repéra la voiture et pria quelques sœurs de les aider à décharger le coffre. Elle avait longuement réfléchi à ce que cela impliquait d'accueillir Alex et avait plus particulièrement chargé trois sœurs de veiller sur elle, même si toutes pouvaient aider au besoin. Sœur Regina s'était aussitôt portée volontaire. Elle avait déjà tissé des liens avec Alex et, en ce dimanche matin, avec sa tresse blonde, son pantalon blanc et son tee-shirt rose, elle paraissait elle-même à peine sortie de l'adolescence. MaryMeg avait également confié Alex à sœur Thomas, celle qui avait des enfants. L'intéressée avait protesté en riant :

— Ah non, ça ne va pas recommencer ! Si je suis entrée au couvent, c'est précisément pour échapper pour toujours aux ados !

Elle avait néanmoins accepté de bonne grâce de faire un essai.

Enfin, sœur Xavier Francis, qui avait la petite trentaine, était enseignante et savait particulièrement bien s'y prendre avec les jeunes. Elle pourrait l'aider à faire ses devoirs, au besoin, notamment en latin et en maths. Toutes trois l'attendaient ce dimanche et, avec d'autres, elles montèrent les bagages d'Alex dans sa chambre. Une fois ses valises sur le sol, il n'y avait plus moyen de bouger. Les cartons formaient des pyramides sur le lit. Elle posa sa lampe et sa machine à écrire sur le bureau. Sœur Xavier contempla la vieille Smith Corona avec admiration.

— Quelle belle machine !

— Je m'en sers pour écrire mes histoires policières, expliqua Alex, circonspecte, en se demandant comment elles allaient réagir. Des thrillers, en fait.

Le regard de la jeune religieuse s'éclaira.

— J'adore les polars !

— Il n'y a que ça dans les cartons. Ce sont les livres préférés de mon père. Et vous, c'est lesquels ?

Sœur Xavier déroula une liste qui comprenait Dashiell Hammett, Agatha Christie, Eric Ambler, Frederick Forsyth, Robin Cook et beaucoup d'autres auteurs. Alex en avait lu certains avec son père, mais pas tous. Elle sourit :

— J'en connais pas mal. J'adorais Agatha Christie, quand j'étais plus jeune.

Plus récemment, elle avait dévoré *Le Silence des agneaux*.

— Mon père n'aimait pas les écrivaines. Il disait qu'elles n'étaient pas capables d'écrire de bons policiers, que c'était le domaine des hommes. Donc j'ai lu beaucoup plus de romans écrits par des hommes.

— Je ne suis pas sûre d'être de son avis. Mais j'aime bien les romans à énigmes qui sont moins violents. J'ai un faible pour Dorothy Sayers, par exemple. Et aussi les polars à thème, notamment ceux qui mettent en scène des chiens.

Alex sourit. Sœur Xavier était donc lectrice de « cosy ». Elle s'abstint de lui dire qu'elle s'en était détachée en grandissant, cela aurait été irrespectueux. N'empêche que, aujourd'hui, elle s'était résolument tournée vers les thrillers plus durs et plus violents. De fait, comme le soulignait son père, la plupart étaient écrits par des hommes.

Tout en parlant, Alex avait glissé une partie des cartons sous le petit lit et empilé les autres dans les coins. Sœur Regina l'aida à défaire ses valises. Elles réussirent tout juste à faire entrer ses vêtements dans la commode et le placard. Enfin, Alex disposa sur son bureau trois photos de son père et une de sa mère avec elle à 2 ans.

— Que ta maman était belle ! commenta sœur Regina en contemplant le portrait. Et ton papa était vraiment bien, lui aussi.

Alex hocha la tête. Elle avait encore peine à croire qu'il n'était plus là. Ces derniers mois si pénibles s'effaçaient déjà de sa mémoire tant ils lui ressemblaient peu. Elle ne conservait que les images heureuses des années précédentes, des aventures qu'ils avaient vécues ensemble, des matchs de base-ball auxquels ils avaient assisté, des livres qui leur avaient plu à tous deux, des longues soirées à parler de leurs lectures... Il l'avait toujours soutenue, l'avait bordée tous les soirs. Ses souvenirs de sa mère s'étaient estompés au fil des ans ; ceux de son père, en revanche, étaient plus vifs que jamais.

Plus tard, sœur Thomas passa vérifier que tout allait bien d'un air très maternel. Sans qu'elle l'avoue, il ne lui déplaisait pas de redevenir responsable d'une adolescente. Elle connaissait bien ce rôle et lui trouvait quelque chose de réconfortant.

— Tu as tout ce qu'il te faut ? s'enquit-elle en souriant.

Elle était de service à la cuisine, ce dimanche, mais avait quitté un instant la préparation du déjeuner pour voir si Alex n'avait besoin de rien. Voyant sa mine triste, elle jeta un regard à la petite chambre. Cela devait la changer de chez elle. Même si tout le monde ici l'entourait d'attentions, ce n'était pas la maison de son enfance et son père adoré n'était plus là.

Alex avait dit au revoir à Bill avant qu'il s'en aille, non sans le remercier de tout ce qu'il avait fait pour elle. Il lui avait promis de rester en contact. Surtout, qu'elle n'hésite pas à l'appeler en cas de problème. Il avait encouragé mère MaryMeg à en faire autant. Mais tout allait très bien se passer, elle n'en doutait pas. Alex lui paraissait adorable, avait-elle assuré.

— Je me doute que ce n'est pas facile, pour toi, Alex. Mais nous sommes enchantées que tu viennes vivre avec nous, dit sœur Thomas avec gentillesse. Dieu arrange parfois les choses d'une manière qui nous semble étrange, et, pourtant, mieux que l'on ne s'y attendrait. J'espère que tu seras heureuse avec nous. Ce n'est pas comme ce à quoi tu es habituée mais nous nous amusons bien, ici aussi. Et puis, vivre comme nous le faisons avec tout un groupe d'êtres profondément bons, cela réchauffe le cœur.

Alex hocha la tête. Elle s'interrogeait sur sœur Thomas. Comment devenait-on religieuse quand on avait été mariée et que l'on avait eu des enfants ? Elle en avait six, lui avait appris mère MaryMeg ! Elle n'en revenait pas.

— Vos enfants ne vous manquent pas ?

— Si, énormément. Mais ils me manqueraient tout autant si j'étais restée à la maison. Ils sont adultes et se sont dispersés. Heureusement, ils viennent me voir – et je serais bien plus triste toute seule chez moi. Ici, ma vie a un sens, je suis utile. Avant de me marier, j'avais déjà pensé à entrer dans les ordres. Finalement, j'ai pu profiter du meilleur des deux mondes.

Ce qu'elle ne dit pas à Alex, c'est qu'elle avait été contrainte de se marier à 18 ans parce qu'elle était tombée enceinte.

— Moi, je n'ai pas envie de devenir religieuse, plus tard, dit Alex avec un regard déterminé qui n'échappa pas à sœur Thomas.

— Personne ne te le demande. Notre seul souhait est de t'offrir un foyer et de t'aider à passer à l'étape suivante de ta vie. Tu en auras très vite fini avec le lycée et tu partiras à la fac. Puis tu travailleras, tu te marieras, un jour, tu auras des enfants… et tu reviendras nous rendre visite.

Alex trouva cette description de l'avenir simple et rassurante.

— C'est vraiment gentil à vous toutes de m'accueillir. Je n'avais pas du tout envie d'aller en pension. Plus tard, j'espère devenir écrivain.

— Alors je suis certaine que tu y arriveras si tu te donnes le mal qu'il faut pour cela. C'est à toi ? D'où vient-elle ?

Elle s'approcha pour examiner la magnifique machine ancienne en parfait état.

— C'est mon père qui me l'a offerte pour écrire mes histoires.

— J'aimerais bien les lire, un jour.

Finalement, sœur Thomas était heureuse que mère MaryMeg lui ait confié Alex, qui lui rappelait ses propres enfants il n'y avait pas si longtemps. Certes, elle avait résisté, au début, mais elle était touchée par cette jeune fille intelligente et bien élevée. Bien sûr, quelques heurts étaient à prévoir dans les années à venir : à l'adolescence, c'était inévitable. Cependant,

90

sœur Thomas était déjà passée par là et savait qu'elle avait la force de recommencer. D'autant que, cette fois, elle aurait vingt-cinq alliées au lieu d'un mari qui estimait qu'elle était seule responsable de l'éducation des enfants. Dieu sait qu'elle avait aimé son mari, mais leur union n'avait pas été des plus faciles...

— On ne va pas tarder à déjeuner, annonça-t-elle à Alex avant de rejoindre la cuisine.

Quand ce fut l'heure, sœur Regina monta l'avertir.

— Tu veux venir avec moi faire les courses ? lui proposa-t-elle en redescendant. Je suis de service de commissions. Nous allons une fois par semaine au supermarché qui nous consent une réduction.

Elle avait troqué son pantalon blanc contre un jean et, ainsi vêtue comme Alex, on aurait dit deux copines.

— Oui, avec plaisir.

Alex la suivit au sous-sol, au réfectoire, et prit place à côté d'elle. Sœur Xavier Francis était assise en face d'elles tandis que, comme souvent, sœur Thomas était à la table de la mère supérieure. Elle fit néanmoins un petit signe à Alex qui le lui rendit. Du jour au lendemain, elle se retrouvait avec vingt-six nouvelles amies, ou tantes adoptives, ou marraines. Cela n'avait rien à voir avec ce qu'elle avait pu imaginer.

Tout au long du repas, sœur Regina et elle bavardèrent. Il fut question de films, de livres, du cours de Pilates que la religieuse animait le soir. Il fallait qu'Alex vienne essayer. Elles souhaitaient également proposer un cours de yoga.

Après le déjeuner, elles partirent faire les courses puis Alex l'aida au cours d'arts plastiques pour les mamans et les tout-petits. Elle jeta également un coup d'œil aux bébés et aux jeunes couples à l'air affolés du groupe d'éducation des enfants. L'après-midi s'écoula à toute vitesse. Après le dîner, elle monta dans sa chambre. Trop fatiguée pour écrire, elle s'allongea sur son lit et songea à cette intense première journée. Elle avait vu et fait tant de choses nouvelles… Et il lui restait à faire connaissance avec toutes les autres sœurs. Sans compter que, demain, elle allait découvrir sa nouvelle école.

Elle s'étonna que personne ne vienne lui dire de se coucher ou d'éteindre. Ici, on la traitait comme une adulte, ainsi que l'avait toujours fait son père. De toute évidence, les sœurs la jugeaient suffisamment responsable pour ne pas être sur son dos. Cela lui plaisait. Elles la respectaient ; à elle, maintenant, de se montrer à la hauteur. Elle se déshabilla, se brossa les dents et dit bonne nuit à la photo de son père avant d'éteindre la lampe aux agneaux bleus. Le matelas était un peu dur mais elle avait ses oreillers à elle. Elle dormit avec le pull de son père pour le sentir près d'elle et respirer son parfum. Ce monde nouveau dans lequel elle entrait n'était pas hostile. Simplement très, très différent.

Alors qu'elle s'endormait, l'idée d'une histoire germa dans son esprit. Elle en commencerait la rédaction dès le lendemain. Ce serait la première depuis des mois, depuis que la santé de son père s'était mise à décliner sérieusement. Si l'envie d'écrire revenait, c'était bon signe. Certes, il était étrange de se retrouver ici. Mais elle y avait trouvé un foyer. Elle glissa dans un sommeil paisible. Elle se sentait à l'abri.

6

La nouvelle école était bien plus grande que celles qu'Alex avait connues. Classes plus nombreuses, élèves plus turbulents : on se bousculait davantage. Tous les matins avant le premier cours, chacun était tenu d'assister à la messe. L'enseignement était dispensé par des laïcs aussi bien que des religieuses. Comme aucune de ces dernières ne portait l'habit, il était difficile de les distinguer. Alex fut stupéfaite du peu de devoirs à faire. C'était pourtant une bonne école, mais beaucoup moins exigeante que l'établissement privé élitiste qu'elle avait fréquenté jusque-là. Du coup, elle aurait sans doute d'encore meilleures notes qu'avant. En regagnant le couvent à la fin de la journée, elle monta directement dans sa chambre, acheva ses devoirs en moins d'une heure et se mit à l'écriture de l'histoire à laquelle elle avait pensé la veille. C'était une nouvelle particulièrement violente autour d'un crime plus effrayant que d'habitude. Le dénouement qu'elle imagina la surprit elle-même. La dernière page sortie de sa machine à écrire, elle s'appuya au dossier de sa chaise, satisfaite. Elle souriait toute seule quand sœur Xavier entra après avoir frappé.

— Tu as besoin d'aide pour tes devoirs ? Ça a été ?

L'air heureux d'Alex lui faisait espérer que cette première journée s'était bien déroulée.

— Oui, et les devoirs étaient faciles. Je viens de finir d'écrire une histoire dont je suis très contente.

— Je peux la lire ?

Alex hocha la tête et lui tendit les dix pages. Sœur Xavier s'assit sur son lit. Plusieurs fois, au cours de sa lecture, elle la regarda, interloquée. À la fin, elle fixa Alex d'un air abasourdi.

— Alors, qu'en dites-vous ?

Il lui tardait d'avoir son avis de lectrice passionnée de romans policiers.

— Tu écris toujours comme ça ?

On pouvait se demander si ce texte n'était pas une violente réaction à la mort de son père qui l'aurait perturbée davantage qu'elles ne l'imaginaient.

— Oui. C'est parfois un peu plus sanglant, mais, en gros, c'est dans ce genre.

— Eh bien dis donc, tu n'y vas pas de main morte !

Néanmoins, il fallait saluer la rédaction homogène, le rythme haletant, les personnages obsédants et l'intrigue bien ficelée. Elle écrivait comme une adulte et son talent ne faisait aucun doute. Cette nouvelle dénotait un esprit singulier – ou une grande habitude des thrillers.

En effet, confia Alex à sœur Xavier, elle s'était inspirée de certaines de ses lectures pour composer son personnage d'enquêteur. Et elle était satisfaite du résultat. Ce qui frappa la religieuse, c'est qu'elle aurait juré que cette nouvelle, bien plus noire que ce qu'elle lisait d'ordinaire, était l'œuvre d'un homme et non d'une jeune fille de 14 ans. Quoi qu'il en soit, elle était remarquablement écrite.

— Mais j'aime beaucoup, ajouta-t-elle une fois remise du choc initial. J'avoue que je ne m'attendais pas à ce genre de chose. Tu as essayé de les faire publier ?

— Mon père devait s'en occuper mais il est tombé malade et ça ne s'est jamais fait. J'en ai trois classeurs pleins. Je les ai apportés.

Elle les avait rangés sous son lit, avec les livres de son père.

— Tu devrais essayer, dit la sœur d'un ton encourageant avant de se mettre à rire. En tout cas, je comprends que tu ne lises plus d'Agatha Christie et que tu aies aimé *Le Silence des agneaux*, vu ce que tu écris. Moi, ce style d'histoire m'empêche de dormir.

Alex rit à son tour, heureuse de la réaction de sa nouvelle amie.

— Je vous montrerai mes classeurs, promit-elle.

Elle était toute contente d'avoir quelqu'un à qui faire lire ses histoires, même si sœur Xavier reconnaissait préférer des romans policiers d'un autre type.

— Pas avant d'aller se coucher, je t'en supplie !

Plus tard, la religieuse en parla à la mère supérieure. En dépit de la qualité de l'écriture, elle se faisait du mauvais sang. Mère MaryMeg parut intriguée.

— C'est tout de même un peu effrayant qu'une fille de son âge ait des idées de ce genre, chuchota sœur Xavier.

— Est-ce que c'est obscène ? Avec des scènes déplacées ?

— Pas du tout. Mais je n'ai jamais rien lu d'aussi violent : tout y passe, du meurtre au démembrement, même le cannibalisme. Et c'est l'épouse de la victime l'assassin. Cela étant, c'est brillant. L'intrigue est complexe et j'ai été happée, n'empêche que c'est perturbant. Cela m'a poursuivie pendant des heures.

— Ça tient peut-être plus du talent que de l'égarement. Il paraît que son père l'encourageait à écrire et guidait ses lectures. D'après le mari de ma cousine, qui le connaissait bien, il la croyait vraiment douée.

— Cela ne fait aucun doute. Mais c'est troublant de penser que tout ça sort de son esprit. Elle a l'air si innocente…

— Tu as peur qu'elle nous assassine toutes dans notre sommeil, qu'elle nous découpe en morceaux et qu'elle nous mange ? repartit MaryMeg, taquine.

— Non, mais si c'est ce qu'elle a dans la tête, ça fiche la trouille.

— J'y jetterai un coup d'œil, promit la mère supérieure pour la rassurer.

Un peu plus tard, elle dit à Alex que sœur Xavier avait été très impressionnée par sa nouvelle et qu'elle aimerait bien en lire une.

— Je crois bien que ça l'a perturbée, reconnut l'adolescente avec sérieux. Cela fait longtemps que je travaille sur des histoires de ce genre ; j'ai été inspirée par les écrivains préférés de mon père, qui me prêtait ses livres après les avoir lus.

Elle confia sa dernière nouvelle à mère MaryMeg pour qu'elle la lise après le dîner. La supérieure fut stupéfaite. C'était encore plus fort que ce qu'avait dit sœur Xavier. Elle était soufflée. Quel style ! Quel sens du rythme ! Et les personnages étaient décrits avec une finesse et une précision qui témoignaient d'une compréhension exceptionnelle du fonctionnement d'un esprit criminel. Elle la lui rendit sans chercher à dissimuler son admiration.

— Tu as énormément de talent, Alex. C'est un don, ne le gaspille pas.

Alex crut qu'elle allait lui conseiller d'écrire des histoires moins noires avec des personnages plus sains, mais pas du tout. Mère MaryMeg semblait l'approuver sans réserve.

— Si tu publies cette nouvelle un jour, je suis certaine qu'elle te vaudra un prix. Continue à travailler pour développer ton art.

Un peu plus tard, elle recroisa sœur Xavier.

— Je crois que nous avons sous notre toit l'un des futurs grands écrivains de notre temps. Cette petite a vraiment un esprit exceptionnel.

— Tout de même, tu ne trouves pas cette histoire un peu tordue ?

Sœur Xavier restait perplexe. Parmi toutes les rédactions et les dissertations d'élèves qu'elle avait lues au fil des ans, elle n'avait jamais rien vu de tel.

— Bien sûr que si ! Et c'est tout l'intérêt. C'est ce qu'il faut pour ce genre et elle y travaille énormément. Bon, d'accord, elle n'omet aucun détail, mais nous devons l'encourager, pas la brider.

Peut-être, mais sœur Xavier préférait tout de même Agatha Christie, Miss Marple et Hercule Poirot, contrairement à Alex qui s'en était détournée depuis belle lurette pour affûter son écriture au rasoir.

Le soir venu, les deux religieuses songeaient encore à sa nouvelle. L'aînée parce qu'elle était en admiration devant son écriture et la plus jeune parce qu'elle était encore remuée par les horreurs que l'esprit de la jeune fille était capable de concevoir. Mais l'histoire ne les quittait ni l'une ni l'autre.

Alex, elle, eut encore une idée en se couchant. Elle ne regrettait qu'une chose : ne pas pouvoir montrer ses nouveaux textes à son père, lui qui comprenait son style et l'aidait à progresser. Ses corrections lui avaient été du plus grand secours. Sans lui, elle trouvait son écriture moins forte ; il ne lui manquait que davantage. Tout de même, elle était contente que son histoire ait plu à la mère supérieure et qu'elle ait terrifié sœur Xavier. Elle s'endormit en souriant.

Le premier mois d'Alex à Saint-Dominique passa en un éclair. Trois semaines après son arrivée, les sœurs fêtèrent ses 15 ans et lui firent un gâteau. C'était son premier anniversaire sans son père. Leur soutien lui fut précieux pour passer ce cap difficile. Elle trouvait sa nouvelle école sans grand intérêt. Elle s'était fait quelques copains de récréation, mais elle n'avait pas spécialement envie de les voir en dehors. Et puis, elle ne tenait pas à expliquer pourquoi elle vivait dans un couvent. Le jour de son anniversaire, Elena vint la voir et pleura tout le temps de sa visite. Pourtant, Alex lui assura que cela se passait au mieux et que les sœurs étaient très gentilles avec elle. Elle avait dit la même chose à Bill Buchanan à qui mère MaryMeg avait confirmé qu'elle allait bien.

Elle était heureuse de pouvoir s'isoler dans sa chambre pour écrire. Cela ne l'empêchait pas de donner un coup de main aux sœurs quand le besoin s'en faisait sentir. Elle ne leur causait aucun souci. C'était de sœur Regina qu'elle se sentait la plus proche. Malgré leurs treize ans de différence, elles étaient devenues amies et se confiaient l'une à l'autre. Alex était aussi très attachée à sœur Xavier. Celle-ci l'avait aidée à préparer son examen de maths auquel elle avait eu un A. Elle collectionnait d'ailleurs d'excellentes notes dans toutes les matières.

À la fin du semestre, les professeurs distribuèrent des fiches à faire remplir par les parents en vue de la réunion parents-professeurs. Ne sachant qu'en faire, Alex les jeta à la poubelle. Ses parents ne risquaient pas d'y être. Le lendemain, deux de ses professeurs la retinrent après leur cours pour lui rappeler qu'elle n'avait pas rendu sa fiche signée. Il faut dire qu'ils ignoraient tout de sa situation puisque son dossier était confidentiel ; seul le chef d'établissement était au courant.

Le soir, elle s'ouvrit du problème à mère MaryMeg.

— Ils ne peuvent pas laisser tomber ? Pourquoi faut-il absolument que quelqu'un assiste à ces réunions débiles ? J'ai de bonnes notes, pourtant !

La supérieure réfléchit un instant. Elle voulait épargner à Alex de se faire remarquer par sa différence.

— Et si sœur Xavier y allait ? Ou sœur Thomas ? Ou même toutes les deux, si tu veux. Cela t'irait ?

Il ne fallait pas que l'école imagine que la famille d'Alex ne s'intéressait pas à elle ou qu'elle tenait les professeurs en piètre estime. Cela aurait été du plus mauvais effet.

— D'accord. Mon père avait horreur de ces réunions. Il n'y assistait même pas à chaque fois. Je n'ai jamais eu de problème à l'école, j'avais toujours de bonnes notes : pour lui, ce n'était pas nécessaire. Une fois seulement, mon professeur d'anglais l'a convoqué pour se plaindre d'une de mes histoires.

Cela n'étonna guère MaryMeg, qui en avait lu plusieurs autres. Le talent d'Alex sautait aux yeux mais elle voyait bien pourquoi ce qu'elle écrivait pouvait les choquer, comme sœur Xavier au début, même si, depuis, cette dernière s'était habituée.

— Je vais voir si sœur Xavier peut se libérer, ou sœur Tommy.

Lorsqu'elle leur posa la question, toutes deux acceptèrent tant elles s'étaient attachées à leur protégée. Au cours de la réunion, elles n'entendirent que des compliments sur Alex, même si ses professeurs la trouvaient un peu trop introvertie et réservée. Il serait bon qu'elle se mêle un peu plus aux autres élèves, selon les enseignants. Toutefois, pour vivre avec elle, les religieuses la connaissaient sous un autre jour et la savaient sociable et gaie : elle leur faisait même des blagues. Néanmoins, en dehors du couvent, donc, elle était discrète et timide et semblait avoir du mal à se lier avec les jeunes de son âge. Toutes deux lui firent part de ces remarques quand elles lui racontèrent la réunion. À l'école, un professeur lui dit qu'il avait rencontré ses tantes. Était-ce ainsi qu'elles s'étaient présentées ? Mais quelqu'un d'autre lui dit avoir vu sa mère et sa tante. Personne ne paraissait savoir qui elles étaient et c'était manifestement sans grande importance. Cela convenait très bien à Alex qui ne chercha pas à clarifier la situation. Elle aurait détesté qu'on la plaigne d'être orpheline. Elle ne voulait pas être vue comme une bête curieuse par les autres – ou par elle-même.

Mère MaryMeg fut satisfaite de son bulletin. Pendant l'été, elle fit en sorte d'envoyer Alex comme aide-monitrice dans une colonie de vacances catholique dans le New Hampshire. Elle partit en traînant les pieds mais revint en pleine forme et toute bronzée de ces deux mois à se baigner, faire de la voile tout en s'occupant des plus petits. Tout de même, il lui tardait de se remettre à écrire et elle se jeta sur sa machine dès son retour. Ses histoires devenaient de plus en plus élaborées et de plus en plus longues. Les sœurs qui les lisaient se rendaient compte de ses progrès. Sœur Xavier les trouvait plus inquiétantes que jamais, ce qu'elle prit comme un compliment. Mieux, sa toute dernière nouvelle avait donné des cauchemars à sœur Xavier pendant deux nuits consécutives !

— Génial ! commenta Alex en exécutant une petite danse de la joie autour de la religieuse qui leva les yeux au ciel. Attendez un peu la prochaine : vous n'allez pas fermer l'œil de toute une semaine.

Elle leur avait manqué, pendant les vacances. Elles furent heureuses d'entendre toutes les petites histoires du camp, des autres moniteurs, des enfants qu'elle avait adorés. Elle avait passé un été formidable. Elle avait même joué au base-ball dans l'équipe des moniteurs contre celle des plus grands vacanciers. Cela lui avait rappelé son père.

Cette année-là, elle entra à la rédaction du journal de l'école. Elle s'était parfaitement adaptée à sa vie au couvent et s'était même fait quelques amis en classe.

Cependant, elle les retrouvait toujours en ville pour ne pas qu'ils sachent où elle habitait. Elle fut invitée à quelques fêtes mais elle n'avait rien à se mettre, se plaignit-elle à sœur Regina. Celle-ci organisa un après-midi shopping. Sœur Xavier les accompagna. Elles s'amusèrent bien et trouvèrent quatre robes pour les sorties d'Alex et une paire de chaussures à talons.

— Tu arrives à marcher avec ça ? s'étonna sœur Xavier, incrédule.

Alex lui en fit la démonstration, puis Regina les enfila à son tour, pour rire. Avec ces sandales en daim noires ornées de clous dorés, elle était superbe. Quand Alex essaya des minijupes, ce fut au tour de Regina d'être un peu choquée et de sœur Xavier de faire preuve d'indulgence.

— Oh, elle est si mignonne avec…

Aucune des deux religieuses n'avait jamais possédé de jupe aussi courte. Toutefois, avec son visage d'ange et ses cheveux noirs tout lisses, Alex était l'innocence même. Pourquoi lui interdire ce qui était permis à toutes les filles de son âge ? Tant qu'elles y étaient, elles lui achetèrent des jeans et des hauts pour l'école. Il y avait bien longtemps qu'Alex n'avait pas eu de vêtements neufs. Et elle avait passé une très bonne journée.

Avant, quand son père l'accompagnait, il restait le moins longtemps possible dans chaque boutique. Il était toujours pressé de s'en aller. Pour la première fois de sa vie, elle avait fait du shopping avec des femmes. À la place de sa mère qui lui avait tant manqué, elle en avait aujourd'hui deux ou trois – ou vingt-six. Sœur Tommy tint à inspecter leurs emplettes pour s'assurer qu'elles n'avaient pas exagéré. Elle tiqua un peu devant les talons et les minijupes mais finit par donner son assentiment. Elle les menaça même de les accompagner, la prochaine fois, juste pour le plaisir d'une sortie entre filles. Cela lui rappellerait de bons souvenirs. En riant comme trois copines, elles rangèrent les nouvelles affaires d'Alex. Le soir, elle écrivit une nouvelle où il était question d'un meurtre dans un grand magasin.

— Faut-il que tu aies l'esprit tordu pour transformer une bonne journée comme celle-ci en une horreur pareille ! commenta sœur Xavier après l'avoir lue.

Mais force lui était d'admettre que c'était excellent. Alex se moqua gentiment d'elle quand elle repartit en secouant la tête.

Depuis un an qu'elle vivait au couvent et qu'elle grandissait sous leurs yeux, les sœurs s'étaient beaucoup attachées à elle. C'était en train de devenir une charmante jeune femme, serviable et attentionnée.

À la fin de l'année scolaire, elle reçut un prix pour sa contribution au journal de l'école. Cela lui donna le courage d'envoyer enfin deux nouvelles à une revue spécialisée. Les deux furent publiées sous la signature d'A. Winslow et lui rapportèrent cent dollars chacune. Elle reçut également une lettre de félicitations de la rédaction qui l'encourageait à continuer à écrire. Elle montra à tout le monde la lettre et le chèque et le couvent ne parla que de cela pendant plusieurs jours. À son retour de colonie de vacances où elle encadra de nouveau tout l'été, Alex vendit encore deux nouvelles à la revue. Elle avait 16 ans. Il était temps de réfléchir à ses demandes d'inscription et d'aller visiter les universités qui l'intéressaient. Sœur Xavier et sœur Tommy consultèrent des listes et des brochures avec elle pour l'aider à choisir. Alex préférait rester dans la région de Boston pour ne pas trop s'éloigner d'elles. Toutefois, mère MaryMeg l'encouragea à opter pour une résidence universitaire. Elle pourrait revenir au couvent aussi souvent qu'elle le souhaiterait, mais la supérieure jugeait qu'il était temps qu'elle se mêle vraiment aux gens de son âge et qu'elle profite pleinement de la vie estudiantine.

Elle visita une demi-douzaine de facultés des environs ainsi que celles de Middlebury dans le Vermont, de Brown dans le Rhode Island et de Yale dans le Connecticut. Elle alla également passer une journée à New York pour voir NYU et Columbia. Sa préférence alla au Boston College.

Au premier semestre de l'année suivante, sœur Xavier et sœur Tommy l'aidèrent à faire ses demandes d'inscription et lui conseillèrent vivement de soumettre des textes moins noirs qu'à son habitude, ce qu'elle fit. Cela faisait maintenant plus d'un an qu'elle vendait des nouvelles à différentes revues. Toutefois, comme elle les publiait sous un pseudonyme, elle ne les évoqua pas. Entre ses activités extrascolaires à Saint-Dominique, ses trois étés d'expérience d'aide-monitrice en colonie de vacances, les deux prix qu'elle avait reçus pour ses articles dans le journal de l'école, elle avait de quoi étoffer son CV. Aux dix lettres de motivation qu'elle envoya, elle joignit les lettres de recommandation élogieuses de ses professeurs, de la conseillère pédagogique et de la mère supérieure. Les sœurs étaient sûres qu'elle serait acceptée partout. Au printemps, les réponses commencèrent à arriver. Elle était admise d'office à Yale, Brown, Boston University, Middlebury et Boston College et sur liste d'attente dans les autres. Elle décida de confirmer tout de suite son inscription à Boston College, son premier choix.

— Je serai tout près : je pourrai rentrer ici le week-end si j'en ai envie !

MaryMeg était touchée qu'Alex se sente à ce point chez elle au couvent. Leur arrangement avait réussi au-delà de leurs espérances à tous. La jeune fille était l'enfant que la plupart d'entre elles n'avaient jamais eu. Elle apportait un souffle de fraîcheur et de jeunesse dans leur vie. Pour son premier rendez-vous, lors du bal de fin d'année, elles avaient été une douzaine à la regarder se préparer et sortir dans sa jolie petite robe noire qui mettait en valeur sa silhouette tout en restant très convenable. Son cavalier était venu la chercher en smoking et avait dû patienter pendant que vingt-six religieuses les prenaient en photo. Puis les sœurs les avaient regardés partir en limousine avec les amis du garçon. Alex lui avait dit où elle habitait mais il n'avait pas bien compris la situation avant de passer la prendre. Ils étaient devenus amis et ne ressortirent pas ensemble si bien qu'Alex se moquait de ce qu'il pouvait penser. Elle n'était pas pressée de fréquenter des garçons. Elle passait tout son temps libre à écrire, c'était sa passion. Ses nouvelles paraissaient régulièrement dans des revues sous le nom d'A. Winslow. Certes, c'était très mal payé, mais il était flatteur de les voir imprimées.

La nouvelle de l'admission d'Alex au Boston College se répandit dans le couvent comme une traînée de poudre. L'événement fut même fêté ce soir-là au réfectoire. À la fin de l'année, mère MaryMeg fit jouer ses relations afin d'obtenir vingt-neuf places pour la remise de diplôme d'Alex. Les vingt-six sœurs purent donc y assister, ainsi que les Buchanan. Alex avait invité Elena, mais celle-ci travaillait maintenant à New York et ne pouvait pas se libérer. Quant à Pattie et les siens, elle avait peu à peu perdu contact avec eux. Désormais, sa famille, le centre de son univers, c'était le couvent de Saint-Dominique.

Lorsqu'elle s'avança sur la scène dans la toge et la toque traditionnelles pour recevoir son diplôme, elle rayonnait. Les sœurs poussèrent à l'unisson des vivats un peu gênants. Elles étaient si heureuses, si fières d'elle ! Sœur Tommy déclara que c'était un peu comme si son septième enfant achevait ses études secondaires. Sœur Xavier pleurait. Mère MaryMeg la couvait d'un regard fier. Quand elle les rejoignit après la cérémonie, sœur Regina l'étreignit à l'étouffer. Quatre ans déjà qu'elle vivait avec elles au couvent ! Elles avaient peine à le croire. Et voilà que la petite jeune fille qu'elles avaient accueillie était devenue une belle jeune femme et s'apprêtait à entrer à l'université.

Mère MaryMeg avait réussi à la convaincre de vivre à la résidence universitaire malgré son appréhension. Fin août, cinq sœurs l'accompagnèrent pour l'aider à s'installer, à défaire ses bagages et à faire son lit avec le linge qu'elle avait acheté exprès, à punaiser ses posters au mur de son côté. Cela leur rappela son arrivée au couvent, mais en plus joyeux. Elle partageait sa chambre avec deux autres filles. L'une d'elles lui demanda si c'étaient ses tantes ; elle ne répondit pas.

Elle posa la photo de son père sur son bureau. Elle avait emporté sa machine à écrire et un ordinateur portable pour le travail scolaire, ainsi que ses livres qu'elle avait déposés quelques jours plus tôt. Elle était prête. Une des religieuses qui l'avaient accompagnée avait les yeux humides au moment de se dire au revoir. Dans la voiture, toutes se mirent à pleurer ouvertement. Leur petite protégée leur manquait déjà.

— J'ai l'impression que mon bébé vient de quitter le nid, dit sœur Xavier en se mouchant.

Sœur Tommy acquiesça tout en essuyant ses joues baignées de larmes. Sœur Regina ne dit rien. Alex allait terriblement lui manquer. Malgré leur différence d'âge – elle avait maintenant 31 ans et Alex, 18 –, elles s'étaient liées d'une véritable amitié. Peu de temps auparavant, elle lui avait confié que, pour la première fois en seize ans, elle doutait de sa vocation et n'était plus certaine d'avoir pris la bonne décision. Malgré le choc, Alex avait promis de n'en souffler mot à personne.

— Que vas-tu faire ? lui avait-elle demandé tout bas.

Ce soir-là, elles étaient restées assez tard dans sa chambre à bavarder.

— Rien, pour l'instant. Je ne peux pas partir. Je n'en ai pas envie. Mais je ne suis pas sûre de pouvoir rester non plus. Je me rends compte que je n'aurai jamais d'enfants, que je ne me marierai pas… Je ne sais pas ce qui m'arrive. Et si je regrettais toute ma vie d'être partie… ou restée ?

En pleine crise personnelle, elle était profondément perturbée. Alex lui avait enjoint de bien réfléchir, de ne pas prendre de décision hâtive. C'était un sage conseil qui lui résonnait encore aux oreilles tandis qu'elles rentraient au couvent après l'avoir installée. N'empêche qu'elle se sentait extrêmement seule sans Alex dans la petite chambre non loin de la sienne, qui tapait à la machine dès qu'elle avait un instant. Ses histoires montraient de plus en plus de maturité et devenaient plus complexes en restant tout aussi violentes. Même sœur Xavier n'arrivait plus à les lire. Les revues, elles, en redemandaient.

Ce soir-là, le dîner fut lugubre. Mère MaryMeg dit une prière pour Alex au début du repas, pour qu'elle grandisse dans la joie et la connaissance et se fasse de merveilleux amis dans sa nouvelle vie. En se joignant à elle, beaucoup de sœurs avaient les larmes aux yeux. À quelques kilomètres de là, au Boston College, Alex faisait connaissance avec ses camarades de chambre.

Elles sortirent manger une pizza et rencontrèrent des garçons du bâtiment voisin. Ils se retrouvèrent finalement à une douzaine pour dîner. Les garçons la dévisageaient, les filles bavardaient, des pichets de bière circulaient. L'espace d'un instant, les sœurs de Saint-Dominique lui manquèrent affreusement. Puis elle se mit à échanger pour de bon avec ses colocataires. Il n'était plus possible de revenir en arrière, de toute façon. Une nouvelle période de sa vie commençait. Elle avait grandi. Il lui semblait qu'elle déployait ses ailes pour prendre son envol, maladroitement, au début, mais voilà qu'elle gagnait déjà de la hauteur. C'était excitant, grisant et terrifiant à la fois. Elle venait d'entrer à la fac. Elle s'accorda une pause pour les observer à tour de rôle et l'idée d'une histoire de meurtre dans une résidence universitaire lui vint. Après le dîner, quand les autres sortirent visiter le campus, elle s'empressa de retourner dans sa chambre et se jeta sur sa machine à écrire.

7

Pour le premier semestre, Alex s'était inscrite à six cours. C'était beaucoup mais elle voulait se débarrasser le plus vite possible des matières obligatoires pour pouvoir en choisir d'autres plus conformes à ses goûts. Cependant, elle découvrit qu'ils l'intéressaient, notamment celui de littérature anglaise du XVIIIe siècle pour lequel il fallait écrire. Elle savait que s'atteler à autre chose que des nouvelles policières était bon pour elle. Elle suivait également un cours d'histoire, un cours de maths et un autre sur le rôle social, historique et littéraire de la femme. Elle avait beaucoup à lire, le soir, et elle adorait cette stimulation intellectuelle. C'était passionnant de suivre des cours de haut niveau dispensés par des professeurs qu'elle admirait. Elle se rendit compte que l'une de ses camarades de chambre, originaire de Hong Kong et étudiante en physique, travaillait autant qu'elle. Elle avait espéré entrer au célèbre MIT, l'Institut de technologie du Massachusetts, mais n'avait pas été admise. Elle comptait retenter sa chance l'année suivante. Elles prirent l'habitude d'aller ensemble à la bibliothèque. En revanche, elles ne voyaient jamais la troisième, tout le temps sortie, qui avait rencontré dès la première semaine un garçon dont elle était folle.

À la fin du premier mois, Alex rentra au couvent, enchantée de voir les sœurs et de passer le week-end avec elles, même si elle avait emporté beaucoup de lecture et qu'elle avait une dissertation à rédiger pour son cours de littérature anglaise. Depuis la rentrée, elle n'avait pas eu le temps d'écrire pour elle et commençait à en éprouver de la frustration.

Le soir de son arrivée, après le dîner, sœur Regina vint dans sa chambre. Elles bavardèrent jusque tard dans la nuit. La religieuse était plus troublée que jamais par ses doutes sur sa vocation et se demandait s'il fallait en parler à mère MaryMeg. Depuis qu'elle était là, elle avait vu des sœurs s'en aller. Elle n'avait pas envie d'être du nombre mais cette vie que, pourtant, elle avait choisie lui pesait de plus en plus. Elle y réfléchissait depuis des mois mais s'enfonçait dans la dépression. Alex s'inquiétait pour elle.

— Il faudrait que tu en parles à mère MaryMeg.

Elle ne savait que lui conseiller d'autre. Ce choix que faisaient certaines femmes d'entrer dans les ordres restait pour elle un mystère, même après avoir vécu au plus près d'elles pendant quatre ans. Elle croyait en Dieu, certes, mais n'avait pas d'assez solides convictions religieuses pour souhaiter renoncer au monde. Bien qu'elle n'ait jamais été amoureuse et que ses sorties avec des garçons se soient limitées au bal de fin d'année et quelques soirées cinéma avec une bande de copains, elle ne se voyait pas ne jamais se marier ni avoir d'enfants. Cela ne lui semblait pas naturel. Elle comprenait donc le trouble de sœur Regina. Inspirée par Alex, celle-ci s'était mise à écrire, mais plus pour elle-même, comme une distraction et un exutoire plutôt que sous l'impulsion d'un désir ardent auquel elle ne pouvait se soustraire. Néanmoins, estimait Alex, ses nouvelles étaient très bonnes.

— Que ferais-tu, comme métier, si tu t'en allais ?

— J'enseignerais, comme je le fais déjà ici.

Sauf que s'en aller reviendrait pour elle à quitter le giron maternel, ce qui la terrifiait. Toutefois, rester ne la rendait pas heureuse. Alex s'en rendait compte mais ne se sentait pas la maturité suffisante pour la conseiller.

Alex revint de nouveau à Saint-Dominique pour Thanksgiving, à Noël et pour les vacances. Elle put alors écrire un peu. Elle avait même l'idée d'un roman. Elle comptait s'y mettre l'été venu, quand elle aurait du temps.

Très prise par ses cours et le travail personnel, elle parvint tout de même à commencer à en ébaucher le plan entre deux dissertations. Au printemps, elle brûlait d'impatience de s'atteler à la rédaction. Elle sentait qu'elle tenait une bonne histoire. Il lui tardait que les cours finissent pour pouvoir lui donner vie. En mai, elle vida sa chambre puisqu'on lui en assignerait une autre dans un bâtiment différent l'année suivante, et rapporta toutes ses affaires au couvent. Dès le premier soir, elle s'attaqua à l'écriture de ce roman qui germait dans sa tête depuis des mois. Elle y travailla jour et nuit pendant trois semaines sans quasiment mettre le nez dehors. Ainsi, elle en avait déjà achevé plusieurs chapitres quand elle commença son job d'été dans une librairie spécialisée dans les ouvrages rares et les éditions originales. Son père y achetait souvent des livres. Impressionné par ses connaissances, le propriétaire l'avait engagée pour les vacances.

Le soir, en rentrant, elle se remettait à sa machine à écrire. La dernière semaine d'août, le premier jet était terminé. Cela tombait parfaitement puisqu'elle retournait à l'université la semaine suivante. Le soir où elle tapa le point final, elle resta un long moment assise à contempler le manuscrit de quatre cents pages qu'elle tenait entre ses mains. À 19 ans, elle venait de terminer son premier livre. Cette nuit-là, l'excitation l'empêcha de trouver le sommeil.

Le lendemain matin, elle tomba sur mère MaryMeg qui lui fit la remarque qu'elle semblait ne pas avoir beaucoup dormi. À sa connaissance, Alex n'avait toujours pas de vraie vie sociale ; elle consacrait ses loisirs à son livre et s'intéressait bien plus à l'écriture qu'aux garçons.

— J'ai fini mon roman hier soir ! Le premier jet, en tout cas.

Elle avait encore du mal à y croire. C'était comme si quelqu'un d'autre s'en était chargé par son truchement. Son père, peut-être. Ou un autre écrivain. Elle n'en revenait pas d'avoir mené cette entreprise à bien. Maintenant, sans cet impératif de travailler à son roman, elle se sentait un peu perdue. Les dernières semaines avaient été intenses. Elle était restée à son bureau toutes les nuits jusqu'à 3 ou 4 heures du matin, voire jusqu'au moment de se préparer pour aller à la librairie. Son contrat était arrivé à son terme quelques jours plus tôt et voilà que son livre était également achevé.

113

MaryMeg lui sourit, impressionnée par la ferveur qu'elle avait mise dans son entreprise. Il ne faisait pas de doute qu'Alex avait la trempe d'un écrivain. Elle avait l'écriture dans le sang, telle une force qu'elle ne pouvait et surtout ne voulait pas arrêter.

— Vous voudrez bien le lire ? ajouta Alex tout bas. Je ne sais pas du tout s'il est bon ou mauvais, s'il faut que je le jette ou que je le garde.

Ce doute l'avait assaillie à plusieurs reprises ; maintenant, il lui fallait une lectrice objective. Elle savait que son travail troublait trop sœur Xavier et que sœur Regina n'aimait pas la littérature policière. Mère MaryMeg, en revanche, s'intéressait toujours à ce qu'elle écrivait.

— Je suis convaincue qu'il est excellent, Alex. Je le lirai avec grand plaisir.

Vingt minutes plus tard, Alex était dans son bureau, son manuscrit écorné et déjà couvert de corrections et de modifications entre les mains. Elle le tendit à la mère supérieure qui le posa sur sa table en promettant de le commencer dès le soir.

Alex aurait été rassurée de voir de la lumière dans sa chambre jusqu'à 3 heures du matin. Mais cette nuit-là, libérée de cette histoire qui la tourmentait depuis des mois, elle dormit comme un bébé.

Le lendemain, elle nota l'air fatigué de mère MaryMeg mais n'osa pas lui demander ce qu'elle pensait de ce qu'elle avait lu. De toute façon, elle en était certaine, elle n'allait pas aimer. Ou alors elle allait lui reprocher d'être allée trop loin, cette fois. C'était un livre fort, avec une histoire terrifiante, et plusieurs énigmes à résoudre simultanément. Il n'avait pas été

114

facile à écrire. Elle s'était un peu sentie dans la peau d'une écuyère de cirque qui devait monter cinq chevaux à la fois sans perdre le contrôle.

Deux jours plus tard, tandis qu'elle bavardait tranquillement avec Regina après le petit déjeuner, la mère supérieure la pria de venir dans son bureau. Les deux amies se regardèrent. Regina semblait inquiète. Craignait-elle que mère MaryMeg se soit rendu compte de la crise qu'elle traversait ? Comme dotée d'un sixième sens, la mère supérieure savait toujours tout. Quelques instants plus tard, Alex entrait timidement dans son bureau.

— Je devrais être en colère contre toi, dit mère MaryMeg avec sérieux tandis qu'elle s'asseyait en face d'elle. Cela fait trois jours que je n'ai pas fermé l'œil à cause de ton livre.

Alex éprouva un début de soulagement. Mais cela ne lui suffisait pas. Elle voulait savoir ce qu'avait vraiment pensé la mère supérieure. La réponse ne tarda pas.

— Il est extraordinaire, Alex. Vraiment. C'est l'un des meilleurs romans que j'aie jamais lus. Il va être publié, j'en suis certaine, et il va lancer ta carrière d'écrivaine. Il faut absolument que tu l'envoies à une maison d'édition.

Alex était sous le choc.

— Il vous a donc plu ? fit-elle dans un souffle.

— On peut même dire que je l'ai adoré, confirma la mère supérieure avec un grand sourire. Ou plutôt, j'ai été captivée, incapable de le lâcher – parce que je ne sais pas si on peut « adorer » un livre mettant en scène des personnages aussi épouvantables. En tout cas, l'intrigue est brillante et tu la conduis de main de maître de la première à la dernière page. J'ignore d'où te viennent ces histoires mais c'est remarquable. Il te faut un éditeur. C'est un livre très, très fort.

— Sans agent, je n'ai aucune chance et je ne sais pas du tout comment faire pour en trouver un. J'y ai beaucoup réfléchi. Si je ne suis pas représentée, aucun éditeur ne me prendra au sérieux. Il se peut même que le manuscrit ne soit pas lu. En plus, un agent saurait qui publierait un livre comme le mien.

Alex avait l'air désolée. MaryMeg pensait qu'elle exagérait mais décida de la croire sur parole. Elle allait tout faire pour l'aider à trouver quelqu'un de bien pour la représenter.

— Je vais y réfléchir. Je dois bien connaître un agent – ou quelqu'un qui connaît un agent.

Elle rendit son ouvrage à Alex en la félicitant à nouveau et en lui promettant de se pencher très vite sur la question.

Alex remonta dans sa chambre, encore tout étourdie par la réaction de la mère supérieure. À l'instant où elle passait devant la porte de Regina, celle-ci sortit la tête.

— Pourquoi voulait-elle te voir ? demanda-t-elle nerveusement. T'a-t-elle dit quelque chose à mon sujet ?

— Non, elle a bien aimé mon livre. Elle dit qu'il faut que je le fasse publier mais je ne sais pas comment m'y prendre.

Soulagée, Regina s'excusa de lui avoir ainsi sauté dessus.

— J'ai tellement peur qu'elle lise dans mes pensées…, avoua-t-elle. Elle est toujours au courant de tout.

Au point que les sœurs lui attribuaient parfois des pouvoirs magiques. Mais, cette fois, ce n'était pas le sujet. Il s'agissait uniquement du livre d'Alex.

Deux jours plus tard, mère MaryMeg monta voir Alex dans sa chambre.

— Je me suis renseignée auprès de tous les gens que je connais qui seraient susceptibles d'être en relation avec un agent ou un éditeur. Voilà ce que j'ai trouvé.

Elle tendit à Alex un papier sur lequel étaient inscrits d'une écriture nette le nom, le numéro de téléphone et l'adresse new-yorkaise d'une femme.

— L'une des sœurs a un beau-frère qui a travaillé dans l'édition. Il est à la retraite, aujourd'hui, mais il m'a proposé de se renseigner. Il vient de me rappeler. Il dit qu'il n'a jamais rencontré personnellement cet agent mais qu'elle a très bonne réputation. Elle représente un certain nombre d'auteurs à succès et il se peut qu'elle ne veuille pas te recevoir. Dans ce cas, elle aura peut-être quelqu'un d'autre à t'indiquer. Elle s'appelle Rose Porter. Tu devrais l'appeler pour essayer de prendre rendez-vous avec elle, conclut-elle avant de rejoindre son bureau.

Alex tenait le papier comme s'il s'était agi du Saint-Graal. La mère supérieure faisait bel et bien des miracles, ce n'était pas une légende.

Quelques minutes plus tard, elle descendit appeler l'agent avec le téléphone du rez-de-chaussée. Malgré ses efforts pour se calmer, ses mains tremblaient quand elle composa le numéro.

— Porter, Stein et Giannini, dit une voix féminine qui lui sembla jeune.

Terrifiée, Alex faillit raccrocher mais trouva le courage de demander à parler à Rose Porter. On la mit en attente. Sa main moite crispée sur le combiné, elle eut l'impression que cela durait une éternité. Puis la voix jeune revint en ligne et lui demanda de patienter le temps qu'elle la mette en relation avec Mme Porter. Elle avait bien sûr donné son nom, Alex Winslow, qui ne pouvait rien dire à l'agent. Curieusement, on ne lui avait même pas demandé à quel sujet elle appelait.

Ce qu'ignorait Alex, c'est que la standardiste était une intérimaire engagée pour l'été qui transmettait les appels à tort et à travers. Elle avait de la chance...

Un instant plus tard, une autre voix féminine sérieuse, impressionnante et quelque peu impatiente demanda sèchement :

— De quoi s'agit-il ?

— J'ai écrit un thriller. Il fait quatre cent douze pages. J'ai déjà vendu des nouvelles à des revues mais c'est mon premier livre. J'ai besoin d'un agent.

Son interlocutrice éclata de rire.

Rose Porter n'eut pas de mal à comprendre que la personne qui l'appelait était très jeune et morte de timidité. En temps normal, elle lui aurait demandé d'envoyer son manuscrit par courriel et l'aurait donné à lire à quelqu'un d'autre. Mais il y avait dans sa voix une intensité, un enthousiasme envoûtants.

À ce moment-là, Alex pensa à citer celui qui la recommandait même si son nom n'allait sans doute rien dire à l'agent.

— Qu'est-ce qui vous fait croire que vous êtes capable d'écrire un thriller ? lui demanda Rose Porter.

— J'en lis depuis mes 10 ans. C'est ma passion. Avec l'écriture.

— Où les dénichiez-vous, à 10 ans ?

— Mon père m'en passait.

— En général, les jeunes femmes n'écrivent pas de thrillers.

— Je sais, c'est aussi ce que m'a dit mon père. Mes nouvelles sont parues signées uniquement de l'initiale de mon prénom et de mon nom de famille. Pour le livre, je pourrais prendre un pseudonyme.

Alex s'était longuement demandé si elle devait adopter un prénom masculin pour écrire, en se souvenant du conseil de son père.

Au bout du fil, l'agent se remit à rire.

— Peut-être faudrait-il que je le lise avant que nous commencions à nous inquiéter d'un éventuel pseudonyme. J'aimerais vous rencontrer, ajouta-t-elle après une interminable hésitation. Vous pourriez m'apporter votre manuscrit ?

Le cœur battant, Alex demanda :

— Quand ?

— Demain à 15 heures, cela vous irait ?

Alex n'en croyait pas ses oreilles.

— Oui, bien sûr. Comptez sur moi.

Elle serait allée à pied à New York s'il l'avait fallu.

— Redites-moi votre nom, s'il vous plaît.

— Alexandra Winslow.

— Très bien, mademoiselle Alexandra Winslow. À demain, 15 heures.

Alex la remercia avec effusion avant de raccrocher et courut dans le bureau de mère MaryMeg pour tout lui raconter. Elle était au bord de l'hystérie.

— Je vais à New York demain... la voir... la rencontrer... lui donner le livre... Je peux utiliser votre photocopieuse ?

La mère supérieure l'y ayant autorisée, Alex passa l'heure qui suivit à dupliquer son manuscrit sur la vieille photocopieuse du couvent afin de pouvoir en conserver un exemplaire.

Sans dire à personne d'autre où elle allait, vêtue d'une petite robe noire toute simple et chaussée de sandales plates, elle prit le train le lendemain matin et arriva à New York à 14 heures. Il faisait une chaleur accablante. Elle prit un taxi pour se rendre à l'adresse qu'on lui avait indiquée sur la Cinquième Avenue, près du Rockefeller Center, où elle se présenta avec dix minutes d'avance, serrant le manuscrit contre sa poitrine. Elle donna son nom à la réceptionniste qui devait être la jeune fille qu'elle avait eue au téléphone la veille.

Un quart d'heure plus tard, une femme plutôt petite apparut, impeccable dans son tailleur Chanel bleu marine et ses escarpins, arborant une coupe à la mode et de grandes lunettes. Elle dévisagea Alex avec insistance, devina sans doute tout de suite qui elle était et lui sourit.

— Venez donc dans mon bureau, Alexandra.

Alex la suivit dans le couloir garni d'une épaisse moquette, avec des œuvres de prix accrochées aux murs, jusqu'à un immense bureau lumineux offrant une vue magnifique. Rose Porter aurait eu l'air minuscule derrière l'imposante table de travail si elle n'avait pas eu tant de présence ; Alex était terrifiée.

— C'est le livre ?

La liasse toujours serrée sur son cœur, Alex hocha la tête. L'agent tendit la main et elle la lui donna. Elle avait l'impression d'abandonner son premier enfant. Rose Porter le feuilleta une minute et lui sourit de nouveau.

— Je vois que vous vous êtes donné beaucoup de mal, commenta-t-elle à la vue des nombreuses corrections.

— Oui.

— J'aime bien le titre. *Bleu acier*. Quel âge avez-vous, Alexandra ?

Il y avait longtemps que Rose n'avait pas vu un manuscrit dans un tel état. On voyait bien que c'était un premier roman. Il arrivait que Rose fasse exprès d'intimider certains interlocuteurs mais cette petite jeune fille raidie par le trac et sans doute prête à tout pour voir son livre publié la touchait.

— Dix-neuf ans, répondit-elle en la regardant dans les yeux.

— Oh ! J'aurais dit peut-être 24 ou 25 – même si vous en paraissez 14. Bien, si nous trouvons un éditeur, nous ne lui dirons pas votre âge.

— Ni mon nom, déclara Alex d'un ton ferme. Je veux un pseudonyme masculin.

Sa décision était prise. Rose s'en étonna.

— Cela va compliquer les choses, surtout si le livre marche bien ou que vous en écrivez d'autres par la suite. Vous êtes certaine d'y tenir ?

— Oui. Les lecteurs ne me prendront pas au sérieux s'ils savent que je suis une fille. C'est mon père qui me l'a dit.

— Je ne suis pas de son avis. Mais je vais commencer par lire votre travail. Nous en parlerons ensuite. Vous habitez New York ?

— Non, Boston.

— Et vous êtes venue uniquement pour me voir ? fit Rose Porter, stupéfaite.

— Oui. Je vous suis très reconnaissante d'avoir accepté de me recevoir.

Quelqu'un qui faisait preuve de gratitude et manifestait aussi peu d'exigences, cela la changeait agréablement. Son fichier était plein d'auteurs exigeants, difficiles, qui avaient une très haute opinion d'eux-mêmes et demandaient la lune à leur éditeur et à leur agent. Alex apportait comme une bouffée de fraîcheur dans son bureau.

— Où puis-je vous joindre ?

Alex lui donna son nom, ainsi que l'adresse et le numéro de téléphone du couvent.

— Je fais mes études au Boston College, ajouta-t-elle.

— Vous n'aurez peut-être pas de mes nouvelles tout de suite. J'ai plusieurs déplacements prévus. En général, ce n'est pas moi qui lis les nouveaux auteurs mais je vais essayer de me pencher sur votre livre dès que j'aurai le temps.

Quelque chose lui disait qu'Alex sortait de l'ordinaire. Rose ne voulait pas se fier au jugement d'un tiers pour son roman. Il arrivait une fois de temps en temps que quelqu'un débarque ainsi, de nulle part, avec un excellent livre. Elle voulait être certaine de ne pas passer à côté. Décidément, cette jeune fille lui inspirait un pressentiment étrange, inexplicable. Parfois, les auteurs exceptionnels éprouvaient ce besoin d'écrire dès leur plus jeune âge. Et si elle était de ceux-là ? En tout cas, le genre qu'elle avait choisi n'était pas habituel pour une femme.

Rose se leva. Le manuscrit était posé entre elles sur la table. Voyant la façon dont Alex le regardait, elle lui sourit.

— Je vous promets d'en prendre grand soin. Vous en avez gardé une copie, je suppose ?

Elle ne voulait pas être responsable de l'unique exemplaire existant de son travail.

— Oui, oui. Bien sûr.

Alex la remercia encore de l'avoir reçue puis quitta le bureau. Une fois dans la rue, elle aurait voulu crier d'excitation. Malgré la chaleur écrasante, elle regagna Penn Station à pied en ayant l'impression de flotter. Quoi qu'il advienne maintenant, elle savait qu'elle avait fait tout son possible. Elle avait écrit un livre et était parvenue à le remettre à un agent. À présent, comme disait mère MaryMeg, c'était à la grâce de Dieu.

8

Alex entama sa deuxième année au Boston College
la semaine qui suivit son aller-retour à New York.
Depuis, elle n'avait pas eu de nouvelles de l'agent
et n'en attendait pas de sitôt. Rose Porter était une
femme importante et occupée. Il lui faudrait un
moment pour lire le livre et reprendre contact avec elle.
Mi-septembre, elle eut une nouvelle idée de roman.
Elle se mit à en rédiger la trame pendant le week-end,
en l'absence de sa camarade de chambre. Le travail
universitaire attendrait, tant pis. Les mots sortaient tout
seuls. Le dimanche soir, l'intrigue était bouclée. Elle en
était satisfaite. Elle avait même rédigé quelques pages
du premier chapitre. La scène d'ouverture allait être
sensationnelle. Ce roman s'intitulerait *Ténèbres*.

Deux semaines plus tard, en octobre, elle en était
déjà au quatrième chapitre quand Rose Porter se
manifesta. Mère MaryMeg appela Alex sur le campus
pour lui dire que son agent lui avait laissé un message.
Comment savoir si c'était bon ou mauvais signe ? se
demanda Alex. Peut-être téléphonait-elle aussi pour les
refus. Elle l'appela donc, les mains tremblantes, depuis

le téléphone placé dans le hall du bâtiment d'internat.
On la lui passa très vite, cette fois.

Toujours très occupée, Rose alla droit au but.

— J'ai lu *Bleu acier*.

— Merci, répondit Alex en retenant son souffle.

— C'est formidable. J'aimerais vous représenter.
Il y a encore un peu de travail à faire dessus, mais nous
pourrons en parler plus tard. Je crois être en mesure de
vendre votre livre. Je vais le faire retaper et l'envoyer
à divers éditeurs la semaine prochaine. Je vais vous
faire parvenir un contrat : s'il vous convient, signez-le,
renvoyez-moi un exemplaire et gardez l'autre. N'hésitez
pas à le faire vérifier par un avocat, si vous en avez un.

— Oui, fit Alex, abasourdie par cette tirade.

— De quel nom souhaitez-vous le signer, si nous
le vendons ? Voulez-vous toujours un pseudonyme
masculin ?

— Oui. Alexander Green, répondit-elle sur un coup
de tête.

— Pourquoi Green ?

Ce devait être le nom de jeune fille de sa mère, supposa Rose. C'était souvent l'origine des pseudonymes.

— Parce que le vert est ma couleur préférée.

— Mon Dieu ! En fait, vous avez 13 ans. Vous
avez intérêt à bien aimer ce nom parce qu'il risque de
vous coller à la peau un bon bout de temps. En tout
cas, c'est tout le mal que je vous souhaite. Vous avez
écrit un très, très bon livre. Je suis heureuse de vous
représenter.

Rose aimait bien cette petite. Elle n'avait aucune
expérience, ignorait tout du monde de l'édition
– n'empêche qu'elle avait un talent fou. Il y avait bien

125

longtemps que Rose n'était pas tombée sur un si bon écrivain. Quelle chance elle avait eue ! Le destin leur donnait un joli coup de pouce à toutes les deux.

— Merci, dit poliment la jeune fille. J'en ai commencé un autre. J'ai écrit quatre chapitres.

— J'aimerais vous faire rencontrer quelqu'un qui pourrait vous aider à la révision de vos manuscrits, enchaîna Rose, de nouveau très professionnelle. Il s'appelle Bert Kingsley. Justement, il est à Boston. Il ne travaille qu'avec des écrivains qu'il apprécie. J'aimerais que vous l'appeliez et que vous repreniez *Bleu acier* avec lui. Il pourra également vous donner quelques conseils pour le suivant. C'est un éditeur exceptionnel. Je vais l'appeler pour lui en parler. C'est moi qui le paierai ; vous pourrez me rembourser quand nous aurons vendu le livre. Cela me semble important. Il va vous aider à resserrer encore votre écriture. Au début, il paraît un peu grognon. Officiellement, il est à la retraite, mais il accepte de temps en temps des projets de ce genre. Si ce que vous écrivez lui plaît, ce sera pour vous le meilleur des alliés. Apprenez de lui tout ce que vous pourrez. Il ne reste presque plus d'éditeurs dans son genre.

Rose était enchantée d'apprendre qu'Alex travaillait déjà à un autre livre. C'était le signe que c'était un véritable écrivain. Elle n'avait attendu ni le retour de Rose ni de voir si le premier se vendait. Elle portait en elle un autre roman, il fallait qu'il sorte. Ainsi étaient les auteurs que Rose cherchait et souhaitait représenter. Ils avaient une vraie vocation, un irrépressible besoin d'écrire et un grand talent.

Alex nota le numéro de Bert Kingsley. D'après Rose, il fallait insister jusqu'à réussir à le joindre en personne. Il ne décrochait pas toujours et rappelait rarement. À l'entendre, il devait être plutôt du genre irascible. La perspective de travailler avec lui l'inquiétait un peu. Elle allait tout de même le rencontrer ; elle verrait bien. Elle avait confiance dans le jugement de Rose.

Le contrat arriva au couvent trois jours plus tard. Alex appela Bill Buchanan pour le prévenir et le lui envoya. Il la rappela la semaine suivante pour lui confirmer qu'elle pouvait signer.

— Tu as écrit un livre, Alex ?

Il était à la fois étonné et impressionné. Malgré tous les bouleversements de sa vie, elle continuait à écrire. Mieux, elle s'était attelée à un vrai roman. Son père serait si heureux, si fier d'elle...

— Oui, et j'en ai un autre en préparation.

— C'est formidable ! Mais n'oublie pas de t'amuser un peu, aussi. Il faut que tu profites de ta vie d'étudiante.

Alex sortait un peu mais préférait écrire. Elle n'avait toujours pas de petit ami ; cela l'intéressait peu. Cette année, elle partageait sa chambre avec une seule fille, originaire du Mississippi, qui venait de se fiancer et passait tout son temps avec son chéri. Alex disposait donc très souvent des lieux pour elle seule, ce qui lui permettait de travailler tranquillement à son roman. C'était parfait.

Elle n'appela Bert Kingsley que la semaine suivante pour laisser à Rose Porter tout le temps de lui envoyer le manuscrit. Quand il décrocha, elle eut l'impression

127

de le réveiller d'un profond sommeil. Elle lui fit de plates excuses ; il ne semblait pas ravi de son coup de fil.

— Oui, Rose Porter m'a appelé. Elle m'a envoyé votre roman.

Il ne lui dit pas s'il l'avait lu ou non et elle n'osa pas lui poser la question.

— Je suis en train d'en écrire un deuxième, dit-elle. Je viens de signer un contrat avec Rose.

— C'est ce qu'elle m'a dit.

Il ne paraissait pas très impressionné. Rose l'avait bien décrit. En effet, il avait l'air plus que grognon !

— Rose m'a dit que vous accepteriez peut-être de m'aider à le retravailler, avança Alex.

— Je suis à la retraite, grommela-t-il. Corriger les manuscrits des jeunes auteurs demande beaucoup de travail.

Un long silence suivit. Alex ne savait que dire.

— Passez donc samedi, finit-il par lâcher comme à contrecœur. J'aurai fini de lire votre travail.

Il habitait à Cambridge, près de l'université Harvard où il avait enseigné autrefois. La perspective de cette rencontre n'emballait pas Alex, il avait l'air si désagréable… Mais elle ne voulait pas contrarier Rose en refusant d'aller le voir. Le samedi, elle se rendit donc à vélo à l'adresse qu'il lui avait indiquée. Il l'avait convoquée à midi. Quand elle sonna, il mit un temps fou à répondre. Elle allait repartir quand, enfin, il lui ouvrit. D'abord étonné de la voir, comme s'il avait oublié qu'elle devait venir, il hocha la tête et s'effaça pour la laisser entrer quand elle se fut présentée.

Elle le suivit au premier dans un grand salon qui aurait pu être agréable s'il avait été rangé. Il était encombré de piles de livres et de magazines, d'une montagne de manuscrits sur le bureau ainsi que des reliefs du dîner de la veille et d'une bouteille de vin rouge vide abandonnés sur la table basse. À l'évidence, Bert Kingsley vivait seul et aurait eu grand besoin qu'on s'occupe de son ménage. Pour ce qui était de sa personne, ce n'était pas mieux. Longue barbe broussailleuse, crinière en bataille à la Einstein, jean, pull troué et tennis : son apparence était aussi négligée que son intérieur. Alex avait du mal à lui donner un âge. Si Rose ne lui avait pas dit qu'il avait la soixantaine, elle lui aurait donné 70 ans. De toute façon, il lui semblait très vieux. Et quelque chose lui disait qu'il devait avoir quelques séquelles de la bouteille vidée la veille.

Il poussa des papiers pour lui faire de la place sur le canapé et s'assit en face d'elle dans un grand fauteuil défoncé.

— J'ai lu votre livre.

Il la fixa un long moment. Il allait sûrement lui annoncer que son manuscrit était bon pour la poubelle.

— Il faut simplifier le début et ralentir l'action dans les deux derniers chapitres. Vous vous êtes précipitée.

La critique était un peu sèche mais elle-même s'en était rendu compte.

— Au deuxième chapitre, vous compliquez les choses et cela nuit au récit. Vous pourrez dire presque tout cela plus tard. Ne cassez pas le rythme, c'est important pour le lecteur.

Il prit son manuscrit et lui indiqua plusieurs parties à reporter, selon lui, un peu plus loin dans la narration.

En lisant avec lui, en écoutant ses commentaires, elle sut qu'il avait raison. Ces modifications somme toute assez simples allaient rendre la lecture bien plus fluide. En tout cas, il allait droit au but et il avait de toute évidence lu *Bleu acier* assez attentivement pour prendre des notes détaillées.

Elle resta chez lui deux heures. Toutes ses suggestions étaient valables ; il avait le chic pour débusquer les problèmes et lui indiquer comment les résoudre, où procéder à des changements. Ses conseils étaient à la fois raisonnables, simples et appropriés.

— Revenez samedi prochain, quand vous aurez retravaillé ces passages. Au fait, votre livre m'a plu.

Venant de lui, qui ne lui avait même pas proposé un verre d'eau, c'était un énorme compliment.

— Rose m'avait dit que vous étiez douée ; elle avait raison. Autrement, je ne vous aurais pas reçue. Elle a le flair pour dénicher de nouveaux talents. À la semaine prochaine, même heure. Et apportez donc le plan du suivant.

Sur quoi il la raccompagna à la porte et referma derrière elle, sans doute pressé de se retrouver seul. Il n'était pas du genre à perdre du temps en bavardages. Mais le travail qu'ils avaient effectué ensemble contribuerait grandement à améliorer le livre. C'était un peu comme un instrument de musique qui aurait été nettoyé et accordé. Rose avait eu bien raison de l'adresser à lui. Qui plus est, Alex était flattée qu'un grand éditeur comme Bert ait apprécié son livre. Elle s'interrogeait à son sujet mais il n'avait pas dit un mot de sa vie et ne lui avait pas posé une seule question sur la sienne. La seule chose qui l'intéressait, c'était le roman.

Elle intégra les corrections qu'il avait suggérées avant de retourner le voir le samedi suivant, avec en plus dans son sac un exemplaire du plan de son nouveau roman ainsi que le premier chapitre. Il lut les modifications qu'elle avait apportées à *Bleu acier* et s'en déclara satisfait. Puis il se servit un verre de vin, sans lui en offrir un, et lui fixa rendez-vous la semaine suivante. C'était le moment de prendre congé…

Il était étrange, certes, mais elle aimait beaucoup travailler avec lui. Ses interventions servaient réellement le livre. Mais quelles circonstances l'avaient poussé à négliger ainsi son apparence et sa maison ? On aurait dit un naufragé.

Le lundi, Alex appela Rose Porter pour lui annoncer qu'elle avait vu Bert Kingsley deux samedis de suite et que cela s'était bien passé. Elle allait lui envoyer les corrections de *Bleu acier*. Rose fut ravie de la nouvelle. Elle ne connaissait pas meilleur éditeur que Bert. Il était le mieux placé pour aider Alex à affiner son talent.

— Comment l'avez-vous trouvé ? s'enquit Rose avec une note d'inquiétude.

Alex ne saisit pas tout de suite le sens de sa question.

— Bougon, c'est sûr – vous m'aviez prévenue. Mais tout ce qu'il a dit au sujet du livre était formidable. Toutes ses suggestions, même les plus simples, ont servi à l'améliorer.

— Voilà ce qui fait de lui un si grand éditeur. Simplifier, c'est presque toujours améliorer. Tout est une question de timing et d'équilibre, deux éléments pour lesquels il possède un vrai don.

Alex en convint.

— Et autrement, ça allait ?

Alex hésita à répondre.

— Sa maison et lui sont dans un triste état. Mais le livre lui plaît et il a été très correct avec moi. Pas spécialement chaleureux, mais pas non plus désagréable ni grossier. Il est extrêmement concentré sur le travail.

— Est-ce qu'il a bu ? demanda Rose avec un franc-parler qui surprit Alex.

— Non. Il s'est servi un verre de vin alors que j'allais partir mais rien pendant que nous travaillions et il était sobre à mon arrivée.

Cette question fit de la peine à Alex. Elle imaginait fort bien que Bert ait pu s'enivrer après son départ.

— Il a un problème avec l'alcool ?

Rose soupira.

— Il en a eu un, autrefois. Mais je crois qu'il a repris le dessus. Il a vécu des choses assez dures dont il ne s'est pas remis. Excellent éditeur, il enseignait par ailleurs. C'était un célibataire endurci qui avait juré de ne jamais se marier. Et puis, à 40 ans, il y a une vingtaine d'années, il est tombé amoureux d'une de ses étudiantes. Elle avait un talent fou pour l'écriture. Elle était poète et auteure de romans historiques – pas du tout votre genre, mais très élégants. Ils ont été très heureux. Mais on sentait chez elle une part d'ombre, comme chez certains artistes. On le percevait dans ce qu'elle écrivait. Je crois qu'elle a eu des problèmes familiaux, qu'elle a perdu sa sœur d'un cancer. En tout cas, Faye s'est suicidée. Elle avait 26 ans. Bert a failli en mourir. Je pense qu'il n'a pas dessaoulé pendant un an. Il a fini par reprendre l'enseignement mais il n'a plus jamais été le même. C'est toujours un éditeur hors pair mais une partie de lui est morte avec elle. Cela remonte à quinze ans. Il a pris sa retraite il y a quelques années. Depuis sa mort, il vit quasiment en ermite. Faye est la seule femme qu'il ait jamais aimée. C'est une bien triste histoire. Même s'il est parfois difficile, je lui suis très attachée. Je suis heureuse que vous vous entendiez bien, tous les deux. Il va vous être d'un secours très précieux pour la relecture de vos livres.

Bouleversée, Alex ne savait que dire.

— C'est épouvantable, le pauvre...

Elle comprenait mieux, maintenant, la manière dont il vivait et son côté revêche. Elles bavardèrent encore quelques minutes. Rose lui dit que la trame du roman à venir lui plaisait également puis elles raccrochèrent.

Dans la semaine, Alex fit de nouveau ses « devoirs » pour Bert. Maintenant que Rose lui avait raconté son histoire, elle n'aurait aucun mal à lui pardonner son côté grincheux. Il semblait souvent avoir la gueule de bois quand ils se voyaient, mais en sa présence il ne buvait jamais plus d'un verre, quand il en prenait un. Une ou deux fois, tout de même, elle le vit se servir un whisky sec juste avant qu'elle parte. Quoi qu'il en soit, ils faisaient ensemble un travail extraordinaire qui donnait d'excellents résultats. Tout au long de l'automne, il la guida dans la rédaction de son deuxième roman. Il existait désormais entre eux une relation professionnelle forte mais ils n'évoquaient jamais leur vie privée. Ils ne parlaient que des livres d'Alex. Mentor et professeur hors pair, il l'avait aidée à considérablement améliorer son écriture.

Elle termina *Ténèbres* pendant les vacances de Noël. Le 2 janvier, avec la bénédiction de Bert, elle l'envoya à Rose pour qu'elle le propose à des éditeurs. Elle commençait déjà à penser au troisième. Elle était en train de se transformer en machine à livres, la taquina Bert. Mais il était très fier d'elle, tout comme Rose.

Il eut beau lui dire que c'était une perte de temps, elle s'inscrivit à un cours de création littéraire au second semestre. Elle pensait que s'essayer à des styles littéraires variés serait enrichissant mais elle fut déçue. Un élève de sa classe extrêmement arrogant et dépourvu de talent ne cessait de critiquer son travail. L'assistant était paresseux. Quant à l'écrivain célèbre censé assurer ce cours, il n'était jamais là.

Ténèbres à peine fini, elle s'attela à la rédaction de son troisième roman, *Sans un bruit*, avec l'aide de Bert. Sur le plan de l'écriture, tout allait bien. Sa vie sociale, en revanche, était un désastre.

Elle ne s'était inscrite à aucun club, ne faisait partie d'aucune équipe sportive. Quand elle se sentait trop seule, elle rentrait passer le week-end au couvent. Ses livres occupaient tout son temps libre, de sorte qu'elle négligeait complètement les autres aspects de sa vie. Elle s'en ouvrit à mère MaryMeg lorsque celle-ci lui demanda si elle sortait avec quelqu'un et s'étonna de sa réponse négative. Alex était encore plus ravissante jeune fille qu'enfant ou adolescente.

— Je n'ai rencontré personne qui me plaise vraiment.

— Te donnes-tu une chance de le faire ou restes-tu enfermée à écrire comme ici ?

Alex eut un sourire penaud. C'était vrai. Elle travaillait sans arrêt et adorait cela. Rose n'avait pas encore trouvé d'éditeur pour ses deux premiers manuscrits mais ne doutait pas d'y parvenir. Elle ne la représentait que depuis septembre.

— As-tu réfléchi à ce qui allait arriver quand le succès viendra ? lui demanda MaryMeg qui pressentait que c'était peut-être pour bientôt.

— Je pourrai m'acheter de plus jolis vêtements.

Pour une fois, elle avait une réaction de son âge.

— Oui, mais à part ça. Certains vont t'envier. C'est peut-être déjà ce qui pousse cet étudiant imbu de lui-même à faire des commentaires désagréables sur ce que tu écris. Je parie qu'il est jaloux de ton talent. La jalousie est un défaut laid et dangereux. Il faudra que tu t'en protèges tous les jours.

— C'est pour ça que je veux être publiée sous pseudonyme, répondit Alex innocemment. Personne ne saura que c'est moi – sauf, bien sûr, Bert et mon agent.

— Et quand les gens te demanderont quel métier tu fais, que leur répondras-tu ? s'enquit MaryMeg, intriguée.

— Je pourrai leur faire croire que je suis éditrice, ou rédactrice… Je verrai bien.

— Tu ne pourras pas éternellement te cacher.

Bert soutint à peu près la même chose quand elle lui fit part de son souhait d'utiliser un pseudonyme.

— N'ayez pas peur de qui vous êtes. Personne ne peut ni ne doit vous le prendre, énonça-t-il d'un ton sans appel.

Depuis plusieurs mois qu'ils travaillaient ensemble, ils s'étaient beaucoup rapprochés. Il semblait parfois à Alex qu'il la traitait davantage comme sa fille que comme son élève.

— Normalement, les femmes n'écrivent pas de thrillers, répéta-t-elle, butée, prenant à son compte le préjugé de son père. Si j'écris sous mon vrai nom, les hommes ne me liront pas.

Son père le lui avait dit et elle le croyait. Elle avait entière confiance en son jugement et sa parole. Il n'aimait pas les romans policiers écrits par des femmes, n'achetait que ceux dont l'auteur était un homme.

— Il est vrai que c'est encore un club à majorité masculine, avait concédé Bert, mais pas exclusivement. Le problème, c'est que vos livres sont beaucoup plus noirs que ceux de la plupart des femmes. Quel nom de plume avez-vous choisi ?

— Alexander Green, se rengorgea-t-elle.

Si on ne lui permettait pas d'entrer par la grande porte de ce club en tant que femme, elle s'y glisserait par la fenêtre déguisée en homme.

— Très bien. Vous avez par certains aspects une écriture assez virile, Alex. De toute façon, ce que vous écrivez en énervera certains parce que vous avez énormément de talent. Les hommes voudront croire que vous êtes des leurs. Donc vous avez raison, signer d'un nom d'homme vous facilitera sans doute les choses.

— C'est ce que m'a toujours dit mon père.

— Cela m'ennuie de souscrire à cette étroitesse de vue…, mais va pour Alexander Green ! conclut Bert en souriant.

Ils se remirent au travail et résolurent quelques difficultés dont elle n'était pas venue à bout seule. Il trouvait toujours la bonne solution, savait où et quand insérer un élément, couper, déplacer un paragraphe. Il préservait son écriture tout en l'améliorant, comme tout bon éditeur était censé le faire. Jamais il ne glissait de mots ou d'idées à lui. Il se servait uniquement de ceux d'Alex en les retravaillant d'une manière à laquelle elle n'avait pas pensé. Ils achevèrent *Sans un bruit* en mars. Elle avait désormais trois livres à vendre. En plus d'être talentueuse, elle était prolifique.

En avril, Alex reçut un coup de téléphone de son agent.

— J'ai de bonnes nouvelles, lui annonça Rose. Nous avons une offre pour *Bleu acier*.

Pour présenter les deux suivants, elle voulait en avoir vendu un. Il fallait qu'Alex fasse ses preuves avec une publication avant d'envisager la suite, lui avait expliqué Rose. Et voilà qu'elles tenaient leur premier contrat, avec une maison d'édition très réputée qui offrait la somme habituelle pour un premier livre. Il paraîtrait au printemps suivant, soit un an plus tard. L'éditeur acceptait même qu'elle ne fasse aucune promotion. Elle pourrait préserver le secret de son identité.

— Je devrais avoir reçu la proposition écrite d'ici la semaine prochaine, conclut Rose.

Alex n'en croyait pas ses oreilles et remercia Rose du fond du cœur. À peine le téléphone raccroché, elle appela Bert. Puis elle se rendit à Saint-Dominique pour annoncer en personne la grande nouvelle aux sœurs. Elle exultait. En entrant, elle tomba aussitôt sur mère MaryMeg.

— J'ai vendu mon livre ! s'écria-t-elle.

La mère supérieure l'étreignit. Puis Alex monta en courant le dire aux autres. Mais avant, elle fit un saut par sa chambre où elle passa quelques minutes à contempler les photos de son père. Il aurait été si fier d'elle…

Elle trouva sœur Regina dans sa cellule. Elle avait perdu du poids et semblait préoccupée. Elle se rendait plus souvent à la messe et passait beaucoup de temps en prière. Pour l'instant, hélas, rien ne l'aidait à prendre la difficile décision qui engagerait le reste de sa vie. La mère supérieure était au courant et lui avait suggéré de se faire aider. À un moment ou un autre, presque tous ceux qui consacraient leur vie à l'Église étaient touchés par ce genre de crise et en ressortaient renforcés dans leur foi ou changeaient de voie. À la croisée des chemins, sœur Regina était comme paralysée. Elle parvint tout de même à se réjouir pour son amie de l'excellente nouvelle. Quelle joie de voir sa carrière d'écrivain véritablement éclore !

Alex signa le contrat une fois que Bill Buchanan l'eut épluché. Avec Rose, elles avaient imaginé une biographie plausible d'Alexander Green. Elles s'étaient bien amusées. Âgé de 36 ans, il était né aux États-Unis mais avait passé sa jeunesse en Angleterre où il avait fait ses études. Il menait désormais une existence recluse, en Écosse une partie de l'année et dans le Montana lorsqu'il séjournait aux États-Unis. Il préférait les grands espaces aux villes, n'était pas marié, n'avait pas d'enfants. Il n'accepterait en aucun cas de faire la promotion du livre. Il n'y aurait pas non plus de photo de lui. Mais l'éditeur était tellement emballé qu'il avait accepté toutes ses conditions. Alex communiquerait par e-mail avec Amanda Smith, l'assistante d'édition qui se chargerait plus particulièrement d'elle. Elles n'auraient pas besoin de se rencontrer. De toute façon, l'essentiel du travail de correction avait été fait avec Bert.

Dès la fin des cours, elle retourna au couvent pour écrire tous les jours. Elle préparait la trame de son prochain roman.

— C'est encore un thriller qui va faire mourir tes lecteurs de peur ? lui demanda sœur Xavier un jour qu'Alex n'était pas descendue déjeuner et qu'elle lui portait un sandwich et des pêches.

Il faisait chaud, dans la chambre, mais la jeune fille s'en moquait. Elle tapait à la machine sans relâche : jamais elle n'avait été plus heureuse.

— Je l'espère, répondit-elle en souriant.

Elle avait davantage confiance en elle depuis la vente de son premier livre. Ce qui était frustrant, malgré tout, c'était de devoir attendre encore dix mois avant de pouvoir proposer le deuxième et le troisième. Et cela lui paraissait interminable. Ce soir-là, pour faire une pause, elle descendit dîner au réfectoire avec les sœurs. Elle leur annonça qu'elle allait passer une semaine en août dans le New Hampshire et participer à un stage d'écriture qu'elle avait découvert grâce à un article. Plusieurs personnalités connues viendraient prendre la parole. La plupart des stagiaires n'avaient pas encore publié. Ce projet l'intéressait. Bert, en revanche, assurait que ce serait une perte de temps et d'argent. Mais comme elle avait touché l'à-valoir sur son premier livre, elle se sentait d'humeur un peu dépensière. Rose lui avait expliqué ce qu'était un à-valoir. L'éditeur évaluait ses droits d'auteur pour un certain nombre de livres vendus. Si elle en vendait plus, il lui verserait

139

la différence. Dans le cas contraire, elle conserverait l'avance. L'arrangement lui semblait bon.

— Mais enfin, quel besoin avez-vous d'aller faire un stage d'écriture ? avait bougonné Bert. Vous n'allez y retrouver qu'une bande d'incapables qui rêvent de devenir écrivains mais ne finiront jamais un livre, et de ratés qui leur expliqueront comment s'y prendre.

Bref, il ne croyait pas aux ateliers de création littéraire pour amateurs. D'autant que selon lui, Alex était maintenant une pro.

Malgré ses mises en garde, elle partit dans le New Hampshire. On lui promettait des feux de camp le soir, une vie simple sous la tente, des conférences et des ateliers dans la journée pour aider les stagiaires à affûter leur plume. Le principal attrait, à ses yeux, était la présence annoncée d'un grand auteur de romans policiers : une rencontre à la fois intéressante et profitable, elle n'en doutait pas.

Sur place, elle déchanta. L'hébergement était inconfortable à l'extrême – des ratons laveurs venaient leur rendre des visites nocturnes dans les tentes –, on se faisait dévorer par les moustiques et professeurs et stagiaires passaient leur temps à coucher ensemble, à boire ou les deux. Elle trouva les conférences d'un ennui mortel. Quant au fameux auteur de romans policiers, il brilla par son absence. Il fut remplacé par Josh West, un écrivain d'une bonne trentaine d'années, très bel homme, qui avait publié deux polars pornographiques dont personne n'avait même jamais entendu parler. Il passait le plus clair de son temps à tenter de séduire les mères de famille du Connecticut qui participaient au stage pour apprendre tout autre chose que l'écriture et prenaient des bains de minuit dans le lac voisin après avoir bu trop de mojitos.

Alex s'était sentie mal à l'aise dès le premier jour. Pour éviter de se mêler aux autres, elle partait marcher dans les montagnes. Néanmoins, les regards insistants de Josh ne lui avaient pas échappé et au bout de quelques jours, lors d'une de ses promenades quotidiennes, elle eut la désagréable surprise de se rendre compte qu'il l'avait suivie. Il l'aborda alors qu'elle s'était assise sur un rocher dans une clairière pour admirer la vue et réfléchir à la situation : elle se demandait s'il ne fallait pas qu'elle quitte le stage avant la fin.

— Quel air sérieux, commenta-t-il en s'asseyant à côté d'elle, un peu trop près à son goût. Je t'interromps en pleine méditation littéraire ? On s'amuse bien, ici, non ?

Il avait un sourire de star de cinéma, avec des dents parfaites, et le physique d'un homme qui faisait beaucoup de sport. Il s'était mis torse nu pour qu'elle puisse admirer ses muscles.

— Ce n'est pas tout à fait ce à quoi je m'attendais.

Hélas, c'était en revanche exactement comme l'avait prédit Bert.

— Ah bon ? À quoi t'attendais-tu ? Les autres sont ravis.

— À ce qu'on écrive un peu plus et qu'on s'amuse un peu moins.

Elle entendait les ébats nocturnes des autres dans les tentes alentour, après une soirée autour du feu de camp à boire, fumer des joints et jouer au strip-poker, ou après le bain de minuit. C'était Sodome et Gomorrhe pour les aspirants écrivains.

— Cela fait du bien de se détendre. Mais tu écris quel genre de chose ?

Jusque-là, il ne lui avait pas adressé la parole. Il faut dire qu'elle avait tout fait pour l'éviter quand elle s'était rendu compte qu'il cherchait à séduire toutes les femmes sans distinction. Alex était la plus jeune du stage. Le plus proche d'elle en âge avait abandonné ses études à Dartmouth, affirmait écrire un livre sur les baleines et fumait de l'herbe à longueur de temps. À l'heure du dîner, il était déjà complètement défoncé. Des effluves de marijuana s'échappaient de sa tente à toute heure du jour et de la nuit.

En attendant, elle se demandait que répondre à la question de Josh. Elle n'avait aucune envie de lui dire la vérité. Elle sortit la première chose qui lui vint à l'esprit :

— Des romans jeunes adultes destinés à des filles.

Elle se sentit ridicule, tant c'était loin de la réalité, mais cela collait beaucoup mieux à son image que les thrillers.

— Ah, il ne doit pas y avoir beaucoup de sexe…

Il lui posa la main sur la cuisse et lui sourit. Avait-il l'intention de lui sauter dessus ? se demanda-t-elle, terrifiée.

— Et si tu faisais quelques recherches pour passer à une littérature plus adulte ? Cela dit, tu n'as pas tort, l'argent est plutôt sur le public jeune adulte. Mais rien ne t'empêche de vivre un peu plus.

Écœurée, elle se leva pour échapper à la main de Josh. Elle se sentait salie rien qu'à rester à côté de lui.

— Je vais rentrer au campement, je crois.

Quand elle s'éloigna, il la suivit. Sans doute supposait-il que toutes les stagiaires rêvaient de coucher avec lui. En ce qui concernait Alex, il se trompait. D'ailleurs, elle avait été on ne peut plus claire. Pourtant, il se coula à côté d'elle tel un serpent.

— Ça te dirait de piquer une tête dans la rivière avant de rentrer ? Et puisque nous n'avons pas pris de maillot de bain...

Son sourire lascif lui donnait envie de vomir. Elle pressa le pas. Il accéléra lui aussi. Juste avant d'arriver au campement, il se jeta sur elle, l'étreignit et se plaqua contre elle. Elle sentit son érection à travers son short et sut exactement de quoi il s'agissait bien qu'elle ne se soit jamais trouvée dans cette situation – car, à 20 ans, elle était encore vierge. Par pur réflexe, elle lui assena un bon coup de genou dans le bas-ventre et profita de ce qu'il était plié en deux pour détaler. Une fois au campement, elle alla tout droit faire ses bagages. Tant pis pour l'argent. Quand Josh rentra, furieux et boitillant, elle était prête à partir. Il s'arrêta devant sa tente, le regard étincelant de douleur et de rage.

— Tu es lesbienne ou quoi ? jeta-t-il alors que deux stagiaires qui passaient par là s'étaient arrêtées en se demandant ce qu'il se passait.

— Non, écrivain. Et j'ai bien l'impression d'être la seule, ici. On est où là, en fait ? Dans un camp de débauche pour femmes au foyer qui s'ennuient et écrivains ratés dans ton genre ?

— Qu'est-ce que tu peux être naïve ! Tu t'attendais à quoi ?

— À bien autre chose. Bonne fin de semaine.

Elle sortit en le bousculant presque et alla signaler son départ à la tente principale, sans autre explication. Cinq minutes plus tard, elle était au volant de sa voiture de location. Elle traversa lentement la Nouvelle-Angleterre et arriva quatre heures plus tard au couvent où tout le monde fut surpris de la voir rentrer si tôt. Elle raconta ce qui s'était passé tout en dînant et les sœurs furent bien soulagées qu'elle ait pris la décision de partir. La semaine suivante, quand elle revit Bert, elle lui dit qu'il avait vu juste.

— Je vous l'avais dit : sous prétexte de travailler leur écriture, les gens y vont surtout pour boire, fumer et s'envoyer en l'air.

— Ça, vous ne me l'aviez pas précisé, fit-elle valoir, un peu gênée.

— Ces stages ne sont pas faits pour vous, Alex. Vous êtes un véritable écrivain, vous n'y apprendrez rien.

Elle avait eu tout le loisir de s'en rendre compte ; elle avait encore des haut-le-cœur quand elle songeait à Josh West. Elle raconta également cet épisode à Bert.

— Qu'est-ce que c'est qu'un « polar porno » ? demanda-t-il en riant de l'épisode du coup de genou.

— Je n'ai pas voulu lui poser la question. Mais quand il a animé un atelier sur l'auto-édition, qu'il recommande, j'ai compris que c'était ainsi qu'il faisait paraître ses livres.

— Et vous, que leur avez-vous dit que vous écriviez ?

— Des romans jeunes adultes pour filles, avoua-t-elle en se mettant à rire à son tour. Je n'ai rien trouvé d'autre.

— Cela colle bien avec votre apparence. S'ils savaient que vous écrivez les thrillers les plus terrifiants que j'aie jamais lus !

Et elle le faisait avec beaucoup de talent et de précision. Jusqu'à présent, dans ses livres, les victimes étaient des « méchants » qui ne manqueraient à personne. Les victimes de crimes n'étaient ni des femmes ni des enfants. La force de ses romans ne résidait pas dans les morts violentes – qu'elle décrivait pourtant par le menu – mais dans les méandres compliqués de l'intrigue qui menaient à la résolution de l'énigme. Elle savait tenir le lecteur en haleine jusqu'à la toute dernière page sans jamais verser dans le sordide. C'était la marque de son génie. Elle écrivait des livres intelligents pour des lecteurs intelligents et traitait le crime comme un Rubik's Cube qu'elle mélangeait avant de le remettre dans l'ordre en proposant à la fin une solution toute simple à laquelle, pourtant, personne n'avait pensé. La lire, c'était un peu comme assister à un tour de magie : impossible de déceler comment elle s'y était prise. C'était ce qui plaisait tout particulièrement à Bert. Il n'y avait pas non plus d'allusion sexuelle mais cela ne manquait nullement au lecteur. Elle s'était forgé un style très personnel en s'inspirant de la littérature policière dont elle était nourrie depuis l'enfance. Son dernier ouvrage, qui mettait en scène plusieurs meurtres, était certainement le plus fort des trois qu'elle avait déjà écrits.

— Bien. Les stages d'écriture, c'est terminé, jeune fille, dit-il d'un ton sévère. Maintenant, remettons-nous au travail.

Sur quoi, avec un petit rire, il alla se servir un verre de vin à la cuisine. Il adorait ces séances avec elle. Cela faisait des années qu'il ne s'était pas autant amusé. Et il apprenait aussi beaucoup à son contact. C'était un échange passionnant. Il était infiniment redevable à Rose de les avoir réunis.

Il revint s'asseoir dans son fauteuil préféré pour lire les pages qu'elle lui avait apportées. La trame achevée, elle avait commencé la rédaction proprement dite.

— C'est épouvantable, dit-il en fronçant les sourcils au bout de quelques minutes de lecture.

— Vous trouvez ? J'avais l'impression que ce n'était pas si mal. Je me suis efforcée de bien resserrer l'écriture.

Elle avait l'air déçue.

— Vous avez raison. Ce qui est épouvantable, c'est que je n'ai aucune amélioration à vous suggérer. Vous devenez trop forte pour moi, Alex. Ralentissez un peu : vous apprenez trop vite. Laissez une petite chance au vieillard que je suis.

— Ne vous en faites pas. J'ai été en veine cette semaine mais ça va retomber la semaine prochaine.

Il en doutait. Elle progressait très rapidement. Un jour, elle n'aurait plus besoin de lui. Mais on n'y était pas encore tout à fait. Il avait encore deux ou trois ficelles à lui enseigner.

Il la renvoya chez elle de bonne heure pour qu'elle puisse se remettre au travail. Après son départ, il se resservit un verre de vin en songeant que, s'il avait eu des enfants, il n'aurait pu rêver mieux que d'avoir une fille comme elle. Mais il n'aurait sans doute jamais eu cette chance. Aussi se réjouissait-il d'être son mentor et son ami. C'était fou ce qu'elle enrichissait sa vie. Pourvu que cela ne cesse jamais... Il avait l'impression de retrouver un peu de ce dont il était privé depuis quinze ans.

9

À la rentrée de septembre, en troisième année, Alex put enfin s'inscrire à plus d'options à la fois dans sa matière principale – la littérature – et dans sa matière secondaire, la création littéraire, qui ne revêtait plus la même importance à ses yeux depuis qu'un de ses livres avait été pris par un éditeur. Néanmoins, il lui tardait de suivre ces cours qui présentaient pour elle un intérêt plus spécifique. Elle travaillait beaucoup pour conserver ses bons résultats. Parallèlement, elle poursuivait l'écriture de son quatrième roman et passait ses samedis avec Bert Kingsley dont les commentaires judicieux lui étaient toujours aussi précieux.

Elle s'était encore inscrite à de nombreux cours. Son conseiller pédagogique estimait qu'elle était de taille à tout mener de front puisque ses notes ne baissaient pas. Au cours de l'automne, elle eut le plaisir de devoir approuver la couverture du livre – elle adorait l'illustration qui avait été retenue, une lame de couteau sur fond bleu acier –, la quatrième de couverture, les publicités... Elle lut très consciencieusement les épreuves et apporta quelques corrections. Tout lui était envoyé par l'intermédiaire de son agent qui faisait suivre au couvent, puisque M. Green était censé vivre en Écosse. Elle attendait avec impatience la sortie de ce premier roman, en avril.

Au deuxième semestre, alors que sa carrière décollait, Alex s'inscrivit à un cours de fiction assuré par une romancière connue dont elle avait bien aimé les livres, divertissants et amusants, très différents des siens. Scott Williams, le chargé de travaux dirigés, se disait écrivain lui aussi, bien qu'il n'ait pas encore été publié. Mais il travaillait à un roman, avait-il assuré aux étudiants. Il devait remplacer leur professeur titulaire un mois, le temps d'une tournée de promotion.

Scott était un garçon vif et intelligent. Il fit compliment à Alex de son écriture mais critiqua ses intrigues qu'il jugeait faibles. Cela l'étonna. Pour un texte dont elle était particulièrement fière, il ne lui accorda qu'un C- au prétexte que ses personnages étaient peu attachants, peu crédibles et ne le touchaient pas. Puis elle se rendit compte qu'il devait se sentir en concurrence avec elle parce que plus son style s'affinait, plus il la notait durement. Elle finit par apporter quelques textes à Bert pour qu'il lui dise ce qu'il en pensait.

— Est-ce aussi mauvais qu'il le prétend ? demanda-t-elle en lui donnant à lire celui qui lui avait valu ce C-.

— Vous plaisantez. Certes, j'aime mieux vos polars, mais c'est formidable. Quel est son problème, à ce type ?

— Aucune idée. Il est très gentil avec moi mais il n'aime pas mon travail. J'ai toujours droit à des notes exécrables.

— Revoilà le monstre vert, ma chère enfant.

— C'est-à-dire ?

— La jalousie. Avez-vous vu ce qu'il écrit ?

— Non. Il n'a rien publié. Il s'accroche depuis six ans à la rédaction du Grand Roman américain.

— Il ne vous arrive certainement pas à la cheville, même dans les genres qui ne sont pas votre spécialité. Vous êtes un grand écrivain, Alex. Et je vous parie que, lui, il est nul – mais qu'il se rend parfaitement compte que vous avez du talent. J'aimerais bien voir de quoi il est capable.

— Et donc je fais quoi, maintenant ? Je ne veux pas de ces mauvaises notes sur mon bulletin. Abandonner, ce n'est pas mon genre et j'ai investi beaucoup de temps et d'efforts dans ce cours. Jusqu'à présent, je prenais ses consignes au sérieux. Mais là, avec cette mauvaise note, je me rends compte que quelque chose cloche. Bien sûr, je pourrais en discuter avec lui, mais il est plus sévère avec moi qu'avec tous les autres.

— A-t-il lu vos romans policiers ?

— Bien sûr que non ! Je n'ai pas besoin de lui pour m'enseigner comment écrire des thrillers : je vous ai, vous. De toute façon, je sais déjà comment m'y prendre. Je voulais me frotter à d'autres genres.

— Pour pouvoir passer à la romance ?

— Non, pour apprendre d'autres choses et parce qu'il me semblait intéressant de m'essayer à d'autres types de littérature.

Sauf que, avec Scott, ce n'était pas drôle puisqu'il dénigrait systématiquement ses devoirs.

Elle saisit la première occasion pour en parler avec Scott. Il lui proposa de dîner ; elle accepta. Hormis cette affaire de mauvaises notes, elle l'appréciait.

Ils convinrent de se retrouver à la Washington Square Tavern, à quelques rues du campus. Elle s'y rendit à vélo, les joues rougies par le froid. Il l'attendait au bar. Son regard s'éclaira quand il la vit. Il parvint à éviter pendant presque tout le repas le sujet des devoirs et des notes pour ne l'évoquer qu'au dessert. Alex laissa fondre sa glace en l'écoutant expliquer tout ce qui n'allait pas dans sa manière d'écrire et pourquoi cela ne marchait pas. Son laïus ne tenait pas debout. Il se contredit plusieurs fois en parlant de ses intrigues et de ses personnages et soutint que son travail manquait d'épaisseur. Il en était presque insultant. Si elle n'avait pas déjà eu un contrat avec un éditeur et le soutien de Bert, cela aurait pu la briser. Ce qu'elle ne comprenait pas, décidément, c'était cet acharnement. Il était poli, souriant, n'empêche que, plus tard, en y repensant, elle se rendit compte qu'il avait été d'une méchanceté extrême.

Il mit un C à sa nouvelle suivante. Pourtant, lorsqu'il l'invita de nouveau à sortir, elle accepta. Elle voulait résoudre le mystère de son attitude à son égard. Il fut pourtant encore plus critique même s'il s'était montré charmant et drôle pendant le dîner. Et il l'embrassa sur les lèvres au moment de la laisser devant sa porte. Mais elle ne pouvait songer qu'à ce qu'il avait dit de son travail, qui annulait tout le reste.

— En fait, c'est peut-être mon écriture qui ne te plaît pas, suggéra-t-elle.

Elle ne l'invita pas à monter, prétextant que sa camarade de chambre était là, ce qui n'était pas vrai, mais elle n'avait aucune envie de coucher avec lui. Même s'il avait l'air vraiment épris d'elle, ce qui était plutôt flatteur. En revanche, il était tout sauf épris de son écriture.

— Cela n'a rien de personnel, lui assura-t-il. Ton travail n'est pas très solide par rapport à celui des autres élèves. Il est même très faible, Alex. Je crois que tu peux faire beaucoup mieux que cela.

Curieusement, au lieu de balayer ses critiques d'un revers de main, elle continua à se donner du mal pour le persuader qu'elle écrivait bien. Conquérir son estime était devenu une sorte de défi – un défi absurde, même à ses propres yeux. Le premier livre d'Alex était sur le point de paraître alors qu'elle n'avait jamais lu une ligne de Scott. Pourtant, chargé de TD depuis quatre ans, il devait en savoir plus long qu'elle sur ce qu'il lui demandait d'écrire et le résultat attendu. C'était donc forcément elle qui n'était pas à la hauteur.

Il l'emmena assister à un match de football américain, au cinéma, et l'embrassa encore. Ses notes ne montaient pas, certes, mais au moins elle sortait avec un garçon. Un très beau garçon : sa copine de chambre l'avait même trouvé canon. Donc, c'était officiel. Elle se sentait davantage comme les autres. Sauf que, quand ils étaient ensemble, il ne manquait jamais de lui glisser une remarque désobligeante sur son écriture, qu'il qualifiait de médiocre, juste avant de lui déclarer combien il la trouvait merveilleuse sur tous les autres plans, que jamais il n'avait vu une jeune femme aussi jolie. Cette manière de souffler en permanence le chaud et le froid finissait par la faire douter de son talent. Et elle ne recouvrait son assurance que lorsqu'elle travaillait avec Bert ou lorsqu'elle écrivait, seule dans sa chambre le week-end. Elle refusait les invitations de Scott parce qu'elle voulait avancer, prétextant qu'elle devait rendre des devoirs dans les autres matières ou lire beaucoup de choses. Il lui proposa de l'emmener skier pendant les vacances de printemps. Elle déclina également parce qu'elle voulait les passer à Saint-Dominique et espérait achever son livre.

Elle oublia tous ses propos blessants en avril quand elle vit son premier livre à la devanture d'une librairie. Voilà, songea-t-elle avec un grand sourire. *Bleu acier*, d'Alexander Green, était né. Elle l'avait dédié à son père. Elle en pleura presque d'émotion, tant il était beau, bien réel. Elle avait distribué tous ses exemplaires d'auteur aux sœurs qui étaient folles de joie pour elle. Deux jours plus tard, elle repassa devant la librairie, avec Scott. Ils s'arrêtèrent pour regarder la vitrine, où son livre trônait en bonne place, et Scott le lui indiqua.

— Je suis en train de le lire. Ce type est incroyable. Cela ne te plairait pas, c'est dur, mais quelle intelligence ! C'est son premier roman ; il vit en Écosse et dans le Montana. Il a été élevé en Angleterre. C'est un sacré bonhomme. Avec une écriture admirable et les meilleures descriptions de crimes que j'aie jamais lues. Chez lui, le meurtre devient un art.

Son cœur se gonfla de joie. Ce n'était pas son écriture qu'il trouvait nulle. Simplement les devoirs qu'elle rendait. Elle se sentait beaucoup mieux. Elle lui demanda de lui raconter l'histoire pour voir ce qu'il en dirait. Il ne l'avait pas encore terminée. Le dénouement lui réservait des surprises inimaginables...

— Il paraît que la fin est géniale, remarqua-t-elle tandis qu'ils s'éloignaient.

— Tout le livre est génial.

Alex rayonnait de fierté.

Dans l'intervalle, la professeure titulaire était revenue de sa tournée de promotion et Alex décrocha deux A successifs et un A+ pour sa dernière copie. Cela la décida à aller la trouver dans son bureau. Les notes que lui avait mises Scott allaient faire sérieusement baisser sa moyenne. Alex lui exposa la situation et lui demanda si elle accepterait de relire les textes en question pour voir si elle était d'accord avec lui. En principe, elle ne le faisait jamais, répondit la professeure. Mais, dans le cas d'Alex, en effet, les résultats étaient étrangement bas étant donné ce qu'elle avait vu de son travail.

La réponse tomba deux semaines plus tard. La professeure convint qu'il y avait de toute évidence eu une erreur. Elle trouvait les histoires d'Alex exceptionnelles et lui accorda un A+ pour l'ensemble de son cours. Alex en fut soulagée, mais, surtout, cela lui apprit quelque chose sur Scott. Il avait bel et bien abusé de son pouvoir, par jalousie certainement, pour la rabaisser et la faire douter d'elle. Elle se sentit trahie. Quand il l'appela dans la soirée pour la voir, elle répondit qu'elle n'était pas libre. Désormais, elle se moquait pas mal de ses remarques sur son écriture. En revanche, elle lui en voulait d'avoir cherché à saper sa confiance en elle. Elle ressentait cette attitude passive-agressive à l'extrême comme une violence. Cela avait marché un temps. Heureusement, la correction des notes par la titulaire l'avait rassurée. Cela lui servirait de leçon.

Bert et les autres avaient donc raison depuis le début. Son talent, et peut-être un jour son succès susciteraient des jalousies. Chaque fois qu'elle montrerait son travail, elle avancerait en terrain miné. Après Scott, d'autres essaieraient encore certainement de la briser. C'était comme s'il avait tenté de lui voler quelque chose. Après cela, elle ne répondit plus à ses appels. Le dernier jour de cours, il vint la trouver à la résidence universitaire. Elle venait juste d'envoyer son dernier roman à son agent. Elle se sentait libre, elle était heureuse.

— Qu'est-ce que tu as, à m'éviter ? lui demanda-t-il d'un ton agressif en l'accostant dans le hall après l'avoir attendue deux heures. Et de quel droit es-tu allée faire de la lèche à la prof pour qu'elle remonte tes notes ?

— Du même droit que tous les étudiants, répliqua-t-elle en le regardant droit dans les yeux. Finalement, c'était bel et bien personnel, Scott. Mes devoirs valaient bien mieux que ce que tu prétendais.

Il devint carrément méchant.

— Non, pas d'après moi. Je les ai trouvés nuls. J'aurais pu te recaler : je ne l'ai pas fait parce que tu es mignonne. Mais pas si mignonne que ça si tu vas dans mon dos te plaindre des notes que je t'ai mises.

La professeure l'avait interrogé ; elle était mécontente.

— Je lui ai demandé de juger par elle-même ce que j'avais écrit. Manifestement, elle n'est pas d'accord avec toi.

— Tout ce qui t'intéresse, ce sont tes notes. Tu te moques pas mal de la qualité de ton écriture. Ce n'est pas comme cela que tu arriveras à quelque chose. Tu n'écriras que de la daube. Tu es pitoyable.

Elle n'aurait su dire si son regard trahissait la piètre opinion qu'il avait d'elle, sa jalousie ou un mélange des deux. Mais qu'il la déteste à ce point pour son écriture, qui n'était ni plus ni moins qu'un don, lui était odieux.

— Au fait, comment ça se termine, ton livre ?

— Lequel ?

— *Bleu acier*. Tu sais, de ce nouvel auteur, Alexander Green.

— Magnifiquement. Voilà un niveau d'écriture que tu n'atteindras jamais. Tu es bien trop nulle.

Il voulait la faire souffrir une dernière fois, pour se venger d'avoir été éconduit – pour des raisons qu'il ne comprendrait ni n'admettrait jamais. Elle voyait clair dans son jeu, maintenant. Et elle ne recevait plus ses commentaires comme des critiques de son travail mais comme des éloges de celui d'Alexander Green qui, selon lui, écrivait « magnifiquement ».

— Il faut vraiment que j'achète ce livre…

— Ne te donne pas ce mal : tu n'apprendras jamais rien. Tu n'es qu'une lèche-bottes, Alex. C'est pour ça qu'elle a remonté tes notes. Tu m'écœures.

— Et si tu relisais le dernier chapitre de Green ? Cela t'aiderait peut-être à finir ton livre… Sur ce, ciao.

Elle le planta là et monta l'escalier quatre à quatre. Il en resta les bras ballants, stupéfait. Personne ne l'avait jamais traité de la sorte, surtout pas une fille. Comment cela, « relire le dernier chapitre » ? Que voulait-elle dire ? Aurait-elle lu le livre ? Autrement, comment pourrait-elle savoir ce qu'il y avait dans ce dernier chapitre, où l'on découvre qu'un jeune écrivain qui tirait le diable par la queue avait assassiné pour voler son livre à la victime ?

Quelque temps plus tard, elle déjeuna avec Bert. Ils ne travaillaient pas car elle s'accordait une petite pause après avoir achevé son dernier roman. Les critiques du premier étaient excellentes ; d'après la maison d'édition, les ventes du premier mois dépassaient les espérances. Elle attendait des nouvelles de Rose qui avait envoyé *Ténèbres* et *Sans un bruit* à son éditeur pour obtenir un contrat sur deux romans. Elle raconta donc à son ami sa dernière entrevue avec Scott.

— Méfiez-vous des écrivains, lui conseilla-t-il à la fin du repas. Ce sont des jaloux, surtout les hommes. Ils n'aiment pas du tout se faire voler la vedette par des femmes sur leur terrain. Je vous prédis que vous croiserez bien des hommes en colère, dans votre vie.

Au moins, elle avait déjoué le jeu pervers de celui-ci et s'était débarrassée de lui avant qu'il abîme trop son âme et son cœur.

— J'espère que vous vous trompez…

— Je ne crois pas. Vous êtes bien trop bon auteur pour que les hommes vous tolèrent – pour la plupart, et en tout cas les écrivains. Vous feriez mieux de sortir avec un médecin, un avocat ou un policier. N'approchez pas les hommes de plume : ils vous malmèneront toujours.

— J'aimerais tellement que ce ne soit pas vrai, soupira-t-elle.

— Hélas, si, vous verrez. Si vous sortez avec des écrivains – pire, si vous tombez amoureuse d'un écrivain –, ils essaieront de vous voler votre magie. Mais c'est impossible, n'oubliez jamais cela. Votre magie vous appartient et ne peut servir que vous.

Elle y songea sur le chemin du retour. Lui voler sa magie, c'était bien ce qu'avait cherché Scott. Bert avait sans doute raison. Personne ne pouvait lui voler ni lui emprunter sa magie, ni la ternir. Sa magie lui appartenait ; aux autres de trouver la leur.

10

Il arriva deux choses à Alex au cours de l'été précédant sa dernière année au Boston College. D'abord, Rose Porter vendit ses deuxième et troisième romans au même éditeur, chacun pour le double de la somme qu'elle avait obtenue pour le premier. Alex était folle de joie. Les critiques du premier étaient excellentes, les ventes, meilleures que prévues, et l'éditeur comptait faire paraître *Ténèbres* à temps pour Noël. *Sans un bruit* était programmé pour l'été suivant. Rose n'avait pas encore proposé le quatrième livre qu'Alex et Bert voulaient encore un peu travailler. Du reste, mieux valait attendre de voir comment le prochain marcherait pour négocier. Si les résultats étaient aussi bons qu'elle l'escomptait, elle serait en mesure d'obtenir encore plus.

Et puis, un peu par hasard mais surtout grâce à sa professeure de création littéraire, Alex décrocha un job d'été de deux mois chez un grand éditeur new-yorkais.

C'était l'occasion rêvée d'en apprendre plus sur le monde de l'édition. Le jour où sa professeure l'appela pour lui demander si ça l'intéresserait, elle en parla avec mère MaryMeg qui l'encouragea à accepter, ce qu'elle fit dès le lendemain. Il s'agissait d'un stage. Elle serait donc très peu payée, mais elle avait l'argent de la vente de son livre et encore largement assez de l'héritage de son père. Elle ne tarda pas à trouver une sous-location dans un meublé de l'East Village, en colocation avec quatre autres filles, pour une bouchée de pain. Elle allait passer un été passionnant. Elle était alors entre deux romans. Elle n'avait donc aucun remords de ne pas écrire. Bert grogna bien un peu, lui reprocha de ne pas déjà se mettre à réfléchir à la trame du prochain, mais il finit par convenir que c'était une bonne idée et que ce serait pour elle une découverte amusante.

Elle partit le 28 juin pour s'installer tranquillement. Le 1er juillet, elle se présenta chez Weldon & Small dans un tailleur bleu marine qu'elle avait acheté spécialement pour le bureau, chaussée d'escarpins à talons, ses cheveux noirs et lisses tirés en arrière. Elle se sentait tout à coup très adulte. Elle allait travailler avec Penelope Robertson, la responsable éditoriale de la très lucrative branche romance. Personnage haut en couleur, Penelope avait une indomptable crinière rousse frisée, jurait comme un charretier, buvait du café toute la journée – et Alex n'avait pas intérêt à traîner pour le lui apporter –, fumait dans son bureau malgré l'interdiction formelle… Il régnait autour d'elle une tension palpable. Tout n'était qu'urgence et crise. Alex avait l'impression de travailler en zone de conflit, mais elle aimait cela. Sa chef était également dotée d'un grand sens de l'humour, lui faisait confiance et la traitait comme quelqu'un de compétent – ce qu'elle n'était pourtant pas encore. Elle n'y connaissait rien, mais se voir confier des responsabilités était très stimulant. L'été, il y avait en outre toute une armada de stagiaires venus d'écoles de tout le pays. Par ailleurs, elle s'entendait très bien avec ses colocataires, trois étudiantes de l'université de New York et une Française, Pascale, en séjour linguistique. Elles avaient toutes un petit boulot et sortaient le soir avec des amis.

Alex se plaisait énormément à New York et adorait sa découverte du monde de l'édition et d'un univers littéraire radicalement différent du sien. Elle déjeuna un jour avec Rose Porter pour faire le point sur les derniers chiffres des ventes et le lectorat qu'elle se constituait déjà avec ce premier livre qui recevait des critiques dithyrambiques.

— Vous vous doutez que, tôt ou tard, votre éditeur va vouloir vous rencontrer, Alex. Je crains que nous ne puissions pas éternellement lui cacher votre identité. Je veux vous faire passer au stade supérieur pour votre prochain contrat. À ce niveau de rémunération, ils voudront voir qui ils achètent. Cette fois, déjà, ils ont insisté et j'ai refusé ; mais je ne crois pas que ça puisse durer encore longtemps.

Rose l'avait invitée au Bernardin, l'un des meilleurs restaurants de New York. Alex se sentait très importante, soudain.

— Pourquoi faudrait-il qu'ils me voient ? Ils ont les livres, ça doit leur suffire, non ?

Elle vivait dans une bulle et cela lui allait très bien.

— Non, c'est un peu plus compliqué que cela. Ils ont déjà pas mal investi sur vous et je veux qu'ils aillent plus loin encore. Ils commencent à se projeter dans l'avenir. Il est normal qu'ils souhaitent vous rencontrer.

— Je ne sais pas.

La situation actuelle lui convenait parfaitement. Elle n'avait aucune envie que cela change. Il lui semblait primordial que ses lecteurs, le public et même son éditeur croient qu'elle était un homme. Si elle disait la vérité maintenant, les gens se sentiraient trahis. Au moment où elle décollait et où son lectorat se développait, il ne fallait pas risquer de tout mettre en péril. Car elle tenait à ce que ses deux prochains romans marchent encore mieux que *Bleu acier*.

— Un jour ou l'autre, vos éditeurs vont finir par s'offusquer de votre refus de les rencontrer. Qui plus est, je ne vois pas comment vous pourrez assurer la promotion de vos livres en cachant que vous êtes une femme. Or, un jour, vous aurez peut-être besoin de booster les ventes.

— Il faudra que nous trouvions un autre moyen. C'est Alexander Green l'écrivain et ce sera toujours Alexander Green.

— Je vais voir ce que je peux faire. Mais je ne vous garantis pas que nous arriverons à tenir votre éditeur à distance éternellement. Alors, comment ça se passe, la vie à New York ? enchaîna Rose en souriant.

Elle trouvait sa protégée adorable, dans son tailleur marine et son chemisier blanc, avec ses longs cheveux lisses.

— J'adore ! C'est génial.

— Oui, hein ?

Avec elle, Rose se sentait autant grand-mère, marraine ou tante de cœur qu'agent. Elle aimait beaucoup

Alex. C'était une jeune fille bien, avec des valeurs solides, à qui le succès ne tournait pas la tête. Elle restait modeste quant à son talent. Rose lui sentait les qualités pour faire une carrière phénoménale. Travailleuse, ne rechignant jamais à revoir ses manuscrits, extrêmement talentueuse et passionnée, elle avait tout le potentiel requis.

— Vous croyez que vous aimeriez y vivre ?

— Je ne sais pas, répondit Alex, pensive. Ce serait peut-être un peu trop pour moi. J'adore Boston et ma vie au couvent.

Ce qu'elle n'avait pas envisagé comme une solution à long terme au départ durait depuis près de sept ans. Elle se sentait chez elle à Saint-Dominique et les sœurs étaient comme des mères pour elle.

— Je ne sais pas encore ce que je ferai après mes études – à part écrire, bien sûr.

— Un jour ou l'autre, vous aurez besoin de plus de liberté et d'indépendance que vous n'en avez au couvent.

Alex hocha la tête. C'était vrai mais elle ne se sentait pas encore prête. Ces deux mois à New York étaient une expérience nouvelle et enrichissante, mais elle serait heureuse de retrouver la sécurité du couvent.

— Vous devriez songer à vous installer à New York une fois diplômée.

Elle avait un an devant elle pour y réfléchir.

— Je risquerais de m'y sentir seule, non ?

— Dès que vous vous serez fait des amis, ce ne sera plus le cas. Et vous pourrez toujours rentrer à Boston le week-end.

Là où elle travaillait, plusieurs garçons, stagiaires également, l'avaient invitée à sortir. Ses colocataires lui avaient également présenté leurs amis. Elle sortait surtout en groupe et n'avait pas eu de rendez-vous à proprement parler. Tout le monde cherchait une aventure pour l'été ; pas elle. Tout ce qui l'intéressait, c'était de trouver des idées pour son prochain livre. Au dessert, elle en exposa certaines à Rose qui les approuva et lui confirma qu'elle était sur la bonne voie. Elle voulait reprendre le personnage du détective de son dernier livre. Elle n'était pas encore prête à se lancer mais elle avait une pile de notes à montrer à Bert à son retour à Boston. Il avait pris des vacances tout l'été mais l'avait appelée une fois pour lui dire qu'elle lui manquait. Elle lui avait répondu que c'était réciproque.

Elle fut invitée en week-end en Nouvelle-Angleterre par une de ses nouvelles amies, dans les monts Berkshire par une de ses colocataires et à Greenwich, dans le Connecticut, par une étudiante de Princeton rencontrée au travail. Elle alla également plusieurs fois dans les Hamptons où des jeunes gens louaient des maisons à plusieurs pour y aller à tour de rôle avec des amis. Bref, elle était prise tous les week-ends. Elle n'écrivait donc pas, mais avançait tout de même bien dans la préparation de son prochain roman.

Fin août, sa chef fut désolée de la voir partir.

— Tu as été formidable, Alex, dit-elle en l'embrassant chaleureusement. Restons en contact. Si cela t'intéresse, je suis sûre de pouvoir te trouver un poste l'année prochaine, quand tu seras diplômée. Tu feras une assistante épatante.

Elle appuierait fortement sa candidature, en tout cas. Alex avait été la stagiaire idéale.

Alex la remercia. Elle avait écrit à la professeure qui lui avait indiqué ce stage pour lui dire combien cela lui avait plu, combien elle s'était amusée et combien elle lui était reconnaissante de cette chance.

Elle était un peu triste de quitter New York. Elle rentra en voiture à Boston avec Jack, le petit ami de Pascale, sa colocataire française, étudiant en art à Boston University. Ils bavardèrent tout au long du trajet. Plus tard, il voulait devenir portraitiste mais se doutait qu'il faudrait qu'il trouve un poste de graphiste pour gagner sa vie. Il avait déjà envoyé son CV et son book à plusieurs grandes agences de publicité de New York et Boston. Il espérait passer son diplôme en avance, dès janvier.

— Et toi ? voulut-il savoir. Que comptes-tu faire ?

— Je ne sais pas trop… J'aimerais bien écrire.

— Il faut peut-être que tu regardes aussi du côté de la pub. Il y a des agences super à Boston. Tu pourrais être rédactrice.

C'était bien la dernière chose qui la tentait. Dans l'immédiat, elle comptait se remettre à écrire dès son retour.

— J'ai adoré ma boss. Elle était un peu déjantée mais super sympa. Elle est éditrice de romans sentimentaux.

— Ma mère et ma grand-mère adorent : elles les dévorent.

— Avec mon père, on lisait plutôt des polars, fit-elle avec la nostalgie qu'elle avait toujours quand elle pensait à lui.

164

Il lui manquait encore, en particulier dans les moments importants de sa vie.

— Tu as lu ce nouvel auteur dont tout le monde parle ? Andrew Green, un truc du genre ? J'ai oublié le titre de son roman mais il paraît que c'est bien. Mon père me l'a offert.

— Alexander Green, rectifia-t-elle. Et tu l'as lu ?

Elle dressa l'oreille. C'était peut-être l'occasion d'apprendre ce qui plaisait ou ne plaisait pas à un lecteur de son âge. De faire une étude de marché, en quelque sorte.

— Non, je n'ai pas eu une minute de tout l'été. Ils m'ont fait bosser comme un âne !

Et puis il avait rencontré Pascale, qui lui plaisait vraiment beaucoup. Il confia à Alex qu'il aimerait bien aller la voir à Paris pour Noël, s'il avait de quoi payer le voyage. Peut-être avec l'argent que lui donneraient ses parents pour son diplôme...

Alex fut un peu déçue qu'il n'ait rien à lui dire sur *Bleu acier*.

En arrivant à Boston, elle lui indiqua comment aller à Saint-Dominique où il avait proposé de la déposer. D'abord impressionné par la taille de la maison, il comprit en voyant le nom au-dessus de la porte qu'il s'agissait d'un couvent.

— Tu vas devenir religieuse ? lui demanda-t-il, interloqué.

Elle secoua la tête en souriant.

— Non. Mon père est mort quand j'avais 14 ans ; ma mère était morte cinq ans plus tôt. Les sœurs m'ont accueillie. Maintenant, elles sont ma famille.

Jack s'étonna du naturel avec lequel elle en parlait. N'empêche qu'il avait de la peine pour elle.

— C'est un peu comme un orphelinat ?

— Non, c'est bien un couvent, la résidence des sœurs. Elles ont toujours été extrêmement gentilles avec moi.

Drôle de situation, ne pouvait-il s'empêcher de songer. Mais Alex était une fille super. Il l'aida à porter ses bagages dans le hall d'entrée. Trois religieuses se précipitèrent pour l'accueillir. Alex leur présenta Jack qui s'éclipsa quelques instants plus tard.

Les sœurs étaient folles de joie. Ce soir-là, au réfectoire, Alex eut droit à un petit mot de chacune. Elles voulaient tout savoir de son travail, des gens qu'elle avait rencontrés, de ses colocataires. S'était-elle plu à New York ? Aurait-elle envie d'y vivre ? Elle leur assura que, pour le moment, elle n'avait aucune envie de partir, qu'elle était très heureuse d'être rentrée. Néanmoins, elle avait passé un très bon été et avait mûri, cela sautait aux yeux. MaryMeg estimait que s'éloigner d'elles quelque temps lui avait fait beaucoup de bien. Pour l'instant, elle revenait tel un pigeon voyageur dès qu'elle quittait la résidence universitaire et elles étaient infiniment heureuses de l'avoir parmi elles. Cependant, un jour viendrait où elle aurait besoin de vivre sa vie, loin des sœurs. Et ce moment approchait, même si Alex n'y songeait pas encore, pas plus que les religieuses auxquelles elle était le plus liée, comme sœur Tommy qui répétait à qui voulait l'entendre qu'elle la considérait comme son septième enfant.

Alex revit Bert le samedi qui suivit son retour à Boston. Elle lui montra toutes les notes qu'elle avait prises et lui exposa le plan de son prochain livre. Elle voulait aller plus loin, écrire un roman plus psychologique et plus complexe encore que les précédents. L'intrigue était ambitieuse mais Bert la sentait à la hauteur. Il lui suggéra quelques modifications – très peu. Il était heureux de la revoir. L'été lui avait paru interminable, sans elle. Leurs conversations et leurs déjeuners du samedi, une fois le travail fini, lui avaient manqué, jusqu'à ses réprimandes quand il abusait du vin. Elle le connaissait suffisamment pour se le permettre, désormais, et se faisait du souci pour lui.

Les cours reprirent deux jours plus tard. Les inscriptions, les rencontres avec les professeurs et l'organisation de son travail personnel l'occupèrent trop pour qu'elle puisse avancer sur le livre. Elle ne put s'y remettre que deux semaines plus tard. Toutefois, elle s'était fait un planning qui lui permettait d'allier études et écriture en se couchant tard et se levant tôt. Résultat, elle dormait peu, mais cela en valait la peine. En revanche, il ne lui restait pas une minute pour une vie sociale. Quand elle décrivit son emploi du temps à Bert, il s'inquiéta.

— Est-ce bien raisonnable ? On n'est jeune qu'une fois, vous savez. Il faut vous garder un peu de temps pour vous amuser. C'est votre dernière année d'université, votre dernière chance de vous conduire comme une gamine et de vous la couler douce sans que cela porte à conséquence. Ne soyez pas si pressée de finir votre livre.

C'était déjà le cinquième, ce qui, en soi, était une réussite.

— Mais j'en ai envie !

Écrire, c'était son passe-temps favori. Elle n'avait besoin de rien de plus pour se divertir, à côté du travail scolaire sur lequel elle ne pouvait faire l'impasse. Créer des univers et les mettre en mots qu'elle couchait sur le papier était une passion dévorante.

— Et si vous rencontriez un charmant jeune homme, cette année ? Tout votre beau programme tomberait à l'eau, fit-il valoir pour la taquiner.

— Certainement pas !

Il avait déjà vu dans son regard cette volonté de fer qui l'impressionnait. Elle savait ce qu'elle voulait ; elle était prête à en payer le prix. Ce n'était pas le cas de beaucoup de gens. Ces vrais écrivains prêts à tout sacrifier pour leur art, il en avait rencontré bien peu dans sa vie. Alex était de loin la plus déterminée.

— L'écriture d'abord, puis les cours, et en troisième, les garçons. Tant pis s'ils ne le comprennent pas. De toute façon, je n'ai rencontré aucun « charmant jeune homme ».

Son expérience avec Scott lui avait laissé un souvenir cuisant. Elle ne voulait pas retomber sur un garçon comme cet assistant jaloux. Sans doute serait-elle davantage sur ses gardes, dorénavant, et à même de reconnaître un comportement passif-agressif ou manipulateur. Avec lui, et malgré les mises en garde de Bert, elle avait en quelque sorte vécu son baptême du feu dans le monde des écrivains envieux. Et encore, s'il avait su qu'elle était l'auteure de *Bleu acier*, Scott aurait été encore plus désagréable. Elle était plus que jamais décidée à ne parler à personne des romans qu'elle écrivait sous le pseudonyme d'Alexander Green. Personne d'autre que son agent, Bert, les sœurs et son avocat ne serait au courant. C'était son grand secret, sa vie cachée dans laquelle elle s'épanouissait pleinement.

En dépit des doutes de Bert, Alex se tint à son emploi du temps herculéen tout le premier semestre. Ses notes restaient excellentes et elle avançait sur ce roman encore plus vite que sur le précédent. Il avait beau lui répéter de ne pas se presser, de prendre son temps, son style qui la faisait galoper au rythme du récit ne souffrait guère d'être bridé. Elle entraînait à sa suite le lecteur haletant dans la course folle d'une histoire aux multiples rebondissements, de surprise en fausse piste. Ses lecteurs comme la critique adoraient être menés à ce train d'enfer.

Elle venait de rendre son dernier devoir avant les vacances de Noël quand son deuxième livre, *Ténèbres*, parut, juste à temps pour les fêtes. Son éditeur et elle espéraient que cette période serait propice aux ventes. Elle faisait ses bagages pour retourner au couvent quand quelqu'un vint la prévenir qu'on la demandait au téléphone. C'était Rose, qui l'appelait de New York.

— J'ai un cadeau de Noël pour vous, Alex ! lui annonça-t-elle, triomphante. *Ténèbres* sera sur la liste du *New York Times* dimanche en huit. En dixième position, mais vous y êtes !

Elle le savait car la liste était dévoilée aux professionnels dix jours à l'avance.

Alex avait peine à se retenir d'exploser de joie. Quand elle était très heureuse ou surexcitée, elle redevenait une enfant. Elle avait hâte d'annoncer la nouvelle aux sœurs.

— On dirait qu'il se passe quelque chose d'important avec ce livre, poursuivit Rose. Et je ne crois pas que ce soit uniquement dû à la période de Noël. Les critiques en sont fous. Pour *Publishers Weekly*, l'hebdomadaire de l'édition, c'est le meilleur livre de la décennie. D'après votre éditeur, les ventes explosent.

Alex rayonnait.

— Nous verrons jusqu'où ça ira. Cela dit, il y a de la concurrence. Tout le monde veut profiter des ventes de Noël.

En effet, tous les auteurs de best-sellers de fiction figuraient sur la liste.

Alex put partager la bonne nouvelle avec les sœurs dès le lendemain. L'entrée de son roman dans la prestigieuse liste des best-sellers du *New York Times* fit l'effet d'un raz de marée dans le couvent. Plusieurs de celles à qui elle en avait offert un exemplaire auteur l'avaient dévoré et les amatrices de thrillers l'avaient adoré. Les autres ne le lisaient que parce que c'était elle qui l'avait écrit, qu'elles étaient extrêmement fières d'elle et qu'elles voulaient la soutenir.

La semaine suivante, lorsque Rose lui téléphona, le livre était déjà monté de la dixième à la quatrième place. Et en guise de cadeau de Noël, son roman gagna encore un rang pour se maintenir troisième pendant quinze jours, jusqu'au début janvier. C'était le succès surprise de la saison, malgré son sujet gore et bien qu'il s'adressât à un lectorat essentiellement masculin. Elle avait très peu de lectrices et aucun homme ou presque n'aurait l'idée de l'offrir à une femme pour Noël. Ils se l'achetaient pour eux ou se le faisaient offrir.

Bert l'avait aussitôt appelée pour la féliciter. Amanda, l'assistante éditoriale qui s'occupait d'elle, lui avait envoyé des e-mails hebdomadaires pour lui annoncer son classement et lui répéter combien ils étaient enchantés.

— Votre éditeur est déchaîné, Alex, lui redit Rose au bout du fil. C'est une étape décisive de votre carrière.

À 21 ans, c'était prodigieux. Et encore son éditeur n'avait-il aucune idée de son âge puisqu'il ne traitait avec elle, contractuellement, que par l'intermédiaire de Rose. Il ignorait tout d'elle, si ce n'est ce que disait la biographie d'Alexander Green qu'elles avaient composée toutes les deux.

Alex avait du mal à se figurer la portée de cette réussite pour son avenir. Elle serait encore mieux payée que pour son dernier contrat, sans doute. Et elle espérait gagner de nouveaux lecteurs, être à nouveau sur la liste des meilleures ventes. Mais elle ne voyait pas au-delà. À quoi bon ? En tout cas, pour le moment, tant que les gens ne se lassaient pas de ses livres, elle allait pouvoir vivre de sa plume. Toutefois, elle ne voulait pas trop parier là-dessus de crainte que la bulle éclate un jour, ce qui pouvait fort bien arriver. Il avait fallu des années pour construire un John Le Carré, un Stephen King, un Georges Simenon, un Frederick Forsyth ou une Agatha Christie. Elle n'en était pas encore là, bien sûr. Peut-être n'y parviendrait-elle d'ailleurs jamais. En attendant, quel bonheur de pouvoir se dire que son livre avait si bien marché et que sa carrière était lancée ! Elle entrait dans les librairies rien que pour le plaisir de voir les piles de son livre sur la table des meilleures ventes. Chaque fois, cela lui tirait un immense sourire. Les sœurs, elles aussi, prenaient des photos des vitrines.

Le succès phénoménal de son roman ne l'empêcha pas de retourner à l'université après les vacances de Noël, pour son dernier semestre au Boston College. Il ne lui restait que quelques examens assez simples à passer pour être diplômée. Elle s'était débarrassée beaucoup plus tôt des plus difficiles et des matières obligatoires.

Elle acheva son cinquième roman pendant les vacances de printemps. Avec la bénédiction de Bert, elle l'envoya à Rose, sans douter un instant qu'il serait bien reçu. Une semaine plus tard, celle-ci la rappela. Elle semblait préoccupée.

— L'heure de vérité a sonné, Alex. Nous voulons un nouveau contrat pour vos deux derniers livres, et un très gros contrat, vu le succès de *Ténèbres*.

Son troisième livre devait paraître l'été suivant ; cela ne les empêchait pas de présenter les deux suivants dès maintenant.

— Votre éditeur ne signera pas sans vous avoir rencontrée. Cela fait trois jours que je négocie et trois jours que je n'arrive à rien.

— Dites que je suis en Europe et que je me suis cassé les deux jambes.

Alex ne plaisantait qu'à moitié. Rose, pas du tout.

— Ils m'ont dit qu'ils attendraient le temps qu'il faudra. Ils tiennent absolument à faire la connaissance du phénomène qui crée ces histoires. Peut-être veulent-ils simplement s'assurer qu'il s'agit bien d'une seule personne et pas d'un de ces comités – il en existe de plus en plus, de nos jours – au sein desquels un écrivain élabore la trame avant que la rédaction proprement dite soit confiée à une demi-douzaine de personnes. Quoi qu'il en soit, ils ne signeront pas de nouveau contrat avant de vous avoir rencontrée. Ils ne veulent même pas lire vos deux derniers romans.

— C'est ridicule. Étant donné le succès du dernier, ils devraient prendre les suivants même si j'étais un gnome à trois têtes.

— Là n'est pas la question. Ils *tiennent* à vous voir. Ils ne céderont pas. Ils sont aussi têtus que vous.

Rose était tendue. L'avenir d'Alex se jouait, même si elle ne semblait pas le comprendre. Il lui arrivait de se montrer aussi entêtée qu'une gamine, parfois.

— Ils peuvent tout fiche en l'air s'ils vendent la mèche, objecta Alex que cette idée effrayait. Apprendre que je suis une femme pourrait fortement déplaire. Et s'ils refusaient de croire que c'est bien moi qui écris – à cause de mon âge encore plus que parce que je suis une femme ?

— Nous pouvons inclure une clause de confidentialité en béton armé, rédigée par un avocat, qui prévoie des dommages et intérêts colossaux s'ils ébruitent votre identité. Cela s'est déjà vu. Il faut que l'enjeu soit important pour eux aussi et là on peut montrer les dents. En revanche, vous n'allez pas couper à une rencontre. Vous représentez un très gros investissement pour eux, à la fois maintenant et pour l'avenir.

Rose avait-elle demandé une trop grosse somme ? Était-ce cela qui mettait l'éditeur de mauvaise humeur ? Elle lui assura que ce n'était pas le problème.

— Sur combien êtes-vous partie ? voulut tout de même savoir Alex.

— Le montant normal au regard des ventes de vos deux premiers livres. De toute façon, c'était couru. Ils ont déjà commencé à s'agiter la dernière fois. Vous ne pourrez pas rester dans l'ombre éternellement.

— Il le faut, pourtant. Je ne suis pas un homme, contrairement à ce qu'ils croient, à ce que tout le monde croit, contra Alex, plus déterminée que jamais. Et je sais que vous ne me croyez pas, mais il y a beaucoup d'hommes qui n'achèteront pas un thriller écrit par une femme. C'est ce que disait mon père.

Alex l'avait toujours cru et ce n'était vraiment pas le moment de vérifier s'il avait raison.

Rose, elle, ne voulait pas risquer de se mettre l'éditeur à dos avec un refus. Alex et elle voulaient un nouveau contrat – cette rencontre en était la condition *sine qua non*. Certes, ce n'était pas sans danger. Si les lecteurs apprenaient que les livres d'Alexander Green étaient en réalité écrits par une étudiante de 21 ans qui avait commencé sa carrière de romancière à 19 ans, ils pourraient se sentir dupés. En un sens, sa protégée était un génie. Sauf que Rose n'avait aucune envie d'avoir à l'expliquer au public – ni même à son éditeur.

— Je vais voir avec un avocat quel genre d'accord nous pouvons proposer, afin que l'éditeur ait suffisamment à perdre s'il révèle qui vous êtes. Cela dit, ils pourront très bien refuser de signer, la prévint Rose.

Il fallut une semaine à l'avocat pour proposer des termes qui leur conviennent à toutes les deux. Elles demandaient dix millions de dollars de dommages et intérêts pour un éventuel manque à gagner si l'éditeur dévoilait son identité. Certes, elle pourrait recommencer de zéro sous un autre pseudonyme mais son style était déjà trop particulier, trop reconnaissable.

Avec l'aval d'Alex, Rose envoya donc cet accord de confidentialité à l'éditeur. Le montant de la compensation rassurait Alex. C'était énorme ; elle ne s'imaginait pas gagner une somme pareille un jour, mais cela les inciterait certainement à la discrétion.

Deux jours plus tard, Rose eut la surprise de recevoir un coup de téléphone du P-DG de la maison d'édition.

— Mais qui c'est, ce type ? demanda-t-il. Le président des États-Unis ? Pourquoi son identité vaut-elle dix millions de dollars ?

— Non, lui assura Rose calmement, ce n'est pas le Président. Mais vous pourriez faire un tort immense à sa carrière en rendant son nom public.

Tant que l'accord ne serait pas signé, il n'était pas question qu'elle lui laisse même entendre que l'auteur des « Green », comme ils disaient, était une jeune femme.

— C'est un criminel ? Que son nom soit associé à notre maison pourrait nous mettre dans une situation embarrassante ?

Il s'inquiétait, de toute évidence. Compte tenu de la somme, c'était légitime. Le moindre faux pas pourrait leur coûter une fortune. Mais les conséquences sur la carrière d'Alex seraient irréparables. Si le bruit commençait à courir, il serait impossible de l'arrêter comme il était impossible de chercher à évaluer la réaction des lecteurs.

— Pas le moins du monde. C'est l'auteur qui a tout à perdre, pas vous.

— Si peu… Juste dix millions de dollars si quelqu'un ouvre sa gueule, répliqua-t-il, énervé. Bon, je vous rappelle d'ici deux jours. Il faut que nous y réfléchissions.

— Très bien.

Le soir, Rose téléphona à Alex pour lui rapporter cette conversation. Il ne restait plus qu'à attendre le retour de l'éditeur. Sans doute allait-il céder. Le pactole s'annonçait bien trop important pour refuser.

Ce fut plus long que prévu ; il ne se manifesta qu'au bout d'une semaine. Il n'avait pas l'air plus content que la fois précédente mais tous les membres du conseil d'administration avaient admis qu'ils n'avaient pas le choix. Malgré tout, Rose n'était pas entièrement rassurée. Elle ne craignait pas une indiscrétion, mais comment prendraient-ils le fait que leur nouvel écrivain vedette, le phénomène censé leur rapporter une fortune, était une jeune femme à peine sortie de l'adolescence ? Ils savaient que Bert Kingsley aidait Green à réviser ses manuscrits. Cela leur convenait : ils avaient souvent travaillé avec lui et reconnaissaient la qualité de ses interventions. Cela ne les empêchait pas de vouloir rencontrer l'auteur avant d'acheter encore un ou deux livres au prix fort. Une requête qui, sans être excessive, n'en était pas moins délicate et risquée.

Rendez-vous fut pris pour un vendredi, au bureau de Rose, à 15 heures. La maison d'édition serait représentée par le président, le P-DG, le directeur éditorial et le directeur administratif et financier. Amanda Smith, l'assistante éditoriale avec qui Alex correspondait et qu'elle appréciait, serait également présente. Rose connaissait les quatre hommes mais pas Amanda.

Chacun avait signé un accord de confidentialité en interne.

Le jour dit, Alex vint en train de Boston. Elle portait le tailleur bleu marine et le manteau assorti qu'elle avait achetés pour son dîner de remise des diplômes six semaines plus tard. Au cas où elle aurait du retard et où il lui faudrait courir, elle avait mis des chaussures plates en daim noir. Avec ses longs cheveux lâchés, elle faisait plus écolière que jamais. Elle se présenta au bureau de Rose une demi-heure avant l'heure convenue, très nerveuse, et se posa tout au bord du siège en face de son agent.

— Tout va bien se passer, lui assura cette dernière. Ne vous en faites pas. Ils vont vous adorer.

Elle en était persuadée – une fois qu'ils seraient remis du choc qui allait être considérable. Alex n'avait vraiment pas le physique de l'auteur de romans aussi complexes, brillants et violents que ceux de Green. Comment un si jeune esprit, élevé dans un couvent depuis plus de six ans et qui achevait à peine ses études, pouvait-il monter des intrigues aussi élaborées ? Pourtant, c'était bien le cas.

Les éditeurs les rejoignirent à 15 heures pile. Une assistante les conduisit jusqu'au bureau de Rose. Sur la table basse encadrée par un canapé en cuir et quatre fauteuils, dans le coin salon réservé aux rendez-vous les plus importants, elle avait pris soin de faire mettre des bouteilles d'eau mais aussi du scotch, du bourbon, du gin et du champagne dans un seau à glace. Ils auraient peut-être besoin d'un verre une fois le coup assené, que ce soit pour les ranimer ou pour fêter la rencontre. En tout cas, elle aurait quelque chose à leur offrir pour les détendre.

Instinctivement, juste après qu'on les eut annoncés, Alex alla se poster à côté de Rose comme pour chercher sa protection. Sans son manteau, elle paraissait plus jeune et plus menue encore. Elle avait un petit air de Blanche-Neige ou d'Alice au pays des merveilles en version brune quand elle regarda de ses grands yeux écarquillés les quatre hommes et la femme qui entraient dans le bureau, la mine sérieuse. Rose craignit un instant de la voir s'évanouir. Elle serra la main aux nouveaux venus et les invita à s'asseoir avant de les remercier de s'être déplacés. Très tendus tous les cinq, ils ne prêtaient aucune attention à Alex, qu'ils devaient prendre pour une assistante, étant donné sa jeunesse et sa tenue. Qui plus est, à moitié cachée derrière Rose, elle faisait tout pour qu'on ne la remarque pas.

— Où est-il ? demanda John Rawlings, le P-DG, avec une certaine brusquerie. Il est en retard, ou il attend dans une autre pièce pour faire son entrée ?

Il était furieux d'avoir été contraint de signer un accord de confidentialité. Le président avait eu bien du mal à le convaincre qu'ils n'avaient pas le choix.

— Il est là.

Rose éprouvait un malin plaisir à faire durer le suspense.

— Ici même, reprit-elle en ménageant ses effets.

Elle se déplaça légèrement pour faire apparaître Alex qui semblait prête à fondre en larmes.

— Permettez-moi de vous présenter ma cliente, Alexandra Winslow… plus connue sous le nom d'Alexander Green.

Un silence de mort se fit dans la pièce. Les cinq représentants de la maison d'édition la dévisageaient, certains littéralement bouche bée. Rose lui posa la main sur l'épaule pour la rassurer et Alex, qui les fixait en retour, murmura un « bonjour » à peine audible.

— C'est une mauvaise plaisanterie ? s'exclama le P-DG avec colère. C'est quoi, ce petit jeu ?

Pendant qu'il s'en prenait à Rose en ignorant Alex, Hugh Stern, le président, étudiait attentivement la jeune fille. Il décelait dans son regard quelque chose de très intéressant qui contrastait avec son apparence juvénile : le tranchant et la détermination des génies. Bien que terrifiée, elle réfléchissait à toute vitesse, cela se voyait.

— Ce n'est ni un jeu ni une plaisanterie, affirma Rose sans se départir de son calme. J'ai connu Alexandra il y a deux ans et demi, quand elle avait 19 ans, par une relation commune. Elle est venue de Boston, où elle vit, me présenter *Bleu acier*. J'ai été bluffée, tout autant que vous. Elle n'a jamais émis qu'une condition : que personne n'apprenne jamais qu'elle était une femme. Selon elle, les hommes n'achètent pas de thrillers criminels écrits par des femmes. Même si je ne partage pas forcément son avis, c'est ce que son père lui a dit et elle le croit. Du reste, je ne suis pas certaine que son dernier ouvrage aurait connu le même succès si les lecteurs avaient su qu'il était l'œuvre d'une jeune femme de 21 ans. Alex connaît à la perfection l'univers du roman policier même si elle s'est forgé un genre à elle – et cela semble marcher. Elle a commencé à lire des polars et des thrillers avec son père dès l'âge de 7 ans. Sans exagérer, je crois qu'elle a tout lu. Je l'ai adressée à Bert Kingsley pour qu'il l'aide à retravailler son premier livre ; depuis, ils continuent. Vous connaissez le talent de Bert. Et celui d'Alex. Tout ce que vous ignoriez, jusqu'à aujourd'hui, c'était son nom, son âge et son sexe. Maintenant, vous les connaissez. Vous devez comprendre pourquoi nous avons fait tout notre possible pour ne pas dévoiler son identité : pour ne pas causer de tort à ses livres en repoussant les lecteurs. Je devine que vous tiendrez autant que nous à garder le secret.

Alex se sentait déjà un peu plus à l'aise. Les éditeurs semblaient sous le choc, sauf Amanda Smith qui affichait un grand sourire. Alex lui sourit timidement. Amanda trouvait cette histoire géniale. Alexander Green, l'homme tranchant, sans complaisance et brillant dont tout le monde était fou était en fait une toute jeune femme !

Le P-DG s'appuya au dossier de son siège, la main sur les yeux. Il semblait sur le point de faire une crise cardiaque et ne réussit à articuler que :

— Mon Dieu…

Le directeur financier aussi avait l'air sombre et le directeur éditorial ne savait manifestement que dire. Soudain, le président se mit à rire en regardant tour à tour Rose et Alex et en tapotant le bras du P-DG.

— Mesdames, je dois dire que vous nous avez bien eus ! Jamais au grand jamais je ne me serais douté que les livres d'Alexander Green étaient écrits par une femme, qui plus est aussi jeune. Alex, vous avez l'esprit très, très retors.

Dans sa bouche, c'était un compliment. Elle sourit.

— Merci.

Rose s'assit et fit signe à Alex de l'imiter.

— Maintenant, vous comprenez pourquoi personne ne doit révéler de quoi il retourne. Cela ne servirait qu'à nuire aux livres.

— Mais combien de temps tiendrons-nous ? fit valoir le P-DG en laissant retomber sa main.

Rose servit du champagne. Personne ne refusa mais, voyant comme John Rawlings lorgnait la bouteille de Johnnie Walker, elle lui servit un scotch bien tassé, avec de la glace, sur lequel il se jeta tel un naufragé sur une bouée.

— Toujours, j'espère, répondit-elle. En tout cas, de nombreuses années, jusqu'à ce que la notoriété d'Alexander Green soit parfaitement établie. Nous avons créé le personnage censé être l'auteur des livres. C'est un reclus. Compte tenu de la nature de ses romans, ça marche pour le moment. Personne ne cherche à le rencontrer ni ne se plaint de ne pouvoir le faire. Les gens dévorent ses romans, c'est tout ce qui nous importe – aux uns comme aux autres. Et puis, Alex est une travailleuse acharnée et se consacre totalement à l'écriture. Depuis que je la connais, elle n'a jamais arrêté. Vu son âge, la source ne va pas se tarir de sitôt, messieurs.

Le président souriait. Cette histoire était incroyable. Une conversation animée s'ensuivit. Tandis que les quatre hommes discutaient entre eux et avec Rose, Amanda se mit à parler à Alex qu'elle félicita pour son succès. Deux heures durant, ils envisagèrent les risques et les possibilités, réfléchissant à la meilleure manière de capitaliser sur l'aura de mystère de l'auteur. Tout le monde convenait d'une chose : ses livres étaient formidables. Ils burent également beaucoup. Rose avait fait apporter une troisième bouteille de champagne et le P-DG en était à son quatrième whisky. Tout le monde avait besoin de se remettre du choc.

Il était 18 heures quand ils quittèrent le bureau de Rose, passablement éméchés. Alex, elle, n'avait bu qu'un verre de champagne et Rose, un Johnnie Walker allongé d'eau – un seul. En partant, le président embrassa Alex. Rose leur rappela qu'il fallait prendre le talent là où on le trouvait, aussi improbable que soient le lieu ou les circonstances de la découverte, et ne jamais lui tourner le dos.

— Heureusement que c'est ce que vous avez fait, confirma le président. Je vous fais envoyer le contrat pour les deux prochains livres lundi.

Il était entièrement de l'avis de l'agent. La découverte d'Alex était une aubaine pour eux tous.

C'était reparti. Quand ils furent sortis, Rose se laissa tomber dans un fauteuil et leva les yeux vers Alex.

— Alors, mon cher monsieur Green, qu'en dites-vous ?

À son avis, cela n'aurait pu mieux se passer. Elle était enchantée.

— J'étais morte de trouille, avoua Alex en avalant la dernière gorgée de son champagne.

— J'ai bien cru que John Rawlings allait faire une crise cardiaque. Je ne suis pas près d'oublier leur tête ! Mais Hugh Stern est vraiment un type formidable.

C'était lui qui, le premier à reprendre ses esprits, avait brisé la glace en se mettant à rire.

— Je suis bien contente d'avoir fait la connaissance d'Amanda. Elle est toujours extrêmement gentille et efficace.

Elles passèrent encore une demi-heure à disséquer la réunion. Puis il fut temps qu'Alex aille prendre son train – elle comptait se rendre à la gare en taxi.

— Je suis très fière de vous, Alex, assura Rose en l'embrassant.

— Vous avez été super. Vous croyez qu'ils vont garder le secret ?

— Je pense, oui : ils n'ont aucune envie de perdre dix millions. Nous voilà complices dans la préservation du secret de votre identité.

Alex partie, Rose se resservit un verre. Passé le premier moment de tension, tout s'était déroulé mieux encore qu'elle l'espérait.

Hugh Stern tint parole. Le lundi, il lui fit envoyer un contrat signé pour les deux prochains livres d'Alex. Le montant était celui demandé par Rose. Elle sourit. Deux millions de dollars – un par livre. Alex entrait dans la cour des grands. Et le secret d'Alexander Green serait bien gardé.

11

Mère Mary Margaret avait loué deux minibus pour le jour de la remise de diplôme d'Alex afin que toutes les sœurs puissent s'y rendre. Au moment de monter en voiture, l'excitation était à son comble. Sœur Tommy conduisait le premier et une autre sœur, le second. Tout le monde avait son billet ; elles occuperaient un rang entier de l'auditorium. Alex s'habillerait dans sa chambre à l'université. Elles ne la verraient pas avant la cérémonie. Mais elles étaient si fières d'elle… Bien entendu, elle avait également invité Bert mais, prétextant qu'il n'avait pas envie de mettre un costume, il avait décliné. Et puis ce genre d'événement le mettait mal à l'aise. Il boirait un verre de vin ou peut-être de rhum à sa santé et à sa réussite future. Les Buchanan seraient là également en ce grand jour, l'un des plus importants de sa vie. Elena travaillait toujours dans la même famille à New York et n'avait pas pu s'absenter. Ses contacts avec Alex s'étaient espacés jusqu'à se réduire à une carte de vœux annuelle afin de ne pas perdre complètement le contact. Elles ne s'étaient pas vues depuis des années. Hélas, pendant l'été qu'Alex avait passé à New York, Elena avait dû accompagner ses employeurs à Martha's Vineyard.

Il faisait un temps splendide. Les familles et les amis des futurs diplômés avaient pris place dans l'amphithéâtre Robsham, à la faculté des arts et sciences. Les religieuses, qui avaient le plus grand mal à rester tranquilles, bavardaient en attendant le début du défilé. Soudain, elles la virent arriver par un côté de la salle avec ses camarades, s'asseoir dans les premiers rangs qui leur étaient dévolus puis aller recevoir son diplôme. Les sœurs applaudirent plus fort encore que lors de la cérémonie marquant la fin du lycée. Une fois tous les diplômes distribués, les étudiants poussèrent des cris de joie en lançant leur toque en l'air.

Après la cérémonie, les Buchanan les invitèrent toutes à déjeuner au Chart House, l'un des plus vieux établissements du quartier des docks, avec vue sur le port. Alex était folle de joie. Les sœurs défilèrent pour la serrer dans leurs bras et se faire prendre en photo avec elle. En fin de compte, elle avait été élevée par vingt-six mères au lieu d'une et cela lui avait bien réussi. Elle était heureuse et équilibrée. Certes, son père lui manquait encore mais, pendant plus de sept ans, les religieuses l'avaient aimée et s'étaient occupées d'elle.

Bill la félicita pour ses livres, épaté par l'à-valoir qu'elle avait perçu pour les deux derniers. Avec ce que lui avait laissé son père, elle était à l'abri pour longtemps.

Quand elles rentrèrent au couvent en fin d'après-midi, Alex était épuisée. Elle avait abondamment remercié les Buchanan pour tout, embrassé toutes les sœurs, rendu sa toge de location mais gardé le pompon de sa toque en souvenir. Elle posa sur son bureau son diplôme dans sa chemise en cuir. Cette journée marquait un tournant. Elle avait terminé ses études. Maintenant, elle rêvait de partir en voyage en Europe, de visiter la France et l'Italie. Cela inquiétait les sœurs mais mère MaryMeg en avait longuement discuté avec sœur Tommy qui l'avait convaincue de la laisser partir. Il fallait qu'elle s'essaye à voler de ses propres ailes. D'autant qu'elle n'était pas à court d'argent, ce qui lui permettrait de descendre dans de bons hôtels, dans des quartiers sûrs et agréables. Toutes deux l'estimaient suffisamment responsable pour ne pas se mettre en danger. D'une façon générale, elle était peu encline aux conduites à risque. Alex partait donc à Rome dans une semaine. Qu'il lui tardait d'y être !

Allongée sur son lit, elle se remémorait les événements de la journée quand on frappa un coup discret à sa porte. Sœur Regina entra. Elle semblait aller mieux, ces derniers temps. Elle avait repris un peu de poids et paraissait plus sereine. Elle vint s'asseoir au pied du lit et sourit à Alex.

— Nous sommes si fières de toi…

— C'était super, répondit-elle en lui rendant son sourire.

La journée s'était déroulée comme elle l'avait rêvé, voire mieux. Il ne lui avait manqué que son père.

— J'ai quelque chose à t'annoncer, avança prudemment sœur Regina.

Mère Mary Margaret l'avait priée d'attendre que la remise de diplôme soit passée pour ne pas lui gâcher son bonheur si la nouvelle devait la perturber.

Le moment était venu. Mais Alex devina avant qu'elle ait besoin de le lui dire.

— Tu t'en vas ?

Regina hocha la tête, avec dans les yeux des larmes d'émotion – pas de regret. Il lui avait fallu plusieurs années de réflexion pour se décider. Aujourd'hui, elle était sûre de son choix, aussi difficile qu'il ait été.

— Il le faut. Autrement, je le regretterai toujours. Comme si j'avais laissé filer ma vie sans la vivre. Mère MaryMeg a dit que je pourrais revenir si je le souhaitais. Je ne suis pas bannie ni excommuniée ni rien. Simplement, il faut que je m'essaie à la vie en dehors du couvent et que je voie si elle me convient mieux. Si ça se trouve, je reviendrai la queue entre les jambes. Mais une chose est sûre, si je ne tente pas le coup, j'aurai l'impression d'être passée à côté de quelque chose. Un peu comme si tu n'avais jamais essayé d'écrire un livre. Tu as besoin de cela pour être toi-même : moi, je veux essayer d'avoir une vie normale, un mari et des enfants si Dieu en décide ainsi.

Alex la comprenait. Elle avait pris la bonne décision. Pourvu, maintenant, qu'elle trouve dans le monde ce qu'elle y cherchait, qu'elle ait des enfants si elle en souhaitait…

— Tu vas habiter où ?

— Je vais partager un tout petit appartement avec une autre fille. Et j'ai décroché un poste d'enseignante au collège public de South Boston. Je commence fin août. Je serai encore ici en juillet, le temps de déménager et de m'organiser.

Regina voyait là sa dernière chance de vivre la vie dont elle rêvait.

— Les autres sont au courant ?

— Pas encore. Tu es la première à qui je le dis. La décision a été prise il y a un mois. Mère MaryMeg a été très compréhensive. On restera en contact, hein ? fit-elle d'un air triste.

Depuis sept ans et demi qu'elles étaient amies, Regina l'avait vue grandir, elle avait été témoin de l'éclosion de son talent d'écrivain. Elle confia à Alex qu'elle aussi, elle aimerait écrire un livre. L'histoire d'une jeune religieuse qui quittait les ordres. Même si elle n'était pas aussi douée qu'Alex, elle avait quelque chose à raconter.

— Dans mon histoire, précisa-t-elle, j'espère bien que personne ne se fera assassiner.

Elles s'étreignirent en riant et Alex promit de lui écrire d'Europe.

— Combien de temps seras-tu partie ?

— Aucune idée. Rien ne me presse. J'ai envie de voyager plusieurs mois. Je devrais être de retour à l'automne pour me mettre à l'écriture d'un autre livre. Cela dit, je peux commencer à écrire n'importe où.

— Eh bien, viens me voir quand tu seras revenue à Boston.

Elles restèrent à discuter avec animation de leurs projets respectifs jusqu'à l'heure du dîner.

En les voyant arriver ensemble au réfectoire, MaryMeg devina que Regina avait fait part de son secret à Alex et que celle-ci avait bien pris la nouvelle. Elle savait combien les deux jeunes femmes étaient proches. Du reste, Regina ne quittait pas Saint-Dominique en disgrâce. Elle partait chercher sa voie, avec la bénédiction de ses sœurs. MaryMeg le savait bien, tout le monde n'était pas fait pour la vie religieuse. Cette vocation dont Regina avait été si certaine à l'adolescence ne correspondait plus à la femme de 35 ans qu'elle était aujourd'hui.

Alex s'envola une semaine plus tard, non sans avoir dit au revoir à Bert et lui avoir promis de lui écrire vite et de l'appeler de temps en temps. Il lui conseilla de mettre l'écriture entre parenthèses pendant son voyage. Cela lui ferait du bien et lui permettrait de remplir le puits, comme il disait, après cinq livres en très peu de temps. Et puis l'Europe l'inspirerait certainement. Il y avait tant de belles choses à voir : Paris, Rome, Florence, Pise, la Provence… La liste des villes et des régions qui nourrissaient ses lectures et son imagination, qui la faisaient rêver depuis des années, était longue. À n'en pas douter, chacune ferait un cadre idéal pour un roman.

Sœur Regina, sœur Xavier et sœur Tommy conduisirent Alex à l'aéroport. Elle n'avait pris que deux sacs, dont l'un, très lourd, contenait sa précieuse Smith Corona. Elle avait mis dans son bagage à main son ordinateur portable et deux des livres préférés de son père. Par ailleurs, elle emportait des vêtements confortables et quelques robes ainsi que des carnets si l'envie lui prenait de noter des choses. Elle avait embrassé mère MaryMeg avant de partir, sans oublier de la remercier pour tout. Mais comment exprimer sa gratitude à celle qui avait veillé sur elle un tiers de sa vie, qui était devenue sa famille, qui l'avait accueillie sous son toit ? C'était impossible. Alors elles s'étaient serrées très fort, la mère supérieure l'avait bénie en lui faisant promettre de faire attention à elle et de téléphoner de temps en temps.

Les adieux à l'aéroport avec les trois sœurs dont elle était la plus proche furent tout aussi émouvants. Elles s'embrassèrent une bonne dizaine de fois et continuèrent à lui faire signe après qu'elle eut passé le portique de sécurité et jusqu'à ce qu'elle ait disparu. Puis elles regagnèrent le couvent en pleurant et riant tour à tour, et en se racontant des anecdotes sur la vie d'Alex avec elles.

De son côté, Alex avait embarqué et pensait à elles. Voyager seule l'inquiétait un peu. Mais si cela se passait mal, rien ne l'obligeait à s'acharner. Elle pourrait très bien rentrer.

Mais ce voyage dépassa ses attentes les plus folles. Rome était à couper le souffle. Le Colisée, Saint-Pierre, le Vatican, ces innombrables petites églises plus belles les unes que les autres… Elle y resta une semaine à sillonner la ville à pied. Puis elle se rendit à Florence où elle passa des journées entières à la galerie des Offices. Quatre jours à Venise pour visiter les églises et les monuments qui figuraient sur sa liste lui donnèrent une idée pour son prochain livre. Elle commença à prendre des notes. Les canaux et les palais, surtout le soir, formaient le cadre idéal pour un meurtre sinistre. Interpol serait de la partie. Elle imagina aussi un personnage de détective italien. Elle fit ensuite une courte étape à Milan puis un séjour de deux semaines à Paris. On était déjà à la mi-juillet. Elle avait appelé les sœurs plusieurs fois pour les rassurer. Elle loua une voiture pour aller visiter les châteaux de la Loire puis descendit en Provence dont elle tomba littéralement amoureuse. L'Irlande, où elle se rendit ensuite, lui plut énormément malgré le temps exécrable. Elle enchaîna avec quinze jours à Londres pour explorer la ville de fond en comble. En Europe depuis plus de deux mois, elle n'éprouvait aucun désir de rentrer à Boston. Et ses carnets se remplissaient de notes pour son prochain livre.

Elle dénicha un petit hôtel à Bloomsbury, où elle s'installa. Que faire, maintenant ? Lorsqu'elle appela Rose pour lui donner des nouvelles, son agent eut une suggestion intéressante.

— Votre éditeur a un bureau à Londres. Peut-être consentirait-il à une entorse au règlement pour vous donner un job le temps que vous vous fassiez une idée de la vie en Angleterre. Puisque c'est une société américaine, ils sauront vous dire ce qu'il vous faut comme permis de travail. D'ailleurs, ils pourront sans doute vous payer aux États-Unis ou mettre en place une convention de stage quelconque.

L'idée plaisait bien à Alex. Ce serait une bonne excuse pour rester, puisqu'elle n'avait pas envie de rentrer pour le moment. Certes, elle ne pourrait pas dire qu'elle était Alexander Green, mais elle pourrait se servir de son stage à New York comme référence pour se faire embaucher. Enchantée de cette perspective, elle se présenta chez l'éditeur quelques jours plus tard et demanda s'il y aurait un poste d'assistante éditoriale vacant ou même un stage. Peut-être, lui répondit-on. Une éditrice junior qui venait de se marier était retournée vivre aux États-Unis et l'assistante qui la remplaçait allait avoir une promotion. Ils acceptèrent de faire passer un entretien à Alex le lendemain. Il était envisageable de transformer le poste d'éditrice junior en stage le temps qu'ils trouvent à engager quelqu'un disposant des qualifications requises et d'un permis de travail.

Le lendemain, elle mit sa plus jolie robe. Au bout de deux heures d'entretiens avec différentes personnes, elle était embauchée. Le salaire était loin d'être mirobolant mais elle avait suffisamment d'argent de côté pour que ce ne soit pas un problème. Elle faisait cela pour l'expérience, pas pour gagner sa vie. C'était un luxe, elle en avait conscience. Sa situation était plus enviable que celle de Regina, qui allait retrouver son état civil de Brigid O'Brien et se demandait bien comment joindre les deux bouts avec un salaire d'enseignante. Alex jouissait de la liberté de faire ce que bon lui semblait et de rester le temps qu'elle voudrait. La perspective de travailler à Londres l'enchantait. Elle appela mère Mary Margaret pour lui faire part des dernières nouvelles non sans préciser que la situation ne devait pas durer. Ils n'allaient sans doute pas tarder à trouver un titulaire pour son poste.

— C'est précisément le but de ton voyage, lui rappela la mère supérieure. Découvrir le monde et la vie. Cela ne pourra être que bénéfique pour tes livres.

Elle se rendit ensuite chez un agent immobilier pour louer un appartement meublé. Elle en trouva un, tout petit mais charmant et qui lui plut beaucoup, dans le quartier de Knightsbridge, et signa un bail de trois mois. C'était plus raisonnable que de séjourner à l'hôtel. Voilà. Elle avait un job et un toit. Elle allait travailler et habiter dans une ville inconnue. Avec l'impression de vivre une grande aventure, le lendemain matin, elle se rendit à pied au bureau et alla trouver sa supérieure directe, Margaret Wiseman, une éditrice chevronnée spécialiste des romans historiques. Celle-ci fut glaciale et indiqua à Alex le bureau auquel elle pouvait s'installer sans faire le moindre effort pour l'accueillir. Puis elle lui passa une pile de choses à faire. Ces dossiers à classer et autres tâches subalternes eurent le mérite de l'occuper jusqu'à l'heure du déjeuner. À ce moment-là, Fiona, l'une des jeunes assistantes, vint l'inviter à se joindre à son groupe. Ils se rendirent dans une sandwicherie. Tout le monde était très sympathique. Après avoir un peu parlé de gens qu'Alex ne connaissait pas, ils s'intéressèrent à elle. Comment se faisait-il qu'elle soit venue de Boston pour un stage ? Elle leur expliqua qu'elle avait terminé ses études en juin et, depuis, avait voyagé en Europe.

— Ah ! C'est super ! s'exclama une des filles avec admiration.

Le déjeuner fini, ils retournèrent au bureau et prirent l'ascenseur avec un homme très séduisant qui portait une chemise noire, un jean noir et des bottes de moto. Soignait-il son look de mauvais sujet, avec ses cheveux en bataille et sa barbe de trois jours ? Alex rit intérieurement en songeant qu'il lui faisait penser à un personnage de ses livres.

Une fois descendus au même étage, comme ils allaient dans la même direction, il lui adressa la parole.

— Tu es nouvelle ? s'enquit-il en haussant un sourcil irrésistible.

Elle hocha la tête en souriant. Aujourd'hui, elle avait mis un jean et un pull car on lui avait indiqué qu'une tenue décontractée était tout à fait acceptée – dans les limites du raisonnable, bien sûr : pas de tongs, de short ni de dos-nu, mais un jean, aucun problème.

— Oui, confirma-t-elle simplement en lui emboîtant le pas.

— Ah, tu es américaine ?

— De Boston.

— Fascinant…

Il lui sourit tandis qu'elle s'asseyait à son bureau.

Que pouvait-il faire là ? Tout l'étage semblait occupé essentiellement par les services éditoriaux. Il disparut dans un autre couloir et elle ne le revit qu'à la fin de la journée, quand ils sortirent en même temps.

— Ça a été ?

— Pas trop mal, pour un premier jour.

Ce qu'elle avait à faire était assez simple, pour le moment. Il s'agissait pour l'essentiel de classement. Mais quel plaisir de découvrir un autre pays, une autre ville ! À Londres, sans la barrière de la langue, c'était facile.

— Tu habites où ? Chez des amis ?

Il lui posait des questions très directes. De son côté, elle se demandait quel bus prendre. Elle avait un plan mais n'osait pas le sortir de peur d'avoir l'air d'une touriste.

— Non : j'ai eu la chance de trouver un meublé.

— Je te dépose ?

Il désigna une petite Fiat cabossée garée le long du trottoir, avec le volant à gauche, pas comme les voitures en Grande-Bretagne. Elle hésita un instant puis fit oui de la tête. Elle savait où il travaillait ; ce n'était pas un complet inconnu.

— Volontiers, merci.

194

— C'est quoi, ton adresse ?

Il eut l'air surpris quand elle la lui donna.

— Très chic, Knightsbridge. J'habite à Notting Hill.

En route, il l'invita à dîner. C'était un peu rapide pour Alex qui n'aurait su dire s'il était amical ou s'il avait d'autres intentions.

— Il y a un pub très sympa à côté de chez toi. On se fait une bière et un burger ?

— Je ne risque pas d'être trop dépaysée avec ça, remarqua-t-elle avec un sourire. D'accord, avec plaisir.

Le pub, avec ses lumières tamisées, était cosy. Ils commandèrent des burgers et du vin et Alex se rendit alors compte qu'elle ignorait son nom. Il se présenta.

— Ivan White. Et qu'est-ce que tu veux faire, quand tu seras grande ? Pas éditrice, si ?

— Sans doute pas. Et toi ?

— Actuellement, j'édite des ouvrages de non-fiction. Je sens que j'ai un roman en moi. J'attends qu'il veuille sortir.

Elle faillit laisser échapper un grognement. Encore un écrivain ? Pitié ! Allons, se rappela-t-elle, elle dînait avec un collègue ; il n'y avait rien de romantique entre eux. Cela dit, il n'avait pas été long à fixer son attention sur elle.

— Et tu n'es pas écrivain ? demanda-t-il, étonné.

— Pas vraiment. J'ai écrit des petits trucs à la fac, répondit-elle vaguement. Surtout pour les cours. Et quelques nouvelles, au lycée.

— Mais tu n'as pas envie d'écrire de la fiction féminine ?

— Surtout pas ! répondit-elle avec d'autant plus de véhémence que, cela, au moins, c'était vrai.

— Ah ! Enfin ! Presque toutes les femmes que je rencontre veulent écrire des romans. Je t'assure, c'est assommant.

Pourquoi pouvait-il se permettre d'avoir envie d'écrire un roman, mais pas les femmes avec lesquelles il sortait ? Elle ne lui posa pas directement la question mais demanda :

— Qu'est-ce que tu as contre les écrivaines ?

— Elles se prennent trop au sérieux. Ça dégouline d'émotion, de drames et de romantisme. Beurk.

Il fit la grimace.

— Et toi, quel genre de roman écrirais-tu ?

Maintenant, elle était curieuse d'en savoir plus sur lui et sur la manière dont il fonctionnait. En tout cas, il était sûr de lui, très conscient de son physique. Même sa barbe semblait étudiée – mais cela lui allait bien. Il avait un bon look de « méchant » pour un roman. En était-il un ?

— Quelque chose à la Tom Wolfe, je pense, répondit-il allègrement tandis que leurs burgers arrivaient.

— Impressionnant.

— C'est ce qui m'attire, en tout cas. Et je crois sincèrement que, une fois que je m'y serai mis, ce qui sortira sera assez similaire.

Il affirmait ça avec une telle assurance que c'en était comique.

— J'adore les polars, lança-t-elle pour changer de sujet. J'en lis depuis toujours.

— Qui, par exemple ?

Elle énuméra quelques noms qui ne lui firent pas forte impression puis elle décida de jouer un peu avec lui.

— Tu as entendu parler d'Alexander Green ?

Il hocha la tête.

— Pas mal, quoique un peu toujours la même chose, tu ne trouves pas ?

Aïe. Ce n'était pas agréable à entendre. Elle pensait écrire des livres chaque fois différents, pourtant.

— Combien en as-tu lu ?

— Deux, je crois. C'est marrant que tu lises ça. C'est plutôt trash.

— J'ai toujours lu des thrillers assez sanglants avec mon père.

— Tu es une drôle de fille, hein ? avança-t-il en la dévisageant. Tu cours le monde, tu fais une escale à Londres où tu dégotes un job et un appartement, tu aimes les livres d'homme... Tu devais être un vrai garçon manqué, petite. Tes parents sont quel genre ?

— Ils sont morts quand j'étais très jeune. Mon père travaillait dans une entreprise de BTP et ma mère était actrice et mannequin.

— Un couple assez mal assorti, non ?

— Oui. Elle est partie quand j'avais 7 ans. Je suis restée seule avec mon père jusqu'à mes 14 ans.

— Et ensuite ?

— C'est une longue histoire.

Elle n'avait pas envie de lui parler du couvent. Elle lui en avait déjà dit bien plus qu'elle le voulait ; elle le connaissait à peine.

— Donc c'est une histoire soit très triste, soit très heureuse.

— Plutôt heureuse. Ça s'est bien passé.

— Tu es mariée et tu as trois enfants.

— Non, quand même pas ! repartit-elle en riant.

— Au fait, quel âge as-tu ?

Il allait vite, lui posait beaucoup de questions…

— Vingt-deux ans. J'ai fini mes études en juin.

— Et tu t'éclates en Europe pour fêter ça. Des parents friqués. Les pauvres ne peuvent pas se permettre ce genre de chose. Ils t'ont laissé beaucoup d'argent ?

— C'est un peu indiscret comme question, non ?

— Bah, on peut toujours demander… Si c'est oui, tu régales, sinon, c'est moi qui t'invite.

Il avait l'air de ne plaisanter qu'à moitié.

— On partage, alors.

Elle ne voulait lui être redevable de rien. Et puis, il fallait commencer sur le bon pied pour qu'ils puissent être amis. Mais, en fin de compte, il refusa de la laisser payer sa part et affirma qu'il plaisantait. Après le dîner, il la raccompagna et lui dit qu'il avait passé une très bonne soirée.

— Moi aussi.

Elle n'avait pas encore d'amis, ici. Elle partait de zéro. De toute façon, elle voulait avoir le temps d'écrire une fois installée.

— Mais je crois que tu me mens, ajouta-t-il d'un ton accusateur.

— Comment ça ? À quel sujet ?

— Je parie que tu es un écrivain caché.

— Qu'est-ce qui te fait dire ça ?

— La manière dont tu étudies les gens. J'ai vu comment tu me regardais, comment tu scrutais les serveurs et les clients. Je parie que tu serais capable de les décrire un par un.

— Bien sûr que non, enfin !

Sauf qu'il avait tout à fait raison, ce qui faisait de lui un observateur aussi fin qu'elle.

— Tu détailles les gens comme un écrivain. Tu enregistres leurs émotions et leurs réactions pour t'en servir plus tard.

— Tu me décris comme si j'étais une araignée ou un serpent prêt à les avaler.

— Si ça se trouve, c'est le cas, et je ne le sais pas encore.

À la vérité, ils ignoraient tout l'un de l'autre. Il ne lui avait rien dévoilé de lui en contrepartie de toutes les questions qu'il lui avait posées et de ce qu'elle lui avait dit de ses parents. C'était vraiment une conversation à sens unique.

— Où as-tu passé ton enfance ?

— À Londres, avec ma grand-mère. Mes parents, qui étaient comédiens, passaient leur temps en tournée. Je ne les voyais quasiment jamais. Finalement, on a eu presque la même enfance... C'est peut-être la raison de notre attirance mutuelle.

Ce qu'il était présomptueux ! Ils venaient de faire connaissance et avaient simplement dîné ensemble. Il n'était pas encore question, pour elle, de parler d'attirance. Elle était curieuse, certes, mais surtout très méfiante, après l'épisode Scott.

— J'ai l'impression que les enfants de familles à problèmes se retrouvent instinctivement. Pas toi ? Par exemple, toutes mes petites amies avaient des parents divorcés.

Ceux d'Alex avaient divorcé, certes, mais son père était tout sauf dysfonctionnel. C'était même quelqu'un de très stable, si l'on excluait l'énorme erreur qu'il avait faite en épousant sa mère.

— Je ne suis pas certaine que ta théorie tienne debout, répondit-elle, sceptique.

— Je te jure que si. D'ailleurs, il y a encore beaucoup de choses que tu ne m'as pas dites.

— Et que je ne te dirai peut-être jamais…, repartit-elle pour le taquiner.

Il était bien insistant, pour un premier rendez-vous. Devant chez elle, elle descendit de voiture et le remercia pour le dîner.

— On remet ça bientôt, énonça-t-il comme si ça coulait de source.

Il démarra en lui faisant un petit signe de la main et elle entra dans son immeuble. Elle avait encore ses bagages à défaire. Elle s'y attela aussitôt, non sans songer à Ivan White. Encore un aspirant écrivain… Et un peu trop entreprenant pour son goût, trop fouineur. Mieux valait garder ses distances avec lui. Elle le chassa de ses pensées en sortant la photo de son père et ses deux livres préférés.

Au cours des semaines qui suivirent, Ivan fit preuve d'une persévérance étonnante. Chaque fois qu'il l'invitait à dîner, elle lui répondait qu'elle était prise ; il voulait alors savoir ce qu'elle faisait, qui elle voyait, si elle avait un petit ami à Londres. Elle lui répondait que non.

— Tu n'as pas envie d'en avoir un ?

— Pas forcément. J'ai surtout envie de prendre mes marques, de me donner à fond dans mon travail, de découvrir Londres, de me faire des amis… Si, au milieu de tout cela, je rencontre quelqu'un qui me plaît, ce sera super, mais je ne cherche pas spécialement.

— Les hommes te font peur ?

— Non. J'ai peur de faire une erreur et d'être malheureuse.

— Eh bien, dans ce cas, tu arrêtes et tu recommences autre chose.

— Ça me semble épuisant. J'aime autant commencer par faire attention.

— C'est ridicule. Comment veux-tu faire l'expérience de la vie sans prendre le risque de te tromper ?

Il passait son temps à essayer de la convaincre de quelque chose. Tout un mois s'écoula sans qu'elle accepte de dîner avec lui. Mais, comme il refusait de lâcher prise, elle finit par céder. Dans l'intervalle, elle avait appris qu'il était âgé de 27 ans, que, peu de temps auparavant, il avait rompu avec une fille qui l'avait quitté pour un autre. Au bureau, les filles le trouvaient sublime mais avaient la certitude qu'il était du genre infidèle. Comment le savaient-elles ? Simple impression, avaient-elles répondu un jour qu'Alex déjeunait avec elles. Elle s'entendait particulièrement bien avec Fiona, l'assistante éditoriale originaire de Dublin qui éditait des livres illustrés pour les enfants de 3 à 6 ans et semblait ravie de son poste.

Alex, en revanche, s'ennuyait ferme. Sa chef ne lui donnait jamais rien de plus intéressant à faire que du classement. Elle semblait l'avoir prise en grippe et se montrait constamment désagréable avec elle, ce qui rendait les journées de travail longues et peu satisfaisantes. Le week-end, Alex écrivait ; cela lui donnait quelque chose à faire. Elle avait commencé la trame d'un nouveau roman.

Quant au poste d'« éditeur de non-fiction » d'Ivan, il consistait essentiellement à relire les épreuves avant l'impression. Bref, ni l'un ni l'autre n'avait un emploi passionnant, mais Alex était contente de travailler à Londres. Cela suffisait à la satisfaire. Qui plus est, elle se rapprochait sérieusement du début de la rédaction de son livre, au sujet duquel elle avait déjà échangé plusieurs fois par téléphone avec Bert. Emballé par ses idées, il était convaincu qu'elles plairaient tout autant à l'éditeur.

Ivan recherchait sa compagnie, amicale, en théorie, et lui parlait beaucoup du roman qu'il allait écrire. Cela inquiétait Alex. S'il découvrait qu'elle était écrivain, qu'elle avait déjà publié plusieurs livres, il risquait d'être dévoré par la jalousie, comme Scott, et de le lui faire payer d'une façon ou d'une autre. Elle n'avait aucune envie de revivre cela. Elle tenait donc sa langue.

Un jour, alors qu'il était monté la chercher avant d'aller visiter l'aile contemporaine du Victoria and Albert Museum, il avisa sur son bureau une lettre de son agent avec un chèque de droits d'auteur de cinquante mille dollars pour son premier livre. Heureusement, le nom d'Alexander Green ne figurait nulle part sur le courrier, pas plus que le titre du livre. Seule apparaissait la date de publication. En revenant dans la pièce, elle le vit regarder l'enveloppe et même jeter un œil à son contenu avant de s'écarter vivement. Quand il se retourna vers elle, il avait l'air étonné. Il avait reconnu le nom de l'agent, bien connu dans le monde de l'édition, y compris en Angleterre.

— Pourquoi as-tu besoin d'un agent littéraire ? demanda-t-il d'un ton accusateur, comme si elle s'était approprié quelque chose qui lui appartenait.

— J'ai juste travaillé chez eux un été, improvisa-t-elle sans se trouver très convaincante. Ils m'écrivent de temps en temps. Ils me devaient de l'argent pour un trop-perçu fiscal, précisa-t-elle au cas où il aurait vu le chèque.

Elle était furieuse qu'il ait regardé son courrier. C'était d'une impolitesse inqualifiable.

— Eh bien, ils devaient te payer une fortune, commenta-t-il avec une ironie mordante.

— Non, pourquoi ? Qu'est-ce qui te fait croire ça ?

— Un trop-perçu de cinquante mille dollars…

Elle fit la grimace.

— Cela ne te regarde pas, Ivan.

Pour elle, le sujet était clos.

— C'est vrai, ça ne me regarde pas et j'ai eu tort de fouiner. Mais j'étais curieux de savoir pourquoi ils t'écrivaient.

— Tu aurais dû me poser la question au lieu de lire mon courrier.

— Tu me caches quelque chose, pas vrai ? fit-il, hargneux.

La vérité l'aurait soufflé, c'était certain. Par chance, l'enveloppe ne contenait rien qui puisse révéler qu'elle était l'auteure des romans signés Green. Son éditeur veillait à garder le secret. À la comptabilité, personne n'était au courant. Tous les paiements transitaient par l'agence de Rose Porter qui les reversait à Alex et, à la place des titres, il était fait mention des Livre 1,

Livre 2, etc. Néanmoins, c'était un très gros chèque. Pourquoi un agent lui enverrait-il une telle somme ?

— Non, je ne te cache rien. Et il n'y a rien de plus que tu doives savoir.

— Tu as déjà écrit un livre, c'est ça ?

Il la regardait droit dans les yeux. Le premier jour, elle lui avait dit que non et qu'elle n'en avait aucune envie, ce qui était un mensonge, et il le sentait.

— Je bricole des nouvelles, de temps en temps. Mais ça fait un bout de temps que je n'ai rien écrit.

— Ça fait quand même pas mal d'argent de poche, Alex.

— Pendant que je travaillais chez eux, j'ai été *ghostwriter* pour une célébrité.

Elle improvisait encore, mais c'était un peu plus crédible. Du reste, il semblait presque convaincu.

— Pourquoi tu ne m'as rien dit ?

— Parce que j'ai signé une clause de confidentialité et que je n'ai pas le droit d'en parler, fit-elle de son air le plus guindé.

— Il y en a qui ont quand même de la veine, lâcha-t-il, contrarié. J'adorerais faire ce boulot, surtout pour une somme pareille. C'était qui ?

— Je te le répète : je n'ai le droit de rien divulguer.

Il insista.

— Un homme ou une femme ?

— Un homme.

— C'est idiot. Pourquoi faire écrire le livre d'un homme par une femme ? On reconnaît toujours une voix féminine à l'écrit. Il n'y a pas une femme au monde capable d'écrire comme un homme.

Il y en avait pourtant bien des exemples dans l'histoire de la littérature mais elle s'abstint de commenter. C'était à cause de cette étroitesse de vue, de ces préjugés qui prévalaient encore chez beaucoup qu'elle avait choisi d'écrire sous un pseudonyme masculin.

— J'étais la seule volontaire. Ce n'était pas quelqu'un de facile.

— Eh bien, tu as eu une sacrée chance de toucher autant. Donc ton père n'était pas si riche que ça. En fait, tu es tombée sur un super job d'été. Ce n'est pas ici que ça risque de t'arriver.

Elle se contenta de hocher la tête dans l'espoir qu'il se calme et oublie cette histoire. Puis elle rangea l'enveloppe dans le tiroir de son bureau et ils se rendirent au musée. Mais, le reste de la journée, elle ne le trouva pas dans son assiette. Il fut maussade tout le dîner et se remit à parler de son roman à venir, le sujet qu'elle redoutait entre tous. S'il connaissait la vérité, s'il savait combien on l'avait payée pour ses deux derniers romans, il la haïrait. Elle avait l'impression de ne pas pouvoir échapper à ces aspirants écrivains qui lui en voudraient de sa réussite si elle ne se cachait pas, si elle ne faisait pas semblant d'être quelqu'un d'autre. Tout compte fait, ce n'était pas Alexander Green, le personnage fictif. C'était elle.

— Tu ne voudrais pas t'y mettre, au lieu d'en parler ? finit-elle par lâcher. Si tu veux écrire un roman, pose tes fesses sur une chaise et écris.

— Et je ferais ça quand, à ton avis ? Je travaille toute la journée ; quand je rentre le soir, je suis claqué.

Elle aussi. Et, pendant ses quatre années d'université, il lui arrivait de se lever à 4 heures du matin pour

205

écrire avant les cours ou de passer une nuit blanche à travailler à son roman une fois ses devoirs finis. Voilà le genre d'engagement qu'il fallait.

— Tu pourrais écrire le week-end.

— J'ai autre chose à faire, objecta-t-il, plaintif. Sans compter qu'il faut le temps de laisser venir l'inspiration. On ne peut pas s'asseoir et se mettre à écrire comme un comptable avec une calculatrice.

— Quelquefois, il faut se forcer, assura-t-elle avec conviction.

Elle possédait cette énergie qui, manifestement, faisait défaut à Ivan. Il aurait aimé écrire selon son bon vouloir, quand il se sentait d'humeur. Autrement dit, il n'avait pas le sérieux indispensable pour mener à bien un roman. Il ne ferait jamais qu'en parler. S'il avait eu le feu sacré, il aurait terminé depuis longtemps. En fait, il n'était capable que de se plaindre et d'en vouloir à ceux qui avaient le courage et la détermination nécessaires. Écrire, ce n'était pas facile. C'était même carrément dur. Pour s'y consacrer, elle avait renoncé à bien des heures de sommeil, bien des sorties, des rendez-vous, peut-être même des histoires d'amour. Mais la vie, pour Alex, c'était l'écriture et rien d'autre. La récompense venait à la dernière page, au moment de mettre le point final, avec la satisfaction d'avoir tenu jusqu'au bout. Une joie qu'il ne connaîtrait sans doute jamais car il n'était pas prêt à se sacrifier.

— Qu'est-ce que tu en sais ? répliqua-t-il avec colère. Tu fais ta maligne parce que tu as pondu un bouquin pour une star qui t'a signé un gros chèque ?

— Je sais combien d'énergie cela requiert. Il faut se priver de beaucoup de choses pour écrire un livre. Mais on est récompensé au centuple.

— Oui, par l'argent !

— Non, la fierté du travail accompli, corrigea-t-elle avec feu. L'argent est un plus non négligeable, bien sûr, mais ce n'est pas le but premier.

— Je déteste mon boulot, dit-il tout à coup.

Elle en fut désolée pour lui.

— Tu n'essaierais pas autre chose ?

— Quoi, par exemple ?

— Je ne sais pas… Que voudrais-tu faire, à part écrire un livre ? En tout cas, ce qu'il y a de bien dans l'écriture, c'est que l'on est en compétition avec soi-même et non avec les autres.

Mais avait-il réellement envie d'écrire ou seulement d'en parler ?

— N'importe quoi ! Tous les écrivains veulent figurer sur la liste des meilleures ventes.

Il la prenait de haut, comme s'il savait tout sur le sujet et elle, rien.

— Bien sûr. Sauf que, pendant qu'ils écrivent, c'est comme s'ils réalisaient l'ascension de l'Everest en solitaire.

Il la fixa, le regard vide, comme si ce qu'elle disait n'avait aucun sens.

— Tu n'écriras jamais de livre, Alex. Tu n'y connais rien.

— Sans doute.

Elle finit par arriver à le faire parler d'autre chose, et notamment de l'exposition qu'ils venaient de voir. N'empêche, elle était stupéfaite de découvrir qu'il

ignorait tout ou presque de leur métier, qu'il se doutait
si peu de ce que vivaient les écrivains. Elle avait énormément de respect pour les autres auteurs, ces voyageurs solitaires qui escaladaient les parois rocheuses les
plus abruptes jusqu'au sommet au péril de leur vie et de
celle de leurs personnages. Ces sculpteurs qui tiraient
du marbre des êtres auxquels ils insufflaient vie, chaleur et humanité. À chaque roman, ils accouchaient de
leurs personnages. En ne pensant qu'à l'argent, Ivan
manquait le meilleur : les mots, l'histoire et ses prota-
gonistes, tellement plus précieux et intéressants. Bien
entendu, l'aspect financier n'était pas négligeable. Mais
il n'aurait pas justifié à lui seul le sang, la sueur et
les larmes qu'il en coûtait pour mener à bien un récit.

Ils finirent de dîner en parlant de choses et d'autres.
À la fin du repas, Ivan était de meilleure humeur.
Lorsque ses crises de colère, d'amertume ou de jalousie ne lui donnaient pas envie de fuir, Alex le trouvait
charmant, voire très séduisant. Il lui inspirait des sentiments qui la troublaient. S'agissait-il d'amitié ou d'un
peu plus ? Elle n'était certaine que d'une chose : elle
ne pourrait jamais lui révéler qu'elle était écrivain. Elle
aurait aimé pouvoir mettre quelqu'un dans la confidence. Hélas, ce ne serait pas lui.

Leur amitié se maintint par à-coups. Elle aimait bien
le voir de temps à autre. Cependant, quand elle se fut
mise à la rédaction de son livre quelques semaines
plus tard, elle n'eut plus le temps de sortir, ni avec lui
ni avec ses amies du bureau. Elle passait en revanche
des heures au téléphone avec Bert, qui la guidait toujours aussi bien. Il tenait le rôle du chef d'orchestre et
elle, celui des musiciens ; sous sa direction, elle jouait

de tous les instruments. Elle le respectait énormément et avait une totale confiance en son jugement et ses conseils. Il adorait les subtilités de sa nouvelle intrigue et l'élément psychologique qu'elle y avait ajouté. Elle avait gagné en maturité, cela se sentait, et ce livre serait meilleur encore que les autres. Absorbée par son travail, elle ne sortit pas avec Ivan pendant plusieurs semaines. Lorsqu'ils se revirent un soir, au pub près du bureau, il l'interrogea sur la raison de son absence.

— Tu vois quelqu'un d'autre ? lui demanda-t-il, soupçonneux.

Elle songea à lui répondre qu'on lui avait commandé un autre livre pour une vedette mais n'osa pas. Parce qu'il voudrait savoir laquelle, parce qu'elle ne connaissait personne en Angleterre hormis sa chef et les collègues du bureau. Elle n'avait pas eu le temps de se faire d'autres amis, surtout maintenant qu'elle se consacrait à un nouveau roman.

— Non, assura-t-elle en toute innocence.

Si ce n'était les personnages de son livre, qui, à ses yeux, étaient bien réels.

Ivan se conduisait tantôt comme un petit ami et tantôt comme un simple copain. De son côté, elle le trouvait attirant tout en redoutant sa nature compétitive et jalouse qui se révélait dès que l'on égratignait la surface. Ce n'était certainement pas l'homme de sa vie. Cependant, il était sexy. Un soir, en la raccompagnant après un dîner au cours duquel il avait vidé à lui seul les trois quarts de la bouteille de vin, il l'embrassa, un baiser torride qu'elle lui rendit avec plus de feu qu'elle n'aurait voulu. Elle se sentait comme incandescente. Il savait faire ce qu'il fallait pour attiser son désir et ses mains expertes se jouaient de son innocence. Elle avait sans doute eu tort de l'inviter à entrer.

— Non, dit-elle sans grande conviction quand il fit coulisser le zip de son jean après qu'ils se furent assis sur le canapé. Je ne devrais… Je n'ai pas envie.

Il rit et glissa la main dans sa petite culotte de dentelle, déclenchant un raz de marée de sensations. C'était plus fort que tout ce qu'elle avait pu imaginer.

— C'est-à-dire ? fit-il entre deux baisers alors qu'il portait la main à son sein pour lui prodiguer une exquise caresse. Tu ne devrais pas ou tu n'as pas envie ? Et pourquoi donc ?

Les sensations l'assaillaient de toutes parts… Elle en avait le souffle coupé. Elle avait oublié ce qu'il fallait répondre à cette question. Elle avait eu tort de boire. Elle n'avait plus les idées très claires. Mais quelle importance ? Pourquoi garder les idées claires quand il lui faisait toutes ces choses incroyables ? Lentement, il commença à lui ôter son jean. Alors elle ne pensa plus qu'à une chose. Elle en avait envie. Il n'y avait rien de mal à cela. Elle le désirait comme jamais.

— J'ai envie de toi, Alex… J'ai besoin de toi.

Elle aussi avait besoin de lui. Ses mains, sa bouche couraient partout sur elle. Elle répétait tout bas son prénom tandis qu'il allait et venait en rythme. Un coup de reins plus puissant arracha à Alex un cri auquel il ne prêta pas attention. Elle enfonça les ongles dans son dos, partagée entre l'envie qu'il s'interrompe et celle qu'il ne s'arrête plus jamais. Il poussa un gémissement, fort et entrecoupé, qu'elle accompagna. Elle avait éprouvé tout à la fois de la douleur et du plaisir.

Encore étendu sur elle, il la regarda avec étonnement en comprenant ce qui venait de se passer.

— Tu étais vierge ?

Elle hocha la tête tandis que des larmes roulaient sur ses joues. Elle aurait voulu vivre sa première fois avec un homme qu'elle aimait passionnément, pas parce qu'elle avait succombé à l'excitation après avoir bu trop de vin. Elle avait honte. Mais elle avait eu tellement envie de lui… Il se leva lentement et alla chercher une serviette pour essuyer le sang sur les jambes d'Alex, puis la serra étroitement dans ses bras. Ah, s'il avait pu dire qu'il l'aimait… Cela dit, elle n'était pas amoureuse de lui, elle non plus. Quelquefois, même, elle ne l'appréciait pas du tout. Mais elle avait adoré tout ce qu'il lui avait fait, ou presque. Elle se raccrocha à lui, un peu perdue, un peu coupable. Mais dès qu'il la toucha, elle brûla d'impatience qu'il recommence.

12

Leur relation était déroutante. Parfois, Ivan se conduisait comme s'il la détestait, parfois, comme s'il était fou d'elle. Elle-même ne savait pas très bien ce qu'elle ressentait. Ses remarques caustiques et son ressentiment lui déplaisaient souverainement, de même que son aigreur face à quiconque gagnait plus que lui ou obtenait ce qu'il estimait devoir lui revenir. Mais il savait aussi se montrer tendre, aimant, et lui faire ressentir des choses qui l'attachaient à lui d'une façon qui lui faisait parfois peur. Bref, cette relation était loin de ce qu'elle avait rêvé ou imaginé. Et pourtant, il arrivait aussi qu'elle le voie comme son meilleur ami.

Il avait bien repéré la Smith Corona sur sa table de travail mais elle prenait soin de ranger toutes les feuilles du manuscrit dans un tiroir fermé à clé. Impossible de le mettre dans la confidence à propos de sa carrière d'écrivain. Il sentait d'ailleurs que certaines parties d'elle lui échappaient, qu'elle ne lui livrerait pas tous ses secrets. Il y avait chez elle un mystère qu'il ne parvenait pas à résoudre. Et puis elle tenait à garder du temps, beaucoup de temps pour elle. Jamais elle ne lui expliquait ses absences ni la raison de la distance qui se créait parfois entre eux quand elle était perdue dans ses pensées. Il en arrivait à se demander s'il n'y avait pas un autre homme dans sa vie, mais cela paraissait peu vraisemblable. Au lit, leur relation était fantastique. Néanmoins, elle pouvait aussi se fermer comme une huître et ne pas le laisser l'approcher.

Alex hésitait à rentrer à Boston pour les fêtes lorsque Fiona l'invita à les passer avec elle, en famille, en Irlande. Elle était très tentée d'accepter. Ivan, qui disait détester Noël, partait seul chaque année dans un endroit où il n'avait pas à entendre parler du père Noël et où il ne voyait pas les gens rentrer chez eux chargés de cadeaux ou traînant un sapin. Cette année, il allait au Maroc. Il avait proposé à Alex de l'accompagner mais elle voulait soit retrouver les sœurs, soit aller chez Fiona, soit rester à Londres pour profiter du Noël anglais. Certainement pas aller à Marrakech pour ignorer complètement les fêtes. Elle décora le sapin avant son départ. Finalement, ce fut la proposition de Fiona qui l'emporta. Alex comptait séjourner une semaine en Irlande et revenir à Londres pour passer le nouvel an avec des amis. Ivan, lui, serait absent deux semaines. Elle passerait donc le réveillon sans lui. Elle lui en voulait de ne pas revenir pour fêter la nouvelle année avec elle. Mais il resta inflexible.

— Non, ce n'est pas mon truc. J'en ai de trop mauvais souvenirs. Je préfère les passer seul, contra-t-il froidement.

Sur bien des plans, cette relation ne satisfaisait pas Alex. Elle n'aimait pas la façon dont il la traitait quand il était de mauvaise humeur, ce qu'il disait pour la rabaisser, l'importance qu'il accordait au sexe… Jamais il ne lui disait qu'il l'aimait. Pourtant, il avait l'air de tenir à elle. L'alchimie extraordinaire qui existait entre eux au lit semblait lui tenir lieu d'amour. Haïssait-il donc les femmes ? se demandait-elle parfois. Ou était-ce simplement un être malheureux qui ne s'aimait pas suffisamment ? Elle avait du mal à déchiffrer sa personnalité. Quoi qu'il en soit, il était de si mauvaise humeur au début des vacances qu'elle vécut son départ comme un soulagement.

Alex avait reçu une carte de vœux accompagnée d'une longue lettre de Brigid. Celle qui avait été sœur Regina se disait enchantée de son poste d'enseignante à Boston et sortait avec un professeur de maths. Il allait la présenter à sa famille à Noël. Âgé de 38 ans, il n'avait jamais été marié non plus et voulait des enfants. Brigid parlait de lui avec beaucoup d'enthousiasme. Alex se réjouissait pour elle. De son côté, Rose Porter lui avait envoyé une écharpe et des mitaines de cachemire. Ses amies lui manquaient, toutes. Cependant, pour le moment, sa vie était à Londres. Elle voulait aller au bout de cette expérience.

Elle téléphona à mère Mary Margaret pour la prévenir que, au lieu de rentrer à Noël, elle irait en Irlande chez une amie.

— Du moment que tu passes Noël dans une famille, assura généreusement la mère supérieure, je ne m'en fais pas pour toi. Nous nous rattraperons à ton retour.

Oui, mais quand ? Alex l'ignorait. Elle ne savait pas combien de temps allait durer sa relation avec Ivan. Les sentiments qu'il avait pour elle semblaient passer du plus haut au plus bas et inversement d'un jour à l'autre. C'était impossible à prévoir.

— Tu l'aimes, toi ? demanda Fiona à Alex tandis qu'elles prenaient le train pour se rendre à l'aéroport de Heathrow d'où elles s'envoleraient pour l'Irlande.

— Franchement, je ne sais pas. Je ne suis pas sûre.

— Le sexe embrouille tout, hein ?

Fiona avait aimé un garçon, en Irlande, avec qui elle voulait se marier. Et puis elle avait déménagé en Angleterre, était sortie avec quelqu'un d'autre et tout s'était cassé la figure. Depuis quatre ans qu'elle vivait à Londres, elle avait beaucoup plus d'expérience de la vie qu'Alex, élevée entre le couvent et l'internat. Ces six derniers mois, cependant, sa vie avait beaucoup changé. Fiona avait raison : le sexe embrouillait tout. Elle ne savait plus ce qu'elle voulait ni ce qu'elle devait faire. Par moments, elle avait envie de rentrer à Boston. Sauf qu'elle n'était pas encore prête à laisser tomber Ivan. Et si ses aspérités, son amertume s'estompaient avec le temps ? L'ennui, c'est qu'il estimait que tout lui était dû, y compris le succès littéraire, mais qu'il ne semblait prêt à aucun sacrifice pour y parvenir. Depuis son départ à Marrakech, il ne lui avait donné aucune nouvelle. Il y était déjà allé, lui avait-il dit, il connaissait bien : il y retrouverait du soleil et de quoi s'amuser pour pas cher, c'était exactement ce qu'il lui fallait.

Alex passa une merveilleuse semaine dans la famille de Fiona qui l'accueillit avec beaucoup de chaleur. Tout le monde fut très gentil avec elle, y compris sa grand-mère de 102 ans qui vivait chez ses parents. Elle téléphona aux sœurs avant de se rendre à la messe de minuit. Il n'était que 19 heures à Boston. Elles étaient toutes réunies avant le dîner, si bien qu'elle put dire un mot à chacune. Elle leur manquait énormément à toutes, lui dirent-elles, mais quelle expérience pour elle que de vivre à Londres ! En raccrochant, elle avait un peu le cafard. À l'église, elle pria pour les sœurs.

Le lendemain matin, elle descendit à la cuisine avec Fiona pour préparer le petit déjeuner. Une heure plus tard, toute la famille était réunie autour de la table, y compris la grand-mère dans son fauteuil roulant. Fiona avait quatre petits frères et deux sœurs. Alex ne regrettait vraiment pas d'avoir accepté cette invitation et leur était extrêmement reconnaissante de leur accueil. Fiona et elle furent un peu tristes de repartir le 31 au matin, mais Fiona avait quelque chose de prévu pour le réveillon, avec un garçon très, très séduisant. Quoi qu'il en soit, cet intermède dublinois, dans une famille normale, avait fait un bien fou à Alex. Fiona et elle avaient dormi dans des lits superposés dans la chambre des filles, comme des enfants. Il lui tardait maintenant de reprendre son roman.

À peine rentrée, elle se remit au travail. Elle commençait même à songer à arrêter son stage pour se consacrer entièrement à son livre. Mais elle n'était pas encore tout à fait décidée à démissionner. Ivan le prendrait mal, elle le savait. En un sens, ce n'était pas désagréable de travailler au même endroit que lui.

Elle n'avait pas parlé de lui aux sœurs. Mère MaryMeg, qui savait tout, devait avoir senti qu'il y avait quelqu'un dans sa vie, mais elle était trop discrète pour poser la question.

Avant le retour d'Ivan de Marrakech, elle eut le temps de bien avancer.

216

— Je t'ai manqué ? demanda-t-il en passant chez elle à l'improviste.

Elle eut tout juste le temps de remettre le manuscrit sous clé pendant qu'il montait l'escalier. Il l'étreignit, lui arracha presque ses vêtements et la posséda par terre dans le salon sans prendre le temps d'arriver jusqu'au lit. Dans ces moments-là, il lui donnait l'impression d'être un objet sexuel, pas la femme qu'il aimait. Au début, elle avait trouvé cela excitant et flatteur. Maintenant, cela la déprimait plutôt. Elle en voulait davantage. Mais saurait-il le lui donner un jour ? Elle en doutait de plus en plus. Il ne lui demanda même pas comment s'était passée sa semaine à Dublin, ne s'excusa pas de ne pas l'avoir appelée. Ils firent l'amour encore trois fois cette nuit-là, puis il rentra chez lui sous prétexte de défaire ses bagages et préparer ses affaires pour le bureau le lendemain. Dès qu'il fut parti, elle se remit à son roman. L'écriture était pour elle une source d'équilibre et lui permettait de se calmer. Ce soir-là, elle ajouta au livre une scène de sexe. Qu'allait dire Bert ? Elle ne lui en avait pas parlé. Elle n'avait pas envie qu'il devine ce qui se passait ou que sa vie avait changé. D'autant qu'elle consacrait toujours toute son énergie à son travail. Rien ne pouvait perturber cela.

Pendant quelques semaines après le retour d'Ivan, les tensions entre eux semblèrent s'apaiser. En mars, cependant, alors qu'elle passait à nouveau plus de temps sur son livre et moins avec lui, il redevint agressif. Cela faisait maintenant près de six mois qu'ils sortaient ensemble. Alex avait envoyé les chapitres à Bert au fur et à mesure et il envisageait de venir à Londres en mai pour travailler avec elle sur ce qu'elle avait déjà écrit. Folle de joie, elle ne résista pas à en toucher deux mots à Ivan au cours d'un dîner. Il piqua une crise.

— Quoi ? C'est qui ? Et qu'est-ce qu'il vient fiche ici ? C'est ton petit ami ?

— Pas du tout. D'ailleurs, je te rappelle que tu as été le premier. Et il aurait l'âge d'être mon grand-père. C'est simplement un excellent ami.

Bien sûr, elle ne pouvait lui révéler que Bert était son éditeur. Mais Ivan lui en voulut et se plaignit pendant au moins une semaine. Il y avait trop de mystères dans sa vie, lui reprochait-il.

— Il m'a pas mal aidée quand j'étais à la fac. Un peu comme un prof particulier.

C'était sans doute la meilleure explication qu'elle pouvait fournir.

— L'école, c'est fini. Dis-lui de ne pas venir.

— C'est mon ami, mon mentor, presque un membre de ma famille.

Entre eux, le sujet fut cause d'incessantes disputes et devint le symbole de tout ce qu'Ivan ne comprenait pas chez elle. Trois semaines plus tard, en dînant avec Fiona un soir où il était pris, Alex se rendit compte que son amie avait l'air triste.

— Qu'est-ce qui t'arrive ? Des problèmes de boulot ?

Fiona secoua la tête, hésitante. Finalement, elle se jeta à l'eau.

— J'ai entendu des rumeurs, avoua-t-elle en fixant son assiette. À propos d'Ivan. Il y a une nouvelle stagiaire à la pub. Le bruit court qu'il passerait beaucoup de temps avec elle. Je ne sais pas si c'est vrai, s'empressa-t-elle d'ajouter. Et je ne sais pas si je fais bien, mais je préfère te prévenir. La personne qui me l'a dit les a vus dîner au restaurant la semaine dernière.

Très absorbée par l'écriture, Alex l'avait effectivement peu vu la semaine précédente. Ivan ne se doutait pas de ce qui l'occupait autant, mais en profitait-il pour la tromper ?

— Tu crois qu'ils sortent ensemble ?

— Franchement, je n'en ai aucune idée. Il faut peut-être lui poser la question.

Il était coutumier du fait, Fiona l'avait mise en garde dès le début.

Le lendemain soir, Alex l'interrogea. Il lui rit au nez.

— Et si c'est le cas, qu'est-ce que ça peut te faire ? Tu n'es jamais libre.

— J'avais du travail.

— Pour qui ?

Elle réfléchit un moment avant de répondre. Au bout de six mois de relation, ce serait peut-être plus simple de lui dire la vérité – du moment qu'elle ne lui révélait pas quel genre de livre elle écrivait et sous quel nom.

— Je suis en train d'écrire un livre, fit-elle d'une voix à peine audible.

— Je ne te crois pas. Tu n'en es pas capable.

— Comment peux-tu affirmer ça ? Tu n'as jamais lu une ligne de moi. C'est pour ça que mon ami vient le mois prochain. C'est mon éditeur.

— Et tu écris quoi ?

— Encore un livre de célébrité.

Elle ne savait pas quoi inventer d'autre.

— Pour qui ?

— Je n'ai pas le droit de te le dire.

Elle était mal à l'aise. Elle se sentait comme engluée dans la toile de mensonges qu'elle tissait.

— De toute façon, je m'en fous. Tu n'es pas écrivain, Alex. Tu fais du classement, enfin ! Prêter sa plume à une célébrité, ce n'est pas du tout la même chose que d'écrire un roman. Qu'est-ce qui te fait croire que tu es à la hauteur, franchement ? Et d'ailleurs, qu'est-ce que tu cherches à faire, au juste ? Me donner mauvaise conscience ? M'humilier ? Je t'ai dit que je voulais écrire un livre, et comme par hasard tu en écris un ? Tu es minable. Tu veux faire un concours, c'est ça ?

Comme elle ne pouvait lui dire la vérité, il était idiot d'argumenter. Surtout, il avait réussi à la détourner du sujet qui l'intéressait. Elle reposa la question.

— Tu me trompes ? demanda-t-elle calmement. Est-ce que tu as une relation avec cette fille ?

Il hésita un moment puis haussa les épaules et s'appuya au dossier de son siège d'un air de défi.

— Peut-être. Après tout, on n'est pas mariés. Je n'ai jamais dit que je ne coucherais pas avec d'autres femmes. Ce que tu peux être vieux jeu. Elle est mignonne. Tiens, on pourrait s'amuser tous les trois ensemble, un de ces soirs…

Elle le regarda avec des yeux ronds, abasourdie. Elle n'en croyait pas ses oreilles. Quel manque de respect pour elle, et même pour cette autre fille ! Elle savait que certains faisaient des choses de ce genre mais elle n'avait aucune intention d'être du nombre. Ivan se révélait immoral, indécent. Enfin, elle voyait clair en lui. Il ne l'aimait pas. Il n'était avec elle que pour le sexe. Et puis, elle n'en pouvait plus de toute cette mascarade autour de ses livres.

— Va-t'en, dit-elle en se levant. Ça ne peut pas continuer. Ça n'aurait jamais dû commencer, d'ailleurs. Je n'en peux plus. Tu es tout le temps en colère, Ivan. Tu ne peux pas en plus m'en vouloir parce que j'écris. Tu n'as qu'à t'y mettre si tu en as envie, même si tu es fatigué après le travail ou que tu ne veux pas te coucher tard ni te lever tôt pour écrire. D'autres y arrivent, je ne vois pas pourquoi pas toi. Ne me punis pas parce que j'ai envie d'écrire. Et, non, il n'est pas question que je « m'amuse » avec toi et cette fille. Ça me dégoûte. Tu ne respectes rien, tu ne penses qu'à toi, jamais aux autres. Je ne veux plus vivre comme ça, à me demander en permanence ce qui va te mettre en colère, à redouter tes scènes de jalousie et tes sautes d'humeur. Ce n'est pas possible d'être aussi aigri. Si, en plus, tu me trompes, la coupe est pleine. C'est fini. J'ai du travail. Rentre chez toi.

— Oh, arrête ton cinéma ! Du travail ? Quel travail ? Tu vas nous écrire une petite histoire ? Un roman à l'eau de rose ? Même ça, tu en es incapable.

— Peu importe ce que j'écris. Au moins, j'écris. Alors que toi, à part t'envoyer en l'air et te lamenter, en vouloir à la terre entière, tu as fait quoi de ta vie jusqu'à maintenant ? Désagréable et malhonnête, ça fait beaucoup pour un seul homme. Je renonce. Va-t'en.

Elle resta debout en attendant qu'il parte. Il mit une éternité à quitter son siège. Puis il sortit sans manifester le moindre regret.

— De toute façon, elle est plus jolie que toi et elle a de plus gros seins, lança-t-il juste avant de claquer la porte derrière lui.

Alex en eut la nausée. Qu'il puisse dire une chose pareille montrait combien il tenait peu à elle. Il ne l'avait jamais aimée. Il était incapable d'aimer quelqu'un – sauf sa petite personne, peut-être.

Elle alla au bureau le lendemain matin après une nuit agitée. Lorsqu'elle le croisa dans le hall, il l'ignora. Puis, dans l'après-midi, elle le revit en train d'embrasser la petite blonde du service publicité. Cela lui fit l'effet d'un électrochoc. Elle était folle. Elle passait ses journées à faire du classement pour pouvoir dire qu'elle avait un job à Londres et se donner une raison d'y séjourner alors qu'elle n'avait aucun besoin de se justifier. Elle pouvait très bien rester en Angleterre si elle le souhaitait. Et elle avait un livre à écrire. Bert arrivait dans un mois : il fallait qu'elle soit prête. Elle pouvait bien se l'avouer : elle s'était accrochée à ce stage rien que pour Ivan. C'était insensé. Coucher avec lui lui avait fait perdre la tête. Or, même cela avait perdu de son attrait. Décidément, Ivan n'était qu'une coquille vide. Elle s'était laissé éblouir un temps avant de découvrir qu'il n'y avait rien derrière la façade. Au lieu de s'améliorer, les choses n'avaient fait que se dégrader. Et voilà que, pour couronner le tout, il l'avait trompée ! Elle fit la grimace en songeant à tout ce qu'elle avait accepté, tout ce qu'elle avait enduré pendant près de sept mois. Cela ne se reproduirait jamais, se jura-t-elle.

Elle donna sa démission l'après-midi même. En tant que stagiaire, elle n'avait pas de préavis, elle pouvait partir sur-le-champ. Elle ne vit pas Ivan avant de s'en aller ; elle espérait du reste ne jamais le revoir. Elle avait un livre à écrire, elle ne pouvait pas se permettre ce genre de distraction. L'idéal serait qu'elle ait terminé le premier jet pour l'arrivée de Bert. Elle comptait bien y parvenir.

Elle annonça son départ à Fiona non sans lui promettre de dîner bientôt avec elle. Fiona s'en voulait d'avoir causé cette rupture par ses révélations mais elle en voulait encore plus à Ivan de la manière dont il s'était conduit avec Alex. Pourtant, celle-ci semblait prendre les choses étonnamment bien.

Alex rentra chez elle. Elle avait prolongé sa location jusqu'en juin et obtenu un mois auparavant un visa qui lui permettait de rester au Royaume-Uni. Elle installa sa machine à écrire sur son bureau, sortit le manuscrit du tiroir et se mit au travail. Fini de rire. Alexander Green avait un thriller à écrire – et ce qu'elle mijotait allait surprendre, voire choquer jusqu'à ses fans les plus fidèles.

Elle n'était même pas triste de la trahison d'Ivan. Ce n'était vraiment pas une perte. Il était aussi creux, aussi amer qu'au début de leur relation – et, aujourd'hui, elle s'en moquait. Elle avait fait une erreur. Désormais, elle ne souhaitait que l'oublier pour se consacrer à la seule chose réellement importante à ses yeux.

13

Libérée d'Ivan et de son stage, Alex se jeta à corps perdu dans le travail. Elle écrivait sans relâche, heureuse de se perdre dans son roman. Il lui arrivait de penser à lui, tard le soir, quand elle abandonnait enfin sa machine à écrire. Parfois, elle comparait sa relation avec Ivan et celle avec Scott. Ce dernier était jaloux de son écriture et s'évertuait à la rabaisser pour se grandir. Ivan, en revanche, n'avait jamais lu une ligne d'elle. Sa jalousie ne se plaçait donc pas sur ce plan, mais sur tous les autres : sa passion, sa persévérance, sa détermination, sa ténacité, son refus de se laisser détourner un seul instant de son objectif.

Elle ne perdait jamais son but de vue, ce qui l'exaspérait car lui-même n'en avait pas. Il prétendait le contraire, comme lorsqu'il soutenait vouloir écrire un livre, mais ce n'était pas vrai. Il était bien trop paresseux. Parce qu'il manquait de rigueur en toute chose, il avait une dent contre tous ceux qui en possédaient. Sans rien savoir de sa carrière ni de ses liens avec les livres d'Alexander Green, il devinait qu'elle irait loin, un jour, et ça, il ne pouvait pas le supporter. Il voulait recevoir tous les honneurs sans lever le petit doigt. Combien d'êtres de ce genre y avait-il au monde, jaloux de la réussite des autres alors qu'eux-mêmes n'entreprenaient rien ? Il ne se réjouissait jamais pour elle : il se mettait en colère. Quand elle lui avait demandé de partir, c'était comme si on lui avait ôté un énorme poids de la poitrine. Sa mauvaise humeur constante et les efforts qu'elle déployait pour l'apaiser étaient épuisants.

En se donnant à fond, Alex était parvenue à finir le premier jet de son roman avant l'arrivée de Bert à Londres en mai. Elle lui avait réservé une chambre dans un petit hôtel près de chez elle. Il devait rester pour une semaine d'intense collaboration. Il était prévu qu'il lise et corrige le livre partie par partie. Elle intégrerait alors les modifications qu'il suggérait – si elle les acceptait, ce qui était presque toujours le cas – avant de passer à la partie suivante. Pendant qu'elle écrirait, il aurait le temps de se promener et de profiter de la ville. Cela faisait des années qu'il n'y était pas venu.

Lorsqu'il sonna à la porte, elle eut l'impression de retrouvailles familiales. Elle se jeta à son cou. Il l'étreignit en la saluant d'une voix un peu cassée. Il portait un jean, une vieille veste de tweed et des chaussures de marche. Ses cheveux et sa barbe étaient plus longs et plus ébouriffés que jamais. Quel bonheur de le voir ! Depuis onze mois qu'elle avait quitté Boston, il lui manquait.

Il s'assit dans le grand fauteuil de cuir usé et elle lui offrit un verre de vin qu'il accepta avec plaisir. Elle était encore plus jolie que l'année dernière, lui dit-il.

— Mais vous avez minci. Vous vous nourrissez convenablement ? On ne dirait pas.

— Ce dernier mois, j'ai travaillé comme une folle pour être prête pour votre arrivée.

— Vais-je avoir la chance de rencontrer votre petit ami ? Je suis curieux de le voir.

Ce qu'elle lui en avait raconté ne lui disait rien qui vaille, pourtant il n'avait pas voulu l'alarmer en lui faisant part de ses inquiétudes. Le type qu'elle décrivait avait tout à gagner dans cette histoire alors qu'il ne voyait pas ce qu'elle pourrait en retirer à part des soucis. Et peut-être une expérience sexuelle inoubliable, mais il s'était gardé de lui poser la question. Il savait qu'elle n'avait jamais franchi ce pas avant son départ de Boston mais il supposait que, au bout de sept mois de relation avec un homme de 27 ans, elle n'était plus vierge. À 23 ans, du reste, cela n'avait rien d'extravagant.

— Non. Nous avons rompu. Cela ne marchait pas.

Bert l'étudia attentivement. Elle lui semblait plus fatiguée que malheureuse ; cela pouvait être mis sur le compte du travail.

— C'est-à-dire ? C'est lui qui vous a quittée ou vous qui l'avez laissé tomber ? Faut-il que j'aille lui botter les fesses ? S'il vous a brisé le cœur, je le ferai sans hésiter. Si c'est l'inverse, alors tant pis pour lui. Il le méritait certainement.

La loyauté de son mentor fit rire Alex.

— C'est moi qui ai rompu. Il était tout le temps grognon, jaloux de tout ce que je faisais. Et encore, il n'était même pas au courant des livres. Je ne lui ai jamais dit.

— J'espère bien ! Je vous avais dit de ne pas vous approcher des écrivains.

— Ce n'est pas un écrivain. Il prétend qu'il veut écrire un livre, un jour, mais il est bien trop paresseux pour même essayer. Tout ce qui l'intéresse, c'est la gloire et l'argent. En théorie, il est éditeur, sauf qu'il n'a aucune idée du vrai sens de ce mot. En réalité, ce n'est qu'un sous-fifre.

— Oh là là ! Il vous en aurait voulu à mort s'il avait su, pour Alexander Green.

— Un jour, il a vu un chèque sur mon bureau. Pour me justifier, je lui ai raconté qu'il m'arrivait d'écrire pour des célébrités. Je ne suis pas sûre qu'il m'ait crue. Le fait que je lui mente et qu'il le sente n'a rien fait pour arranger les choses. Enfin, de toute façon, il m'a trompée et ça a été la fin. J'aurais dû me décider plus tôt – ou, mieux, ne pas sortir avec lui du tout.

— Je suis désolé, Alex. Vous êtes triste ?

C'était sa deuxième relation qui tombait à l'eau, et celle-ci avait manifestement été plus sérieuse et plus longue que la première.

— Soulagée, plutôt, avoua-t-elle, un peu penaude. Il m'empêchait de travailler : je déteste ça. Il me faut un petit ami qui ne m'accapare pas et qui ne prenne pas ombrage de ma réussite.

— Ce serait bien, en effet.

Il lui sourit, heureux de la revoir. Elle lui avait énormément manqué. Parler au téléphone et travailler à distance comme ils le faisaient depuis onze mois, c'était bien, mais ce n'était pas la même chose que se retrouver dans la même pièce, face à face, pour parler de vive voix d'un problème ou d'une modification du manuscrit. Sur le plan de leur collaboration, cette semaine à Londres allait grandement simplifier les choses.

— Alors, et ce livre ?

Elle prit le manuscrit sur son bureau et le lui donna. Il posa son verre de vin, chaussa ses lunettes et commença à le feuilleter. De temps à autre, il levait les yeux en souriant. Parfois, il hochait la tête ou fronçait les sourcils. Une fois, il interrompit carrément sa lecture, l'air surpris.

— Une scène de sexe ? Eh bien !

En guise de réponse, elle hocha la tête en rougissant. Il n'avait rien à y redire. Au bout d'un petit moment, il releva les yeux et lui suggéra avec un sourire taquin d'aller jouer le temps qu'il fasse une lecture plus attentive. Ce qu'elle lui avait envoyé lui avait plu, et il lui semblait qu'elle avait encore resserré le récit, depuis. Son style ne cessait de s'affermir. Sa voix de plus en plus claire s'exprimait dans une très belle langue aux phrases adroitement tournées. Quant à la trame, qu'il connaissait déjà, elle lui plaisait beaucoup.

Alex nettoya la cuisine, rangea des vêtements et lut les journaux pendant que Bert annotait son manuscrit. Elle avait laissé la bouteille de vin rouge à côté de lui. Il n'y avait pas touché quand il arriva à la fin des premiers chapitres, trois heures et demie plus tard. Il avait noté quelques indications au crayon dans la marge. Très peu. Il l'appela. Elle avait le trac quand elle revint s'asseoir en face de lui.

— Alors, qu'en dites-vous ?

— Que c'est votre meilleur livre à ce jour. Vous avez très bien mené la scène de sexe – d'un point de vue juste assez masculin pour ne pas vous trahir, mais avec une certaine élégance. Vous conduisez l'intrigue à la perfection : vous arrivez à me perdre alors que je connais l'histoire.

Elle regarda où il en était et hocha la tête.

— Le meurtre arrive au chapitre suivant. Mais il y en a deux. Le second viendra plus tard. Je l'ai ajouté pour donner plus de piquant.

— Le même meurtrier ?

— Bien sûr que non. Ce serait d'un ennui !

Ce commentaire le fit rire. Après une petite pause, il reprit sa lecture. Quand il s'arrêta, parce que ses yeux fatiguaient, cela faisait presque sept heures qu'il n'avait pas levé le nez. Il demanda plus de vin. Il avait vidé la bouteille mais ne montrait pas le moindre signe d'ébriété.

Elle était allée leur chercher à dîner pendant qu'il travaillait – un hachis parmentier qu'elle fit réchauffer au micro-ondes tandis qu'ils parlaient des changements suggérés par Bert. Il y en avait peu. Pour le moment, ce n'était pas trop compliqué.

Ils poursuivirent leur conversation à table. Il lui proposait d'ajouter deux nouveaux chapitres et d'en supprimer un qui, selon lui, n'apportait rien. Ou alors, il fallait au contraire le développer et lui donner plus de poids. Elle sentait que, comme chaque fois, ses suggestions allaient servir le roman.

Après le dîner, il rentra à son hôtel et elle se mit à sa machine à écrire pour exécuter les changements dont il lui avait donné les grandes lignes. Elle s'arrêta à 2 heures du matin, satisfaite du résultat, et s'écroula dans son lit.

Bert revint le lendemain matin à 9 heures avec des croissants et des scones. Alex sortit de la confiture et de la *clotted cream* pour les accompagner, tant elle s'était bien faite au goût anglais, et fit du café. Puis elle montra à Bert son travail de la veille.

— Très bien, fit-il avec un hochement de tête approbateur, des miettes de croissant plein la barbe, plus Einstein que jamais avec son indomptable crinière blanche.

Ils travaillèrent ainsi avec zèle toute la semaine. Les remarques de Bert inspiraient Alex, faisaient naître d'autres idées. Ils étaient ravis du résultat final.

— Je maintiens ce que j'ai dit le premier jour. C'est votre meilleur livre jusqu'ici.

— J'espère que l'éditeur sera de votre avis.

Elle attendait toujours son verdict avec nervosité. Elle ne se faisait pas de cadeaux et ne considérait rien comme acquis. De crainte que ses livres ne plaisent pas, elle se surpassait chaque fois. Tout comme son acharnement, cela faisait partie des choses que Bert aimait tant chez elle.

Le dernier soir, pour fêter le travail accompli, ils sortirent au restaurant. La relecture s'était bien passée, les modifications étaient faites. Elle avait scanné l'ensemble et l'avait envoyé par courriel à Rose Porter afin qu'elle le transmette à l'éditeur. Alex voyait en ce moment même son dernier roman grimper à toute vitesse dans la liste des meilleures ventes. Cela devenait une habitude mais elle n'était nullement blasée. Les e-mails dans lesquels Amanda lui annonçait que son livre était sur la liste et la félicitait continuaient à lui faire le même plaisir au fil des semaines. Elle enchaînait les best-sellers. Au sein de la communauté des fins connaisseurs de littérature policière, Alexander Green commençait à faire figure d'auteur culte.

Ses éditeurs n'en revenaient toujours pas que ces romans soient écrits par une aussi jeune femme et son identité était sans doute le secret le mieux gardé du milieu. Le service communication publiait de temps à autre quelque chose sur l'auteur : il chassait en Écosse, faisait des recherches pour son prochain livre ici ou là ou s'était enfermé dans son ranch au Montana pour écrire un nouveau thriller. Il avait si bien pris vie indépendamment d'elle qu'il arrivait à Alex de croire qu'il existait vraiment, comme une espèce d'alter ego. Recevoir des coupures de presse qui évoquaient l'insaisissable Alexander Green, parfois même qui laissaient entendre qu'il aurait été vu dans un endroit aussi inattendu que Berlin, l'amusait énormément.

Après le départ de Bert, Alex dut se mettre en quête d'un autre appartement puisque son bail expirait en juin et que le propriétaire, de retour d'Australie, souhaitait le récupérer.

Il lui fallut deux semaines pour trouver son bonheur : un deux-pièces meublé légèrement plus petit que celui qu'elle quittait, dans le quartier de Kensington. Elle comptait rester à Londres encore quelques mois avant de rentrer à Boston. Elle n'était pas encore prête. Dix-huit mois à l'étranger, cela lui semblait raisonnable. Elle n'avait pas l'impression d'être expatriée, plutôt celle de passer une année de césure à l'étranger. Avoir un chez-soi lui plaisait beaucoup même si les sœurs et l'atmosphère chaleureuse du couvent lui manquaient. Emménager dans un endroit où elle n'avait pas de souvenirs avec Ivan allait lui faire du bien. Elle voulait laisser cette histoire derrière elle. Elle n'avait aucune nouvelle de lui depuis deux mois et c'était très bien ainsi. Elle espérait ne plus jamais entendre parler de lui.

Son nouvel appartement était clair et ensoleillé – en tout cas, quand il y avait du soleil. Il appartenait à une jeune femme qui l'avait décoré avec goût, dans un esprit plus féminin que le précédent. Alex s'y sentait bien. Et si elle s'installait de son côté, à son retour à Boston ? Elle hésitait. Partir définitivement de Saint-Dominique lui fendait le cœur.

D'autre part, quelques semaines plus tôt, Bill Buchanan lui avait demandé de prendre une grande décision. La maison familiale, que son père lui avait léguée, lui appartenait toujours. Sans être très grande ou luxueuse, il s'agissait d'un patrimoine d'une certaine importance, en plus des économies et de la police d'assurance dont une grande partie avait servi à financer ses études. En neuf ans, deux locataires s'étaient succédé. Le second, qui était là depuis cinq ans, se disait prêt à faire une offre si jamais elle souhaitait vendre. Elle ne savait que décider. Elle était attachée sentimentalement à la maison et le loyer représentait pour elle un revenu régulier intéressant. Cependant, elle ne se voyait pas s'y réinstaller un jour, même dans plusieurs années, mariée, avec des enfants. La nostalgie serait trop forte. Mais s'en séparer définitivement et rompre ce dernier lien avec son père serait aussi très douloureux. Elle avait promis à Bill d'y réfléchir mais ne parvenait pas à prendre de décision. Il se manifesta de nouveau en juillet ; les locataires attendaient une réponse car ils avaient trouvé une autre maison susceptible de les intéresser. L'heure était donc venue de trancher.

Ce fut plus difficile encore qu'elle ne s'y attendait. Après plusieurs nuits blanches à se remémorer une foule de souvenirs de son père, elle finit par opter pour la vente. Quand elle téléphona à Bill pour lui faire part de son choix, il lui assura qu'elle faisait bien. Il allait maintenant se tourner vers les locataires pour connaître leur offre. Il revint vers elle une semaine plus tard. La somme proposée, qui prenait en compte le toit à refaire ainsi que quelques autres travaux, était tout à fait correcte. Elle accepta sans négocier. Les acheteurs étaient ravis. Ils convinrent d'un délai de trente jours. En septembre, la maison ne serait plus à elle. Cela lui faisait un peu de peine mais c'était certainement la meilleure solution.

Le lendemain, elle reçut une lettre de Brigid qui lui annonçait une grande nouvelle. Elle se mariait fin août avec son professeur de maths. Il s'appelait Patrick Dylan. Jamais Brigid n'avait été aussi heureuse de sa vie, affirmait-elle. Alex se réjouit pour elle. Mère MaryMeg et les sœurs viendraient à son mariage, précisait-elle. L'archidiocèse l'avait relevée de ses vœux.

Elle invitait bien entendu Alex à son mariage, qui serait célébré dans l'intimité à la paroisse de son quartier, quatre semaines plus tard. La réception aurait lieu chez les parents de Patrick, dans la banlieue de Boston. Le repas serait assuré par les sœurs du marié. Bien sûr, Brigid comprendrait qu'Alex ne puisse pas venir. Elle la prévenait tard, venir à Boston rien que pour l'occasion, cela faisait un grand voyage. Il est vrai qu'Alex n'avait pas prévu de rentrer à cette période. Elle y réfléchit toute la journée. Elle ne souhaitait pas déjà quitter définitivement Londres mais il n'était pas question qu'elle manque le mariage de Brigid. Elle décida de rentrer pour une semaine afin de profiter de ceux qu'elle aimait avant de revenir en Europe où elle resterait encore quelque temps.

Elle envoya donc un courriel à son amie pour lui confirmer sa présence puis appela mère MaryMeg. Cette dernière se doutait qu'Alex ne manquerait pas le mariage de sa meilleure amie. Toutes les sœurs se réjouissaient de la revoir.

Alex arriva à Boston cinq jours avant le jour J, de façon à prendre le temps de voir tout le monde. Presque aussi excitées par ces retrouvailles que par le mariage à venir, les sœurs avaient préparé un dîner de fête pour son arrivée. Elle aussi était folle de joie. Elle se rendit compte à quel point elles lui avaient manqué. Cela faisait longtemps qu'elle était partie. Toutefois, elle se plaisait beaucoup à Londres. Son appartement de Kensington était disponible jusqu'au mois de décembre si elle souhaitait prolonger son séjour. Sœur Xavier et sœur Tommy furent tout de même un peu déçues d'apprendre qu'elle repartait aussi vite.

Elle trouva le temps de déjeuner avec Bert avant d'aider Brigid à finir de préparer la noce. Le jour venu, ce fut elle qui assista son amie pour passer sa robe de mariée. Brigid avait déniché dans une boutique d'occasion une ravissante robe vintage qui lui allait à la perfection. Il y avait tant de paix et de joie dans son regard... Elle rayonnait littéralement. Elle était ravissante. Alex pleura d'émotion, avec les sœurs, en la voyant s'avancer dans la petite église. Pour en arriver là, elle avait parcouru une route longue et ardue. Alex ne regrettait pas d'être à ses côtés aujourd'hui. Brigid n'avait pas de famille si ce n'est les sœurs – et, désormais, celle, nombreuse et tapageuse, de Patrick. Sans doute les jeunes époux ne tarderaient-ils pas à fonder une famille. À 36 et 38 ans, ils n'avaient pas de temps à perdre.

La réception fut animée et très gaie. L'un des frères de Patrick jouait dans un groupe et toute la bande anima la fête. Après le repas délicieux et abondant, on dansa. Patrick et Brigid étaient au comble du bonheur. Alex et les religieuses se réjouissaient pour eux. Une fois que les mariés furent partis pour leur lune de miel de deux jours dans une auberge de Long Island dont ils connaissaient les propriétaires, elles rentrèrent au couvent.

Alex resta encore trois jours puis regagna Londres non sans un pincement au cœur au moment de quitter les sœurs. Elle pensait rentrer à Boston pour de bon à Noël mais mère MaryMeg insista pour qu'elle ne revienne que quand elle en aurait vraiment envie. Elle était jeune et libre, il fallait en profiter car cela ne durerait pas éternellement. En atterrissant à Heathrow, elle songea combien elle était heureuse d'avoir assisté au mariage de Brigid. Voir deux êtres aussi amoureux redonnait de l'espoir.

À Londres, il faisait un temps épouvantable. Pour échapper à la pluie, à la grisaille et au marasme ambiant, Alex décida d'aller passer une semaine en Italie. Elle s'arrêterait à Portofino et Sorrente avant de descendre jusqu'à Capri. Elle avait le temps et les moyens financiers pour se le permettre. Elle proposa à Fiona de l'accompagner mais, son amie ne pouvant se libérer, elle partit seule. Elle s'absenta finalement dix jours et fit un excellent séjour. Certes, visiter en solitaire des lieux aussi romantiques lui faisait un peu drôle et il lui arrivait de se sentir seule. Mais elle découvrit toutes sortes de sites touristiques, et puis, elle avait emporté une pile de livres, elle se baigna, dormit beaucoup. Dès son retour à Londres, elle commença à construire son prochain roman.

Elle passa l'automne enfermée dans son appartement à travailler, ne s'interrompant que pour dîner avec Fiona de temps à autre. Autrement, elle ne voyait personne. Son amie lui apprit qu'Ivan sortait avec deux filles du bureau à la fois, qu'il leur mentait à toutes les deux et que cela allait se terminer par une explosion magistrale car l'une des deux était plutôt du genre coléreux – et c'était une vraie garce, selon Fiona.

— Que je suis heureuse de m'être tirée de ce guêpier…, fit Alex en souriant.

— Pas de regrets ? Il était canon. Il l'est toujours.

— Pas le moindre.

— Tu vois quelqu'un d'autre ?

— Je ne sors pas de chez moi, sauf quand on se voit.

— Mais c'est hyper malsain ! Qu'est-ce que tu fabriques enfermée tout ce temps ?

— Je lis… J'écris des lettres…

Comment expliquer à Fiona la raison de sa réclusion volontaire sans lui dévoiler son secret ?

— Tu es trop jeune pour vivre en ermite.

Non, parce qu'elle était écrivain. Sauf que personne ne le savait. Personne n'était au courant de cette vie cachée qui emplissait ses jours et ses nuits à l'exclusion de toute autre chose.

— Comment veux-tu rencontrer un homme si tu restes cloîtrée chez toi ?

Fiona avait une proposition à lui faire. Avec une demi-douzaine de copines, elles allaient faire du ski en France pendant les vacances de Noël. Le séjour, dans les Alpes, était organisé par un club de célibataires auquel elles appartenaient. Ce n'était pas trop cher et on pouvait amener des amies de l'extérieur.

— Cela te tenterait de nous accompagner ?

— Je ne suis pas une grande skieuse, avoua-t-elle.

Elle était allée deux fois à la montagne pendant ses études mais, déjà à l'époque, elle n'avait guère de temps à consacrer au sport ni à aucun hobby, pas plus qu'aux garçons. Elle écrivait sans cesse. Avoir publié cinq livres dont trois best-sellers à 22 ans ne s'était pas fait sans renoncer à bien des choses. Néanmoins, ce voyage était une bonne idée et elle s'entendait bien avec Fiona. Celle-ci sortait encore d'une rupture et cherchait à faire une nouvelle rencontre. Décidément, les hommes défilaient vite dans sa vie mais l'offre ne manquant pas, elle retrouvait toujours des prétendants.

— Nous non plus, assura Fiona. Nous n'y allons pas que pour la neige et le ski. Il y a aussi des garçons dans ce club, et ils vont inviter des amis. Si ça se trouve, tu vas rencontrer quelqu'un – et pas un loser comme Ivan.

La réputation du jeune homme ne s'était pas arrangée avec ses dernières frasques. L'année passée, encore lui restait-il un soupçon de mystère. Désormais, son côté tricheur et infidèle éclatait au grand jour.

— C'est un connard, conclut Fiona pour clore le sujet.

Alex ne la contredit pas. Elle se sentait idiote d'être sortie avec lui et surtout de lui avoir cédé sa virginité. Leur relation n'avait reposé que sur le sexe, pas sur l'amour, même si, sur le moment, elle avait nourri l'illusion que cela pourrait changer. Cela n'avait pas changé. Il n'en était pas capable.

— Alors, c'est oui ? Étant donné le prix, ça se remplit assez vite, je te préviens.

Comment refuser ? La seule ombre au tableau, c'était qu'elle avait annoncé aux sœurs son possible retour à Boston pour les fêtes et que cela l'ennuyait de les décevoir une fois de plus.

— D'accord, dit-elle en souriant avec tout de même une pointe de culpabilité.

— Ouf ! Non parce que si tu ne sors pas de ton trou, tu ne pourras rencontrer que le père Noël quand il descendra dans ta cheminée – or il est bien trop vieux pour toi.

Alex rit de bon cœur avec elle, tout à la joie de ce voyage.

Quoiqu'un peu peinées, les sœurs comprirent fort bien. Ce séjour au ski promettait d'être super, convinrent-elles également.

Elle renouvela le bail de son appartement pour six mois supplémentaires lorsque l'occasion s'en présenta et fit prolonger son visa. Elle se sentait bien dans son petit deux-pièces, au calme pour écrire. Elle espérait y rester jusqu'en juin. Cela ferait alors deux ans qu'elle vivait à l'étranger. Le temps avait filé à toute vitesse.

Mi-décembre, elle expédia par la poste les cadeaux de Noël des sœurs puis s'occupa de son équipement de ski.

Le nouveau livre avançait bien mais elle s'était juré de le mettre de côté pendant les vacances. Il lui en coûta beaucoup. Il lui arrivait même de se réveiller en pleine nuit pour se remettre au travail. L'un des gros avantages du célibat, c'était que cela ne dérangeait personne. Elle faisait ce qu'elle voulait. Elle n'imaginait même pas comment elle pourrait renoncer un jour à cette liberté si elle tombait amoureuse. Désormais, il lui était devenu vital de pouvoir écrire comme elle le voulait, quand elle le voulait. Car l'écriture restait le grand amour de sa vie.

Alex partit avec Fiona et ses amies dans une petite station des Trois-Vallées, près de Courchevel, le 22 décembre. Le groupe était aussi animé et joyeux que l'avait promis son amie. On but pas mal, on flirta, il y eut quelques aventures sans lendemain mais tout cela dans la bonne humeur. Personne ne se sentait contraint de faire ce dont il n'avait pas envie. Elle se rendit compte qu'elle plaisait à certains des hommes présents mais ils ne furent pas longs à comprendre que cela ne l'intéressait pas, à la grande déception de Fiona. Elle aurait voulu qu'Alex rencontre quelqu'un de bien, mais son amie n'y mettait pas beaucoup du sien. Elle se coucha tôt tous les soirs, sauf celui du réveillon, et passa des heures dans sa chambre à griffonner sur un carnet. Elle était incorrigible.

Toutefois, dans le bus, en quittant la station, Alex assura à Fiona qu'elle avait passé d'excellentes vacances, et c'était la vérité. Quant à Fiona, elle avait fait la connaissance d'un homme qui lui plaisait beaucoup. Comptable dans un cabinet d'avocats, Clive avait une bonne situation, il était beau garçon, bon skieur et apparemment très amoureux. Elle avait passé la nuit du nouvel an avec lui et il voulait la revoir dès le retour à Londres. Cette histoire semblait prometteuse. Alex était ravie pour elle.

À la maison, une lettre de Brigid l'attendait. Au comble de l'excitation, elle lui annonçait qu'elle était enceinte de trois mois. C'était prévu pour juin. Cela s'était fait plus vite qu'ils l'avaient espéré, à peine un mois après leur mariage. Cela n'avait pas traîné. Elle aurait 37 ans à la naissance du bébé. Si ce n'était pas un garçon, le père de Patrick serait très déçu, précisait-elle.

Alex se réjouit pour ses amies. Mariée et enceinte, Brigid voyait ses souhaits se réaliser. Et Fiona avait fait une belle rencontre. Quant à elle, elle avait ses livres. Elle ne se sentait pas flouée de n'avoir personne dans sa vie. Sa carrière d'écrivain, qui décollait plus vite que dans ses rêves les plus fous, la comblait. L'année commençait en beauté.

14

Alex acheva la rédaction de son livre en avril et envoya aussitôt le manuscrit à Bert. Puis elle décida de repartir en voyage pour visiter des villes qu'elle souhaitait découvrir avant son retour à Boston en juin.

Elle se rendit à Madrid et à Barcelone, à Munich, à Berlin et à Prague dont on lui avait vanté la beauté. Elle ne fut pas déçue. Désormais, les voyages en solitaire n'avaient plus de secrets pour elle. Grâce aux revenus apportés par ses livres, elle descendait dans de bons hôtels. Elle dînait de bonne heure dans des restaurants comme il faut où elle se sentait en sécurité ou commandait quelque chose au room service. À chaque étape, elle visitait les musées, les églises et les attractions touristiques qu'elle avait repérés dans ses guides. Elle acheva son voyage par Paris qu'elle voulait revoir avant de quitter l'Europe.

Elle passa le mois de mai à trier ses affaires et faire ses bagages, se promener dans Londres, acheter des souvenirs pour les sœurs. Elle dîna plusieurs fois avec Fiona et Clive. Leur histoire commençait à devenir sérieuse, semblait-il. Âgé de 27 ans comme elle, il était aux petits soins. Elle paraissait tout aussi amoureuse que lui.

Un soir qu'Alex était en train de ranger des papiers dans un carton, Rose lui téléphona. Il était 15 heures à New York et 20 heures à Londres. Les préparatifs du départ lui donnaient un peu le cafard. Elle était triste de quitter Londres et ses voyages en Europe, d'autant que le dernier avait été particulièrement réussi.

— Nous avons reçu aujourd'hui une offre très intéressante, lui annonça son agent. D'une grosse société de production de Los Angeles. Ils veulent acheter les droits cinématographiques de *Ténèbres*.

C'était son deuxième livre, le premier gros best-seller et l'un de ses titres les plus populaires.

— Ils ont déjà un scénariste, enchaîna-t-elle, et ils sont en cours de négociation avec plusieurs stars pour les rôles principaux. Le réalisateur aussi serait quelqu'un de connu. C'est une occasion en or pour vous et un contrat juteux. Qui plus est, c'est toujours bon pour la vente des livres. Il n'y a qu'un hic, mais je crois que nous pourrons le contourner.

— Lequel ?

Alex n'en revenait pas. Trop occupée à écrire, elle n'avait jamais imaginé que ses romans puissent être un jour portés à l'écran.

— Ils veulent qu'Alexander Green soit présent sur le plateau, qu'il corrige les scripts, qu'il travaille avec le scénariste pour que le film soit le plus fidèle possible au livre.

— Bon, eh bien, c'est réglé. Ce n'est pas possible, répondit-elle, déçue.

— J'y ai réfléchi toute la journée. Tout le monde sait maintenant que Green vit en reclus. Nous pourrions vous faire passer pour son assistante, dire qu'il reste enfermé dans une maison à L.A. et que vous faites le lien entre lui et le réalisateur, que vous reverrez le script avec lui le soir et rapporterez les corrections de la main du célèbre homme invisible le lendemain matin. C'est un peu tiré par les cheveux, mais ça pourrait marcher, si vous acceptez de passer quatre ou cinq mois sur un plateau de cinéma. Tout serait filmé en studio et dans les alentours de L.A.

— Même les scènes qui se déroulent en Afrique, dans la jungle ?

— Apparemment, oui. Les tourner là-bas, en décor naturel, coûterait trop cher. Sans compter le risque que les stars soient avalées par un boa constrictor ! ajouta Rose en riant. Qu'en dites-vous ? Je donne suite ou je refuse ?

— Je ne sais pas. Je ne veux pas être découverte et que tout se casse la figure. Nous nous sommes donné tellement de mal... Je ne voudrais pas que quelqu'un puisse découvrir le pot aux roses.

— Si cela vous convient, je vais prendre contact avec le producteur pour tâter le terrain. Si nous ne trouvons pas à nous entendre, il sera encore temps de refuser. Mais s'ils tiennent vraiment à avoir Alexander Green, ils coopéreront avec nous selon nos conditions. Je peux vous assurer que je ne veux prendre aucun risque concernant votre identité, Alex.

Depuis le début, Rose était sa plus grande alliée. Alex l'appréciait et l'estimait énormément. C'était une femme exceptionnelle qui, au fil de leur relation, était

243

devenue une grande amie. Elle avait parfaitement géré la situation lorsque les éditeurs avaient tenu à faire connaissance avec Alexander Green. Elle saurait certainement tout aussi bien s'y prendre avec l'équipe de cinéma.

— Je vous tiens au courant. Quand rentrez-vous ?

— Dans dix jours.

— Je n'aurai sans doute pas de nouvelles d'ici là, mais sans doute dans les jours qui suivront. Ils ont déjà bouclé le budget et ils voudraient commencer à tourner en septembre si les dernières négociations avec les stars aboutissent. Nous serons donc certainement fixées en juin, début juillet au plus tard.

Étourdie par cette proposition, Alex passa les jours qui suivirent à se demander s'il fallait accepter, si cela pouvait marcher. Ce n'était pas sans risque, mais que c'était tentant ! Elle quitta Londres sans en savoir davantage.

La veille de son départ, elle dîna avec Fiona. Ses valises étaient prêtes, son porte-documents plein à craquer, avec, dans un sac à part, des épreuves à relire pendant le vol, ainsi que son dernier manuscrit. Elle avait laissé l'appartement impeccable. Mais qu'elle était triste de s'en aller...

Elle passa une excellente soirée avec Fiona et Clive au Shed, à Notting Hill Gate. Les deux jeunes femmes se firent leurs adieux en pleurant, non sans se promettre de s'écrire et de rester en contact. Fiona lui enjoignit de se trouver un petit ami dès son arrivée à Boston si elle ne voulait pas finir vieille fille. Alex en rit à travers ses larmes. Bien entendu, elle ne pouvait rien lui dire du projet de film. Elle ne pouvait en parler à personne d'autre qu'à Brigid, quand elle la reverrait, aux sœurs et à Bert, bien évidemment. Fiona ignorait tout de sa vraie vie. Son amie croyait qu'elle vivait du modeste héritage de son père et qu'elle n'était pas obligée de travailler, la veinarde. Ce soir-là, Clive laissa entendre qu'ils projetaient de se marier. Bien sûr, ils comptaient sur la présence d'Alex. Il la trouvait très sympa. Quoiqu'un peu réservée et timide, elle était jolie, intelligente et agréable. Fiona lui avait raconté ce qu'elle savait de son histoire. Forcément, les bonnes sœurs avec qui elle avait vécu sept ans avaient dû déteindre un peu sur elle. Tout ce qu'il fallait, comme le disait Fiona, c'était qu'elle rencontre le bon garçon.

Le lendemain, à Heathrow, Alex vérifia une dernière fois ses sacs avant de monter dans l'avion pour Boston avec son bagage à main bourré à craquer. La joie de revoir les sœurs atténuait sa tristesse et cette impression d'un nouveau déracinement. Ces deux ans en Europe avaient marqué le commencement de sa vie d'adulte, malgré l'absence de transformation physique visible. Elle faisait toujours plus jeune que son âge. À 24 ans, en jean et ballerines, elle aurait pu passer pour une adolescente.

À l'aéroport, la douane franchie, elle eut l'heureuse surprise d'être accueillie par sœur Tommy et sœur Xavier. Elles s'étreignirent de toutes leurs forces, les larmes aux yeux. Elles ne s'étaient pas vues depuis le mariage de Brigid, dix mois plus tôt.

— Dieu soit loué, te voilà enfin ! s'exclama sœur Xavier avec ferveur tandis qu'elles descendaient au parking.

Les deux religieuses s'étaient tout de suite rendu compte qu'elle semblait heureuse et en pleine forme. En deux ans d'indépendance, elle avait gagné de l'assurance. Elle avait grandi. Elles la trouvaient plus belle que jamais.

— Nous avons récupéré notre petite chérie, fit sœur Thomas avec un soupir de soulagement avant de démarrer.

Sur le chemin du couvent, elle leur raconta son récent voyage en Europe.

— J'ai toujours eu envie de visiter Madrid, commenta sœur Xavier, rêveuse.

— Un jour, j'ai assisté à une corrida avec mon mari, se souvint sœur Thomas. C'était atroce. Lui, il a adoré. Le pauvre taureau… J'ai failli vomir.

Ce détail les fit rire toutes les trois. Une heure plus tard, elles étaient à Saint-Dominique où toutes les sœurs attendaient Alex pour l'accueillir. Elle commença par embrasser mère MaryMeg qui la serra longuement contre elle.

— Cette fois, si tu n'étais pas rentrée, nous serions venues te kidnapper à Londres. Bienvenue, Alex. Nous sommes heureuses de te revoir parmi nous.

— Merci, ma mère.

Emplie d'un sentiment de paix, elle monta dans sa chambre, à laquelle on n'avait pas touché. Même sa petite lampe d'enfant avec les agneaux bleus l'attendait sur le bureau.

— Comment va Brigid… Regina ? demanda-t-elle à sœur Xavier une fois redescendue.

— Elle va éclater ! Elle est passée nous voir il y a un mois. Elle avait bien du mal à marcher, la pauvre.

Mais elle était superbe et au comble du bonheur. Elle a promis de nous appeler dès qu'il ou elle sera né.

Ils n'avaient pas voulu connaître le sexe du bébé à l'avance mais espéraient un garçon. Alex savait que le mari de Brigid et une de ses sœurs seraient présents lors de l'accouchement. Tout cela l'effrayait quelque peu. Comme elle n'avait ni sœurs ni personne de son entourage ayant eu des enfants, elle ne savait pratiquement rien sur la maternité. D'ailleurs, elle n'en avait aucune envie. Tant qu'elle n'y était pas obligée, bien sûr. Parfois, elle se demandait si elle n'allait pas rester célibataire toute sa vie pour se consacrer exclusivement à l'écriture, sans être jamais ni épouse ni mère. Elle ne serait pas contre. Elle trouvait Brigid bien courageuse.

Le soir, elle défit ses bagages. Une fois tout rangé à sa place, jusqu'à ses papiers sur le bureau, elle eut l'étrange impression de n'être jamais partie. Le lendemain matin, elle descendit prendre le petit déjeuner avec les sœurs. Après le départ des autres, elle raconta à mère Mary Margaret l'éventuel projet de film.

— Rose ne m'a pas encore donné de nouvelles, précisa-t-elle. Peut-être que cela ne se fera pas. Si j'ai bien compris, les contrats cinématographiques échouent plus souvent qu'ils n'aboutissent.

— Mais comment te débrouilleras-tu pour être présente sur le plateau sans qu'ils sachent qui tu es ?

— Aucune idée. Moi aussi, cela m'inquiète. Mais Rose pense que ça peut marcher, si je me fais passer pour l'assistante de M. Green. C'est un peu dingue, comme plan.

Mais sa vie elle-même n'était-elle pas déjà un peu dingue, avec ses thrillers signés d'un pseudonyme masculin ?

— C'est formidable, Alex, dit mère MaryMeg, fière de sa protégée. Mais alors, tu vas encore nous quitter ?

— Pas plus de quelques mois.

De toute façon, elle voulait retourner à Londres un jour. Elle s'y était vraiment plu. Elle avait apprécié les habitants autant que la ville elle-même, la culture, l'histoire, les manières et l'humour anglais.

Sur ces entrefaites, mère MaryMeg se rendit dans son bureau et, comme promis, Alex téléphona à Brigid qui l'invita à déjeuner chez elle. À deux jours du terme, elle était bien trop grosse pour sortir, précisa-t-elle. Cela ne l'avait pas empêchée d'assurer ses cours jusqu'au bout. Maintenant, entre les vacances et son congé maternité, elle ne reprendrait qu'en janvier.

En la voyant, Alex fut sidérée par son tour de taille.

— Mon Dieu ! Mais c'est vrai, tu es énorme ! remarqua-t-elle en souriant.

Brigid contempla son ventre d'un air consterné.

— Je crois que c'est surtout dû au gâteau au chocolat, avoua-t-elle. Et au cheesecake. Et peut-être aussi à la tarte aux noix de pécan et aux cupcakes. Oh, ce que tu m'as manqué ! s'exclama-t-elle en étreignant Alex.

— Toi aussi !

Alex avait l'impression de retrouver sa sœur. Elle avait rapporté de Paris pour le bébé un petit ensemble en tricot blanc brodé de boutons de rose blancs également, que Brigid découvrit avec ravissement. Jamais elle n'avait rien vu d'aussi joli. Son visage aussi s'était arrondi mais elle rayonnait de bonheur. Elles parlèrent tout l'après-midi de la vie d'Alex à Londres depuis le mariage, de ses voyages, de Fiona... Alex lui donna également une version expurgée de son aventure avec Ivan. Même si Brigid était mariée, il n'était pas nécessaire de lui raconter tous les détails ; sans doute en devinait-elle d'ailleurs certains.

Lorsque Alex partit, elle la raccompagna en marchant comme un canard à la voiture qu'elle avait empruntée au couvent pour venir.

— Je t'appellerai de la maternité quand j'y serai, promit-elle. J'espère que ça ne tardera pas trop. Si ça pouvait être ce soir... Je n'arrive plus à rien avaler, c'est tout juste si je peux respirer et j'ai des brûlures d'estomac toute la nuit.

Quel cauchemar, songea Alex. Mais Brigid, dont le vœu le plus cher se réalisait, semblait au comble de la joie. Alex raconta sa visite aux sœurs tout en dînant. Elles attendaient toutes la naissance du bébé avec une impatience attendrie. Elles se levaient tout juste de table quand Brigid appela.

— Le travail a commencé ! annonça-t-elle victorieusement à mère MaryMeg.

Arrivée à la maternité vingt minutes plus tôt, elle n'était qu'à deux centimètres de dilatation, ce qui, MaryMeg le savait, n'était pas énorme. Elle avait encore du chemin à faire avant de tenir son bébé dans les bras.

— Nous prions toutes pour toi, lui assura la supérieure avec gentillesse. Ça va passer vite. Essaie de te reposer un peu, maintenant.

— Je suis en pleine forme ! assura Brigid sous l'effet de l'adrénaline.

— Repose-toi quand même.

Sur quoi, elle raccrocha pour aller faire part de la nouvelle aux sœurs qui l'accueillirent avec allégresse.

Alex téléphona à Bert avec qui elle prit rendez-vous pour déjeuner deux jours plus tard. Il avait des corrections à lui rendre sur son livre en cours. Elle ne lui parla pas du film. De toute façon, elle commençait à se dire que le projet n'allait pas se faire.

Le lendemain matin, à l'heure du petit déjeuner, elles n'avaient toujours pas de nouvelles de Brigid. Personne ne semblait s'en alarmer, ce qui ne laissait pas d'étonner Alex.

— Ce n'est pas mauvais signe ? demanda-t-elle à la mère supérieure, qui était aussi infirmière.

— Pas le moins du monde. Le travail a commencé vers 19 heures hier, j'aurais été très surprise que l'enfant soit déjà né. Ce sera sans doute pour cet après-midi, voire dans la soirée.

— Dans la *soirée* ? Mais c'est si long que ça ?

— Pour un premier, la moyenne est de vingt-quatre à trente-six heures. Or elle était au tout début du travail quand nous l'avons eue au téléphone. Je suppose qu'elle doit être en plein dedans maintenant.

Elle ne s'était pas trompée. Lorsqu'elle appela la maternité un peu plus tard, on lui confirma que le travail avançait. Brigid Dylan était à cinq centimètres. Elle en avait encore pour des heures, et des heures pénibles. Surtout avec un aussi gros bébé.

— Tout va bien ?

Elle ne pouvait s'empêcher de s'inquiéter. Même mariée, Brigid était toujours des leurs et elle conservait toute sa place dans son cœur.

— Comme on peut l'imaginer pour un aussi gros bébé chez une primipare de 37 ans, répondit sans détour l'infirmière quand MaryMeg eut décliné son identité. Ce soir, peut-être…

Si cela durait trop longtemps, si le bébé était trop gros, il faudrait une césarienne, elles le savaient l'une et l'autre. Mais on n'en était pas encore là. Elle n'était même pas prête à pousser, précisa l'infirmière. Ce n'était donc pas pour tout de suite.

Alex descendit la rejoindre à 14 heures pour lui demander s'il y avait du nouveau. Mère MaryMeg fit non de la tête en souriant.

— Ne t'en fais pas, je suis certaine que tout va bien.

Après le petit déjeuner, les sœurs avaient lancé les paris. L'une d'elles avait misé sur minuit. Quelle horreur ! La plupart, infirmières, estimaient l'heure de la naissance entre 20 heures et 21 heures. Alex en était malade. Brigid s'était-elle doutée de ce qui l'attendait ?

Elles finissaient de dîner, à 20 heures, quand Patrick téléphona, à la demande de sa femme, juste après avoir prévenu ses parents.

— Le bébé est né ! annonça joyeusement mère MaryMeg. C'est un garçon. Quatre kilos six cents. Accouchement au forceps. La mère et l'enfant se portent bien.

Ce n'était pas mal du tout, commentèrent les sœurs infirmières. Vingt-cinq heures de travail, pour un premier, cela aurait pu être pire. Surtout pour un si gros bébé. Brigid serait-elle de leur avis ? se demanda Alex. Pour elle, c'était inconcevable. Vingt-cinq heures de travail ! Quel cauchemar !

— J'ai gagné ! J'ai gagné ! s'exclama la doyenne des sœurs à leur table, comme s'il s'agissait d'une partie de bingo. J'avais dit 19 h 45.

Pendant que les autres applaudissaient et que la gagnante du pari collectait ses gains, Alex interrogea mère MaryMeg.

— C'est quoi, un forceps ?

— Un peu comme une grosse pince – du genre de celles que l'on utilise en cuisine – dont on se sert pour aider le bébé à sortir quand il est gros.

— Seigneur ! Je n'aurai jamais d'enfant.

C'était un cri du cœur.

— Si tu savais… Demain, avec son bébé dans les bras, elle aura oublié.

— Je l'espère ! Quand pourra-t-on lui rendre visite ?

— Pas avant demain. Elle doit être épuisée, même si le travail n'a pas été excessivement long. Et puis, elle va avoir beaucoup à faire avec le bébé.

Vingt-cinq heures, ce n'était pas long ? Alex n'en revenait toujours pas.

Elle alla donc voir Brigid à la maternité le lendemain, à l'heure du déjeuner. Elle la trouva, les yeux cernés, assise dans une drôle de position, en train d'écouter les conseils de l'infirmière qui lui expliquait comment donner le sein. Elle l'accueillit avec un grand sourire. Profondément endormi, le bébé semblait n'avoir aucune envie de téter. Patrick venait de rentrer pour dormir un peu, lui apprit-elle. Ils avaient passé une nuit blanche à admirer leur fils. Alex contempla son visage en bouton de rose avant d'embrasser son amie. L'infirmière prit le petit qu'elle déposa dans un minuscule berceau pour l'emmener un moment à la nurserie.

— Comment ça s'est passé ? demanda Alex en s'asseyant dans le fauteuil à côté du lit.

— Atroce. Pire que tout ce que j'avais pu imaginer. J'ai cru mourir. Mais le jeu en vaut tellement la chandelle ! Je recommencerai sans hésiter.

— Tu es folle.

— Il est beau, non ? fit Brigid en riant. C'est le portrait de Pat.

Alex ne s'en rendait pas compte. À ses yeux, il avait surtout l'air d'un bébé – mais très mignon et très grand.

— Sœur Ignatius a gagné six dollars grâce à toi hier soir. Six vingt-cinq, précisément. Elles ont parié sur l'heure de la naissance. Si tu savais comme je me suis inquiétée pour toi…

— Tout s'est bien passé, assura Brigid avec sérénité. J'en ai bavé les quatre ou cinq dernières heures, mais c'est tout.

— Je vais me faire ligaturer les trompes de ce pas !

N'empêche qu'elle était heureuse pour son amie qui avait maintenant tout ce qu'elle avait souhaité. Elles continuèrent de bavarder un petit moment.

— Je ne vais pas pouvoir écrire une ligne avant vingt ans, maintenant, remarqua Brigid, penaude. Mais je n'ai ni ta passion ni ton talent. J'avais envie d'écrire un livre – maintenant, je pense que cela ne se fera pas.

— Tu es dispensée, maintenant que tu es maman.

Elle embrassa Brigid au moment où on lui ramenait son bébé qui hurlait à pleins poumons : il avait faim. Quand Alex sortit, elle essayait de le mettre au sein.

Plusieurs sœurs lui rendirent visite dans la soirée. Elles avaient tricoté brassières, chaussons et bonnets pour le bébé. À leur retour, elles assurèrent aux autres que Brigid avait l'air d'aller très bien et que le petit Steven Michael était magnifique. Alex restait toujours sous le coup de ce grand mystère. Quoi qu'il en soit, Brigid avait l'enfant dont elle rêvait. Tous les vœux d'Alex et des sœurs les accompagnaient, elle et ses proches.

Le lendemain, Alex déjeuna avec Bert, de sandwichs qu'elle avait apportés. Il lui indiqua les corrections qu'il avait faites et les modifications qu'il lui suggérait – notamment ajouter des détails à la scène de crime pour la rendre plus saisissante encore et le meurtrier plus difficile à deviner. Il ne laissait rien passer, mais elle avait entièrement confiance en lui. Elle suivait ses conseils parce qu'il avait presque toujours raison. Elle allait s'y mettre dès ce soir.

Elle voulut retourner voir Brigid mais celle-ci était déjà rentrée chez elle, trente-six heures après l'accouchement. Lorsque Alex lui téléphona, le chaos semblait régner dans l'appartement. Toute la famille de Pat était là, ainsi que des amis. Brigid était affreusement fatiguée. Alex préféra ne pas en rajouter.

Rose avait laissé un message à Alex au couvent. Celle-ci la rappela dès son retour de chez Bert.

— Ils veulent acheter les droits et offrent un très bon prix. Ils acceptent nos conditions pour M. Green. Ils lui loueront une maison et prendront également en charge l'assistante qui servira d'intermédiaire – en l'occurrence vous, Alex.

Elle lui indiqua ensuite la liste des stars retenues pour les rôles principaux. Alex en resta muette.

— Ils voudraient que M. Green et vous soyez sur place le 25 août pour les réunions de préproduction. Alors, qu'en dites-vous ?

Rose, elle, était ravie.

— Je crois que je vais m'évanouir.

Alex s'assit sur une chaise dans le bureau de mère MaryMeg où elle s'était isolée.

— Ah, non ! Ils envoient les contrats demain. Je vous les transmets par e-mail. Félicitations, Alex, un de vos romans va devenir un film. Ce n'est pas rien, surtout avec ce réalisateur et ce casting.

Alex était la plus jeune de ses clients mais aussi l'une de ceux qui connaissaient le plus de succès actuellement. Rose était à la fois impressionnée et enchantée pour elle. Elle n'avait jamais vu une carrière décoller aussi vite. Il faut dire qu'elle le méritait. Elle travaillait comme une folle.

— Merci, dit Alex avant de raccrocher.

Elle était encore sous le choc quand mère MaryMeg entra une minute plus tard.

— Quelque chose ne va pas ?

— On fait le film. *Ténèbres* va être porté à l'écran.

Quand elle lui eut dit qui allait jouer dedans, la mère supérieure était aussi épatée qu'elle.

— Eh bien ! fit-elle avec un grand sourire en serrant Alex dans ses bras. Brigid a un bébé, toi, un film : que d'événements !

Alex avait le temps de faire les corrections de son dernier roman avant son départ à Hollywood fin août. Elle n'en revenait toujours pas. Ce soir-là, elle resta longtemps étendue dans son lit à y penser et à se demander ce qu'elle avait fait pour mériter d'avoir autant de chance. Bert, qu'elle n'avait pas manqué d'appeler dès qu'elle avait su que le projet était confirmé, s'était bien entendu réjoui pour elle.

Alexander Green était ce qui lui était arrivé de mieux dans la vie. Pour tout le monde, c'était lui, l'auteur de best-sellers. Bien sûr, la vraie magicienne, c'était Alex, mais elle restait dans l'ombre. Cela la faisait rire sous cape. Au fond, elle avait un petit côté magicien d'Oz...

15

Comme chaque fois, Alex termina ses corrections bien avant le délai fixé, nettement avant son départ pour Hollywood. Bert, à qui elle alla dire au revoir, était enchanté du résultat. Ils n'allaient pas retravailler ensemble de sitôt puisque, absorbée par le film, elle n'aurait pas le temps de commencer un autre livre. Son éditeur était au courant, bien sûr, mais il n'était pas inquiet car elle était en avance sur le planning de publication.

Avant de partir, elle passa également voir Brigid. Steven, qui n'avait même pas trois mois, en paraissait le double tant il était costaud. Quand Alex arriva, la tétée tout juste finie, il dormait béatement dans les bras de sa mère. Brigid nageait dans le bonheur.

— Mais c'est presque un homme ! commenta Alex en riant. Bientôt, il va mettre un costume et porter un attaché-case. Quand va-t-il commencer à chercher du travail ? D'ici mon retour de L.A., je parie qu'il fera déjà du roller.

La fin du tournage était prévue pour janvier, fin décembre si tout se passait au mieux. Et il faudrait qu'elle reste sur place encore six à huit semaines pour la postproduction. Elle prévoyait d'être absente environ six mois.

— Quand tu me reverras, je ressemblerai à une baleine, annonça Brigid joyeusement.

Alex la considéra, interloquée. Brigid n'avait pas encore perdu beaucoup de poids. On aurait pu la croire enceinte de quatre ou cinq mois. S'occuper d'un nouveau-né était si prenant qu'elle n'avait pas le temps de faire du sport, d'autant que Steven souffrait de coliques et pleurait beaucoup. Et comment faire un régime quand l'allaitement lui donnait une faim de loup ?

— Mais non, tu auras retrouvé la ligne, d'ici là, ne t'en fais pas.

— Pas exactement...

Il y eut un long silence. Alex la dévisageait, attendant une explication.

— Nous avons un peu dérapé, il y a quelques semaines. Je croyais que l'allaitement était une méthode de contraception efficace, mais, en fait... Bon, je suis enceinte de trois semaines. Nous en avons eu confirmation hier, avoua-t-elle, la mine à la fois honteuse et réjouie.

Effectivement, ce n'était pas très sérieux. Leur budget n'était pas extensible. Pat et elle en étaient à se demander comment ils allaient faire pour joindre les deux bouts.

— Tu veux rire ? fit Alex, estomaquée. Tu vas avoir un autre enfant ? Déjà ? Enfin, Steven vient de naître...

— On appelle ça des jumeaux à l'irlandaise...

Brigid était un peu gênée. Il était difficile d'expliquer à Alex que son désir de fonder une famille était plus fort que tout et que, à son âge, il ne fallait pas perdre de temps, même si cela signifiait être complètement à sec pendant cinq ou dix ans et sans doute davantage. Par chance, Pat aussi voulait plusieurs enfants. Il était ravi de cette seconde grossesse. Qu'elle soit si rapprochée ne le dérangeait pas.

— Ça doit te paraître complètement dingue... Si j'étais plus jeune, j'attendrais, mais nous jouons contre la montre.

— Vous en voulez combien ?

— Trois ou quatre, si nous pouvons nous le permettre financièrement. Ses parents nous ont promis de nous aider. On va manger de la vache enragée pendant quelques années ; tant pis, cela en vaut tellement la peine !

— Tu es folle mais je t'adore. C'est pour cela que tu as quitté le couvent, j'imagine.

— Exactement.

— Et tu n'as pas peur de revivre un accouchement ? Ça avait l'air terrible.

— Oh, pas tant que ça, je t'assure.

Alex secoua la tête.

— Mère MaryMeg m'avait prévenue que tu dirais ça. Ça doit être l'amnésie. Vingt-cinq heures de travail, quand même.

— Mais regarde ce que j'y ai gagné, fit valoir Brigid en désignant le petit ange qui dormait dans ses bras.

— Et Pat, ça lui va ?

— Oui, nous voulons tous les deux la même chose. Je pense que nous avons un peu fait exprès de ne pas prendre de précautions.

— Dans ce cas, félicitations.

— Au fait, nous voulions te demander d'être la marraine de Steven. Nous attendrons ton retour pour le faire baptiser.

Très touchée, Alex embrassa chaleureusement son amie avant de partir. Tout de même, un deuxième enfant aussi vite… c'était fou ! Elle annonça la nouvelle aux sœurs à dîner – Brigid l'y avait autorisée.

— C'est comme ça que j'ai eu les miens, commenta sœur Tommy. À dix ou onze mois d'écart chaque fois, douze au maximum.

Alex trouvait cela bien trop dur mais Brigid n'avait qu'une hâte : recommencer et rentrer chez elle avec un autre bébé. Si cela se trouvait, elle avait l'intention d'être enceinte les quatre prochaines années sans discontinuer.

Le lendemain matin, elle prit un taxi pour se rendre à l'aéroport. Comme toutes les sœurs avaient à faire, elle leur dit au revoir au couvent. Elle partait moins longtemps, cette fois-ci. Et puis, elles s'habituaient à ses absences. Elle n'emportait qu'une valise de vêtements d'été – essentiellement des tenues de tous les jours pour le tournage, et une robe un peu chic au cas où.

Six heures plus tard, à 13 heures, heure locale, son avion atterrit à Los Angeles. Une limousine l'attendait ; le chauffeur brandissait une grande pancarte sur laquelle était inscrit son nom. Le studio s'était occupé de tout pour l'assistante de M. Green. Elle avait prévenu qu'il arriverait dans la soirée en jet privé. Le chauffeur lui porta sa valise et la conduisit à Bel Air, à la maison qui avait été louée pour « eux » à un acteur parti tourner huit mois en Thaïlande. Bien entendu, il n'y aurait pas de personnel. M. Green venait avec ses employés, avait-elle précisé afin que personne ne puisse vendre la mèche. Il lui suffirait d'engager quelqu'un pour s'occuper du ménage. Il fallait penser à tout lorsque l'on fabriquait l'identité d'une personne qui n'existait pas.

Le chauffeur déposa la valise d'Alex dans la petite chambre à l'arrière où il supposait qu'elle s'installerait. Elle attendit son départ pour la porter dans la chambre de maître. La maison était superbe. Presque tout en verre avec des sols de travertin clair, elle était décorée de magnifiques œuvres d'art, et les meubles étaient dans des tons ivoire. Une piscine immense, une sono qui aurait pu servir à retransmettre un concert de rock et un écran de cinéma de taille réelle complétaient le décor. Elle visita la maison de fond en comble en souriant comme une gamine. Elle avait l'impression d'être un personnage de film. Un autre écran géant était placé face au lit, grand comme un terrain de football. Dans la cuisine, on aurait pu préparer un buffet pour trois cents personnes – cela s'était fait, d'ailleurs. Alexander Green bénéficiait d'un traitement de roi. Alex regrettait de n'avoir personne à qui montrer tout cela ; Fiona et Brigid auraient adoré.

L'assistante du producteur l'appela peu après son arrivée et lui demanda si tout était conforme aux souhaits de M. Green.

— Il va être enchanté, assura-t-elle. Il n'est pas encore là. Il arrive par ses propres moyens un peu plus tard dans la soirée. Mais je suis certaine qu'il sera très satisfait. Merci infiniment.

— Pouvons-nous faire autre chose pour vous ?

— Non, merci. Tout va bien.

Une Cadillac Escalade blanche mise à sa disposition était garée dans l'allée tandis que le garage abritait une Rolls décapotable pour M. Green. Elle aurait adoré faire un petit tour avec mais n'osa pas. Peut-être dans quelque temps…

Le réfrigérateur était garni de plats variés. Un assortiment très complet d'alcools, de magazines, de savons, d'eaux de Cologne et de gels douche avait également été prévu. Le studio avait demandé la liste des marques et des produits préférés de M. Green. Elle s'était bien amusée à la dresser et rien ne manquait : il y en avait même auxquels elle n'avait pas songé. Jamais elle n'avait connu un tel luxe. Cela frisait le gâchis, hélas. Hollywood était ainsi : l'argent coulait à flots et la production était prête à tout pour satisfaire son mystérieux écrivain. Elle se serait contentée de beaucoup moins. Mais leurs exigences, à Rose et elle, devaient être à la hauteur du personnage qu'elles avaient inventé. Cette Rolls blanche qu'ils avaient ajoutée comme surprise était la cerise sur le gâteau. Elle descendit au garage pour l'admirer et s'y installa même quelques minutes. Ce qu'elle sentait bon le cuir neuf… Il fallait qu'elle raconte cela à Bert. Elle l'appela de son portable.

— Si jamais ils vous démasquent, vous échouerez en prison, dit-il pour la taquiner.

— Mais non. De toute façon, ils ne s'apercevront de rien. Je vais être très prudente.

— Vous avez intérêt, si vous ne voulez pas être définitivement grillée.

— Je ne suis pas si bête que ça, Bert.

— En tout cas, profitez-en à fond et embrassez la Rolls pour moi.

— Je n'y manquerai pas.

Ce soir-là, elle regarda deux films et dormit dans la chambre de maître. Le lendemain, debout à 6 heures, elle piqua une tête dans la piscine chauffée à la température idéale. Attendue au studio à 8 h 30, elle était prête à 8 heures. Guidée par le GPS de sa luxueuse Escalade, elle arriva pile à l'heure. Elle franchit la grille sans problème : elle était attendue. Elle se gara devant le bâtiment et entra. Quand elle se présenta, une assistante vint à sa rencontre pour la conduire à la salle de réunion.

— Est-il bien arrivé, hier soir ? s'enquit-elle. J'espère que tout est à son goût…

— Absolument, c'est parfait. Il est arrivé vers minuit. La maison lui plaît énormément. Il a aussitôt profité de la piscine.

— Et les appartements du personnel conviennent aussi ?

— Oui, merci beaucoup.

Cela lui rappela qu'elle devait trouver une femme de ménage si elle ne voulait pas passer six mois à récurer la salle de bains et les toilettes. Elle appellerait dès cet après-midi l'entreprise spécialisée dont Rose avait obtenu les coordonnées grâce à une amie qui habitait L.A.

Lorsque l'assistante fit entrer Alex dans la salle de réunion, plusieurs personnes étaient déjà assises autour de la table de conférence ovale. Tout le monde était en short et en tongs. Elle avait mis un jean blanc.

Le réalisateur se présenta aussitôt. Il s'appelait Sam Jackowitz. Il lui présenta également le scénariste avec lequel elle allait travailler, Malcolm Harris.

— Merci d'être là pour faciliter le processus, lui dit Sam d'un air reconnaissant.

Quant à Malcolm, il la toisa un moment sans un mot.

La réunion commença et une demi-douzaine d'assistants de production défilèrent. C'était leur dernière chance de passer en revue les ultimes détails avant l'arrivée des acteurs le lendemain et de faire part de leurs commentaires sur le scénario.

Au bout d'une heure, Malcolm se décida à lui adresser la parole.

— Vous travaillez pour le plus grand auteur de tous les temps, fit-il à mi-voix.

Elle le fixa un instant, interdite. Elle avait du mal à croire à son enthousiasme.

— Il sera très flatté de votre remarque, répondit-elle poliment.

— J'ai lu tous ses livres. J'ai appris tellement de choses, grâce à lui, sur le métier d'écrivain… Ce doit être génial de travailler pour lui.

— Oui, c'est vrai.

— Depuis combien de temps êtes-vous sa collaboratrice ?

— Depuis longtemps. C'est mon premier job. J'ai commencé par un stage, quand j'étais étudiante.

Elle improvisait mais se trouvait assez convaincante. De fait, Malcolm était suspendu à ses lèvres.

— De tous ses romans, c'est *Ténèbres* mon préféré.

— À moi aussi. Il est très heureux qu'il soit porté à l'écran.

— Nous allons faire un film extraordinaire, promit-il. Que pense-t-il du scénario ?

— Il ne l'a pas encore eu entre les mains.

Et elle non plus…

— Mais ils devaient vous le donner hier !

Il dit quelques mots à un assistant qui courut chercher deux exemplaires pour Alex.

— Tiens, d'ailleurs, cela me fait penser qu'il y a quelque chose que je voudrais vous montrer pour que vous puissiez lui demander son avis. J'ai repris un dialogue du livre mais je l'ai attribué à un autre personnage.

Il ouvrit son exemplaire tout corné du scénario à la page en question. Elle lut le passage et hocha la tête.

— Cela devrait aller. J'aime bien.

— Ce qui m'intéresse, ce n'est pas ce que *vous* en pensez mais ce qu'*il* en pense.

Un instant, elle avait oublié son rôle d'assistante sans autorité ni pouvoir de décision. Elle s'excusa aussitôt.

— Oui, bien sûr. Je lui demanderai son avis ce soir.

— Est-il joignable dans la journée ?

— Pas par téléphone.

Malcolm hocha la tête. Il était prêt à tout accepter de son idole.

Quelle perte de temps que ces interminables réunions, songea Alex tandis que le traiteur dressait un énorme buffet pour le déjeuner. Ils restèrent enfermés jusqu'à 18 heures à revoir les détails les plus insignifiants. Hélas, Alex n'avait pas le choix, elle devait rester. Elle repartit avec une foule de questions à poser à son supposé employeur et promit de transmettre les réponses par courriel le soir même. Bien sûr, elle les avait déjà toutes, mais elle était forcée de faire comme si. Elle montait en voiture quand Malcolm s'approcha d'elle. Démarche assurée, corps d'athlète dont chaque pas faisait jouer les muscles, bronzé, épaisse crinière brune aux épaules, yeux bleus, jusqu'à ses tongs et son short : il avait l'allure de ces jeunes qui passaient leur vie à la plage.

— La journée de demain va être rude, la mit-il en garde. Les acteurs arrivent toujours avec une liste de questions idiotes et de récriminations au sujet des dialogues. Dites bien à M. Green de ne pas s'inquiéter et de ne surtout pas le prendre trop à cœur. Je servirai de tampon.

— Il vous en saura gré, dit-elle d'un ton respectueux en se retenant de rire.

— Écoutez, je suis au courant de la règle du jeu, bien sûr, mais si je vous jure de ne rien dire à personne, croyez-vous pouvoir m'obtenir une entrevue de quelques minutes avec lui ? Ce serait le plus grand moment de ma vie.

Elle décida de couper court d'emblée à ses prétentions pour éviter les problèmes par la suite, avec lui comme avec d'autres.

— Impossible. C'est mon patron et il me licencierait sur-le-champ.

— Entre écrivains…, chuchota-t-il. Peut-être que, si le scénario lui plaît…

— Il ne voit personne, répondit-elle avec fermeté. Il ne fait jamais d'exception. Il vit reclus depuis une tragédie familiale. C'est une limite que je n'oserai jamais franchir avec lui.

— Oh, mon Dieu. J'ignorais… Qui a-t-il perdu ? Sa femme ? Un enfant ?

— Je n'ai pas le droit d'en parler. D'ailleurs, je ne le sais pas très bien moi-même. C'est arrivé longtemps avant que je commence à travailler pour lui. C'est le bruit qui court, je ne sais même pas si c'est fondé, prétexta-t-elle, désireuse de changer de sujet.

— En tout cas, si un jour vous voyez une ouverture, vous voudrez bien lui glisser un mot pour moi ? J'aimerais tant le rencontrer, rien qu'une fois, avant la fin du tournage...

« Mais tu l'as devant toi, imbécile ! » avait-elle envie de lui crier, au lieu de quoi elle conserva son attitude modeste de subalterne.

— Je vous envoie un mail dans la soirée, avec les réponses aux questions d'aujourd'hui.

— Vers quelle heure, vous avez une idée ? J'ai un rendez-vous, ce soir. Faut-il que j'annule ? M. Green voudra-t-il me parler au téléphone ?

— Non, il ne vous appellera pas lui-même. N'annulez pas votre rendez-vous. Je le vois dès que j'arrive à la maison et je vous tiens au courant tout de suite après.

— Merci.

Il s'éloigna d'un pas nonchalant. Alex monta en voiture, régla le GPS et rentra chez elle. Personne, dans l'équipe, ne devait savoir où se trouvait la maison louée pour Alexander Green. Pourvu qu'il n'y ait pas de fuites ou, pire, de paparazzis à la porte... Elle commençait à entrevoir combien il allait être compliqué de garder le secret. C'était jouable mais elle allait devoir en permanence mentir comme une arracheuse de dents.

À peine rentrée, elle se mit à l'ordinateur pour abréger les souffrances de Malcolm. Elle rédigea son courriel en cinq minutes et le lui envoya. Il répondit dix minutes plus tard.

Waouh ! Il est fantastique. Merci pour ce retour rapide. S'il vous plaît, remerciez-le de ma part. Ça va être du gâteau.

Sauf pour elle…

Je vous en prie. Je lui transmets.

Une fois son message envoyé, elle sortit dans le patio, se déshabilla et plongea dans la piscine. Elle avait passé une journée interminable, d'un ennui mortel, à répondre aux questions ineptes de gens bouffis d'orgueil qui n'avaient rien à dire. De tous, le seul qui valût la peine d'être écouté était le réalisateur. Quant à Malcolm, ses éloges outranciers d'Alexander Green lui donnaient presque la nausée – un peu comme si elle s'était gavée de gâteau au chocolat.

Le lendemain, ce fut pire encore. Les quatre stars qui s'étaient jointes à l'équipe rivalisaient de caprices pour attirer l'attention. Prêtes à tout pour se faire entendre, elles soulevaient des problèmes pour ainsi dire à chaque page, n'étaient pas sûres de « bien sentir cette phrase dans leurs tripes » ou se demandaient si « c'était vraiment bien elles ». Sam les géra admirablement ; Malcolm, de son côté, s'accrochait avec elles. Alex, pour sa part, ne pouvait que prendre des notes pour faire ses remarques plus tard, par la voix de son prétendu employeur.

Le ton monta plusieurs fois assez haut. Le premier rôle féminin et l'une des autres actrices se détestaient. L'acteur principal effleura un sein d'Alex en passant à côté d'elle pendant que personne ne regardait puis lui fit un clin d'œil.

— C'est une plaisanterie ? marmonna-t-elle après qu'il se fut éloigné.

Malcolm vint la trouver.

— Je l'ai vu. Il fait ça tout le temps. Rien à voir avec vous.

— C'est un compliment ou une insulte ? demanda-t-elle en le regardant.

Il se mit à rire.

— Un peu des deux, peut-être.

Puis il commença à se plaindre de l'actrice principale qu'il trouvait insupportable, soulignant qu'il savait de quoi il parlait car il avait déjà tourné avec elle. Alex, elle, la trouvait plutôt honnête et franche. La star n'hésitait pas à dire tout haut ce qui ne lui plaisait pas. Elle redoutait bien plus l'autre actrice et le premier rôle masculin qui lui semblaient beaucoup plus mielleux et passifs-agressifs. À vrai dire, Malcolm était hérissé à cause du script. Jusqu'à présent, Alex ne voyait rien à redire à ce qu'il avait écrit. Si ce n'était pas génial génial, il n'y avait rien de dramatique non plus et une adaptation cinématographique demandait sans doute des concessions. Chaque mot ne devait pas forcément être fidèle au livre, elle le comprenait fort bien.

Les acteurs partirent plus tôt que prévu. Le lendemain, ils avaient au programme des essayages de costumes et des répétitions. Quand Alex s'en alla enfin, à 20 heures, après avoir perdu deux heures avec Malcolm qui n'avait fait que parler de lui et la tanner pour décrocher une entrevue avec M. Green, la tête lui tournait.

Dans la soirée, elle reçut un coup de téléphone de Rose Porter.

— Comment ça se passe ?

— C'est difficile à dire. Des tempéraments et des personnalités affirmés, des manœuvres pour se placer avantageusement, et un scénariste qui prend Alexander Green pour Dieu.

— Ce doit être agréable à entendre…

— Pas tant que ça. Il veut que je le fasse entrer en douce dans la maison afin qu'il puisse lui baiser les pieds. Il me traite comme une messagère, voire une femme de chambre.

Rose rit de cette description.

— Même lorsqu'on n'a pas d'identité secrète à protéger, Hollywood est complètement dingue, convint-elle. Cela étant, sur le plan de l'argent comme du prestige, ça vaut le coup. Avez-vous fait appel à la société de nettoyage que je vous ai indiquée ?

— Oui. Ils m'envoient quelqu'un demain. En même temps, ce n'est pas comme si je comptais recevoir ni rien. Les six mois qui viennent vont être longs…

Elle ne pouvait inviter personne : le risque d'être découverte était trop grand.

— Peut-être que cela va vous plaire, en fin de compte, fit valoir Rose, encourageante.

— Ils sont tellement imbus d'eux-mêmes – jusqu'aux assistants. Mais bon, c'est amusant d'observer les stars, convint-elle avec enthousiasme.

Elle dîna d'une salade, nagea un peu et se coucha tôt pour regarder encore un film. La DVDthèque était impressionnante. Le lendemain, le cirque commença pour de bon : une actrice fit un scandale à cause d'une

270

robe et l'autre quitta le plateau comme un ouragan après s'être disputée avec Malcolm au sujet du script. Après les avoir calmées l'une et l'autre, le réalisateur vint s'asseoir un petit moment à côté d'Alex. Serein, d'humeur égale, il traitait les uns et les autres avec une sensibilité et une élégance incroyables. Malcolm, au contraire, en vraie diva, revint sur le plateau après le déjeuner avec la mine ostensiblement renfrognée. Malgré son physique de jeune premier, il se conduisait comme un sale gosse boudeur.

— J'ai hâte qu'on en soit à la scène du meurtre pour les barbouiller de sang toutes les deux, marmonna-t-il entre ses dents.

— Je ne le répéterai pas à M. Green, promit Alex en riant.

Après cela, il se radoucit un peu et lui apporta même un Coca pendant qu'ils assistaient aux répétitions. Sam travaillait avec chacun des acteurs pour lui expliquer la psychologie de son personnage, qu'il avait parfaitement saisie. Alex l'observait, captivée.

— Pourquoi prenez-vous des notes ? s'enquit Malcolm en la voyant faire.

— M. Green compte sur moi pour lui décrire tout ce qui se passe sur le plateau. Je suis ses yeux et ses oreilles.

— Et il vous écoute ?

Il avait l'air impressionné.

— Presque toujours. Notre relation est fondée sur le respect mutuel.

— Il n'a besoin des conseils de personne, objecta-t-il avec déférence. Au fait, qu'a-t-il pensé du script ?

— Ça lui va. Il y a bien quelques détails qui le chiffonnent ici et là, mais rien qu'il ne puisse tolérer – ou que nous ne puissions corriger.

— Je m'attendais à ce qu'il soit beaucoup plus dur.

— C'est un bon scénario.

— Eh bien, remerciez-le de ma part, conclut-il avant de disparaître à nouveau.

Ils travaillèrent une fois de plus jusqu'à l'heure du dîner. Malcolm l'étonna en lui proposant de manger un morceau – si elle avait le temps et si M. Green n'y voyait pas d'inconvénient, bien sûr.

— Pourquoi pas ? Avec plaisir. Non, ça ne le contrariera pas.

Mieux valait se faire un allié de Malcolm, raison pour laquelle il était judicieux de faire plus ample connaissance avec lui.

Ils s'arrêtèrent au Polo Lounge, qui était sur la route. Il lui posa mille questions sur son employeur mais aucune sur elle. De son côté, elle apprit qu'il avait fait des études de cinéma à l'université de Californie du Sud et qu'il avait travaillé à la télévision avant de passer au cinéma, qu'il avait envie d'écrire une série. À 33 ans, il n'avait jamais été marié, n'avait pas d'enfants et venait de rompre avec une starlette qui l'avait quitté pour un autre.

— Ça ne m'a pas rendu plus malheureux que ça. Nous ne sommes sortis ensemble que trois mois.

À l'entendre, il semblait à Alex que Hollywood était une espèce de jeu ; pour avancer d'une case, tout le monde changeait constamment de partenaire en en choisissant chaque fois un mieux placé. Ce devait être épuisant. Et puis il fallait être bien manipulateur et superficiel pour y parvenir.

— Ça n'a pas l'air simple, ici.

— C'est vrai. Le tout est de savoir avec qui on veut être vu. C'est un peu comme la voiture dans laquelle on roule. Jusqu'où peut-elle nous emmener ? L'autre est un véhicule qui permet d'atteindre un col plus haut. Ensuite, on change pour cent ou cent cinquante kilomètres d'ascension avec quelqu'un d'autre.

— Est-ce que certains sortent avec des gens ordinaires ?

Elle découvrait un monde qu'elle n'avait pas très envie de connaître, où tout était faux, les cheveux, les dents et les seins, autant que le cœur.

— Franchement ? Non. Quelle perte de temps…

— Arrive-t-il que certains tombent amoureux ?

Il éclata de rire.

— On dirait Boucles d'or ! On est à Hollywood pour faire des films et devenir une star. Pas pour aimer. Pour ça, il y a l'Arkansas. Ou le Nebraska. Là où vivent les gens ordinaires. Mais pas ici. D'ailleurs, d'où viens-tu ?

— Boston.

— Et tu vis en Écosse avec M. Green ?

Elle hocha la tête. C'est vrai, elle avait un rôle à jouer, celui que son agent et elle avaient créé de toutes pièces…

— Oui.

— Et tu l'accompagnes aussi dans le Montana ?

— Presque toujours.

Pourvu qu'il ne lui pose pas de questions sur cet État dont elle ignorait tout…

— Mais cela fait deux ans que nous voyageons en Europe.

— Où ça ?

— Italie, Irlande, France, Angleterre, Allemagne, République tchèque, Espagne…

Elle récita la liste des pays dans lesquels elle avait voyagé. Il avait l'air très impressionné.

— Il a des maisons dans tous ces pays ?

— Non, mais dans certains.

— Tu dois mener une vie passionnante.

— Pas vraiment, non. Il écrit tout le temps. Il n'a aucune vie sociale et sort très rarement. Sa passion, c'est l'écriture.

Là, c'était d'elle-même qu'elle parlait mais Malcolm ne pouvait le savoir.

— Ça explique qu'il soit aussi fort. Comment s'est-il intéressé au genre policier ?

— Je crois que c'est son père qui l'y a initié quand il était petit.

Il buvait littéralement ses paroles.

Leur dîner fini, ils partagèrent la note et sortirent pour récupérer leurs voitures respectives auprès du voiturier. Malcolm roulait en Porsche. En Porsche de location, précisa-t-il.

— Je ne prends une belle bagnole que quand je suis sur un film, expliqua-t-il en s'installant au volant. Ici, ça a son importance.

Elle songea à la Rolls blanche louée pour M. Green. Ici, tout était fait pour épater la galerie le temps d'un film. Puis chacun retrouvait citrouille et souris blanches jusqu'au suivant. Quelle drôle de manière de vivre…

— Merci pour ce dîner, lui dit-elle en souriant.

— C'était sympa. Mes respects au patron.

Elle promit de transmettre et ils se quittèrent. Sur la route, elle songea à ce qu'il avait dit. N'y avait-il donc personne de vrai, ici ? Elle se mit à rire à gorge déployée dans la voiture. Elle-même n'était pas vraie, après tout. Elle était arrivée à L.A. en se faisant passer pour un homme qui n'existait pas et dont elle faisait semblant d'être l'assistante...

16

Les premiers jours de tournage furent ardus. Rien n'avançait. Et puis, peu à peu, les acteurs commencèrent à comprendre la psychologie des personnages. Sam les accompagnait à merveille dans cette recherche, jusqu'à ce que leur rôle devienne une seconde nature. Malcolm, lui, se battait pour chaque mot du script, ce qui les ralentissait considérablement. Chaque jour apportait son lot de nouvelles questions à poser à M. Green. Alex y répondait le soir par courriel dès qu'elle était rentrée chez elle. Au bout d'un mois, l'écriture commença à lui manquer. L'écriture et le fait d'avancer à son rythme, de s'élancer sans être freinée par personne. Parfois, les lenteurs du tournage la mettaient au supplice.

Maintenant, elle faisait pour ainsi dire partie du décor. Le réalisateur était toujours très aimable avec elle. Malcolm avait des hauts et des bas sans qu'elle comprenne à quoi attribuer ses sautes d'humeur sinon à ses frasques de la nuit… Quelque chose lui disait qu'il avait une vie sexuelle mouvementée. Toutefois, il avait le bon goût de ne jamais en parler. Il arrivait qu'il l'approche d'un peu trop près, au point qu'elle percevait parfois son souffle, mais il ne lui avait jamais fait d'avances – et, aussi beau et sexy soit-il, c'était tant mieux. Fiona en aurait fait tout un roman mais ils étaient collègues et rien de plus. Elle n'était que l'interface avec son idole, comme disait Sam sans aucune malice, parce que c'était ainsi que tous la voyaient.

Un soir, au bout de six semaines, Malcolm lui fit une proposition étonnante. Ils en étaient aux scènes de crime qui rendaient le tournage un peu plus intéressant. Alex restait très concentrée pour être certaine qu'ils aient bien saisi tous les détails ; pour l'instant, c'était le cas.

— Tu accepterais de me rendre un petit service, ce soir ? lui demanda-t-il donc pendant une pause.

Aussi imprévisible que les acteurs, il n'avait pas l'air de très bonne humeur.

— Lequel ?

— Ma cavalière vient de me planter. On lui a proposé mieux. Je suis invité à une première. J'ai essayé tout le monde : personne n'est libre.

On avait vu plus flatteur, comme offre. Cela dit, depuis son arrivée, elle avait passé toutes les soirées chez elle et elle s'ennuyait. Une première, c'était tentant. Bien plus qu'un plateau-télé – même sur écran géant.

— Ça me ferait très plaisir. Je dois m'habiller comment ?

Elle n'avait emporté qu'une robe un peu chic – noire et sans doute trop sérieuse pour la circonstance.

— Mignonne. Sexy. Peu importe, du moment que tu ne débarques pas en jean. De toute façon, on ne va pas te regarder. Personne ne sait qui tu es.

À commencer par lui… Dans la bouche d'un autre, cette remarque aurait été insultante. Venant de lui, c'était habituel. Il voyait le monde ainsi.

— Je peux quitter le studio un peu plus tôt ?

— Bien sûr. Pourquoi ? M. Green n'y verra pas d'inconvénient ?

— Il me laisse faire ce que je veux. Je voudrais m'acheter une robe pour ce soir, pour ne pas te faire honte.

— Ne t'en fais pas. Mais, oui, pars à l'heure qui t'arrange. Tu n'es pas sa petite amie, au moins ? ajouta-t-il un ton plus bas, comme si l'idée venait juste de l'effleurer. À Green, je veux dire.

Elle le regarda, interloquée, et se mit à rire. Elle aurait aimé lui répondre que oui, mais cela n'aurait fait que compliquer les choses. À regret, elle secoua la tête.

— Non, répondit-elle sur le même ton.

— C'est sûr ? Il ne va pas mal le prendre, si tu sors avec moi ? Je ne voudrais surtout pas le contrarier.

— Moi non plus. Je peux sortir avec qui je veux, ça lui est égal. Tu veux qu'on prenne la Rolls ? Il suffit que je lui demande.

Elle se doutait que cette suggestion allait plaire à Malcolm. En effet, son visage s'éclaira comme celui d'un enfant à Noël.

— Oh, oui ! Mais tu ne vas pas l'emprunter sans sa permission, hein ?

— Bien sûr que non !

N'empêche qu'il gardait quelques soupçons. Si Alexander Green était aussi conciliant, il devait bien y avoir quelque chose entre eux. Ce qui, au final,

donnait à Alex l'attrait du fruit défendu. Elle n'en devenait que plus intéressante.

— Où veux-tu que je passe te prendre ? lui demanda-
t-elle.

Il lui donna son adresse sur un bout de papier.

— Je t'attends à 19 heures.

La soirée s'annonçait bien. Si elle était assez jolie, il
lui donnerait le bras sur le tapis rouge, pour les photos.
Le flop de tout à l'heure, quand sa cavalière s'était
décommandée, était oublié. Elle sortait avec un rappeur
à la mode avec lequel il n'était pas de taille à rivaliser.

Alex quitta le studio un peu plus tard pour se rendre
à Beverly Hills. Elle entra chez Neiman Marcus où
elle se dirigea droit vers le rayon couture. Elle trouva
très vite une petite robe Saint Laurent en satin blanc,
courte et près du corps, qui lui parut être exactement
ce qu'il fallait pour cette soirée. Elle choisit ensuite
des sandales à talons hauts argentées avec des strass
et une pochette, argentée également. Elle dénicha enfin
des boucles d'oreilles avec des diamants fantaisie plus
vrais que nature et un bracelet assorti. Puis elle rentra,
enchantée de ses emplettes. Il lui restait juste le temps
de prendre son bain et de se laver les cheveux pour être
chez Malcolm à l'heure. Il habitait un immeuble déla-
bré d'un quartier défavorisé, mais il roulait en Porsche.
Manifestement, à L.A., il valait mieux avoir une voiture de luxe qu'une bonne adresse. Une minute après
qu'elle eut sonné à l'interphone, il descendit dans un
smoking impeccable, avec une chemise blanche dont
il avait laissé le col ouvert. Il ne s'était pas rasé. Et il
était pieds nus dans ses mocassins noirs très chic. Sexy,
nonchalant, branché : tout L.A. était dans le savant

dosage de ce mélange. Il fallait donner l'impression d'avoir fait un effort – mais pas trop. Elle ne saisissait sans doute pas tous les symboles et les messages, d'ailleurs. En tout cas, il était superbe. De son côté, en la voyant, il émit un sifflement admiratif.

— Tu t'es faite belle, dis donc. J'aime beaucoup ta robe.

Elle avait donc bien fait d'opter pour ce style très différent de la petite robe noire qu'elle avait mise dans sa valise au cas où. Dans ce monde de paillettes, elle aurait eu l'air d'une orpheline ou d'une veuve grecque…

Il fut ravi qu'elle le laisse conduire.

— Il n'a vraiment rien dit ?

— Si, de bien nous amuser !

La soirée fut intéressante. Malcolm entraîna Alex sur le tapis rouge où ils furent mitraillés par les photographes tant ils avaient d'allure, lui avec les cheveux aussi foncés que les siens et ses yeux bleu ciel, elle avec son bronzage parfait acquis en prenant ses pauses déjeuner dehors et dans cette robe Saint Laurent qui lui allait à merveille. Ils passèrent un excellent moment à la première, en présence de toutes les stars du film. Malcolm croisa son ex-cavalière avec le rappeur et la snoba. Ensuite, ils dînèrent au Château Marmont et finirent la soirée en boîte de nuit à bavarder jusqu'à 2 heures du matin. À la fin, Alex le trouvait beaucoup plus sympathique que jusqu'à maintenant. Certes, il conservait un petit côté artificiel et un manque flagrant de sincérité, mais cela ne faisait-il pas partie du jeu pour tous les hommes de cet âge dans l'industrie du cinéma à Hollywood ? En tout cas, Alex avait passé une excellente soirée. C'était si nouveau pour elle, si différent de ce qu'elle connaissait... Elle trouverait sûrement l'occasion de s'en servir dans un prochain livre.

— J'essaie de comprendre comment ça marche, ici, dit-elle tandis qu'ils buvaient une coupe de champagne.

— Comment ça ?

— Eh bien, par exemple, qu'est-ce qui est important et pourquoi.

Elle se voyait bien raconter une histoire de meurtre à L.A. Elle avait déjà saisi pas mal des règles élémentaires de sociabilité en cours dans la capitale du cinéma par la simple observation. Maintenant, elle souhaitait en avoir la confirmation verbale pour être certaine de ne pas se tromper.

— Tout compte : qui tu connais, avec qui tu es, où tu vas, d'où tu viens, ta voiture, tes vêtements, ton coiffeur...

Décidément, tout cela manquait cruellement de profondeur et n'était pas plus vrai que les diamants de ses bijoux.

— Et ce que l'on pense, ce en quoi l'on croit, ce que l'on ressent ?

— C'est secondaire. Mais tu es d'un sérieux... Quel âge as-tu ? Vingt-sept ? Vingt-huit ?

Il lui sourit. Pour la première fois, il manifestait une certaine curiosité à son égard.

— Vingt-quatre, répondit-elle, candide.

— Waouh, c'est très jeune. Tu as un sacré job pour quelqu'un de ton âge.

— Tout est vraiment une question de relations, ici ?

Elle aurait aimé croire qu'il y avait un peu plus mais il ne fut pas long à dissiper ses illusions.

— C'est le réseau qui compte, qui on fréquente. On est important si on travaille avec des gens importants, célèbre si on sort avec une célébrité. Je me fais plaquer si elle rencontre quelqu'un de plus haut placé. Ou je la plaque pour la même raison.

Tout cela lui paraissait normal.

— C'est une manière bien cynique de traiter les gens, remarqua Alex.

— C'est comme ça, ici. C'est la règle du jeu, le moyen de parvenir à ses fins.

— Et si on réussit tout seul ?

— Ça n'arrive jamais. Trop de travail. Autant prendre les raccourcis.

— Sauf que ceux qui les prennent, ces raccourcis, sont creux à l'intérieur.

— Faute de talent, il faut bien en passer par là. L.A. starifie des gens qui n'ont jamais travaillé et qui n'ont aucun talent. Les paparazzis les suivent partout. Ce n'est que du carton et des paillettes, mais ça marche. Personne, pour ainsi dire, ne se donne la peine de regarder l'envers du décor.

Lorsqu'il lui eut cité une demi-douzaine de noms à titre d'exemple, elle se rendit compte qu'il avait raison.

— C'est déprimant.

Elle resta pensive tout au long du trajet. Quand ils furent arrivés devant chez lui, où elle devait le déposer, il la regarda en souriant.

— Tu veux monter passer un moment sympa ?

— Quel genre de moment sympa ?

Elle ne devinait que trop bien…

— Une nuit sympa entre copains.

— Et ensuite ?

Elle voulait savoir ce qu'il avait précisément en tête et ce que cela signifiait pour lui.

— Ensuite, si c'était bien, on recommence. Ou pas. On voit. On prend du bon temps ensemble, jusqu'à ce qu'autre chose de mieux se présente, répondit-il avec une franchise brutale.

— Ça doit te paraître dingue, Malcolm, mais j'attends autre chose. J'ai passé une super soirée mais je n'ai aucune envie d'être avec quelqu'un « jusqu'à ce qu'autre chose de mieux se présente ». Dans ce cas, je suis mieux seule.

Elle ne comprenait pas la manière dont il vivait.

— Qu'est-ce que tu veux ? Une demande en mariage et une bague de fiançailles avant de coucher ?

— Non. Simplement quelqu'un qui sache qui je suis, qui m'aime avec mes défauts et mes aspérités, qui ne se serve pas de moi comme d'un bus pour aller jusqu'à l'arrêt suivant.

— C'est une manière un peu dure de présenter les choses...

— Mais c'est vrai, non ? Tu ne me connais pas. Je ne te connais pas. Je n'ai pas envie de coucher avec un inconnu.

— Ça se défend, concéda-t-il en se penchant vers elle pour l'embrasser. Tu étais superbe, ce soir. À demain au boulot.

Il descendit de voiture et elle se glissa sur le siège conducteur. C'est alors qu'une question lui vint.

— Si je ne travaillais pas pour Alexander Green, est-ce que tu sortirais avec moi ? Est-ce que tu aurais envie de coucher avec moi ?

Il réfléchit un instant avant de se mettre à rire.

— Sans doute pas. Je ne fais rien pour rien. Et c'est quand même un sacré ticket.

Sa réponse l'horrifia, mais il était sincère. La stratégie consistait à utiliser qui on pouvait. À ne jamais laisser passer une occasion ni le hasard d'une rencontre. À faire feu de tout bois pour satisfaire son ambition.

— Je m'en doutais, mais merci de ta franchise.

Il hocha la tête. Il ne savait même pas ce qui lui avait pris de lui dire la vérité. Peut-être parce qu'elle l'avait fait la première.

— Je t'aime bien, tu sais. Plus que je ne m'y attendais. Tu fais un peu coincée, sur le plateau.

— Je travaille.

— Remarque, il ne t'aurait pas engagée comme assistante si tu n'étais pas intelligente et compétente. Il ne fait pas n'importe quoi. C'est un génie.

Sur quoi, il la salua d'un petit signe de la main et rentra dans l'immeuble.

Au fond, songea-t-elle, il était sans doute amoureux d'Alexander Green, mais pas d'elle. Aux yeux de Malcolm, la petite Alexandra Winslow anonyme n'était pas à la hauteur. Pas plus que lui.

Malcolm et elle dînèrent ensemble à plusieurs reprises au cours du tournage. Plusieurs fois, elle manqua de se trahir pour se rattraper juste à temps. Les scènes de crime, qui avaient pris une éternité à filmer, étaient finalement très réussies. Elle regarda attentivement les rushes pour « M. Green ». Sam fit même la remarque, un jour, qu'il aimerait bien avoir une assistante comme elle. Avec son œil aiguisé et sa capacité de travail, rien ne lui échappait. Les intérêts de Green et du livre n'auraient pu être mieux servis.

Pour Thanksgiving, comme elle n'avait pas d'amis à L.A., elle dîna avec l'équipe. Malcolm sortait alors avec une des jeunes actrices du film, une fille ravissante qui avait le vent en poupe. On les voyait partout ensemble.

Le tournage prit fin juste avant Noël. Elle profita des trois semaines de pause avant la postproduction pour rentrer à Boston. Cela faisait deux ans qu'elle n'y avait pas passé les fêtes de fin d'année. Comme à l'accoutumée, les sœurs avaient décoré un grand sapin dans le hall. Elles réveillonnèrent ensemble le 24 et passèrent le 25 dans un foyer de sans-abri. Elle profita aussi de ses vacances pour voir Brigid et son filleul. Enceinte de cinq mois, son amie avait déjà un bon ventre, et entre sa grossesse et le bébé, la fatigue s'accumulait. Alex alla l'aider plusieurs fois. Brigid avait pris un congé parental pour rester chez elle avec ses enfants. Comme promis, les parents de Patrick les aidaient de leur mieux financièrement.

— Sans eux, on mourrait de faim, avoua-t-elle à Alex.

Pourtant, elle ne l'avait jamais vue aussi heureuse. Ils savaient déjà que le bébé était une fille. Brigid était folle de joie.

Alex retourna à Los Angeles à la mi-janvier. Malcolm sortait alors avec une autre starlette rencontrée à une soirée pendant les fêtes. Heureusement qu'elle ne s'était pas laissé prendre à son jeu… Il n'y avait aucune méchanceté dans sa façon d'être, aucune intention malveillante, mais ce type de relation était bien trop superficiel pour Alex. C'était du toc. Qu'il lui tardait de pouvoir entamer un autre livre une fois le film terminé… Restait à décider où elle allait s'installer. Pour avoir vécu deux ans seule à Londres puis ici, dans la maison louée par la production, elle savait qu'elle ne voulait pas retourner habiter au couvent, aussi attachée soit-elle aux sœurs. Elle en parla à Bert qui lui suggéra New York.

— Vous êtes prête pour la cour des grands, assura-t-il. La vie dans la Grosse Pomme est passionnante. Vous ne pouvez pas éternellement vous cacher.

Rose était du même avis. L'atmosphère électrique de New York lui ferait du bien, au moins un temps.

Alex avait mis de côté presque tout l'argent que lui rapportaient ses livres et le gérait avec soin. Il lui restait également le capital de la vente de la maison de son père. Rose lui conseilla néanmoins de louer un appartement dans le centre, dans un quartier jeune et branché, pour voir comment elle s'y sentait.

— Si vous ne vous y plaisez pas, il y a toujours Boston. Jetez donc un œil, lui conseilla-t-elle, encourageante.

Même si elle avait beaucoup mûri, Alex était encore jeune et avait parfois besoin d'être guidée.

La postproduction du film s'acheva à la mi-mars. Tout s'était bien passé. Personne, à aucun moment, ne s'était douté qu'elle était autre chose que l'assistante de l'écrivain reclus. Elle avait bien joué son rôle.

De retour à Boston, elle parla de ses projets à mère MaryMeg qui la surprit en se rangeant à l'avis de Bert et de Rose.

— Tu n'es pas religieuse, Alex. Ce n'est pas ta vocation. Tu ne peux pas vivre ta vie entière comme l'une des nôtres. Il faut que tu sortes dans le monde, que tu t'amuses, que tu rencontres des gens. Tu ne dois pas passer ta vie à travailler.

— Vous me mettez à la porte ? conclut Alex, un peu triste.

— Pas du tout. Tu auras ta chambre ici aussi longtemps que tu le souhaiteras. Nous t'aimons. Mais va donc un peu jouer dehors avec les gamins de ton âge.

— Je suis obligée ? Et si je n'en ai pas envie ?

Tout à coup, cela lui faisait peur. Sa vie au couvent avec les sœurs était si protégée... Et puis elle s'y sentait chez elle. Vraiment, elle avait bien du mal à décider où vivre.

— Oui, tu es obligée, confirma la mère supérieure. Essaie donc un peu New York. Tu pourras toujours changer d'avis. Mais donne-toi au moins six mois pour te faire une idée.

C'était presque mot pour mot ce que lui avait suggéré Rose. Certes, Alex y avait habité le temps d'un job d'été mais ce n'était pas la même chose. À l'époque, elle était toute jeune et avait vécu en colocation pour une durée limitée. Sans qu'elle sache bien pourquoi, New York l'impressionnait davantage que Londres.

Elle y réfléchit encore deux semaines. Enfin, en avril, elle alla voir son agent et en profita pour visiter des appartements dans le West Village. Elle jeta son dévolu sur un grand loft avec une vue magnifique sur l'Hudson, peu meublé et uniquement avec de très belles pièces. Le loyer n'était pas donné mais cela restait dans ses moyens. Qui plus est, l'immeuble était pourvu d'un concierge, ce qui était rassurant. Il était libre six mois. Elle signa le bail et retourna chercher ses affaires à Boston. Une semaine plus tard, elle emménageait. Les sœurs la virent partir avec une petite larme mais mère MaryMeg la poussait à continuer d'avancer, et Bert aussi.

À peine installée, elle reçut de Rose des invitations à des vernissages et d'autres événements susceptibles de l'intéresser et où elle pourrait rencontrer des gens. Très intimidée les premiers temps, elle ne restait pas plus d'une demi-heure. Il faut dire qu'elle ne connaissait personne d'autre que son agent, qui, en général, ne venait pas, et qu'elle s'était attelée à un nouveau roman.

Un soir, lors d'un vernissage à Soho, alors qu'elle se sentait idiote de rester plantée toute seule dans un coin de la galerie, un jeune homme d'une trentaine d'années l'aborda. Ils bavardèrent presque une heure. Il venait lui aussi d'emménager à New York après avoir vécu à San Francisco. Il s'appelait Tim Richards. Il cherchait à lever des fonds pour une start-up high-tech. Elle lui dit ce qu'elle disait à tout le monde maintenant : qu'elle était rédactrice free-lance. En partant, il exprima le souhait de la revoir. Elle lui donna son numéro. Elle ignorait s'il l'appellerait mais elle avait passé un très bon moment avec lui. Comme ils étaient tous les deux amateurs d'art contemporain, il lui téléphona dès le lendemain pour l'inviter à déjeuner au musée d'Art moderne le samedi et voir l'exposition Jackson Pollock. C'était tentant. Elle décida de laisser son travail de côté quelques heures et accepta. Cette rencontre ne mènerait sans doute nulle part ; ce n'était pas une raison pour ne pas se faire un ami. Qui plus est, elle était en panne d'inspiration. Elle en avait parlé à Bert qui lui conseillait une pause.

Par cette belle matinée de printemps, elle décida de se rendre à pied jusqu'au musée pour faire un peu d'exercice. La promenade fut très agréable. Elle se sentait détendue quand elle retrouva Tim dans le hall. Il était ravi de la revoir. Ils déjeunèrent à la cafétéria avant de visiter l'exposition, magnifiquement scénographiée de façon à montrer une part considérable du travail de l'artiste, y compris des œuvres de collections privées.

— Je suis toujours sidéré que les gens puissent dépenser des sommes folles rien que pour un tableau, commenta-t-il à ce sujet.

Quelle drôle de réflexion, songea-t-elle. Pour sa part, elle s'était régalée à admirer les toiles sans penser un instant à leur valeur marchande. En sortant du musée, ils marchèrent jusqu'à Central Park.

— Où as-tu passé ton enfance ? s'enquit Tim.

— À Boston.

Elle ne lui parla pas du couvent ni de la mort de ses parents : cela faisait un peu trop pour un premier rendez-vous. Il lui apprit qu'il avait travaillé deux ans à Wall Street puis avait passé un an à San Francisco où il avait intégré la start-up qui le renvoyait à New York. Ce n'était pas évident comme travail mais cela lui plaisait.

— La levée de fonds a été difficile à enclencher, admit-il.

Néanmoins, telle qu'il la décrivait, l'idée semblait bonne – quoiqu'un peu technique pour Alex. À un moment donné, ils en vinrent à parler livres et il évoqua Alexander Green.

— C'est mon auteur préféré, déclara-t-il. Il a écrit des bouquins extraordinaires. Je suppose que tu n'as pas dû en lire. C'est d'une brutalité parfois insoutenable. Mais on va de surprise en surprise.

Elle ne résista pas à la tentation de l'étonner en lui répondant qu'elle en avait lu un ou deux qu'elle avait trouvés pas mal du tout.

— Tu lis des thrillers ?

Elle hocha la tête. Dans l'intervalle, ils étaient arrivés au parc.

— Mon père m'y a initiée quand j'étais petite.

— Ce qu'écrit Green est à la fois compliqué et très resserré, impeccable. Il repousse les limites du genre. Ce que j'aime, chez lui, c'est qu'on ne peut pas deviner où il va en venir. Je me fais avoir à tous les coups.

Elle se retint de justesse de le remercier.

— Moi aussi.

Elle commençait à en avoir assez de ne jamais pouvoir dire à personne : « C'est moi qui les écris ! » Cette fausse identité qu'elle avait endossée six ans plus tôt déjà devenait parfois un fardeau. Elle était même obligée de s'inventer un métier… Au moins, Tim n'était pas écrivain. Il ne serait pas jaloux d'elle, ne se poserait pas en rival. L'imposture lui pesait d'autant plus. Elle changea de sujet pour ne pas risquer de se trahir et lui raconta combien elle s'était plu à Londres.

— Qu'est-ce que tu y faisais ?

— Un stage chez un éditeur. C'est-à-dire essentiellement du classement.

Elle sourit. Voilà au moins un job dont elle pouvait parler sans mentir – même si elle ne l'avait exercé que quelques mois avant de se consacrer à plein temps à l'écriture.

Ils parlèrent de leurs études, de l'Europe. Il était allé à Stanford. Elle nota qu'il avait des allures de jeune homme de bonne famille. Sans doute venait-il d'un milieu aisé, mais quelle importance ? En longeant le parc, il la raccompagna au métro. Cela lui avait fait extrêmement plaisir de passer cette journée avec elle, lui dit-il, et il espérait la revoir. Elle en serait ravie, confirma-t-elle en retour. Elle avait supposé qu'il habitait dans son quartier puisqu'ils s'étaient rencontrés à Soho mais ce n'était pas le cas. Il vivait à Uptown Manhattan et la laissa donc à la bouche de métro non sans lui promettre de l'appeler très vite.

Pendant le trajet jusqu'à Downtown, elle repensa à tout ce qu'elle ne pouvait pas lui raconter. Par exemple, ses six mois de tournage à Los Angeles. Alex se faisait l'impression d'être une ex-prisonnière : il existait dans sa vie de grands blancs qu'elle ne pouvait justifier sauf à dire la vérité, qui était taboue.

Il téléphona une semaine plus tard alors qu'elle s'était remise à son livre. Comme elle ne voulait pas le lâcher, elle répondit qu'elle était occupée lorsqu'il l'invita à dîner. Il parut déçu mais assura qu'il retenterait sa chance, ce qu'il fit quinze jours après. Elle venait d'achever un chapitre difficile, et était d'excellente humeur. Elle accepta son invitation à manger une pizza et voir un film. En dînant dans un petit italien du quartier, il lui apprit qu'il venait de lire un article annonçant qu'un film adapté de *Ténèbres*, d'Alexander Green, était en préparation. Il avait très envie de le voir avec elle dès la sortie, puisqu'elle avait aussi lu ses romans.

— Cela dit, les adaptations sont rarement à la hauteur des œuvres dont elles sont tirées, la mit-il en garde. Nous risquons d'être déçus.

— Non, le film est assez fidèle. Il paraît que Green a participé à l'écriture du scénario et qu'il avait une assistante en permanence sur le plateau, lâcha-t-elle imprudemment, avant de se mordre la langue.

Quelle erreur ! Elle en savait beaucoup trop…

— Comment es-tu au courant ?

— Je l'ai lu je ne sais plus où. Je crois qu'il surveille de très près ce qu'il advient de ses œuvres.

Tim hocha la tête. Le film qu'ils virent ce soir-là leur plut à tous les deux. Ils en parlèrent tandis qu'il la raccompagnait chez elle à pied. Elle songea à l'inviter à monter boire un dernier verre mais renonça : elle ne le connaissait pas assez. Et elle avait laissé son manuscrit étalé sur la table de la cuisine ; elle ne voulait pas qu'il le voie. Elle le remercia donc pour cette bonne soirée à la porte de l'immeuble. Il l'embrassa sur la joue et héla un taxi.

Ils dînèrent encore deux fois ensemble au cours des semaines qui suivirent. Tim se montrait toujours très courtois et aimable. Elle s'enquit de son travail. Il avait du mal à trouver des investisseurs, mais assura qu'il n'était pas près de baisser les bras. Puis il lui demanda quels étaient ses projets pour l'été.

— Je travaille. Je n'ai rien de prévu. Et toi ?

— Je partage une maison dans les Hamptons avec des copains. Une vieille maison assez grande. On y passe nos week-ends à tour de rôle.

Il lui sourit, un peu gêné. À 32 ans, il s'en sortait difficilement sur le plan financier. Qui plus est, il lui avait laissé entendre qu'il avait quelques inquiétudes quant à son avenir au sein de la start-up, notamment s'il ne parvenait pas à lever des fonds. Elle en était désolée pour lui. Il paraissait si déterminé…

— Dans les Hamptons ? C'est super.

— Tu pourrais venir, à l'occasion ? suggéra-t-il avec circonspection.

Elle hocha la tête mais n'était pas certaine d'y être prête. Elle l'aimait bien. Cependant, ne pas pouvoir tout lui dire était une entrave. Quand ils se revirent, pour dîner ensemble par une belle soirée de mai, il se décida à l'interroger. Ils étaient attablés à la terrasse d'un café, sous la pleine lune. C'était un jeudi soir. Brigid ayant accouché, Alex rentrait le lendemain à Boston pour la voir. Elle avait donc refusé l'invitation de Tim le samedi de sorte qu'il avait proposé le jeudi à la place.

— Alex, demanda-t-il, hésitant, est-ce que tu vois quelqu'un d'autre ?

Étonnée par sa question, elle secoua la tête.

— Non.

— Je ne sais pas pourquoi, j'ai toujours l'impression qu'il y a beaucoup de choses que tu ne me dis pas. Et tu es si souvent prise…

C'était la vérité. Une vérité difficile à justifier. Ses livres passaient en premier et elle préférait intégrer les indications de Bert pendant qu'elle les avait encore bien en tête.

— Parfois, je m'investis un peu trop dans mon travail, concéda-t-elle. Les piges qu'on me donne sont souvent assez urgentes.

Il hocha la tête d'un air pas très convaincu. Elle s'en voulait de lui mentir. Elle en venait à se demander si la vie qu'elle menait lui permettrait jamais d'avoir une relation normale. Pourtant, il y avait chez lui quelque chose qui l'empêchait de lui en dévoiler davantage. Était-ce parce qu'il avait des difficultés financières et pas elle ? Elle n'avait aucune envie de vivre dans tel ou tel quartier pour mettre à l'aise les hommes avec lesquels elle sortait. Elle travaillait d'arrache-pied, connaissait une belle réussite et menait une vie agréable. Hélas, cela mettait effectivement de la distance entre eux.

— Tu ne m'as jamais rien montré de ce que tu écrivais. Où sont publiés tes articles ?

— Essentiellement dans la presse féminine. Il y a peu de chances que tu les aies eus sous les yeux ; ils ne sont pas destinés aux hommes.

Cela le fit rire.

— Au moins, tu connais ton lectorat. C'est sûrement pour cela que j'aime autant Alexander Green. On sent bien que ce sont des romans d'homme. Il n'y a pas une femme qui pourrait écrire comme cela.

Cette remarque ne fut pas loin de tirer à Alex un grognement exaspéré. Encore un qui donnait raison à son père avec ses préjugés.

— Va savoir. Il y a des écrivaines qui pourraient te surprendre. D'ailleurs, on peut citer de très bonnes auteures de romans policiers.

— Agatha Christie, par exemple ? repartit-il en riant.

— Non, plus dures, comme Patricia Cornwell ou Karin Slaughter…

Elle aurait aimé s'ajouter à la liste. Hélas, c'était impossible. Comme cela devenait vraiment mal élevé de ne pas le faire, ce soir-là, quand il la raccompagna, elle l'invita à monter boire un verre. À peine étaient-ils entrés qu'elle comprit qu'elle avait eu tort. L'ambiance se refroidit d'un coup. Il s'assit, l'air crispé. Elle lui servit un verre de vin.

— Dis donc, tu es bien logée, fit-il en regardant autour de lui.

La partie salon était immense et le standing de l'immeuble avait impressionné Tim plus qu'elle ne s'y attendait.

— Je garde l'appartement d'une amie, expliqua-t-elle en voyant son expression.

Et voilà, elle lui mentait à nouveau.

— Ou alors tu as un papa très riche…, suggéra-t-il d'un ton narquois dans lequel rien ne subsistait de son amabilité.

— Mon père est mort il y a onze ans, répliqua-t-elle avec calme en s'asseyant en face de lui dans le fauteuil de cuir vintage.

— En te laissant une jolie fortune. Comme c'est gentil…

Il y avait dans son regard quelque chose qu'elle n'y avait jamais vu. Tim, toujours si agréable, se montrait tranchant, presque agressif, sans raison apparente.

— Oui, il m'a laissé quelque chose, mais pas une fortune, comme tu dis. Depuis la fin de mes études, je n'ai pas arrêté de travailler, dit-elle pour se justifier, bien malgré elle.

— Moi non plus, riposta-t-il avec une méchanceté qui la stupéfia. N'empêche que je vis dans un studio grand comme un placard. Dans un immeuble sans ascenseur. L'adresse dans l'Upper East Side fait bien mais l'immeuble tombe en morceaux et pue la pisse de chat. Je n'ai pas de concierge et certainement pas un appartement comme celui-ci. Et pendant que tu te distrais en écrivant des recettes ou Dieu sait quoi pour les magazines féminins, je me démène à essayer de lever des fonds pour une affaire dans laquelle personne ne veut investir. Et tout ça, sans doute, pour finir par me faire virer.

Son masque de charmant jeune homme de bonne famille avait glissé d'un coup pour révéler un type amer, en colère.

— Quant à mon père, qui aurait dû me léguer une fortune lui aussi, c'était un alcoolo qui a tout claqué avant de se faire sauter la cervelle quand j'avais 16 ans. Depuis, j'ai dû travailler sans arrêt. Je n'ai pu faire mes études à Stanford que grâce à des bourses et des emprunts étudiants, alors je ne vais pas te plaindre, avec ton loft et ton boulot à la cool.

Il se leva et la regarda avec une rage à peine dissimulée qui la terrifia. Un instant, elle eut l'impression qu'il voulait la tuer. Elle se retrouvait projetée dans un de ses livres. Son instinct lui criait de le mettre dehors avant qu'il lui arrive quelque chose. Par bonheur, il se dirigeait déjà de lui-même vers la porte.

— Désolé que ça n'ait pas collé. Au moins, tu n'as pas besoin d'un riche mari. À moins que tu aies envie d'investir dans la société pour laquelle je bosse ? Je ne dois pas être très doué. J'aurais dû m'accrocher et te charmer mais nous ne sommes pas tout à fait du même monde, comme je crois que tu t'en es rendu compte.

Il sortit en claquant la porte. Alex n'avait pas prononcé un mot. Elle s'était contentée de croiser les doigts pour qu'il s'en aille avant de l'avoir étranglée. Elle ferma à clé derrière lui et retourna s'asseoir sur le canapé. Elle tremblait de tous ses membres, il lui avait fait une peur bleue. Sa réaction était tellement inattendue de la part d'un homme aussi aimable… Sans doute la vie ne l'avait-elle pas épargné. Mais elle non plus, qui avait été abandonnée par sa mère à 7 ans et s'était retrouvée orpheline à 14. Sauf qu'elle avait eu un merveilleux père puis connu le bonheur d'être recueillie par les sœurs, si aimantes et gentilles. Ensuite, la chance lui avait encore souri avec ses livres. Elle en était bien consciente. Quoi qu'il en soit, elle n'avait jamais vu un regard aussi haineux. Fallait-il donc que tout le monde soit jaloux d'elle et lui en veuille de sa réussite pour le restant de ses jours ? Cette pensée la déprima profondément. Elle n'était toujours pas remise quand elle monta dans le train de Boston le lendemain. En arrivant, elle passa voir Bert chez lui. C'était le seul homme à qui elle pouvait parler franchement. La seule figure paternelle de son entourage.

Elle lui raconta ce qui s'était passé. Il n'en fut pas étonné.

— Je vous ai dit il y a longtemps, quand vous avez commencé à écrire, que vous alliez tomber sur beaucoup d'hommes jaloux. Vous ne m'avez pas cru ou vous n'avez pas voulu me croire.

— Mais cela m'arrive à chaque fois ! Ça a commencé avec ce crétin de chargé de TD à la fac, qui était jaloux de mon écriture et me mettait des notes minables en l'absence de la professeure titulaire. Et qui m'a fait une scène quand, à son retour, elle m'a mis les notes que je méritais. Et puis ce type, à Londres, qui m'en voulait d'écrire un livre alors qu'il était trop paresseux pour le faire – et qui, pour couronner le tout, m'a trompée. Et maintenant celui-ci, à New York, qui croit que j'écris des recettes de cuisine pour la presse féminine, ne sait pas que je suis romancière et me déteste parce que j'habite dans un bel appartement qu'il n'a pas les moyens de se payer. Et je ne parle pas du scénariste de L.A. qui ne voit les femmes que comme des échelons à gravir pour atteindre le sommet. Je suis toujours en train de mentir sur mon identité, mon métier. Je raconte que j'écris des romans sentimentaux ou que je suis journaliste free-lance dans la presse féminine ou *ghostwriter* ou éditrice… *Personne* ne sait la vérité à part vous, Rose et les sœurs. Pourtant, même sans rien savoir, les hommes arrivent à être jaloux de moi.

Lorsqu'elle fut au bout de sa tirade, il la considéra d'un air sérieux et lui posa sans détour la question essentielle.

— Avez-vous envie de dévoiler votre identité au grand jour ? Êtes-vous prête à en assumer toutes les conséquences ? Vous risquez de perdre une partie de vos lecteurs qui pourraient vous en vouloir de leur avoir menti. Néanmoins, si vous ne parvenez plus à vivre avec le mythe que vous avez créé, vous avez toujours la possibilité de faire savoir que c'est vous qui avez écrit les romans signés Alexander Green. Dans tous les cas, sachez qu'il y a beaucoup de jaloux dans ce monde. Et pas uniquement des hommes qui ne se sentent pas à la hauteur à côté de vous. Des femmes, également. Des gens qui n'acceptent pas le succès des autres parce qu'ils ne sont pas bien dans leur peau. Alors ils cherchent à vous faire du mal, à vous rabaisser à leur niveau, à vous punir. Votre réussite est énorme, Alex. Sur le plan professionnel, vous êtes un monument. Peu d'hommes ont l'assurance nécessaire pour vivre aux côtés d'une femme comme vous. Il y a six ans, quand nous en avons parlé, je vous ai dit que vous rencontreriez l'homme idéal quand le moment serait venu. Quand vous le verrez, vous le reconnaîtrez, et vous ne lui ferez pas peur. Hélas, il y a un nombre incalculable d'abrutis en ce bas monde et vous ne pourrez pas tous les éviter, surtout si vous sortez un peu le nez de vos bouquins. Votre lumière brille si fort qu'elle en devient aveuglante. Moi-même, parfois, elle m'éblouit – mais c'est précisément la raison pour laquelle je vous aime. Je suis fier de vous. Votre lumière attire les gens. Les mauvais s'y brûleront et s'y abîmeront les yeux. Ils essaieront de vous faire du mal pour se venger. Méfiez-vous, apprenez à les reconnaître et gardez vos distances avec eux. Il vous faudra vous armer de patience en attendant l'homme idéal. Pas la peine de le chercher, c'est lui qui vous trouvera. Sachez une chose en tout cas : vous ne pouvez pas éteindre votre lumière et il ne faut surtout pas essayer. C'est grâce à elle qu'il arrivera jusqu'à vous et se présentera devant votre porte un de ces jours. En attendant, bottez le cul aux méchants, écrivez vos livres et cessez de vous plaindre. Et apportez-moi donc une autre bouteille de vin, tiens, fit-il en lui indiquant la cuisine.

Elle se leva en souriant et l'embrassa sur la joue.

— Merci, fit-elle doucement avant d'aller lui chercher à boire.

Il avait raison. Effectivement, cela faisait longtemps qu'il la mettait en garde contre les jaloux. Elle était encore sous le choc de la diatribe de Tim la veille au soir. Elle n'avait rien vu venir. Peut-être s'était-elle bouché les yeux. Il était fou de rage alors qu'il ne se doutait même pas de l'ampleur de sa réussite. À vrai dire, elle n'avait aucune envie de renoncer au secret qui entourait ses livres ni à son pseudonyme. Bert avait raison, il faudrait donc qu'elle fasse avec. Et l'homme idéal se présenterait au bon moment. En attendant, elle était très bien seule. Cela avait l'avantage de lui permettre de se consacrer totalement à l'écriture.

Elle resta encore un petit moment avec Bert avant d'aller voir Brigid, déjà rentrée chez elle avec son bébé. Le petit Steven commençait à marcher, Brigid était au lit, installée sur une chambre à air parce qu'elle ne pouvait pas encore s'asseoir, son nouveau-né endormi dans les bras. C'était une très belle petite fille de plus de quatre kilos elle aussi, qu'ils avaient prénommée Camilla. Comme le disait sa belle-mère, Brigid était faite pour porter des enfants. Avec son mari et ses petits, elle nageait dans le bonheur. Patrick était en train de préparer le dîner tout en essayant de garder un œil sur Steven tandis que les amis et la famille défilaient pour voir la maman et son nouveau bébé.

— Je ne sais pas comment j'ai pu oublier combien c'était atroce la première fois, remarqua Brigid. J'espère que quelqu'un me le rappellera avant que je recommence. Ça a été pire que la première fois, avoua-t-elle avec une grimace en changeant de position. Enfin, si c'était possible. Et pourtant, elle est un peu moins grosse.

Camilla avait un petit visage adorable, de longues jambes et des mains ravissantes aux doigts d'une délicatesse extrême. Brigid ne cessait de la contempler, émerveillée par ses orteils minuscules.

— Il faudra que tu y penses, dans deux jours, quand Patrick et toi remettrez le couvert, lui conseilla Alex en riant.

Elle se sentait infiniment mieux depuis qu'elle avait parlé avec Bert. Ses déconvenues avec les hommes faisaient partie des risques du métier. La réussite, la puissance de travail et la détermination n'étaient pas forcément des qualités appréciées chez une femme. Toutefois, elle ne se sentait pas prête non plus à mener la vie de Brigid. Pas encore, en tout cas, et pas avant très longtemps. Si possible, elle voulait écrire toute sa vie en s'efforçant chaque fois de s'améliorer, avec l'aide de Bert aussi longtemps qu'il le voudrait bien. Dans l'immédiat, elle n'avait nulle envie de se laisser distraire par un mari ou des enfants.

Elle ne resta qu'une demi-heure au chevet de Brigid qui lui semblait épuisée. Il y avait trop de monde autour d'elle. Quand elle partit, son amie s'était levée et boitillait pour s'occuper de sa fille tout en demandant à Patrick, toujours dans la cuisine, si tout allait bien et si Steven avait dîné.

— Comment va Brigid ? lui demanda mère MaryMeg à son retour au couvent.

— Elle a une chambre à air en guise de siège, la maison est une fourmilière tellement il y a de personnes chez eux, Patrick a enfilé un tablier et la petite est magnifique.

Cette description fit rire la mère supérieure.

— Bref, tout est normal pour une maison avec un nouveau-né. Elle va retomber enceinte d'ici peu, elle aime tant les tout-petits… Et toi, comment vas-tu ? Tout se passe bien, à New York ?

Sa jeune protégée lui paraissait un peu perturbée.

— Parfaitement. Je m'y plais beaucoup et je suis en pleine forme.

Alex l'embrassa et monta dans sa chambre. Cela faisait du bien de passer le week-end chez elle. Dimanche soir, elle repartirait et reprendrait ses combats…

17

Alex avait retrouvé le moral quand elle retourna à New York après le week-end. Le lundi matin, elle se leva tard et décida de s'accorder une journée de vacances. Elle allait sortir quand Rose Porter l'appela. Cela faisait plusieurs semaines qu'elles ne s'étaient pas eues au téléphone.

— Je ne vous dérange pas ? lui demanda son agent.

— J'allais descendre faire quelques courses. J'ai passé le week-end à Boston.

— Ah, je suis contente de vous avoir. Je viens de recevoir un coup de fil très intéressant d'une société de production pour la télévision anglaise.

Elle cita trois séries qu'Alex connaissait toutes. Leaders sur le marché britannique, ils diffusaient également aux États-Unis.

— Ils aimeraient adapter *Sans un bruit*.

C'était son troisième livre, l'un de ceux qui s'étaient le mieux vendus jusqu'à présent. Rose n'était donc pas étonnée de leur intérêt.

— Je les crois capables de faire cela très bien, précisa-t-elle. Ils pensent déjà à de grosses stars côté casting. Le hic, car il y a un hic, c'est qu'ils vous veulent également. Du moins, ils veulent qu'Alexander Green soit présent comme consultant sur le plateau. Je leur ai répondu que c'était impossible. Ils ont insisté. Du coup, je leur ai parlé de la façon dont nous avions procédé à L.A. et cela leur conviendrait. Ils ont déjà un bon scénariste et ils pensent pouvoir attaquer d'ici août. Ils auraient besoin de vous sur place pendant trois mois. Vous pourriez être rentrée fin octobre ou début novembre. Qu'en dites-vous ?

Rose lui précisa également le montant des droits, qui était considérable. Le projet était donc alléchant à tous points de vue.

— Ça a marché à Los Angeles, il n'y a pas de raison que cela ne marche pas à Londres. Ils voulaient vous loger au Claridge mais j'ai dit que M. Green souhaitait une maison pour lui-même et son personnel. Cela leur convenait également. Je vous laisse y réfléchir ?

C'était inutile. Certes, elle devrait se faire passer une nouvelle fois pour l'assistante de M. Green, mais ce devait être amusant de tourner une série. Et puis, trois mois, ce n'était pas la mer à boire. Il faudrait soit qu'elle prolonge le bail de son appartement new-yorkais, soit qu'elle le dénonce, ce qui n'était pas un problème.

— C'est d'accord, dit-elle simplement.

Si elle n'acceptait pas ce genre de projet maintenant, quand le ferait-elle ?

— Eh bien alors, l'affaire est dans le sac, commenta Rose, enjouée.

Elle s'était préparée à devoir la convaincre, en lui faisant valoir que c'était une belle vitrine pour son travail auprès de ceux qui n'avaient pas lu ses livres. Qui plus est, une série télévisée était susceptible d'attirer un lectorat féminin.

— Je leur transmets.

Elle rappela Alex un peu plus tard dans la journée.

— Ils sont enchantés, annonça-t-elle. Ils vont vous chercher une maison sans tarder. Ils comptent sur vous le 1er août. La diffusion ne commencera pas avant le printemps prochain pour qu'ils aient le temps de faire le montage.

Alex projetait déjà une quinzaine de jours dans le sud de la France avant de commencer le tournage. Quitte à aller en Europe, autant faire d'une pierre deux coups. Tim avait raison : elle avait la belle vie. Rose et elles bavardèrent encore un peu avant de raccrocher. Elle se prépara un déjeuner léger et dressa la liste de tout ce qu'elle avait à faire avant son départ. Elle commença par appeler l'agent immobilier pour prolonger son bail jusqu'à la fin de l'année. Il lui dirait à 18 heures si le propriétaire donnait son accord. Cela lui permettrait de laisser ses affaires ici plutôt que de les trimballer à Boston. D'autre part, elle avait envie de passer encore un peu de temps à New York à son retour. Elle n'avait pas eu l'occasion de profiter de la ville tant que cela et voilà qu'elle s'en allait.

Elle passa un week-end de juillet à Boston pour dire au revoir aux sœurs et à Bert et revit Brigid. Cette fois, elle n'était pas à nouveau enceinte.

— Il y a du laisser-aller, la prévint Alex.

Elles éclatèrent de rire toutes les deux.

— Laisse-moi encore un mois…

— Tu es irrécupérable !

Les deux enfants étaient adorables et Brigid semblait très heureuse.

Alex prit un vol pour Nice le 12 juillet et séjourna deux semaines dans un hôtel du cap d'Antibes qu'elle ne connaissait pas. Elle avait choisi un établissement très luxueux car elle avait envie de se faire dorloter avant ses semaines de travail intense à Londres. Elle ne fut pas déçue : la table était sublime, le spa divin et sa chambre ravissante. Elle profita également des cabanes privées pour prendre des bains de soleil ou lire sans être vue ni dérangée.

Elle arriva à Londres le 31 juillet, toute dorée, reposée et détendue. Elle descendit une nuit au Claridge car elle ne devait récupérer que le lendemain les clés de la maison louée par la production pour M. Green. C'était indispensable pour faire croire qu'il serait là avec son personnel alors que, sur les six chambres qu'elle comprenait, Alex n'aurait besoin que de la suite de maître. Comme à Los Angeles, elle ferait appel à une société de nettoyage. À peine dans sa chambre, elle appela Fiona. Cela faisait tout juste un an qu'Alex avait quitté Londres. Depuis, son amie s'était mariée et attendait un bébé. Elles convinrent de dîner ensemble le soir même. Il lui tardait de la revoir !

Elles se retrouvèrent au Barrafina, à Soho. Tout en dégustant des tapas, Fiona lui raconta combien elle était heureuse avec Clive et la joie que leur procurait la perspective d'être bientôt parents.

— Quel bon vent te ramène par ici ? voulut-elle savoir.

— Un job d'assistante de production sur une série télé, répondit Alex. Tout en bas de l'échelle, mais je me suis dit que ce serait amusant. Ce n'est que pour trois mois.

— Génial !

Il ne sembla pas venir à l'idée de Fiona que la production avait certainement l'embarras du choix à Londres et qu'il était étrange qu'elle soit allée chercher une assistante à New York. Elle était tout à la joie de revoir Alex. Elle-même avait changé de travail de sorte qu'elle n'avait pas vu Ivan depuis un an. Aux dernières nouvelles, il aurait été licencié mais elle ne savait pas si c'était vrai.

Après le dîner, elles se quittèrent en se promettant de se revoir très vite.

Le lendemain matin, Alex arriva très à l'heure au studio, en jean, tee-shirt et blouson de cuir. On avait mis à sa disposition une voiture et un chauffeur. Dès son arrivée, après lui avoir fait visiter les locaux, on lui attribua un bureau.

— J'imagine que M. Green ne viendra pas en personne ? lui demanda discrètement le premier assistant de production. Autrement, nous lui avons également réservé un bureau.

— Non, merci, ce ne sera pas nécessaire. Il ne viendra pas. Il travaillera uniquement de la maison. J'apporterai ses notes sur le plateau ou je les communiquerai par mail.

— Bien entendu.

Elle bénéficia d'un traitement VIP et fut présentée à tout le monde. La scénariste, une femme, était très réputée. Le réalisateur semblait fort jovial. Alex était à son bureau en train de lancer l'ordinateur quand un homme passa la tête par la porte.

— Bonjour, et bienvenue. Je suis le producteur, Miles McCarthy, dit-il avec un grand sourire.

Il faisait plus jeune qu'elle ne s'y attendait, bien qu'elle sût par sa note biographique qu'il avait 41 ans. Il entra pour lui serrer la main. Grand et très mince, en jean et tee-shirt lui aussi, il portait, devant derrière, une casquette de base-ball qu'il avait eue à un concert la veille au soir.

— Tout va comme vous voulez ? s'enquit-il sans se départir de son sourire. Si nous avons oublié quelque chose, n'hésitez pas à réclamer ! Mon bureau est au bout du couloir, et mon assistante, dans celui à côté du vôtre.

— Non, merci, tout est parfait.

Peu après, elle se rendit à la maison louée pour M. Green où elle retrouva l'agent immobilier qui lui remit les clés. C'était une belle bâtisse ancienne juste à côté de Hyde Park, meublée et décorée à la perfection avec des tableaux de chevaux et de chasse au renard aux murs. Elle comprenait entre autres une salle à manger de réception, une bibliothèque aux boiseries exceptionnelles, un ascenseur et une suite de maître très élégante. Étant donné sa situation, la location devait coûter une fortune à la production.

Elle eut tout juste le temps de déménager ses affaires du Claridge à la maison et ce fut l'heure de retourner au bureau pour une réunion de production.

Ils étaient nombreux autour de la grande table. À tour de rôle, le producteur et le réalisateur parlèrent des différents aspects de la série. Ils présentèrent Alex à tout le monde et expliquèrent qu'elle assurerait la liaison avec M. Green, ce qui sembla ne troubler personne. Après la réunion, Miles vint lui parler. Les acteurs commençaient les répétitions le lendemain, lui annonça-t-il. Ils avaient réussi à tout mettre en place très vite.

Il s'inquiéta de savoir si la maison convenait.

— Elle est fantastique. Il va adorer.

— C'est mon assistante qui l'a choisie, précisa-t-il avec satisfaction. Quand M. Green arrive-t-il ?

Il avait des yeux bleus extraordinaires et des cheveux blond-roux auxquels se mêlaient quelques fils d'argent.

— Tard ce soir, dans son jet privé, avec le personnel.

Elle avait raconté la même histoire à L.A. et tout le monde l'avait crue.

— Nous sommes tellement heureux qu'il ait accepté de faire cette série... Ça va être super. La scénariste est géniale. J'ai déjà travaillé deux fois avec elle. Elle est particulièrement douée pour les polars.

— Je suis sûre qu'il sera très satisfait.

Puis le producteur la quitta pour aller régler mille détails. Il devait veiller à tout. Elle découvrit par exemple qu'il avait une assistante chargée uniquement de pourvoir aux besoins des acteurs. La mécanique était parfaitement huilée. Elle découvrit ensuite le studio de tournage qui l'impressionna beaucoup. Puis elle rentra chez elle pour se détendre dans cette fabuleuse maison qu'ils avaient louée sans se douter qu'elle y vivrait seule. Pendant qu'elle défaisait ses bagages, un énorme bouquet de fleurs fut livré pour elle, avec un magnum de champagne pour M. Green. Dommage qu'elle ne puisse pas donner le magnum à Bert...

— À quoi voulez-vous qu'il me serve s'il est à Londres ? ronchonna-t-il quand elle lui en parla au téléphone ce soir-là.

Elle lui raconta sa première journée, lui parla de la société de production et de la maison, puis il raccrocha : le plombier venait d'arriver pour réparer une fuite dans sa cuisine. Alex finit donc de défaire ses bagages et installa tout ce dont elle avait besoin sur son bureau, prête à se mettre au travail pour de bon le lendemain. Il lui tardait de voir le scénario. L'équipe comptait sur les retours de M. Green le plus vite possible. Cela ne devrait pas poser de problème, avait-elle assuré.

Quand elle arriva au bureau le lendemain matin, c'était déjà une vraie ruche. Les acteurs se préparaient dans leur loge, la cantine avait dressé le buffet du petit déjeuner pour ceux qui souhaitaient se restaurer. Coiffeurs et maquilleurs s'affairaient dans tous les sens. Comme promis, une assistante du producteur lui remit deux exemplaires du scénario – un pour elle et l'autre pour M. Green. Elle alla dans son bureau pour le lire. Si elle annota quelques passages, globalement elle le trouva très bon.

— Qu'en dites-vous ? s'enquit Miles, qui en passant la tête dans son bureau, vit qu'elle lisait le script.

— C'est excellent. Il va être ravi.

Elle n'avait presque rien à modifier.

— Voulez-vous venir assister à la première lecture ?

Elle avait lieu dans une grande salle de réunion où les sièges étaient arrangés en petits groupes. Il s'agissait en quelque sorte d'une première répétition informelle au cours de laquelle les comédiens pouvaient faire leurs commentaires. Elle les trouva très professionnels, beaucoup moins capricieux que leurs homologues américains, et tout se passa au mieux. Miles fit asseoir Alex à côté de lui pour lui glisser tout bas quelques explications et deux ou trois mots sur les acteurs. Il faisait tout son possible pour l'intégrer à l'équipe. Après la lecture, Rachel Wooster, la scénariste, vint lui proposer de déjeuner à sa table, et le réalisateur se joignit à elles. Irlandais, très drôle, il les fit rire aux éclats tout le temps du repas. Les relations au sein de l'équipe et l'atmosphère étaient excellentes. Alex se sentait parfaitement à son aise. Bien qu'elle ne fût officiellement que l'assistante de M. Green, tout le monde la traitait avec beaucoup d'égards. Elle jouissait au sein du groupe d'un statut véritable.

À la fin de la journée, Miles sortit en même temps qu'elle. Alors qu'elle allait retrouver sa voiture et son chauffeur, il enfourcha une énorme moto. Il s'arrêta un instant bavarder avec elle.

— J'espère que cette première journée s'est bien passée.

Il avait été aux petits soins avec elle, comme toute l'équipe.

— On ne peut mieux. Et je ne pense pas que M. Green trouve rien à redire au scénario.

Elle comptait n'opérer que deux petits changements sans grande importance. Sauf qu'elle ne pouvait rien lui dire tant que « M. Green » n'avait pas officiellement vu le script.

— J'aimerais tant qu'il fasse un saut pour nous voir, un jour, que nous puissions l'accueillir comme nous en aurions envie. Je sais que ce n'est pas dans ses habitudes, mais s'il change d'avis, nous en serons ravis !

— Je lui transmettrai, cela lui fera plaisir. Mais je suis son émissaire dans le monde…, conclut-elle en souriant, ses yeux verts pétillant de gaieté.

— Il est représenté par la meilleure des ambassadrices.

Il lui sourit à son tour et elle se mit à rire.

— Merci. Je ne suis pas certaine que tout le monde soit de votre avis mais j'ai beaucoup de chance. C'est très agréable de travailler avec lui.

— Comme avec vous. Toute l'équipe est tombée sous votre charme aujourd'hui, moi en tête. Je suis un très grand fan de M. Green – et maintenant de vous. J'ai lu tous ses livres. Ils sont extraordinaires.

— Il sera très sensible à vos éloges.

Parler d'elle-même à la troisième personne, même si elle l'avait déjà fait pendant six mois à L.A. sans se trahir, était toujours aussi bizarre. Pourvu qu'elle s'en tire aussi bien cette fois ! Ils lui semblaient nettement plus attentifs que l'équipe de cinéma. Miles, en particulier, lui avait réservé un accueil particulièrement chaleureux et s'était mis en quatre pour lui faciliter les choses. Quel plaisir de travailler avec lui !

— Si cela vous dit, je peux vous ramener chez vous à moto.

— Je suis bien trop peureuse, avoua-t-elle honnêtement.

— Vous n'avez sans doute pas tort.

Sur quoi, il lui fit un petit signe de la main et démarra.

Peu après être arrivée chez elle, Alex envoya un e-mail à Miles pour lui indiquer les changements mineurs préconisés par « M. Green » puis s'installa pour se détendre dans le petit salon très cosy adjacent à sa chambre. Elle avait passé une excellente journée sur le tournage. Tout le monde lui était très sympathique et elle se réjouissait de cette collaboration. Même les acteurs étaient faciles à vivre et drôles. Quoique célèbres, ils n'avaient rien de divas. Il faut dire que le réalisateur et le producteur montraient l'exemple en donnant un ton qui mettait tout le monde de bonne humeur. Chacun voulait se donner à fond pour l'équipe. C'était une société de production de premier ordre, conclut-elle ; tout, jusqu'au traiteur, était irréprochable.

Elle fut surprise d'entendre sonner le téléphone dans la cuisine alors qu'elle ouvrait la salade composée achetée sur le chemin du retour. Qui pouvait l'appeler ? Personne n'avait ce numéro. Elle décrocha. C'était Miles McCarthy qui voulait s'assurer que tout était bien au goût de M. Green.

— Il se repose, mais je lui ai raconté en rentrant comme tout s'était bien passé : il est ravi.

— Tant mieux ! répondit Miles avant de raccrocher.

Quelques instants plus tard, assise à la table de la cuisine pour manger sa salade, Alex se mit à songer à lui. Elle avait passé une très, très bonne première journée...

Il fallut aux acteurs toute une semaine pour s'approprier le scénario et commencer à bien jouer ensemble, voire à improviser à l'occasion, ce à quoi ni elle ni « M. Green » ne voyaient d'objection. Il fallut ensuite à peu près le même temps aux autres membres de l'équipe pour s'habituer à travailler les uns avec les autres. Au bout de quinze jours, acteurs comme techniciens étant de vrais pros, le groupe était parfaitement soudé.

Alex était installée dans le studio d'enregistrement où elle lisait des changements apportés au scénario lorsque Miles vint s'asseoir à côté d'elle. Elle leva les yeux et ils se sourirent. Chaque fois qu'ils se croisaient, il se montrait très cordial avec elle. C'était même le plus chaleureux, le plus détendu de tous. Chez quelqu'un d'aussi important et d'aussi brillant, c'était inattendu. Il était également beaucoup plus modeste que ses homologues de Hollywood chez qui l'affectation était une seconde nature, à commencer par Malcolm.

— Que dis-tu des dernières modifications ?

— Elles me plaisent bien. Elles rendent le dialogue plus fluide.

— Tant mieux. Je n'aime pas trop trafiquer les mots du maître.

— C'est gentil de ta part mais ça fonctionne bien.

— J'espère qu'il sera de ton avis... Je sais que tu travailles avec lui le soir. Cela te fait de grosses journées. Mais accepterais-tu de dîner avec moi, un jour ? Un peu tard, si ça t'arrange. Aucun problème pour moi, je suis un oiseau de nuit.

— En général, je suis libre à partir de 20 heures. Il fait attention à ne pas abuser de mon temps.

— Tant mieux. On pourrait imaginer que quelqu'un qui vit aussi reclus soit un peu tyrannique.

— Pas le moins du monde. C'est juste un grand timide.

— Cela nous ferait tellement plaisir de l'accueillir ici... Bon... Mais qu'aimes-tu manger ?

— Tout, du moment que c'est simple.

Il lui proposa Mon Plaisir, où elle était déjà allée à l'époque où elle vivait à Londres et qu'elle aimait beaucoup. Elle accepta avec enthousiasme.

— Ce soir ? Ou tu préfères demain ?

— Ce soir, c'est parfait.

C'était si agréable de se faire bichonner…

— Tu sais que tu es quelqu'un de très important, ici, dit-il avec sérieux.

— En tout cas, vous faites tout pour que je me sente importante…

— Bon, je passe te prendre à 20 heures. En voiture, pas à moto, précisa-t-il en souriant avant de rejoindre les autres.

Elle ne le revit pas de la journée.

En rentrant ce soir-là, elle envoya les remarques de « M. Green » par courriel puis prit un bain et mit une jupe en jean, un blouson de cuir et des talons. À 20 heures, quand Miles sonna, elle était prête. Il était en pantalon de cuir, avec une veste. Et il s'était rasé, nota-t-elle.

— Tu veux entrer boire un verre ?

Elle pourrait toujours dire que M. Green s'était retiré à l'étage. Mais elle n'en eut pas besoin.

— Je ne veux pas le déranger, répondit-il en baissant la voix. Allons-y plutôt.

Il avait garé juste devant la maison sa vieille Jaguar qui, avec sa carrosserie cabossée et ses sièges au cuir fendillé, avait un charme fou. Miles avait décidément un style très personnel.

— Ça ne l'ennuie pas que tu sortes avec moi ? demanda-t-il en démarrant. Je n'y ai pensé qu'après t'avoir invitée.

Elle le rassura aussitôt.

— Je suis libre de faire ce que je veux. Il ne monopolise absolument pas mes soirées ou mon temps libre. C'est quelqu'un de très raisonnable – et je ne suis pas sa petite amie, précisa-t-elle. Je ne travaille ni le soir ni le week-end.

Cette explication dut lui suffire car il se détendit. En roulant, ils parlèrent de choses et d'autres. Il fut étonné d'apprendre qu'elle avait vécu près de deux ans à Londres.

— Ça ne fait pas si longtemps que ça que tu travailles pour lui, alors. D'après ton CV, j'avais cru le contraire.

— Si. J'étais ici avec lui.

— J'ignorais qu'il avait séjourné en Angleterre. Je sais qu'il a une propriété au fin fond de l'Écosse, mais personne ne m'a parlé de Londres.

— Nous avons loué un appartement à Knightsbridge pendant deux ans. Il a passé son temps à écrire.

Elle ne pouvait dire que des demi-vérités ; c'était épuisant de mentir sans arrêt et d'éviter de se trahir.

Le restaurant était tel qu'elle se le rappelait, chaleureux et intime sans être trop sombre – on pouvait lire la carte sans plisser les yeux et on n'avait pas l'impression d'un repaire de couples illégitimes. C'était le lieu idéal où se détendre entre amis après une longue journée, ce qui était certainement la raison du choix de Miles. Elle s'étonnait de se sentir aussi à l'aise en sa compagnie, depuis leur rencontre. C'était sa manière d'être, mais il lui parlait avec chaleur – et puis il y avait quelque chose de très sexy dans sa beauté un peu rude.

Ils commandèrent à dîner et prirent un verre de vin. Il lui sourit en soupirant.

— Tu es trop jeune pour avoir été mariée, j'imagine. De mon côté, je sors tout juste d'un divorce difficile ; je suis soulagé de pouvoir me concentrer sur le boulot. Surtout sur un projet aussi génial.

Son enthousiasme réjouissait Alex. Il faisait preuve de tant d'énergie, avait tant de bonnes idées pour la série !

— Je suis désolée pour ton divorce. Ça a dû être pénible. Tu as des enfants ?

Elle en savait très peu sur lui, finalement. Sa bio précisait simplement qu'il avait fait ses études à Oxford et qu'il avait 41 ans.

— Oui, deux. Je me suis marié très jeune, juste après l'université. Ils sont grands mais pas tout à fait adultes : ma fille a 17 ans et mon fils, 15. L'adolescence n'est pas l'âge le plus facile, d'autant qu'ils ont été pas mal tiraillés. Leur mère veut s'installer en Afrique du Sud avec son petit ami, qui est de là-bas et a une entreprise à Johannesburg. Ça me fend le cœur de les voir s'en aller aussi loin. Je suis très proche d'eux, ajouta-t-il tristement.

— Il y a un moyen de l'en empêcher ?

Il secoua la tête. La douleur qu'elle lisait dans son regard fit de la peine à Alex.

— Le juge a statué contre moi et dit que je ne peux pas la retenir prisonnière ici. Pourtant, nous avons la garde partagée et les enfants nous aiment tous les deux. Ils n'ont envie de se séparer ni d'elle ni de moi. Il faudra donc qu'ils y aillent et reviennent le plus possible, ce qui ne sera pas évident pour eux. Ma fille est en pension, comme la plupart des jeunes de son âge ici. L'année prochaine, elle entrera à l'université. Mon fils, en revanche, va suivre sa mère. Avec mon emploi du temps de dingue, j'ai beaucoup de mal à prévoir combien de temps je pourrai passer avec lui quand il sera en Angleterre. Et il n'a pas envie d'être interne.

— Moi non plus, à son âge, je ne voulais pas.

— C'est moins habituel aux États-Unis mais, ici, c'est pour ainsi dire la norme. Il était pris à Eton, une école extraordinaire où j'ai moi-même été, mais il a refusé d'y aller.

Alex, qui savait qu'Eton était réservée à une certaine élite, en déduisit qu'ils étaient de très bonne famille. Cependant, Miles n'avait pas le côté snob qui allait souvent de pair avec un statut social et des moyens aussi élevés. Elle avait rencontré en Angleterre des hommes qui avaient fréquenté les meilleures écoles et qui étaient proprement imbuvables. Miles ne leur ressemblait en rien.

— Pour quelle raison a-t-il été question que tu sois pensionnaire ? Tu étais si insupportable que tes parents ont voulu t'éloigner ? fit-il pour la taquiner.

— Non. Mon père est mort quand j'avais 14 ans, et ma mère bien avant. Je n'avais pas le choix : je ne pouvais pas rester seule à la maison avec une gouvernante. Finalement, tout s'est bien arrangé. J'ai vécu dans un couvent, entourée de religieuses. C'est encore là que j'habite quand je rentre à Boston. Mais je viens de m'installer à New York.

Son histoire le toucha. Ce n'était vraiment pas une jeune femme comme les autres. Il appréciait la chaleur humaine qu'elle dégageait, et elle l'intriguait. Il ne parvenait pas tout à fait à la cerner ; pourtant, ce n'était pas faute d'essayer ! Il sentait qu'elle ne révélait pas tout d'elle-même, qu'elle gardait une part secrète. Très réservée, elle lui faisait penser à un enfant qui se cache derrière un arbre, persuadé que personne ne peut le voir alors qu'il dépasse un peu. Miles l'observait attentivement pour mieux la comprendre.

— Quand as-tu rencontré l'incroyable M. Green ?

Cet aspect de sa vie le fascinait. Qu'un écrivain aussi extraordinaire place une telle confiance en une aussi jeune femme était révélateur. Du reste, elle ne cessait de faire l'éclatante démonstration de ses compétences sur le tournage.

— Pendant qu'il écrivait son premier livre. J'avais 19 ans, j'étais encore à l'université.

— Et vous vous êtes connus où ?

Elle semblait avoir pas mal bourlingué : six mois à Los Angeles pour le film, avant cela deux ans à Londres…

— À Boston, où il séjournait. Cela fait six ans que je travaille pour lui.

On leur apporta leurs plats. Tout en dînant, il continua de lui poser des questions. Peu à peu, les pièces du puzzle s'assemblaient.

— Tu as donc 25 ans. Tu dois me trouver très vieux…, fit-il en riant.

Elle nia aussitôt.

— Je ne pense jamais à l'âge – ni au mien ni à celui des autres. Ce qui compte, c'est ce qu'on a dans le cœur et la maturité. Certains n'y parviennent jamais, d'autres très tôt. Je suis responsable depuis longtemps. Je pense que M. Green s'en est rendu compte.

Miles aussi. Son ex-femme, qui avait pourtant exactement le même âge que lui, se conduisait en enfant gâtée depuis qu'il la connaissait. Il n'y avait pas trace de cela chez Alex. Elle était intelligente, raisonnable. Malgré son jeune âge, il avait l'impression d'échanger avec une égale. Il passait une excellente soirée en sa compagnie. C'était un bonheur de découvrir leurs vies respectives.

— Il y a quelques années, j'ai acheté un merveilleux haras dans le Dorset, lui apprit-il pour parler de choses plus légères. Mes enfants et moi, nous adorons cet endroit. J'y élève des chevaux – des pur-sang et des arabes de concours. Cela demande énormément de travail mais c'est passionnant et très gratifiant. J'avoue que cela coûte une fortune mais nous avons la chance d'avoir quelques chevaux de course qui ont très bien marché. Et même un, en particulier, en ce moment. Il faudra que tu viennes, un jour. C'est à environ trois heures de Londres. Si jamais il y a une pause dans le planning de tournage, je t'y emmènerai. Il arrive que les acteurs aient besoin de faire une coupure ou que quelqu'un d'essentiel au tournage d'une scène tombe malade – ou, simplement, soit épuisé. Dans ce cas, mieux vaut s'arrêter que tirer sur la bête et faire du mauvais travail.

Cela paraissait logique, en effet. Il semblait être un homme à la fois intelligent et pragmatique, plein de bon sens. Et puis il était ouvert et franc, ce qu'elle appréciait énormément. Elle aurait aimé pouvoir elle aussi être plus honnête avec lui.

— J'adorerais visiter le haras, mais je ne connais rien à l'élevage de chevaux ni à la vie à la campagne.

Mais bon, j'ai un peu appris à monter quand j'étais petite.

— Qu'aimiez-vous faire ensemble, ton père et toi ?

— Lire des thrillers, répondit-elle vivement. Et tous les romans policiers qui nous tombaient sous la main. Il en avait une collection extraordinaire, dont des éditions originales. J'ai tout gardé mais il y en a pas mal au garde-meubles depuis onze ans.

— Ça te fait un point commun avec ton employeur. Quand il t'a engagée, il a dû être impressionné par ta connaissance de son genre littéraire.

— Certains croient que les femmes ne lisent pas de romans policiers, ne les comprennent pas et en écrivent encore moins, ce qui est faux – même si mon père était de ceux-là. Il existe d'excellents thrillers et polars en tout genre écrits par des femmes, même si mon père préférait les auteurs masculins, et il n'en démordait pas ! Maintenant, je me rends compte qu'il a fait preuve dans ce domaine d'une certaine étroitesse de vue qui l'a poussé à négliger des écrivaines de grand talent.

Elle avait mis des années à le comprendre ; maintenant, elle en était persuadée.

— Et toi, Alex, tu aurais envie d'écrire ?

Elle secoua la tête. Elle y aspirait d'autant moins qu'elle était déjà un auteur confirmé. Ce n'était donc qu'un demi-mensonge.

— Pas vraiment.

— Moi non plus. Mon intérêt me porte dans une autre direction. J'aime produire des programmes de télévision de qualité et je sais réaliser les montages financiers et mettre le projet sur pied à toute vitesse, mais je ne serais jamais capable de rédiger un scénario. C'est tout juste si j'arrive à écrire une lettre. Je n'ai pas ce gène créatif, point. Ça explique que j'admire autant Alexander Green. Il me semble que, comme moi, tu es plus douée pour les choses pratiques et l'organisation. Nous sommes capables de faire aboutir de grands projets. Mais ne me demande pas d'écrire quoi que ce soit – ni un script ni un livre. En revanche, je sais reconnaître les bons quand j'en vois un. Pareil que pour les chevaux. Mais je laisse l'écriture aux génies de la trempe de M. Green.

Comme toujours, Miles faisait preuve de beaucoup d'humilité. Il se trompait sur le compte d'Alex, mais comment pouvait-il en être autrement, après tous les mensonges qu'elle-même et d'autres lui avaient servis ? À ses yeux, elle ne pouvait être autre chose qu'une assistante très efficace.

— Tu écrirais sans doute mieux que tu ne l'imagines, suggéra-t-elle. Après tout, tu n'as jamais essayé.

— Encore une fois, je lui laisse ce rôle.

Il sourit, parfaitement satisfait de sa vie et de ce qu'il faisait. Son seul regret semblait être l'impact de son divorce sur ses enfants. Il lui avait expliqué un peu plus tôt dans la soirée que ni sa femme ni lui n'avaient rien fait de blâmable, qu'ils s'étaient simplement mariés trop jeunes et que leur couple s'était essoufflé. Sa femme était une excellente photographe qui n'avait pas eu envie de faire carrière. Lui, au contraire, quoique bien moins talentueux – selon ses dires –, avait toujours adoré son métier et eu de l'ambition.

Alex lui enjoignit de ne pas se dévaloriser, soulignant combien il était ingénieux et créatif. Ce n'était pas rien, de monter une série télévisée, de réunir les personnes clés pour que cela fonctionne. À la fin du dîner, elle était plus heureuse que jamais qu'il ait choisi son roman. Faire partie de cette aventure avec lui la passionnait. Elle lui assura que son employeur était ravi de son travail, ce qui lui fit très plaisir. Ils espéraient tous que la série battrait des records d'audience.

— C'est toi qui feras sans doute les commentaires les plus sincères, remarqua-t-il tandis qu'ils finissaient leur repas par un espresso. Parce que tu n'as pas d'intérêts dans l'affaire et que tu n'as rien à y gagner. Nous autres, nous cherchons à faire un maximum d'argent alors que, toi, tu n'es pas influencée par l'appât du gain.

— Oh, mais ça peut aussi m'arriver, assura-t-elle avec une grimace.

C'était tellement plus vrai qu'il ne l'imaginait…

— En tout cas, tu as l'air d'avoir les pieds sur terre.

Ce compliment la fit rire.

— J'étais en train de me dire exactement la même chose à ton sujet !

— Je ne suis pas aussi raisonnable que j'en ai l'air. Élever des chevaux de course, c'est une entreprise risquée et une passion coûteuse. Mais j'adore ça.

— Ça doit être super…

— Oui. Il me tarde de te faire visiter le haras. La maison est un vieux manoir d'époque Tudor chargé d'histoire : il y a même des douves et une pièce d'eau. Le domaine est magnifique. En bon Anglais, je suis très attaché à la terre. Ma famille a perdu son domaine il y a des générations et j'ai toujours voulu racheter une propriété à transmettre à mes enfants. J'y suis arrivé. Cela compte beaucoup pour moi.

Ce soir, elle avait découvert un pan de sa personnalité qu'elle n'aurait pas connu autrement. En sortant du restaurant, elle songea qu'elle avait un ami. Alors qu'ils rejoignaient sa voiture, il lui passa un bras autour des épaules, et quand il lui dit bonsoir devant chez elle, une lueur particulière brillait dans ses yeux. Mais il ne chercha pas à l'embrasser. Il attendit qu'elle soit en sûreté à l'intérieur avant de redémarrer. En lui faisant un petit signe avant de refermer la porte, elle éprouva quelque chose de très nouveau pour elle, quelque chose qui lui semblait couler de source. Il subsistait néanmoins une complication majeure. Lui mentir sur sa situation, ne pas lui dire qui elle était vraiment lui était insupportable.

18

L'interruption sur laquelle Miles comptait pour pouvoir l'emmener dans son haras survint au bout d'un mois de tournage. Dans l'intervalle, ils avaient dîné ensemble plusieurs fois et en avaient appris beaucoup l'un sur l'autre. Il savait tout sur les sœurs, sur Brigid, sur les années d'université d'Alex, sur son père. Il savait également qu'elle n'avait jamais été amoureuse. Il voyait l'énergie qu'elle mettait dans son travail et avait pu se faire une idée de ses forces et de ses faiblesses. Ce qu'il ignorait, en revanche, ce qu'il n'avait aucun moyen de savoir, c'était qu'elle était l'auteure des livres signés Alexander Green. Elle ne lui avait rien caché d'autre, mais elle n'avait pas le choix. Elle ne pouvait le faire entrer dans le tout premier cercle de sa vie. Il n'y avait pas sa place. Si jamais il faisait mauvais usage de cette information, il pourrait détruire sa carrière, ce qu'elle ne permettrait à personne. Elle protégeait de toute son âme son travail, encore plus que son cœur.

Miles lui avait raconté son enfance dans le Yorkshire, ses années d'internat à Eton, l'année qu'il avait passée en Irlande après l'université, son travail pour la BBC au retour, sa passion des chevaux, son amour pour ses enfants, la déception de son mariage. Il ne souhaitait pas se remarier. Depuis sa séparation, il était sorti avec plusieurs femmes. Toutefois, il ne s'était suffisamment attaché à aucune pour avoir envie de vivre avec elle une histoire sérieuse.

Il avouait avoir pour les actrices un faible qui ne lui valait rien.

— Elles sont tellement narcissiques…

Alex confessa en retour ses déboires avec des hommes qui aspiraient à devenir écrivains. Il lui redemanda s'il y avait eu quelque chose entre Alexander Green et elle depuis qu'elle travaillait avec lui – ce n'était pas impensable, au fond. Elle lui affirma que non avec une sincérité qui ne lui laissa aucun doute, bien qu'il ne puisse complètement se défaire de l'impression qu'elle ne lui disait pas tout. Peut-être s'agissait-il de souvenirs douloureux de sa jeunesse liés au départ de sa mère ou au décès de son père.

Alex l'attirait énormément. S'il ne se déclarait pas, c'était par crainte d'éventuelles complications au travail. Il n'avait aucune idée de ce qu'elle éprouvait pour lui. Il passait de merveilleuses soirées avec elle. Toutefois, elle restait réservée, timide et, par certains côtés, se montrait très jeune. Il la devinait peu expérimentée. Du reste, elle lui avait dit n'avoir eu que très peu de relations amoureuses et consacrer l'essentiel de sa vie à son travail. S'il avait souhaité se remarier, c'était tout à fait le genre de femme qu'il aurait aimé rencontrer. Après son divorce, cependant, il s'était bien juré de ne pas refaire la même erreur. Or il était inenvisageable de se conduire avec Alex de façon désinvolte. Il ne voulait pas risquer de la faire souffrir. Une aventure sans lendemain lui aurait semblé digne d'un goujat, même si elle était consentante. De toute façon, ce n'était manifestement pas son genre. Mieux valait donc rester bons amis. D'autant que leurs liens se resserraient de jour en jour. Ils aimaient les mêmes choses et avaient énormément de points communs. Ils étaient si bien ensemble que, naturellement, ils se voyaient chaque fois qu'ils le pouvaient. Tous deux étaient aussi à l'aise l'un que l'autre dans cette relation dépourvue de toute ambiguïté.

Lorsque le premier rôle masculin attrapa une grosse grippe qui dégénéra en bronchite et qu'il la passa à l'actrice principale, ils durent tourner le maximum de scènes dans lesquelles ils ne figuraient pas, puis le tournage dut être interrompu pour quelques jours. Cela pourrait même durer une semaine. Miles vint dans le bureau d'Alex avec un grand sourire.

— Ça y est. On l'a ! chuchota-t-il.

— On a quoi ?

Absorbée par la lecture d'une des dernières scènes, elle était distraite.

— Le temps d'aller au haras. Ils sont malades comme des chiens, les pauvres. Le médecin dit que cela pourrait virer à la pneumonie si nous ne les laissons pas se reposer. Tu crois que M. Green t'accorderait quelques jours de congé ?

— Je vais lui poser la question mais je pense que oui. De toute façon, en ce moment, il écrit. Dans ces moments-là, il n'aime pas être dérangé.

Elle mentait de mieux en mieux. Elle devenait capable de broder à la demande. Elle sourit à Miles. Malgré cela, avec lui, elle se sentait en paix. Leur relation n'était entachée d'aucune tension, d'aucun malaise. Au contraire, elle représentait pour eux un havre de paix.

— Quand veux-tu partir ?

Son fils venait de s'envoler pour Johannesburg, de sorte qu'il n'était pas obligé de rester à Londres. Cependant, il y avait encore quelques détails à régler avant de suspendre le tournage.

— Ce soir ? Nous pourrions prendre la route dès que nous aurons fini cet après-midi. Si nous partons vers 18 ou 19 heures, nous n'arriverons pas trop tard. On en a pour deux heures et demie, trois heures tout au plus. Emporte des jeans, des pulls, et n'oublie pas des bottes, au cas où il pleuvrait. Si tu n'en as pas, tu pourras prendre celles de ma fille : vous devez faire à peu près la même pointure.

C'était bien leur seule ressemblance. Ses deux enfants étaient aussi blonds que lui – Alex les avait vus en photo. Un soir, ils avaient dîné chez lui. L'appartement était confortable, éclectique, rempli du genre de joyeux bric-à-brac dans lequel on se sentait tout de suite si bien qu'on n'avait plus envie de repartir. Elle eut bien du mal, ce soir-là, à rentrer dans sa grande et belle maison de location. Si seulement la situation était différente… Ah, qu'elle aurait aimé rester avec lui ! Allons, c'était absurde. Jamais il ne s'était conduit avec elle autrement qu'en ami.

— Tu veux bien appeler M. Green tout de suite ? lui demanda-t-il, plein d'espoir.

— Je peux te jurer qu'il n'y aura aucun problème. Je lui poserai la question en rentrant mais je sais qu'il ne dira pas non. Il sera même enchanté de ne pas m'avoir dans les pattes pendant qu'il écrit.

— Très bien. Tu le connais mieux que moi. Je vais partir tôt, si j'y arrive, pour passer te prendre à 18 heures.

Il se faisait une joie de l'emmener au haras. Il attendait depuis des semaines de le lui faire découvrir sans en entrevoir la moindre possibilité. À vrai dire, même s'il était désolé pour les deux malades, cette grippe était providentielle. Alex lui adressa un grand sourire quand il sortit d'un pas vif. Dans la voiture qui la ramenait chez elle de bonne heure, elle annonça au chauffeur qu'il avait quelques jours de liberté et qu'elle le rappellerait dès son retour.

— M. Green n'aura pas besoin de moi non plus, madame ? Ni ses employés ?

— Non, merci, Lambert.

Une fois chez elle, elle fila dans la grande chambre, appela Miles pour lui confirmer que c'était d'accord et mit de la musique tout en préparant ses affaires. La maison était équipée d'une excellente chaîne hi-fi sur laquelle elle passait sans arrêt Prince, les Black Eyed Peas, Santana, Michael Jackson, Stevie Wonder et bien d'autres. Un quart d'heure plus tard, ses bagages étaient prêts. Miles ne tarda pas à la rappeler pour lui dire qu'il était devant la maison. Il ne voulait pas sonner pour ne pas déranger M. Green dans son travail. Alex sortit avec un petit sac et un fourre-tout dans lesquels elle avait entassé tout ce qui lui venait à l'esprit pour un week-end à la campagne.

— Tu as du culot, quand même, la réprimanda gentiment Miles en lui prenant ses bagages pour les mettre dans le coffre.

— Pourquoi ? s'inquiéta-t-elle, se demandant en quoi elle avait bien pu le contrarier.

— Quand je t'ai appelée, j'entendais la musique à fond. Il écrit, le pauvre ! Comment peux-tu lui faire ça, Alex ? C'est fou qu'il ne t'ait pas tuée.

— Il était dans la cuisine, répondit-elle en riant. Il avait décidé de dîner tôt. En plus, il est très tolérant pour ce genre de chose. Mais rassure-toi, je ne ferais jamais ça pendant qu'il travaille.

— Qu'est-ce qu'il a dit ? Ça ne le dérange vraiment pas que tu t'absentes ?

— Pas du tout. Il m'a recommandé de bien m'amuser.

— On dirait un gentil papa…

— Parfois c'est un peu ça, oui.

Elle regarda par la vitre. Elle s'en voulait tant de ces mensonges qui sortaient tout seuls, maintenant… Il lui arrivait d'y croire elle-même. Et elle savait que Miles ne se doutait de rien. Se conduire ainsi avec un homme qu'elle appréciait, qu'elle respectait, c'était indigne. Mais que faire d'autre ?

En roulant tranquillement, ils mirent trois heures – la première sur l'autoroute et les deux suivantes sur de petites routes de campagne particulièrement belles dans la lumière de cette fin de soirée de septembre. Les arbres étaient encore verts. Il ne faisait pas très froid mais on sentait que l'automne arrivait. Ils passèrent devant de vieilles fermes et des propriétés aux portails fermés, des vergers, des collines, des vaches, des moutons, des chevaux. Ils parlèrent tout du long, d'abord des scènes qu'ils avaient tournées ces derniers jours puis de la vie, de leur façon de voir les choses, des gens auxquels ils tenaient, de leurs rêves de jeunesse. Elle sentit à nouveau combien il aimait ses enfants et combien ils lui manquaient.

— Quelle chance tu as d'avoir toute la vie devant toi... Tu commences tout juste.

— Mais toi aussi, enfin !

— Non. Je suis déjà à mi-chemin. Ce qui est fait est fait. Les erreurs que l'on commet à ton âge nous poursuivent toute la vie.

En fait d'erreurs, deux enfants qu'il adorait et une carrière en plein essor, c'était une belle réussite. S'il pouvait regretter une chose, c'était un mariage raté. Aux yeux d'Alex, ce n'était pas si dramatique que ça. De son côté, elle n'avait à son actif que les livres auxquels elle s'était entièrement consacrée ces six dernières années. Rien d'autre. Elle n'avait tissé depuis aucune relation sérieuse. Et elle était pratiquement certaine de ne pas vouloir d'enfants. C'était trop risqué. Et s'il lui arrivait quelque chose ? S'il arrivait quelque chose à leur père ? Ils se retrouveraient seuls, comme elle, et n'auraient pas forcément la chance de se trouver une seconde famille parmi des religieuses aimantes. Décidément, elle ne voulait pas infliger cela à un enfant. Elle l'avait même dit à Miles, un soir qu'ils dînaient ensemble. Cela l'avait étonné, lui qui n'imaginait pas sa vie sans les siens. Mais rien à faire, cela la terrifiait.

Le jour commença à décliner environ une heure avant l'arrivée. Enfin, ils franchirent la grille de la propriété et il engagea la Jaguar sur un chemin semé de nids-de-poule. Un peu plus tard, elle vit apparaître d'immenses dépendances à l'ancienne et une imposante maison de pierre. Le clair de lune révélait un pré semé de fleurs sauvages, de magnifiques arbres centenaires et, plus loin, la pièce d'eau qu'il avait évoquée. En descendant de voiture, Miles prit les sacs d'Alex et ils traversèrent le petit pont qui enjambait les douves. Elle le suivit jusqu'à la grande porte ornée d'un heurtoir de laiton. Quand il l'eut déverrouillée, ils entrèrent dans le hall où il alluma la lumière.

Elle découvrit de beaux meubles anciens, un vaste hall, des tapis aux couleurs passées sans doute vieux de plusieurs siècles et qui avaient dû être magnifiques… Ils pénétrèrent dans le grand salon, chaleureux malgré ses dimensions, avec sa cheminée monumentale. Le rez-de-chaussée comportait encore une bibliothèque, un petit salon, un vestiaire et une immense cuisine. La maison était tout à fait telle qu'elle se représentait les grandes propriétés anglaises à la campagne – non pas celles des émissions de télévision ou des magazines mais celles de la vraie vie. Elle s'y sentit aussitôt à l'aise, comme chez elle.

Miles adorait cette propriété et y venait aussi souvent que possible. Il y avait vécu presque tout au long de son mariage et ses enfants y avaient grandi. Ce domaine était l'un des fruits de sa réussite professionnelle. Il l'avait acheté grâce aux gains de son tout premier succès en tant que producteur. Parce qu'il y était profondément attaché, c'était un bonheur de le faire découvrir à Alex.

— Miles, quelle merveille…

Ému par sa sincérité et la lumière qui brillait dans ses yeux, il ne put se retenir. Il s'approcha d'elle, la prit dans ses bras et l'embrassa. Elle ne le repoussa pas. C'était ce qu'ils désiraient l'un et l'autre et, pour un premier baiser, l'endroit n'aurait pu être mieux choisi. Ils avaient tous les deux l'impression d'être rentrés chez eux.

— Tu n'imagines pas combien je suis heureux que la maison te plaise…

Il la prit par la main pour l'entraîner au premier étage où il lui fit visiter toutes les chambres. Dans la sienne, le grand lit à baldaquin semblait un havre de paix où se retirer du monde. Celles de ses enfants étaient à côté, avec chacune leur salle de bains. La décoration avait été conçue pour des petits mais ils n'avaient rien voulu changer. Il y avait encore une demi-douzaine de magnifiques chambres d'amis. Le manoir avait été construit pour accueillir parties de campagne et week-ends de chasse et comprenait des chambres de domestiques au second. Les dépendances comptaient un bâtiment dans lequel logeaient les hommes qui travaillaient à l'écurie, ainsi qu'un autre pour des domestiques supplémentaires qui ne servait plus depuis longtemps. Miles songeait à aménager ces deux bâtisses pour ses enfants afin que, plus tard, ils puissent y venir avec conjoints et famille. C'était la maison de ses rêves et elle comprenait pourquoi. Elle débordait d'amour. Alex sentit le lien très fort qui l'unissait à elle tout au long de la visite.

— Mon ex-femme voulait à tout prix que je la vende. Elle ne s'y plaisait pas. Il n'y a pas grand-chose dans les parages, si ce n'est un vieux village et quelques fermes et propriétés. Elle, elle aurait voulu vivre en ville et avoir une maison secondaire à Saint-Tropez. Nous ne l'avons jamais fait. Cela aurait peut-être sauvé notre mariage mais je n'ai pas pu me résoudre à me séparer du haras, d'autant que les enfants y sont aussi attachés que moi. C'est mon refuge, une partie de mon âme, lui confia-t-il avant de l'embrasser encore.

Elle aurait voulu que ce baiser ne s'arrête pas. Jamais elle n'avait ressenti pour personne ce qu'elle éprouvait pour lui.

Miles la désirait à en avoir le souffle coupé. Elle l'attirait follement depuis le jour de leur rencontre. Maintenant que la digue s'était rompue, rien ne pouvait plus faire entrave à leur passion réciproque.

— Alex… je sais que ça paraît fou, mais je t'aime… Je ne veux pas que tu souffres… Je ne sais pas ce qu'il va advenir de tout cela…

D'ici quelques mois, elle rentrerait à New York, dans son monde, loin d'ici. Comment pourrait-il s'arracher à elle ? Il savait déjà que c'était bien plus qu'une affaire de désir.

— Ça m'est égal… Je t'aime…

Ils firent demi-tour pour regagner sa chambre. Sur le seuil, il s'arrêta et la souleva dans ses bras telle une poupée pour la déposer en douceur sur le lit, grand et confortable, mais avec un cadre ancien et ces lourdes tentures d'origine que l'on pouvait refermer pour garder la chaleur en hiver. Jamais un homme n'avait tant aimé une femme dans ce lit que lui à cet instant, quand il la déshabilla avant de se mettre nu à son tour et qu'ils se glissèrent entre les draps. Il alluma sur la table de chevet une bougie qui projeta des ombres vacillantes autour d'eux tandis qu'il lui faisait l'amour et qu'elle se donnait à lui comme jamais à aucun homme. Lorsqu'elle s'endormit entre ses bras, il lui sembla qu'elle se sentait vraiment à l'abri pour la première fois de sa vie.

Ils se réveillèrent deux heures plus tard, en même temps. La chandelle brûlait toujours. Elle plongea les yeux dans les siens en souriant et l'embrassa.

— Est-ce que j'ai rêvé ? lui demanda-t-il, osant à peine croire à son bonheur.

L'homme fort, puissant, sûr de lui qu'elle avait rencontré un mois plus tôt avait fondu entre ses bras. Elle aurait pu lui demander n'importe quoi.

— Qu'ai-je fait pour mériter une telle chance ? Quel miracle que Green t'ait amenée ici…

— Je l'accompagne partout.

Elle se blottit tout contre lui. Il la tenait comme s'il avait peur de la casser. Il l'avait aimée avec juste assez de force pour la transporter mais ce qu'il fallait de douceur pour la conduire à des sommets jamais atteints.

— Et s'il avait été accompagné d'une vieille bique ? objecta-t-il pour la faire rire.

Une demi-heure plus tard, ils avouèrent l'un et l'autre qu'ils mouraient de faim. Il avait demandé au responsable des écuries de monter le chauffage et de mettre quelques provisions dans le réfrigérateur avant leur arrivée. Puisqu'ils étaient seuls dans la maison, ils descendirent nus à la cuisine en se tenant par la main. Miles admira son corps parfait de nymphe des bois. Il l'aimait… il l'aimait à en mourir. D'ailleurs, il serait volontiers mort d'extase entre ses bras.

— Tu sais quoi ? fit-il en l'enlaçant. Tu m'as ensorcelé.

Elle lui sourit timidement en se nichant entre ses bras. Jamais elle ne se serait doutée que la vie pouvait être aussi parfaite. Soudain, les mots que Bert lui avait redits récemment lui revinrent en mémoire. « Vous rencontrerez l'homme idéal quand le moment sera venu. » Inutile qu'elle le cherche, il la trouverait. Et elle serait heureuse. Il avait vu juste.

Elle raconta cette histoire à Miles en dînant de pain, de fromage, de rondelles de saucisse froide et d'un verre d'un excellent vin français.

— L'éditeur de qui ? demanda-t-il sans bien comprendre.

Elle avait parlé comme s'il s'agissait du sien et précisé que c'était son mentor. Elle corrigea aussitôt.

— Celui de M. Green, mais il passe beaucoup de temps avec nous. C'est un sage.

Miles hocha la tête. Quelle vie intéressante elle menait… Elle rencontrait des gens bien peu ordinaires – vieux sages, mentors, religieuses –, sa meilleure amie était une sœur défroquée, mariée et mère de deux enfants. Et elle travaillait pour l'un des écrivains les plus importants au monde. Quelle existence extraordinaire pour quelqu'un de son âge. Et quelle femme extraordinaire. La méritait-il vraiment ?

Elle se posait exactement la même question. Elle était en admiration devant Miles. Et follement amoureuse de lui. Elle avait peine à croire à ce qu'elle vivait.

Après le dîner, ils remontèrent et firent encore l'amour. Puis ils restèrent couchés à bavarder à la lueur de la bougie. En le regardant faire du feu, elle se rendit compte que son corps la fascinait. Ils étaient tels Adam et Ève au jardin d'Éden.

Ils s'endormirent tout en parlant et se réveillèrent à l'aube. Il lui sourit. Ses cheveux noirs d'une douceur de soie formaient un halo de mystère autour de son visage. Il fit glisser tendrement sa main tout le long de son corps avant de l'embrasser.

— Je crois que je suis mort et que je suis monté au ciel.

Il n'évoquait pas uniquement leur union charnelle mais tout ce qu'il ressentait pour elle. De sa vie, il n'avait connu femme comme elle. Son cœur se serrait à l'idée de ce à côté de quoi il serait passé s'ils n'étaient pas venus ici. Par bonheur, le destin s'était emparé de sa vie – et elle aussi.

Ils se prélassèrent un moment dans l'énorme baignoire ancienne avant de sortir, non sans s'arrêter au passage dans la cuisine pour prendre un fruit et une tasse de café. Cette belle journée ensoleillée était idéale pour une promenade dans les jardins. Après être passés devant des vergers, ils arrivèrent à un vieux cimetière au bout de la propriété. Les tombes remontaient pour certaines au XVII\ :superscript:`e` siècle, comme beaucoup de maisons des environs. Au retour, ils s'arrêtèrent au bord d'un ruisseau, s'assirent dans l'herbe pour bavarder un moment et firent encore l'amour. Il lui fit ensuite visiter ses écuries impeccables et voir ses magnifiques chevaux. Ils entrèrent dans plusieurs box pour qu'elle puisse les admirer de près. Il lui montra également la partie très moderne du bâtiment d'élevage qui accueillait les juments d'autres éleveurs venues se faire saillir par ses étalons. Ils y passèrent une bonne heure, après quoi il l'emmena déjeuner au village dans un petit pub à l'ancienne. Le patron les accueillit avec chaleur et leur servit un repas simple et très bon. Puis ils rentrèrent au haras.

Alex était sous le charme à la fois de Miles et de sa maison. Totalement conquise. Il lui fit découvrir les fleurons de sa bibliothèque, des livres très anciens de grande valeur. Elle lui dit combien son père aurait aimé les voir. À la fin de la journée, il fit du feu dans la bibliothèque et ils se blottirent l'un contre l'autre pour regarder les livres tandis qu'il l'embrassait. C'était si nouveau, si parfait… Elle sut d'instinct que ce moment, la naissance de leur amour, ne se reproduirait jamais. Cette nuit-là, ils dormirent dans les bras l'un de l'autre, d'un sommeil merveilleusement paisible.

Le lendemain matin, ils firent une promenade à cheval alors que le soleil se levait derrière les collines. Il l'emmena sur des sentiers dérobés. Excellent cavalier, il lui avait prêté un cheval docile pour qu'elle n'ait aucun mal à le suivre. Quelques heures plus tard, ils rentrèrent à l'écurie au pas. Elle aurait pu rester là pour toujours, songea Alex. Si seulement c'était possible… Hélas, il fallait rentrer à Londres le lendemain. Miles avait téléphoné : les acteurs se sentaient mieux. Il ne leur restait donc qu'un jour au paradis avant de reprendre le tournage.

Au retour, Miles leur fit des œufs. Ils parlaient de choses et d'autres quand il la regarda d'un air étrange, comme gêné.

— Je voudrais te poser une question. Je peux me tromper, mais… as-tu envie d'écrire ? Je sais que je te l'ai déjà demandé et que tu as dit non, mais tu aimes tellement les livres que je ne peux pas m'empêcher de penser qu'un écrivain sommeille en toi. Qui plus est, tu travailles pour un grand auteur. Sans oublier cette passion pour la littérature policière que tu partageais avec ton père. Ça ne t'a jamais donné envie de t'y mettre à ton tour ? À ta place, je crois que je n'aurais pas résisté…

— Ce n'est pas une chose que l'on décide, répondit-elle posément malgré le frisson glacé qui lui courait dans le dos. C'est un talent, et un talent que je n'ai pas. Il ne suffit pas de s'en approcher, même de près, pour en être capable. Les gens pensent toujours qu'on peut décider d'écrire un livre, qu'il suffit d'en avoir l'envie et le temps. Mais ça ne marche pas comme ça.

— C'est vrai. J'ai moi-même voulu écrire, reconnut-il. Et je me suis rendu compte que je n'avais aucun don.

Elle hocha la tête, soulagée d'avoir réussi à se dérober, mais de plus en plus coupable. Elle se tut un long moment, hantée par ses mensonges. Miles était le seul être à qui il lui avait répugné de ne pas dire la vérité et voilà qu'elle venait de recommencer. Elle s'en voulait. Certes, ce qu'elle avait dit sur l'écriture était exact. Mais pas ce qu'elle avait dit d'elle. Elle fixait son assiette, perdue dans ses pensées. Très vite, d'une manière inattendue, elle était arrivée à la croisée des chemins avec cet homme qu'elle aimait. Lorsqu'elle releva la tête, son regard avait changé et ce qu'il y vit l'effraya. Bien qu'il ne pût deviner ce qui se jouait dans son esprit, il se rendait compte que quelque chose la troublait.

— Je ne veux plus te mentir, fit-elle, la gorge nouée par l'angoisse.

— Parce que tu m'as menti ? s'étonna-t-il.

Soudain, elle avait peur. En lui révélant la vérité, elle prenait un risque énorme. Certes, elle lui faisait confiance ; mais si elle se trompait ?

Miles comprit qu'il s'était aventuré en terrain miné et avait ouvert la porte à quelque chose qui terrorisait Alex. De quoi pouvait-il s'agir ? Sa question sur l'écriture lui paraissait anodine et ne se voulait nullement menaçante. Pourtant, elle semblait affolée. Il se demandait bien pourquoi. On l'aurait crue prête à fuir. Il lui prit la main et l'embrassa pour la rassurer.

— Je ne t'ai pas dit toute la vérité, avoua-t-elle d'une voix hachée. Mais, si je le fais, tu auras le pouvoir de me détruire. Il faut que tu me jures de ne jamais le répéter à personne.

Où voulait-elle en venir ? Était-elle la maîtresse de Green, en fin de compte ? Non ! Pas ça ! Il serra très fort sa main dans la sienne pour lui donner le courage de lui révéler ce qu'il fallait qu'il sache.

— Je te le promets. Je te promets solennellement que, quoi qu'il arrive entre nous, je ne répéterai jamais à personne ce que tu t'apprêtes à me dire.

Elle tremblait mais il lut dans ses yeux qu'elle le croyait. Quel qu'il fût, le danger semblait bien réel pour Alex. Cela suffisait à Miles, car il l'aimait.

— Qu'y a-t-il ? murmura-t-il. N'aie pas peur.

— Je ne suis pas celle que tu crois.

Il y voyait de moins en moins clair et son inquiétude allait croissant. Et si c'était pire que cela ? Et si elle était *mariée* avec Green ? Maintenant, Miles était presque certain qu'Alex était la femme du célèbre écrivain. Elle n'était pas libre. Autrement, qu'est-ce qui pourrait la torturer à ce point ?

— Je suis Alexander Green, fit-elle dans un souffle à peine audible.

Il la regarda, sidéré, incapable d'assimiler ce qu'elle venait de dire. Il devait avoir mal entendu. Elle avait sûrement dit : « Je suis Alexandra Green. » Donc elle était bel et bien la femme d'un autre. Et d'un autre particulièrement important pour lui. Voyant sans doute qu'il ne comprenait pas, elle répéta, plus haut et plus distinctement :

— Je suis Alexander Green.

Cette fois, il n'y avait aucun doute. Sauf que c'était à peine croyable.

— Tu es *quoi* ? Mais comment ? C'est impossible. Green est un homme.

S'il avait bien une certitude, c'était qu'Alex n'en était pas un. Ils en avaient fait la preuve depuis leur arrivée ici.

— Je suis lui. C'est mon nom de plume. Il n'existe pas. J'ai créé un personnage imaginaire parce que mon père m'a affirmé que personne ne lirait jamais des thrillers écrits par une femme. Je l'ai cru. J'avais 19 ans quand j'ai publié le premier : personne ne m'aurait prise au sérieux. J'ai donc inventé ce nom d'Alexander Green. Je le cache à tout le monde pour le protéger, mais je ne veux plus te mentir. Je t'aime trop.

Elle avait l'air désespérée. Des larmes coulaient sur ses joues. Il resta un instant figé puis les essuya et l'embrassa tout en cherchant à comprendre le sens de ses paroles.

— Attends un peu… Et la maison de Londres ? Il y habite, enfin !

Il eut un instant d'angoisse en se demandant si elle souffrait d'une psychose qui la poussait à se faire passer pour Green et à s'approprier son talent. Mais elle le regarda droit dans les yeux, sans ciller. Si elle lui mentait, elle était vraiment très forte. Ou atteinte d'une grave maladie mentale…

— Je suis seule dans la maison de Londres. Il n'y a pas d'Alexander Green. Il n'y en a jamais eu.

Il l'observa encore un long moment puis baissa la tête et se mit à rire.

— Oh, mon Dieu… Mon Dieu, tu es incroyable ! C'est toi qui écris ces livres extraordinaires que le monde entier dévore ? Une petite fille comme toi ? Tu décris les crimes les plus terrifiants, tu élabores les intrigues les plus complexes que j'aie jamais lues ? Mais quelle coquine !

Il riait à gorge déployée. Il se leva pour la prendre dans ses bras. Alors elle sut qu'elle n'avait plus rien à craindre. Elle lui avait fait confiance, totalement, et de son côté il n'avait plus à douter d'elle. Elle lui avait dit la vérité.

— Je te jure que je ne le répéterai jamais à personne. J'avais peur que tu m'avoues que tu étais sa femme ou sa petite amie, que tu ne pourrais jamais me revoir.

Cela la fit sourire. Elle était tellement soulagée de s'être déchargée du fardeau de six ans de mensonge et de secret…

— Mais quelle idée de génie, d'avoir créé ce fameux reclus, ajouta-t-il. Qui d'autre est au courant ?

— Mon agent, mon éditeur et les sœurs. Et puis j'ai été obligée de le dire à la maison d'édition qui menaçait de ne pas acheter d'autres livres après les trois premiers. Mais, si ça venait à fuiter, ils devraient me verser dix millions de dollars.

Miles allait et venait dans la pièce en riant et en secouant la tête, tout à son bonheur d'être libre de l'aimer, médusé par la mystification qu'elle avait construite et à laquelle le monde entier croyait.

Elle sourit, soulagée de lui avoir tout dit, de s'être libérée du mensonge. Désormais, elle pouvait être honnête avec lui.

— Tu as joué ton rôle à la perfection. Je n'ai pas soupçonné la vérité un seul instant.

— Sauf que cela m'oblige à mentir sans arrêt.

— C'est le prix à payer pour ton succès. Il y en a toujours un. Tu ne pourras jamais lever ce voile, Alex, reprit-il avec sérieux. Tes lecteurs ne te pardonneraient jamais de leur avoir fait croire que tu étais un homme. Ils t'idolâtrent et ils ont en quelque sorte confiance en toi. Ils se sentiraient trahis, maintenant, s'ils découvraient le pot aux roses. Cela dit, à mes yeux, tu es plus que jamais la femme la plus brillante que j'aie rencontrée et je t'adore.

— Tu ne m'en veux pas de t'avoir menti ?

— Comment le pourrais-je ? Tu n'avais pas le choix. Je suis plutôt honoré que tu me fasses confiance aujourd'hui. Quand je pense que tu ne t'es jamais trahie !

— J'ai bien failli, plusieurs fois. Mais je fais des progrès. C'est la première fois que je le dis à quelqu'un en dehors de ceux dont je t'ai parlé.

— Je suis vraiment flatté. Quelle histoire, quand même !

Il sourit. Il ne l'en estimait que davantage et tenait à ce qu'elle le sache.

Après le dîner, ils s'installèrent dans la bibliothèque où ils restèrent tard dans la soirée à parler de sa carrière. Puis ils montèrent se coucher et firent encore l'amour. Désormais, Alex se sentait légère, libre comme l'air. Quel bonheur de partager son grand secret avec Miles ! Tout en la taquinant gentiment, il alla chercher une bouteille de champagne pour fêter sa confession et surtout le fait qu'elle ne soit pas Mme Alexander Green. Pour lui, c'était un soulagement indescriptible.

Le lendemain, il se réveilla en lui souriant. Ils rentrèrent à Londres le plus tard possible après avoir encore fait une nouvelle longue promenade à cheval dans les collines. Il lui répéta combien il l'aimait, combien il avait envie de revenir ici avec elle dès qu'ils pourraient s'échapper.

Le soir, quand il la déposa devant chez elle, elle lui proposa d'entrer. Il hésita une seconde de crainte de se faire surprendre. Mais qui aurait pu les surprendre ? Elle vivait seule dans la maison.

— Tu es sûre que nous n'allons pas déranger M. Green ? plaisanta-t-il.

— Je vais lui parler. Je sais assez bien m'y prendre, avec lui.

— C'est le moins que l'on puisse dire, petite diablesse de mon cœur !

Il la suivit à l'intérieur, l'air circonspect, comme s'il allait se retrouver nez à nez avec le grand écrivain. La porte à peine refermée, il l'embrassa. Ils firent l'amour dans la chambre de maître et passèrent un long moment ensemble dans la grande baignoire.

C'était comme si, au cours de ces trois jours, leurs deux vies, leurs deux cœurs, leurs deux âmes s'étaient unis.

— Je ne sais pas comment je vais arriver à faire comme si nous n'étions qu'amis, demain, sur le tournage, murmura-t-elle.

— Tu veux rire ? Ça fait six ans que tu mènes une double vie en te faisant passer pour un homme qui n'existe pas. Tu es capable de tout ! Sans compter que tu écris les meilleurs livres au monde. Et moi, je vais te faire la meilleure série télé que tu aies jamais vue ! Et je vais aussi te faire l'amour pour le restant de tes jours. Tu es la femme la plus merveilleuse que je connaisse, malgré tes talents de menteuse.

Il l'embrassa en riant, posa son verre et lui fit encore l'amour.

19

Le lendemain matin, Miles quitta la maison avant elle pour que le chauffeur ne le voie pas. Il espérait que personne n'avait repéré sa voiture. Ils étaient convenus que, à l'avenir, il la rangerait dans le garage. Au studio, ils furent exemplaires. Leur relation amicale et professionnelle restait la même qu'avant leur escapade. Personne n'aurait pu se douter qu'ils venaient de vivre trois jours de passion extrême et qu'il était au fait de son plus grand secret. On ne pouvait que les prendre pour des amis, rien de plus.

Les acteurs avaient retrouvé la forme et le tournage avança rapidement. Trop, à leur goût. Une autre interruption début novembre leur donna l'occasion de retourner au haras, caché sous une couche de neige précoce. Ils passèrent deux jours divins à faire l'amour et à élaborer des plans. Elle ne révélerait à personne qu'elle lui avait fait part de son secret. Cela valait mieux, sauf à semer la panique chez ceux qui étaient au courant. Nul ne le saurait, de même que nul ne savait qu'ils passaient toutes leurs nuits ensemble. Miles partait à 7 heures, ils travaillaient côte à côte toute la journée et il rejoignait Alex chez elle tous les soirs. Jamais elle n'avait été aussi heureuse. La fin du tournage fut pour eux un déchirement. À la mi-décembre, ils avaient fini la première saison de la série. Les sœurs comptaient sur elle à Boston pour Noël. Il fallait également qu'elle décide de prolonger ou non la location de son appartement à New York. Elle n'y avait pas mis les pieds depuis l'été.

Miles partait une semaine plus tard à Johannesburg pour passer les fêtes avec ses enfants. En janvier, il attaquerait une autre série qui allait l'occuper plusieurs mois. Il n'aurait donc pas le temps de venir la voir à New York. Le tournage terminé, la société de production avait rendu la maison de Londres. M. Green était censé rentrer dans le Montana dès le lendemain. Alex avait une chambre au Claridge jusqu'à son départ. Ils allèrent passer quelques jours au haras. Cette fois, leur séjour fut plus sombre. Alors que Londres se parait de décorations et d'illuminations pour Noël, ils se trouvaient face à la triste réalité : ils allaient devoir se séparer. Ils n'allaient plus passer leurs journées ensemble sur le plateau, ni s'endormir dans les bras l'un de l'autre, ni se réveiller côte à côte. En janvier, elle commencerait la rédaction d'un nouveau livre à New York tandis qu'il serait pris par son nouveau projet en Angleterre. L'idée de ne pas se voir tous les jours les terrassait l'un et l'autre. Ils pleuraient tous les deux quand il la déposa à l'aéroport. Alex passa tout le vol dans un état d'hébétude, à pleurer et à dormir. À peine arrivée à son appartement, elle l'appela. Ils restèrent une heure au téléphone. Il partait deux jours plus tard en Afrique du Sud ; de son côté, elle prendrait le train pour rentrer à Boston après avoir déjeuné avec Rose. Son dernier livre caracolait en tête des ventes : son agent tenait à fêter l'événement avec elle. Sauf qu'elle se languissait de Miles et ne pensait à rien d'autre.

Dès qu'elle vit Alex, qu'elle était allée chercher à la gare, mère MaryMeg la trouva plus sérieuse, plus adulte. Les autres ne s'en rendirent pas compte. Elle lui demanda si tout allait bien, si tout s'était bien terminé à Londres. Alex était incapable de lui mentir, à elle non plus.

— Je suis tombée amoureuse du producteur, fit-elle dans un souffle, les larmes aux yeux.

— Et ça a mal tourné ?

La mère supérieure avait le cœur serré. Elle espérait que non, mais Alex semblait si désespérée…

— Non, c'était le bonheur parfait. Nous nous aimons. Mais il vit là-bas et moi, à New York. Maintenant, nous ne savons pas quoi faire.

MaryMeg ne comprenait pas le problème.

— Il est marié ?

— Non, divorcé.

— Tu crois qu'il va te demander de l'épouser ?

MaryMeg eut un petit pincement au cœur à la perspective de voir sa protégée partir s'installer à Londres pour toujours mais son bonheur primait. Les enfants n'appartenaient pas à leurs parents, naturels ou de cœur. Alex leur était en quelque sorte prêtée. Désormais, elle s'appartenait à elle-même – et peut-être à ce producteur.

— Il ne croit pas au mariage. Son divorce s'est très mal passé. Ses enfants – du moins son fils – vivent en

348

Afrique du Sud avec son ex-femme. D'autre part, c'est un homme très occupé. Il s'attelle à un gros projet après les fêtes.

MaryMeg l'écoutait en souriant.

— Ma foi, tout ça n'a pas l'air trop dramatique – hormis le fait qu'il ne croie pas au mariage. Mais c'est sans doute une réaction temporaire consécutive à son divorce. Si vous vous aimez, vous allez trouver la solution. En tout cas, il me tarde de le rencontrer.

Malgré leur impatience à tous les deux, Alex ignorait quand ils se reverraient.

Le lendemain, elle rendit visite à Bert à qui elle apporta son cadeau de Noël. Elle lui parla de Miles. Il vit tout de suite combien elle était éprise. Il se souvint d'un amour de la même force et l'envia un peu. Mais il était surtout heureux pour elle – si c'était vrai, si cela durait.

— Méfiez-vous du bonheur, lui conseilla-t-il cependant.

Alors qu'elle le regardait comme si elle avait affaire à un fou, il précisa :

— Le malheur est une merveilleuse source d'inspiration pour les écrivains. C'est lui qui vous fera écrire vos meilleurs livres. Le bonheur, au contraire, vous rendra paresseuse et complaisante. Vous oublierez vos priorités et passerez les journées à regarder votre bien-aimé avec des yeux de merlan frit. Si l'on n'y prend pas garde, le bonheur peut détruire une carrière.

Le vin avait dû finir par lui monter à la tête, conclut Alex. Elle lui raconta le tournage de la série télévisée, qui l'intéressa beaucoup. Cette histoire avec le producteur n'était qu'une passade, estima-t-il sans la prendre au sérieux. Elle s'efforça pourtant de lui faire comprendre que c'était l'homme idéal, que le moment était venu, comme il le lui avait promis : il ne voulut pas la croire. Il était dans un de ses mauvais jours et n'avait aucune envie de parler sentiments, de raviver le chagrin suscité par la mort de la femme qu'il avait tant aimée.

— Ça vous passera, assura-t-il à la fin de sa bouteille de vin rituelle.

Alex eut un peu de peine de constater que, parfois, il dépassait les bornes et se laissait aller à une amertume de vieil homme acariâtre. Il refusait d'admettre combien ils tenaient l'un à l'autre et quel homme exceptionnel était Miles.

Lorsqu'elle rendit visite à Brigid, elle apprit qu'elle était de nouveau enceinte – de jumeaux, cette fois, ce qui leur avait fait un choc car ils n'avaient pas les moyens d'entretenir une famille aussi nombreuse. Heureusement que les parents de Pat les aidaient toujours. Lui avait pris un second job et, grâce au soutien financier de sa famille, ils allaient acheter une maison. La double naissance était prévue pour juin.

— Tu es en train de devenir une machine à bébés, commenta Alex en riant.

— Je sais, concéda fièrement Brigid.

Elle était toujours en congé parental et ne comptait reprendre le travail que lorsque les enfants seraient plus grands. Elle voulait profiter d'eux le plus longtemps possible. De toute façon, les faire garder lui mangerait tout son salaire et plus.

Deux jours après Noël, Alex regagna New York. Il lui restait trois jours pour décider de prolonger son bail. Les propriétaires s'étaient montrés très compréhensifs mais elle ne parvenait pas à trancher. Elle n'avait rien prévu pour le nouvel an et n'y tenait vraiment pas. Elle comptait travailler pour prouver à Bert que le bonheur ne détruirait pas sa carrière. Elle lui en voulait encore un peu. Quelle idiotie, de dire une chose pareille. Et tout cela pour une histoire d'amour qui s'était mal finie.

Le 31 au soir, elle était à son bureau en train de tenter de rédiger le plan de son roman sur un gros bloc jaune et avait bien du mal à se concentrer quand le portier appela pour lui annoncer une livraison. Elle n'attendait rien, pourtant. Était-ce Miles qui lui envoyait quelque chose ? Il l'avait appelée tous les jours d'Afrique du Sud. Aussi malheureux qu'elle, il ne savait pas quand il pourrait faire un saut à New York pour la voir ou l'accueillir à Londres pendant une interruption de tournage. Le projet en préparation allait lui prendre tout son temps.

En ouvrant la porte au livreur, elle se trouva nez à nez avec Miles, les bras chargés d'une bouteille de champagne et de plats chinois. Il posa le tout sur la table pour étreindre Alex qui poussa des cris de joie tandis qu'il la faisait tournoyer.

— Qu'est-ce que tu fais là ?

— Je n'y tenais plus. Duncan voulait voir ses copains et je n'avais rien à faire à JoBurg. Je n'avais qu'une envie : te retrouver.

Il s'interrompit et la regarda intensément avant de reprendre :

— Je n'ai pas le droit de te demander cela, Alex, mais voudrais-tu venir t'installer à Londres avec moi, vivre avec moi ? Je paie une pension alimentaire colossale à mon ex-femme, j'ai dû lui racheter la moitié de notre appartement et de la propriété du Dorset, ce qui a mangé toutes mes économies, et je n'ai pas envie de vendre le haras. Bref, je ne suis pas en mesure de te demander de m'épouser, mais je t'aime. Je voudrais passer le reste de ma vie auprès de toi.

Il ne lui en fallait pas davantage. Peu importait le reste.

— Tu n'as pas besoin d'être riche pour m'épouser, tu sais.

Cela dit, elle ne voulait pas non plus le pousser au mariage. De toute façon, elle était autonome financièrement, à la fois grâce à son travail et à ce qui restait de l'héritage de son père.

— Il n'est pas question que je t'épouse en étant fauché, déclara-t-il. Et il va falloir que je subvienne aux besoins de mes enfants encore longtemps. S'il m'arrivait quelque chose, je ne voudrais pas que tu sois responsable de mes dettes. Or, si nous étions mariés, ce serait le cas. De toute façon, je suis plutôt contre cette institution.

Il avait certes gagné beaucoup d'argent dans sa vie mais il en avait aussi dépensé beaucoup pour l'élevage de chevaux et l'entretien du haras, puis lors de son divorce ; c'était pourquoi il en voulait tant à son ex qui, en outre, avait emmené leur fils en Afrique du Sud. Comme elle venait d'épouser son petit ami, il y avait toutes les chances qu'elle reste là-bas et que lui et ses enfants doivent continuer à faire des allers et retours pour se voir, ce qui était à la fois compliqué et coûteux.

— Je ne tiens pas à me marier, lui assura-t-elle. J'ai seulement envie d'être avec toi.

Elle n'avait de comptes à rendre à personne.

— Moi aussi. Alors, tu veux bien venir vivre à Londres avec moi ?

Elle n'eut pas besoin d'y réfléchir à deux fois. Elle hocha la tête. Elle n'avait qu'à rendre son appartement, faire ses valises, ramasser sa machine à écrire et sauter dans l'avion.

— Quand peux-tu arriver ?

— D'ici deux semaines – peut-être plus tôt, si je me débrouille bien, répondit-elle après un instant de réflexion. Et toi, combien de temps restes-tu ?

— Je dois repartir demain. Nous commençons à tourner le 2.

C'était bien court… Mais il était venu fêter le nouvel an avec elle.

Ils passèrent une nuit magique et accueillirent ensemble cette nouvelle année en faisant des projets pour son arrivée à Londres. Elle avait envie d'aller au haras. Elle y serait bien pour écrire. Mais elle pourrait également travailler dans son appartement pendant qu'il était au studio. Quelle vie merveilleuse ils allaient mener… Elle avait enfin l'impression d'avoir un vrai chez-elle. Quand il reprit l'avion le lendemain, tous leurs plans étaient prêts.

Elle notifia son départ au propriétaire de l'appartement qui en fut désolé, boucla ses bagages en deux jours et alla voir Rose pour faire le point et lui parler du prochain livre.

— Je devine une histoire d'homme, commenta son agent en souriant.

Alex hocha la tête et lui précisa de qui il s'agissait. Rose en fut ravie. Au-delà de sa brillante carrière, Miles avait une excellente réputation. Et, de toute évidence, ils s'aimaient. Cela lui suffisait. Du reste, à presque 26 ans, Alex avait l'âge de s'installer avec quelqu'un.

Elle passa les derniers jours à Boston pour profiter de tous ses proches. Elle dîna avec Bert qu'elle serra dans ses bras au moment de le quitter. Elle consacra également plusieurs soirées aux sœurs et ses journées à Brigid. Le 10 janvier, enfin, elle prit l'avion pour Londres. Miles l'attendait à Heathrow et la conduisit à son appartement. Ils n'en revenaient pas de leur bonheur, de la chance qu'ils avaient eue de se rencontrer. Ils allaient être si heureux ensemble… Tout s'était arrangé à la perfection. Tellement mieux que ce qu'ils auraient pu imaginer.

Au printemps, le livre qu'elle publia devint un énorme best-seller. Professionnellement, tout allait donc au mieux. Son éditeur était ravi. Quant au projet de Miles, il avait très bien marché et s'était achevé en avril. Ensuite, il avait décidé de prendre trois mois de vacances pour qu'Alex et lui puissent voyager et passer du temps au haras. Sa société de production croyait qu'il était tombé amoureux de l'assistante d'Alexander Green et la lui avait volée, ce qui les amusait bien. En tout cas, tout le monde appréciait Alex.

Les jumeaux de Brigid, un garçon et une fille, naquirent avec un mois d'avance. Heureusement, car ils pesaient déjà chacun près de quatre kilos ! Elle annonça que ce serait ses derniers. Elle avait deux garçons et deux filles et venait d'avoir 39 ans. Elle ne pourrait pas en assumer plus, mais sa famille la comblait. Steven avait finalement été baptisé sans Alex, qui avait été représentée par une de leurs amies.

Alex termina son manuscrit pour l'été. Elle avait passé tellement de temps au lit avec Miles qu'elle avait mis plus longtemps à l'écrire que les précédents. Bert travailla avec elle à la mise au point du manuscrit, comme toujours. Il le déclara encore meilleur que les précédents. Rose était de son avis. Miles aussi le trouvait génial. Finalement, le bonheur ne détruisait pas sa carrière, fit-elle observer à Bert, qui lui répondit par un grognement.

La diffusion de la série commença à l'automne. L'audience, excellente, ne cessa de grimper dès les premiers épisodes. Ils avaient signé pour une deuxième saison avec les mêmes acteurs. Alex était à nouveau consultante mais la scénariste faisait presque tout le travail et les scripts étaient envoyés par e-mail ou par fax à Alexander Green.

Le temps filait à toute vitesse. Alex écrivait presque quotidiennement, toujours sous la direction de Bert pour continuer à progresser. Son écriture s'améliorait encore et ses intrigues devenaient de plus en plus serrées. Fidèle à sa manière de travailler depuis le début, elle était intransigeante avec elle-même.

À chaque occasion, ils s'échappaient au haras. Par chance, Madeleine et Duncan, les enfants de Miles, l'appréciaient. Quant à son ex-femme, une fois remariée, elle s'était calmée et avait arrêté de le harceler pour des questions d'argent. Il n'en demeurait pas moins que les coûts de fonctionnement du haras étaient ruineux. Miles envisagea même de le vendre. Pour l'aider, Alex injecta une grosse somme qui leur permit de le garder. Il était gêné d'avoir dû accepter mais c'était cela ou se séparer de cette maison qu'ils aimaient tant.

Six mois après qu'ils s'étaient installés ensemble, Miles accompagna Alex à Boston pour faire la connaissance des sœurs. Elles le trouvèrent beau et charmant. Mère MaryMeg elle-même donna sa bénédiction, non sans rappeler qu'ils pouvaient se marier dans la chapelle du couvent quand ils le souhaitaient. Il l'avait poliment remerciée mais ni Alex ni lui ne faisaient de projet en ce sens.

Il trouva Bert très original. Ils s'entendirent si bien, tous les deux, qu'ils se saoulèrent ensemble à la tequila et au rhum, un soir, sans Alex. Le lendemain, Miles était dans un triste état. Elle déclara que c'était bien fait pour lui. Elle l'emmena chez Pat et Brigid, ce qui n'était pas de tout repos. Les enfants pleuraient, il fallait nourrir les bébés en même temps, Pat semblait à bout. On ne s'entendait pas parler dans le salon. On se serait cru en pleine tornade. Pourtant, Brigid nageait dans le bonheur avec ses petits. En repartant, Miles paraissait secoué.

— Eh bien... si on a besoin d'un petit rappel que les enfants, ça rend fou, c'est chez eux qu'il faut aller.

Heureusement qu'Alex n'en voulait pas. Deux, c'était bien assez. Elle n'avait pas changé d'avis et il espérait qu'elle n'en changerait jamais. Elle s'entendait bien avec Madeleine et Duncan et les voyait avec plaisir, cela semblait lui suffire.

Ils ne virent pas les années passer. Alex continuait à écrire des romans et Miles à produire de la fiction télévisée. La série tirée de son livre en était à sa quatrième saison. Lorsque deux des principaux acteurs émirent le souhait de quitter la production, l'un pour jouer une pièce à Broadway et l'autre pour un film, il fallut tout arrêter, comme c'était fréquent pour ce genre de programme. Ce qu'Alex retenait essentiellement de cette aventure, c'était sa rencontre avec Miles.

Pour les 30 ans d'Alex, Miles donna une grande fête à laquelle assistèrent tous leurs amis de Londres, y compris Fiona et Clive qui avaient alors trois jeunes enfants. Alex et Fiona déjeunaient encore régulièrement ensemble quand elles parvenaient à se libérer en même temps.

L'année suivante fila encore à toute vitesse. S'ils avaient eu le choix, ils n'auraient rien changé à leur vie.

Alex aidait toujours Miles à faire face aux dépenses du haras. Elle écrivait un livre par an, qui sortait à Noël et se plaçait immédiatement en tête des ventes. Les sœurs n'avaient pas renoncé à prier pour qu'ils se marient un jour mais rien n'indiquait qu'ils en prenaient le chemin. Cependant, mère MaryMeg ne perdait pas espoir.

Ils étaient ensemble depuis six ans. Alex avait 31 ans et Miles, 47. Ils n'en revenaient pas.

Le printemps fut particulièrement animé. Duncan passa son diplôme à Oxford. Madeleine leur avait annoncé à Noël qu'elle allait se marier cet été-là, à 23 ans. Miles et Alex l'estimaient trop jeune mais elle était fiancée à l'héritier d'une grande famille sud-africaine propriétaire de mines de diamants, et l'ex-femme de Miles souhaitait que le mariage se fasse rapidement. Madeleine avait reçu comme bague de fiançailles un énorme solitaire que Miles trouvait vulgaire et sa mère, magnifique.

Juste avant leur départ pour Johannesburg, Miles tomba malade. Il eut une mauvaise grippe, beaucoup de fièvre et resta faible longtemps après. Alex s'inquiétait. Elle ne le trouvait pas en état de faire ce long voyage. Elle le poussa à retourner chez le médecin pour des analyses. Les résultats n'étaient pas bons mais le temps manquait pour réaliser des examens complémentaires. Ils promirent de s'en occuper à leur retour. Miles répétait que c'était ridicule, qu'il allait très bien, mais il avait une mine épouvantable.

Pendant la célébration du mariage, il faillit s'évanouir juste avant de conduire sa fille à l'autel. Alex resta avec lui dans la sacristie le temps de s'assurer qu'il avait récupéré. Elle lui en reparla un peu plus tard. Elle avait peur.

— C'est normal, voyons, protesta-t-il. C'est un moment très émouvant. Il y a de quoi tomber dans les pommes. Surtout quand on reçoit la note.

Le mariage avait coûté une fortune – une somme dont Miles ne disposait pas. Il en était affreusement gêné. Alex lui avait dit de ne pas s'en inquiéter et avait signé un chèque du montant de ce qu'il devait à son ex-femme. Elle prenait également en charge beaucoup des dépenses du haras. Depuis quelque temps, il était à court d'argent. Sa société de production se portait moins bien, trois de ses émissions les plus rentables s'étaient arrêtées et il avait moins de travail qu'avant. De nouveaux visages étaient apparus dans le paysage. C'était un métier de jeunes loups. Les nouveaux avaient des démarches commerciales plus agressives et produisaient des programmes choc, davantage axés sur la controverse. Miles restait un peu prisonnier de l'ancien style, moins populaire aujourd'hui. Résultat, ses revenus avaient baissé tandis que les frais d'entretien du haras ne cessaient de grimper. Alex lui sauvait toujours la mise bien volontiers. Elle gagnait largement assez pour deux et faisait de bons investissements qui lui permettaient de lui donner un coup de pouce sans la moindre arrière-pensée. Mieux lotie que beaucoup, elle était heureuse de partager sa fortune avec lui. D'autant que le haras était aussi sa maison, désormais. Miles était merveilleux, et ils s'aimaient tant…

Dès leur retour à Londres, il alla passer des examens : analyses de sang plus poussées, IRM et TEP scan. C'était inutile, affirmait Miles, mais il s'y soumit pour rassurer Alex. Elle ne lui trouvait vraiment pas l'air bien. Et si c'était grave ?

Elle l'accompagna le jour où il alla récupérer ses résultats. Ni l'un ni l'autre ne s'attendaient à la nouvelle qui leur fut annoncée. Miles souffrait d'un cancer du pancréas de stade 4. Lorsque Alex revit le médecin, seule, le lendemain, il lui avoua avec franchise que le pronostic n'était pas bon.

— Il a quelques mois devant lui. Six, peut-être trois, c'est impossible à prévoir. Peut-être moins. Mais il peut aussi nous surprendre et tenir un an.

Nous surprendre ? Un an ? Elle avait l'impression d'étouffer. Elle voulait qu'il vive pour toujours. Pas trois mois, pas un an ! Elle ne concevait plus la vie sans lui. Miles en train de mourir ? C'était impensable. Il fallait que les médecins fassent quelque chose. Ils se trompaient, forcément.

Miles accepta une radiothérapie agressive pour commencer par réduire la tumeur, suivie d'une chimiothérapie pour détruire les cellules cancéreuses qui avaient gagné son foie. Le traitement le rendit atrocement malade. Les rayons l'épuisaient. Pendant la chimio, il vomit sans arrêt. Il perdit ses cheveux et énormément de poids. Certains jours, il était incapable de se lever. Il persévéra pour Alex, pour rester le plus longtemps possible avec elle et ses enfants. Et peut-être même pour guérir, bien que les médecins lui aient dit qu'il n'y avait plus d'espoir. Le cancer était trop avancé. Parfois, il restait couché, à simplement tenir la main d'Alex, trop faible pour faire autre chose que lui dire qu'il l'aimait. Ces six mois furent les pires de son existence mais il était encore en vie et eut droit à un petit répit. Puis une tache apparut sur un de ses reins et tout recommença. On lui fit des transfusions pour améliorer sa numération globulaire.

Alex avait averti les sœurs de Saint-Dominique à qui elle avait demandé de prier pour lui, ce qu'elles faisaient avec ferveur. Lorsqu'ils prévinrent Madeleine et Duncan, ceux-ci vinrent le voir aussi souvent que possible. Madeleine, qui vivait en Afrique du Sud avec son mari, vint passer deux semaines chez eux. Duncan, qui travaillait à Londres, passait le voir presque tous les soirs. Ils ne pouvaient rien faire de plus pour le soutenir que prier et l'aimer, ce dont Alex ne se privait pas. Elle ne le quittait pas un instant. Lorsqu'il devait passer la nuit à l'hôpital ou, après une séance de chimio, était trop mal pour rentrer chez eux, elle dormait sur un lit de camp dans sa chambre. Heureusement qu'ils n'avaient pas d'enfants… Elle pouvait consacrer toutes ses forces, toute son énergie, tout son temps et tout son amour à Miles, se donner à cent pour cent pour qu'il aille mieux. Si l'amour avait eu le pouvoir de prolonger la vie, il aurait vécu éternellement.

Alex était en pleine écriture quand le diagnostic était tombé. Elle avait aussitôt appelé Bert pour le prévenir qu'elle devait interrompre les corrections. Elle ne pouvait pas à la fois travailler et prendre soin de Miles. De toute façon, ils étaient en avance sur le planning ; elle ne s'en faisait pas. Désolé d'apprendre la mauvaise nouvelle, Bert avait envoyé ses meilleurs vœux de rétablissement à Miles, un type bien qu'il appréciait beaucoup. Ces six dernières années, il avait séjourné à plusieurs reprises au haras pour travailler avec Alex ; il s'y était énormément plu. Et il avait fini par convenir que Miles était sans doute l'homme idéal et qu'elle l'avait rencontré au moment voulu. S'il avait mis des années à l'admettre, c'était parce qu'il se voyait comme le champion et le protecteur de la carrière d'Alex. Il savait également que Miles était au courant de son pseudonyme depuis plusieurs années et il lui faisait confiance pour garder le secret. À juste titre, car il ne l'avait jamais divulgué et n'y avait même jamais fait allusion, ce qui lui avait valu le respect éternel de Bert.

Alex avait également prévenu Rose qu'elle pourrait avoir du retard dans la remise du manuscrit mais qu'il fallait qu'elle se consacre à Miles. Rose la comprenait et, comme tous autour d'elle, admirait son dévouement. Elle se consacrait à mille pour cent à son compagnon et à sa lutte contre le cancer. Rose avertit la maison d'édition qui se montra très compréhensive. Et puis, alors que les médecins mettaient en place un protocole plus agressif, Alex tomba malade à son tour. Ils vomissaient tous les deux après les traitements de Miles. Le stress avait fini par avoir raison d'elle. Il ne fallait pas que Miles sache combien elle se sentait mal ; elle ne pouvait pas craquer maintenant. Elle devait tenir le coup. Un jour que Miles était à l'hôpital pour une transfusion, son médecin vit Alex. Elle était verte, en nage, et semblait lutter pour ne pas défaillir.

— Comment vous sentez-vous, Alex ?

— Tout va bien, fit-elle avant de s'évanouir.

Miles, qui se trouvait au laboratoire, n'assista pas à la scène. Le médecin emmena Alex dans une chambre pour l'examiner. Noël était passé. Tout le monde ne se préoccupait que du traitement de Miles. Alex n'avait pas un instant pour elle.

— Qu'est-ce qui vous arrive ? s'enquit le médecin.

— Rien, je vais bien. Le stress, j'imagine.

— Il est vrai que vous vivez la situation la plus stressante qui soit. L'homme que vous aimez est mourant.

— Pas mourant : malade, contra-t-elle avec un regard d'airain.

— Tôt ou tard, il va falloir que vous regardiez la réalité en face.

Était-ce cela, le refus d'accepter cette terrible réalité, qui la rendait si malade ? se demanda-t-il.

— Vous permettez que je vous fasse une prise de sang ? Cela pourra déjà nous en apprendre beaucoup. Vous devez être anémiée.

Elle avait 32 ans, elle n'avait pas d'antécédents médicaux, mais elle avait très mauvaise mine, elle en était consciente. Quand elle était auprès de Miles, la nuit, elle ne fermait pas l'œil, tant elle craignait qu'il s'éteigne ou qu'il ait besoin d'elle.

— Vous pouvez me faire une prise de sang si vous voulez, mais tout va bien, répéta-t-elle avec obstination. Et, surtout, pas un mot à Miles.

Le médecin hocha la tête et fit la prise de sang dont il eut les résultats le lendemain. Il reçut Alex pendant que l'équipe examinait Miles. L'air très sérieux, il la pria de s'asseoir.

— Je crains que nous n'ayons un problème. Je ne sais pas comment vous allez prendre la chose. Je ferai mon possible pour vous aider. Les analyses confirment que vous êtes anémiée mais il existe un problème sous-jacent. Vous êtes enceinte, lâcha-t-il en la regardant dans les yeux.

— Hein ? C'est impossible.

Connaissant l'état de son compagnon, il se demanda si c'était l'enfant d'un autre. Dans ces situations désespérées, il arrivait que les gens fassent des choses étranges. Il savait qu'ils n'étaient pas mariés. Cependant leur amour sautait aux yeux.

— C'est impossible, répéta-t-elle, l'air vague.

— À quand remontent vos dernières règles ?

— Je ne sais pas, répondit-elle après un temps de réflexion. Après le diagnostic. Ou juste avant. Je ne crois pas les avoir eues depuis. Cela fait quatre mois et demi mais j'ai toujours eu un cycle irrégulier.

— Aviez-vous une vie sexuelle active, à ce moment-là ?

— Au début, oui, mais pas depuis trois mois au moins. Il est trop mal.

— Donc, si vous attendez un enfant de Miles, vous êtes enceinte de quatre ou cinq mois. Votre ventre a-t-il grossi ?

— J'ai cru que j'étais ballonnée à cause du stress, répondit-elle, au bord des larmes.

Comment pouvait-elle avoir un enfant maintenant, si Miles était en train de mourir ? Comment élèverait-elle un enfant sans lui ?

— Il faut voir votre gynécologue le plus vite possible pour savoir où vous en êtes. Je ne dirai rien à Miles.

— Non, surtout n'en faites rien. Il s'inquiéterait pour moi.

Elle retourna auprès de Miles sans lui parler de la prise de sang et de son résultat. Ce qui importait, c'était de savoir de combien de mois elle était enceinte et ce qu'elle allait faire. Elle ne pouvait pas avoir un bébé maintenant. Elle n'en avait jamais voulu.

Le lendemain, elle téléphona à sa gynécologue pour prendre rendez-vous en urgence. L'examen confirma qu'elle était bien enceinte. On lui fit une échographie. Elle pleurait tandis que le médecin observait l'écran.

— D'après ce que je vois, vous êtes enceinte de quatre mois et demi. Le bébé doit naître fin mai, début juin. Le cœur bat bien fort.

Elle entendait les bips réguliers de la machine. La gynécologue orienta l'écran de façon à ce qu'elle puisse le voir. Le bébé paraissait complètement formé ; elle voyait pulser son cœur.

— Il est trop tard pour une interruption de grossesse classique. Compte tenu de votre situation actuelle, si vous le souhaitez, je peux faire à l'hôpital une demande d'IVG pour motif psychologique en précisant que vous n'êtes pas suffisamment forte mentalement pour avoir un bébé. Je le ferai si vous le désirez.

Alex la remercia en pleurant.

— Souhaitez-vous connaître le sexe ?

Elle hocha la tête avant d'avoir pu se retenir.

— C'est une petite fille.

Les larmes d'Alex redoublèrent. Si elle avortait maintenant, elle saurait qu'elle avait empêché une petite fille de naître. Elle ne voulait pas que Miles soit au courant. Il avait bien assez à faire à lutter pour rester en vie. S'il voulait voir ce bébé venir au monde, il faudrait qu'il tienne jusqu'en juin. Encore quatre mois et demi de souffrance et de traitement. Quant à elle, elle n'avait rien à offrir à cet enfant pour le moment. Tout son amour, toute son énergie allaient à Miles.

En sortant de chez la gynécologue, elle alla chercher Miles chez eux afin de l'emmener à l'hôpital pour une transfusion. Comme c'était parfois le cas, après, il se sentit mieux. Elle l'emmena déjeuner en fauteuil roulant. Il grignota une salade du bout des dents ; elle ne prit rien. Elle avait la nausée. Quant à lui, il n'aspirait qu'à retrouver son lit. Cet après-midi-là, pendant qu'il dormait, elle songea à leur bébé. Fallait-il qu'elle avorte ? Ce petit être qui vivait, qui bougeait en elle, comment pouvait-elle le tuer ? À l'échographie, il avait déjà tout d'un bébé.

Par malchance, Rose l'appela le même jour pour lui demander si elle avait une idée de la date à laquelle elle pensait avoir fini son livre. Elle lui expliqua qu'elle n'était absolument pas en mesure d'y travailler. Elle ne pouvait pas quitter Miles une seconde, n'arrivait pas à se concentrer pour écrire – et avait à son tour des problèmes de santé.

— Rien de grave, j'espère ? s'inquiéta Rose.

— Non, juste le stress. C'est très dur.

— Si cela continue, fit son agent à regret, je crains que vos éditeurs veuillent récupérer de l'argent en attendant que vous ayez le temps de finir votre livre – ce qui ne semble pas être pour tout de suite.

— Combien peuvent-ils me demander ?

— Un million de dollars : le premier à-valoir du dernier contrat.

À la vérité, elle n'avait aucune idée de la date à laquelle elle pourrait se remettre au travail. Miles restait sa priorité absolue. Alex disposait de cette somme à la banque mais cela représentait la majeure partie de ses économies. Elle avait fait de mauvais placements en Bourse et perdu pas mal. Certes, elle touchait régulièrement des droits d'auteur mais le principal de ses revenus provenait des avances. Sans compter que le haras continuait de rogner son pécule.

— S'il le faut, je paierai.

— Laissons-les en faire la demande. En attendant, prenez soin de vous, Alex.

— C'est surtout de Miles qu'il faut que je prenne soin…

— Alors prenez soin de vous deux.

« De vous trois… », corrigea-t-elle *in petto*. Ni Rose, ni Miles, ni personne ne le savait, mais, désormais, ils étaient trois.

Elle passa deux semaines à se ronger les sangs en se demandant quelle décision prendre. Le soir, même une fois Miles endormi, elle ne trouvait pas le sommeil. Maintenant qu'elle savait à quoi elle devait ses malaises, elle sentait le bébé bouger.

Deux jours plus tard, Miles eut une mauvaise réaction à un traitement. Son cœur s'arrêta. L'équipe médicale parvint à le réanimer et le garda trois jours à l'hôpital. Dès qu'il eut repris le dessus, il fut autorisé à rentrer chez lui. Mais, à l'instant où il avait rouvert les yeux grâce à l'action du défibrillateur, Alex avait pris une décision. Elle voulait ce bébé. Elle le lui annonça le soir même. La panique le prit.

— Tu vas y arriver ? Je ne veux pas que tu sois malade. Une grossesse maintenant... Et moi qui ne peux rien faire pour t'aider...

Il pleurait de frustration et de tristesse, tout comme elle.

— Je veux cet enfant, dit-elle en sanglotant. Je t'aime.

— Moi aussi, je t'aime. Tu es une femme courageuse.

— Nous sommes courageux ensemble.

Elle lui prit la main pour la poser sur son ventre. Quand il sentit bouger le bébé, il sourit à travers ses larmes – des larmes de joie, cette fois – et il l'embrassa.

Elle n'eut pas le temps de s'occuper de sa grossesse. Elle se consacrait à Miles. Toutefois, les examens étaient bons et le bébé se développait. Elle n'avait encore rien dit aux sœurs ni à personne. À Pâques, son ventre était devenu bien visible. En pleine chimio, Miles avait la mine défaite, mais il s'accrochait. Cela faisait neuf mois qu'il se battait. Hélas, il avait beau défier les pronostics, il n'allait pas mieux. Et Alex était enceinte de sept mois.

— Je crois qu'il va falloir que je fasse de toi une femme honnête, dit-il d'un ton égal en sortant du lit pour poser un genou à terre. Alexandra Winslow, veux-tu m'épouser ? Faut-il que je demande aussi la main d'Alexander Green ? ajouta-t-il pour la taquiner.

— Oui ! dit-elle avec un grand sourire en le relevant pour l'aider à se recoucher. Où et quand ?

— On dirait que tu vas éclater, donc je dirais que le plus tôt sera le mieux. À toi de choisir le jour et le lieu : j'y serai.

Sa demande en mariage la toucha profondément. Elle appela mère MaryMeg qui se réjouit de la nouvelle. Les sœurs priaient tous les jours pour Miles, lui redit-elle. Puis Alex lui annonça qu'elle était enceinte. La mère supérieure fut doublement soulagée de ce mariage.

Ils se marièrent à la mairie. Le témoin de Miles était un vieux camarade d'école tandis qu'Alex avait choisi Fiona, sa meilleure amie à Londres. Celle-ci fut bouleversée de voir l'état de Miles. Découvrir la grossesse d'Alex lui fit un choc.

— Tu vas y arriver, après ? chuchota-t-elle à l'issue de la cérémonie.

— Il faudra bien, non ? répondit Alex d'une voix assurée.

Ces derniers temps, c'était devenu plus dur encore. La maison d'édition avait fini par demander le remboursement de l'avance d'un million de dollars. Alex s'était exécutée. Le haras nécessitait beaucoup de dépenses. Il y avait toujours des travaux à faire, des réparations ici et là, surtout maintenant que Miles ne supervisait plus l'entretien. Les économies d'Alex fondaient comme neige au soleil. Miles était au plus mal.

368

Elle n'écrivait plus depuis des mois. Lui n'avait plus de liquidités. Son seul bien de valeur était le haras, qui représentait un vrai gouffre. Et maintenant, sur le point d'accoucher, elle ignorait quand elle allait pouvoir se remettre au travail.

Ils fêtèrent cependant leur mariage ce soir-là, chez eux, au lit. Il but une gorgée de champagne. Elle s'étendit auprès de lui et il lui caressa le ventre pour sentir le bébé. Elle ne souhaitait plus qu'une chose : qu'il soit encore en vie à la naissance de leur fille. Ils lui avaient déjà choisi un prénom : Désirée. Désirée, elle l'était, et Alex tenait à ce qu'elle ne puisse jamais en douter. Elle s'appellerait donc Désirée Erica Mila, en l'honneur du père d'Alex et de Miles. Elle porterait ces deux prénoms car ils n'auraient pas d'autre enfant à qui les donner.

Au cours des deux mois suivants, l'état de santé de Miles continua de se dégrader. Il n'y eut pas de changement brutal mais il déclinait régulièrement. Il restait bien peu de temps. Il dormait presque sans arrêt, Alex à son chevet pour veiller sur lui. On réduisit les doses de chimio qui ne faisaient plus grand-chose pour lui et le rendaient affreusement malade. Alex refusait de renoncer et poussait les médecins à continuer. Miles, lui, semblait prêt à lâcher prise. Il était en paix. Désormais, ils se préoccupaient davantage de l'enfant à naître que du reste. Quand Alex avait mal au dos, Miles la massait. Elle passait ses soirées auprès de lui.

Bert avait appelé Rose pour savoir ce qui se passait. Celle-ci, qui était maintenant au courant de la grossesse, avait pu le renseigner.

— Croyez-vous qu'elle reprendra le travail un jour ?

Quel dommage de gâcher une si belle carrière, un tel talent, ne pouvait-il s'empêcher de songer.

— Il faudra bien, un jour ou l'autre, mais elle n'est pas en état de se concentrer là-dessus pour le moment. Son mari est mourant et elle sur le point d'accoucher.

En effet, la situation n'aurait pu être pire. Mais Bert préférait ne pas l'appeler pour éviter de la déranger. Il se doutait qu'Alex voulait passer avec Miles chacun des précieux instants qu'il leur restait. Alors il lui envoyait des e-mails d'encouragement pour lui manifester son soutien sans pour autant s'imposer. Rose en faisait autant.

Désirée choisit parfaitement son moment. Miles était hospitalisé pour une chimio. Alex était allongée à côté de lui sur le lit quand elle ressentit les premières douleurs. Elle perdit les eaux quelques minutes plus tard. On les emmena en salle de travail, elle sur un brancard et Miles dans son lit médicalisé que les infirmières placèrent à côté du sien de façon à ce qu'il puisse l'aider. Il lui tenait la main quand elle mit au monde une ravissante Désirée de trois kilos. Jamais l'équipe médicale n'avait vu un accouchement aussi facile. Alex avait à peine poussé un gémissement. Miles et elle pleurèrent de bonheur devant leur fille. Elle avait la finesse et la régularité de traits de sa mère et la blondeur de son père. Tant de délicatesse, de perfection les émerveillaient. Une infirmière la donna précautionneusement à Miles pour qu'il puisse l'admirer tandis qu'Alex les couvait du regard.

Duncan vint voir sa petite sœur le soir même et la trouva très jolie. Fiona, qui leur rendit visite également, ne put retenir ses larmes. Alex lui avait demandé d'être marraine, ainsi qu'à Brigid. Elle téléphona à cette dernière et aux sœurs dans la soirée pour leur annoncer l'arrivée de Désirée et leur dire combien elle était belle. En la tenant dans ses bras, Alex comprit que c'était ce qu'elle avait accompli de plus beau et le plus magnifique présent que Miles lui ait jamais fait.

Ils rentrèrent tous les trois dans leur appartement de Londres au bout de deux jours, avec une nurse pour les aider. Des infirmières se relayaient pour les soins à prodiguer à Miles. Épuisé, il dormait presque autant que le bébé. Alex passait la plus grande partie de son temps au lit avec eux deux.

C'était une belle journée de juin. Désirée avait 5 jours. La nurse l'avait installée dans son couffin tendu de dentelle blanche pour la sortir de la chambre. Alex tenait Miles dans ses bras. Il ouvrit les yeux et lui sourit puis rendit son dernier souffle tout contre elle. Il n'était plus là. Mais il semblait profondément serein. Elle resta auprès de lui un long moment, jusqu'à ce que, à leur retour, les infirmières constatent ce qui s'était produit. Alex ne le quitta pas jusqu'à ce qu'on l'emmène. Ensuite, elle prit leur enfant dans ses bras. En sept ans de vie commune, il lui avait offert bien des moments de bonheur et bien des cadeaux mais leur fille était le plus merveilleux de tous.

On enterra Miles dans le vieux cimetière de la propriété. Après la cérémonie, Alex demeura dans le Dorset quelque temps avec le bébé. Il lui restait à décider que faire. Elle se voyait bien élever Désirée ici. Miles avait rêvé que ses enfants puissent garder le haras, Alex veillerait à observer sa volonté. Elle savait combien il était attaché à ce domaine. Et elle aussi. En sa mémoire, elle allait garder le haras. Coûte que coûte.

20

Après la mort de Miles, Alex vendit l'appartement de Londres, ce qui la remit un peu à flot financièrement. Elle s'installa au haras avec le bébé. Une fois le choc initial passé, elle prit rendez-vous avec ses conseillers financiers qui lui apprirent que la situation était bien pire que ce qu'elle imaginait. Son portefeuille d'actions était pour ainsi dire réduit à néant après le remboursement du million de dollars. Depuis un an, l'argent n'avait fait que sortir. Elle avait bien un manuscrit à moitié terminé sur son bureau mais n'avait eu ni le temps ni le cœur d'y toucher. Aujourd'hui, elle s'en sentait moins capable que jamais.

L'élevage de chevaux de Miles absorbait toutes ses liquidités. Il fallait sans arrêt signer des chèques. La solution évidente aurait été de vendre le haras et les chevaux, de prendre un appartement à Londres et de se remettre à écrire. Presque toutes ses économies s'étaient envolées. Cela faisait des années qu'elle prêtait à Miles des sommes importantes alors que la société de production battait de l'aile. Elle l'avait d'ailleurs fait de très bonne grâce. Elle était en train de comprendre qu'il lui restait à peine de quoi vivre quand elle découvrit que Miles avait laissé deux millions de dollars de dettes, en partie du côté de sa société de production et en partie pour des chevaux de course et des étalons reproducteurs. Il lui avait toujours dit qu'il ne voulait pas l'épouser pour ne pas qu'elle se retrouve responsable de ses dettes. Aujourd'hui, hélas, c'était le cas. Elle devait à tout prix imaginer un moyen pour les rembourser. Il était hors de question de vendre le haras. Elle y était aussi attachée que l'avait été Miles. C'était leur maison, elle voulait la garder pour les enfants. Mais il fallait trouver de quoi l'entretenir, payer les dettes et les faire vivre, Désirée et elle.

Elle trouva au village une jeune fille, Maude, pour s'occuper du bébé, prit contact avec les marchands et courtiers par qui Miles achetait ses chevaux, en vendit le maximum en direct, sans passer par des intermédiaires, et inscrivit ceux qui restaient à une vente aux enchères. Elle garda cinq des pur-sang comme chevaux de selle mais se sépara de tous les autres. Il lui fallut six mois pour y parvenir mais elle fut stupéfaite de la somme que cela lui permit de récolter. Elle put également considérablement réduire le personnel des écuries pour ne garder que deux employés.

Elle hypothéqua le haras, qui avait une certaine valeur, et, peu à peu, parvint à effacer ses dettes. Cela lui prit deux ans. Elle tenta bien une ou deux fois de se remettre à l'écriture mais était incapable de se concentrer. Elle passait donc son temps dans les chiffres, les relevés de compte et les factures. Elle en rêvait la nuit et se réveillait à 4 heures du matin pour refaire tous les calculs. Chaque fois qu'elle essayait de se remettre à son roman, son esprit se vidait d'un coup, elle restait assise à fixer sa feuille blanche et finissait par se réattaquer à la pile de factures.

Trois ans après la mort de Miles, elle commença à y voir un peu plus clair. Elle n'était plus gagnée par la panique chaque fois qu'une facture arrivait. Elle avait suffisamment d'argent sur son compte pour voir venir un petit moment. Désirée était devenue une adorable petite fille potelée qui courait partout et faisait la conversation à sa mère.

Alex n'avait pas sorti de livre depuis bientôt trois ans. Les rumeurs sur Alexander Green allaient bon train. Pourquoi avait-il cessé d'écrire ? Était-il malade ? Mort ? Avait-il été victime d'un meurtre ? D'une crise cardiaque ? Les fans quémandaient des informations. Alex n'en donnait aucune.

De temps à autre, elle téléphonait à Bert qui la suppliait de se remettre à écrire.

— Je n'y arrive pas, Bert. Je ne sais pas pourquoi. Quelque chose me bloque.

— Vous avez été bien malmenée, ces dernières années, observa-t-il avec gentillesse. Ça va revenir. Il faut laisser le temps au temps.

Mais combien de temps ? Il y avait maintenant plus de trois ans que Miles n'était plus là.

— Ça reviendra quand vous cesserez de tirer sur la corde, ajouta-t-il.

— Et si ça ne revenait jamais ? Si c'était perdu pour toujours ?

Les idées ne lui venaient plus. Elle n'avait plus la tête à ça. Elle n'était capable que de gérer le haras et de s'occuper de sa fille. Alexander Green était comme mort. Sa maison d'édition ne comprenait pas.

— Partez. Faites un voyage. Venez à Boston. Prenez l'air.

Mais elle ne se sentait pas d'aller où que ce soit sans Miles.

— Je ne peux pas vraiment me permettre un voyage.

Elle devait surveiller ses dépenses car rien n'avait changé. Elle ne pouvait toujours compter que sur les droits d'auteur de ses livres déjà publiés qui continuaient à se vendre. Heureusement qu'elle s'était séparée des chevaux. Même si Miles les aimait, elle n'avait pas eu le choix. Au moins, elle avait réussi à sauver la propriété.

Cela faisait un an qu'elle n'avait pas appelé Rose Porter pour éviter de la décevoir car elle n'avait rien à lui proposer. Elle se sentait dépassée. Elle ne parvenait plus à échafauder aucune intrigue de thriller. Bert affirmait que, quand cela reviendrait, ses romans n'en seraient que meilleurs mais elle ne le croyait plus. Cette crise durait depuis trop longtemps. Elle avait perdu le désir ardent d'écrire. Elle n'y arrivait plus.

Désormais, la joie de sa vie, c'était Dési avec qui elle faisait de grandes promenades. Elle avait échangé une jument contre un poney pour lui apprendre à monter. De temps en temps, tard dans la soirée, elle appelait Brigid dont les enfants semblaient toujours bien chahuteurs. À l'occasion, elle bavardait avec Fiona mais n'avait pas mis les pieds à Londres depuis deux ans et n'avait aucune envie d'y retourner. Elle s'était comme retirée du monde.

Quatre ans après la mort de Miles, des embryons d'idées de romans commencèrent à lui venir. Elle les griffonnait sur des carnets qu'elle enfermait à clé dans un tiroir. Peut-être serait-elle à nouveau capable d'écrire, un jour ? Ça lui semblait encore peu probable.

Elle appela tout de même Bert pour lui raconter ce qu'elle faisait, lui parler de ses notes. Il lui répondit que le géant endormi était en train de se réveiller. Elle saurait lorsque le moment serait venu de s'y remettre pour de bon. Néanmoins, elle doutait toujours.

— Qu'est-ce qui vous fait croire que je peux y arriver ? J'ai perdu la main, Bert. J'en suis sûre.

— Le talent ne se perd pas comme ça, Alex. C'est une question de temps. Ça mijote quelque part en vous et un jour il y aura un élément déclencheur.

Elle aurait tellement voulu croire qu'il disait vrai... Que ces jours bénis où les mots lui venaient sans effort lui manquaient... Ils étaient loin derrière elle, hélas.

Désirée eut 5 ans. Cela faisait un moment qu'Alex n'avait pas eu Bert au téléphone. Elle l'appela, juste pour lui dire bonjour. Il ne répondit pas. Elle réessaya le lendemain sans plus de succès. Était-il parti en voyage ? Il ne quittait jamais Boston. Inquiète, elle téléphona à Rose Porter qui décrocha tout de suite.

— Alex. Je m'apprêtais à vous appeler, fit-elle d'une voix abattue.

— Avez-vous eu Bert, dernièrement ? Cela fait deux jours que j'essaie de le joindre. Son répondeur est débranché et il ne répond pas.

Rose observa un long silence.

— Je voulais justement vous parler, finit-elle par dire. Moi aussi, je me faisais du souci. J'ai réussi à dégoter le numéro de sa propriétaire. Je l'ai eue hier. Elle m'a appris qu'il avait eu un accident il y a deux jours. Il a glissé dans la rue et sa tête a heurté le trottoir.

Alex l'écoutait, le cœur au bord des lèvres. Affolée, elle bombarda Rose de questions sans être certaine de vouloir entendre la fin de l'histoire.

— Où est-il ? À l'hôpital ? Ça va ? Il a une commotion cérébrale ?

— Alex. C'est fini. Bert est parti. Il est mort sur le coup.

Un long silence se fit. Alex essayait d'assimiler ce que venait de dire Rose mais son cerveau s'y refusait. C'était impossible. Il ne pouvait pas s'en aller. Elle avait besoin de lui. Elle l'aimait comme un père. Elle avait 38 ans ; elle le connaissait depuis qu'elle en avait 19. La moitié de sa vie.

— Vous êtes sûre ? lâcha-t-elle dans un souffle.

— Oui. Je suis navrée.

Alex était anéantie. Elle n'imaginait pas le monde sans lui, pas plus que sans Miles. Aujourd'hui, ils n'étaient plus là ni l'un ni l'autre. Comme son père. Sans eux, elle se retrouvait seule.

— Il faut que je raccroche.

Elle n'avait pas la force de parler à Rose plus longtemps. Elle s'assit dans un fauteuil, dans sa chambre, et pleura longtemps. En rentrant du jardin où elle avait joué, Désirée vint la trouver et la vit en larmes.

— Tu pleures, maman ?

— Oui, mon petit ange, maman est très triste.

Elle la prit sur ses genoux et la tint serrée dans ses bras. Il ne lui restait que Dési. Les autres étaient morts, ou si loin… Il y avait des années qu'elle n'avait vu ni les sœurs ni Brigid. Et voilà que Bert, si important pour elle, n'était plus.

— Ne sois pas triste, maman, dit sa belle petite fille blonde en lui couvrant le visage de baisers pour essuyer ses larmes.

Alors elle lui sourit et alla lui préparer son goûter.

Bert fut dans ses pensées toute la soirée. Elle s'endormit en pensant encore à lui. Au milieu de la nuit, elle se réveilla en sursaut et s'assit toute droite dans son lit. C'était comme s'il se trouvait dans sa chambre avec elle. Il fallait qu'elle se mette à écrire. Tout de suite.

L'histoire sortit tout d'un bloc, déjà finie dans sa tête alors qu'elle ne l'avait pas encore commencée.

Le lendemain, elle envoya Dési jouer dehors avec Maude, s'installa à son bureau et sortit sa Smith Corona. Il y avait si longtemps qu'elle ne s'en était pas servie que l'étui était tout poussiéreux. Depuis cinq ans, le géant endormi, comme l'appelait Bert, était dans le coma. Mais voilà qu'il se réveillait, changé en dragon qui se débattait pour sortir de sa poitrine. Rien ne pouvait l'arrêter. Était-ce l'œuvre de Bert qui venait à son secours ou simplement du temps ? Il lui avait dit que cela reviendrait, se rappela-t-elle, qu'il y aurait un élément déclencheur. Quelle ironie du sort que ce soit lui…

Elle écrivit jour et nuit pendant trois semaines puis envoya deux chapitres à Rose Porter qui l'appela dès qu'elle les eut reçus.

— C'est excellent ! s'exclama-t-elle, aussi enthousiaste qu'Alex.

Cela promettait d'être l'un de ses tout meilleurs livres.

— J'ai commencé à écrire la nuit où vous m'avez annoncé la mort de Bert. Je crois que c'est lui qui m'a offert cette histoire.

— Non, c'est vous, Alex. Elle est en vous. Il faut juste que vous la retrouviez.

— C'est ce que m'a dit Bert. Moi, je pensais avoir tout perdu.

— Non, affirma Rose. Ce que j'ai lu est même meilleur que jamais. Vous n'avez rien perdu. Continuez à écrire.

Alex continua donc pendant quatre mois, sans avoir personne à qui montrer le manuscrit. Elle ne pouvait plus envoyer ses chapitres à Bert et faire des corrections selon ses indications. En revanche, elle l'entendait dans sa tête qui lui disait quoi faire, quand s'arrêter, quand avancer, quand clore un chapitre, quand décrire avec des détails saisissants un meurtre sauvage. L'histoire échappait à son contrôle pour se déverser directement de son cerveau sur le papier. Après une dernière page de révélations particulièrement choquantes, elle sut qu'elle était arrivée au bout. Elle n'avait besoin de personne pour le lui dire. Pas même de Bert. Et elle savait qu'il aurait adoré.

Elle passa encore deux semaines à peaufiner son manuscrit mais il était étonnamment propre. Puis elle le scanna et l'envoya par courriel à Rose Porter.

Celle-ci le lut le lendemain, d'une traite. Elle le termina à 3 heures du matin. Comme il était 8 heures en Angleterre, elle téléphona sans attendre à Alex.

— Vous revoilà !

Devant son enthousiasme, Alex sourit. Elle le savait aussi : elle avait retrouvé la magie, le secret. Après cinq ans de silence, Alexander Green était revenu d'entre les morts, plus fort que jamais.

— Je l'envoie dès demain à votre éditeur. Cette fois, vous allez toucher trois millions.

— Ça, c'est une bonne nouvelle, répondit Alex en souriant de plus belle.

Elle ne souriait pas à cause de l'argent, mais parce que le dragon en elle n'était pas mort. Il avait dormi longtemps mais s'était réveillé dans un rugissement.

Rose annonça à la maison d'édition qu'elle demandait trois millions par livre et un contrat sur quatre romans. Cela inquiéta un peu Alex mais elle se rassura vite. Elle en était capable. Elle ne doutait plus. Et eux aussi en étaient convaincus. Tout le monde convenait que ce livre-ci surpassait encore les autres. Elle était meilleure que jamais. Anéantie par la perte de Miles, elle avait été arrachée à sa torpeur par la mort de Bert. Voilà qu'elle revivait, que toutes les fibres de son être la picotaient comme si elle était parcourue par un courant électrique.

Une fois qu'elle eut raccroché, elle sortit dans le jardin avec Dési. Après avoir été ruinée, contrainte de rogner sur tout, manqué d'être obligée de vendre le haras, elle allait se retrouver avec plus d'argent qu'elle n'en avait jamais eu. Elle avait perdu Miles et Bert, mais elle avait Dési. La vie avait une bien curieuse manière d'échanger un bonheur contre un autre. Elle avait réussi à se tirer d'affaire en conservant le haras. Miles aurait été fier d'elle. Et, aujourd'hui, Bert aussi.

21

Alex mit deux ans à écrire les quatre livres prévus au contrat. Lorsqu'il parut, le premier de la série se vendit mieux que tous les autres. Elle envoya le dernier le jour de ses 40 ans, une belle manière de fêter son anniversaire. Elle avait dédié le premier à Miles, le deuxième à Bert et le troisième à Dési. Pour le dernier, son choix n'était pas encore fait. Mais il ne sortirait pas avant dix-huit mois. Elle avait tout le temps de se décider d'ici là. En attendant, elle avait déjà le point de départ du prochain roman et peut-être même d'un autre encore. Comme le lui avait promis Bert, les idées affluaient de nouveau. Elle s'en rendait compte plus que jamais, son mentor était un sage. Il était mort depuis deux ans, Miles sept, et elle s'était remise à écrire. Elle avait retrouvé la paix en se remettant à travailler avec toute la détermination d'autrefois. Ses romans n'en étaient que plus profonds, plus forts, comme si elle avait appris des choses pendant le sommeil de son talent. Sur ce point-là aussi, Bert avait vu juste. Les livres « mijotaient » à son insu, alors qu'elle croyait le feu éteint. Le feu ne s'éteignait jamais et il y avait toujours un livre quelque part en elle. Contrairement à ce qu'elle avait craint, la magie ne s'était pas perdue.

Le lendemain de son anniversaire, elle sortit à cheval à l'aube. Elle se sentait plus libre, plus vivante que depuis des années. Miles et elle aimaient tant ces promenades à deux... Cela lui rappela leur tout premier week-end ensemble au haras, des années auparavant. Là où tout avait commencé...

Après un petit galop sous le soleil levant sur le chemin du retour, elle avait remis sa monture au pas. C'était l'un des cinq pur-sang qu'elle avait gardés. Il était très agréable à monter. Elle aimait particulièrement se rendre avec lui dans les collines. Elle ne l'avait pas fait depuis bien trop longtemps.

Elle allait au pas dans les bois pour le laisser souffler quand elle entendit un autre cheval approcher. Sa monture fit un écart quand un bel étalon et son cavalier apparurent. L'homme parut aussi surpris qu'elle de cette rencontre. Il était rare que des gens s'aventurent sur la propriété. Qui cela pouvait-il être ?

— Bonjour ! lança-t-il de loin pour faire savoir qu'il n'avait pas de mauvaises intentions. Excusez-moi si je vous ai fait peur.

Il arrêta son cheval à sa hauteur. Celui d'Alex se calma aussitôt. Le cavalier avait l'air embarrassé.

— J'ai coupé par votre prairie, avoua-t-il. Cela m'arrive parfois mais je ne croise jamais personne.

Elle remarqua tout de suite son accent du sud des États-Unis.

— Je ne monte pas très souvent. J'avais oublié quel plaisir c'était à cette heure de la journée.

Elle sourit et comprit alors de qui il s'agissait. Un Américain avait acheté la propriété voisine deux ans plus tôt mais ils ne s'étaient jamais rencontrés.

— J'ai entendu dire que vous éleviez des chevaux exceptionnels, ici, il y a quelques années.

Il fit faire demi-tour à son pur-sang arabe pour l'accompagner.

— C'est vrai. Ils étaient à mon mari qui était éleveur. Je les ai vendus il y a sept ans. C'est déjà loin…

— J'ai appris ça, oui. Autant vous le dire tout de suite : je souhaite acheter une de vos pâtures depuis que je suis arrivé dans la région. Mais j'ai cru comprendre que vous n'étiez pas vendeuse.

— C'est exact.

— Je m'appelle Jerry Jackson, je suis votre voisin bien que nous ne nous soyons jamais croisés. J'ai un haras dans le Kentucky où je passe beaucoup de temps.

Elle avait entendu dire qu'il possédait certains des meilleurs chevaux de course des États-Unis et qu'il en avait fait venir pas mal en Angleterre. Il avait notamment gagné le Kentucky Derby l'année précédente.

— Alex McCarthy.

— Vous êtes américaine, observa-t-il avec un certain étonnement.

Cela, personne ne le lui avait dit.

— Cela fait quatorze ans que je vis ici – et j'avais passé deux ans à Londres un peu avant.

Elle ne lui paraissait pas assez vieille pour avoir passé quatorze ans de sa vie d'adulte où que ce soit. Elle devait être beaucoup plus jeune que lui.

De son côté, elle estima avec justesse qu'il approchait la cinquantaine.

— C'est un si beau pays... J'aimerais y venir plus souvent. J'ai des affaires à Londres et j'essaie de m'échapper ici aussi souvent que possible, expliqua-t-il avec un sourire détendu.

— Ma fille et moi avons quitté Londres pour nous installer complètement ici il y a sept ans, à la mort de mon mari. Nous y sommes très bien.

Il hocha la tête.

— Quel âge a votre fille ?

Il avait envie de savoir beaucoup de choses sur elle.

— Sept ans. Elle avait 5 jours quand son père est mort.

— Oh, je suis navré.

Il s'excusait d'avoir abordé un sujet aussi doulou-reux. Ils continuèrent leur promenade en silence pendant quelques minutes.

— J'aimerais beaucoup vous faire visiter mes écuries, à l'occasion, si cela vous intéresse. Le haras tourne bien et j'ai de bons chevaux, puisque vous êtes connaisseuse.

— Beaucoup moins que ne l'était mon mari. Ce sont des chevaux de course, n'est-ce pas ?

— Oui. Il y en a quelques-uns dont je suis assez fier. Je vous en prie, passez un de ces jours.

Ils avaient atteint une fourche où leurs chemins se séparaient. Alex devait prendre à droite pour rentrer à l'écurie.

— Je n'y manquerai pas, merci, dit-elle avant de s'éloigner.

Elle prit le petit déjeuner avec Dési puis elles sortirent jouer dans le jardin. L'après-midi, elle la fit monter à cheval dans le petit manège près des écuries. Elle lui apprenait à sauter car elle savait que cela aurait fait plaisir à son père. Miles avait été pour elle un excellent professeur grâce auquel elle avait fait beaucoup de progrès. Elle était heureuse de transmettre à leur fille ce qu'il lui avait enseigné.

Elles rentraient tout juste à la maison quand Jerry Jackson téléphona. Elle fut surprise d'avoir déjà de ses nouvelles.

— J'ai eu envie de vous appeler pour savoir si vous viendriez visiter les écuries aujourd'hui.

Maude était là pour donner son bain à Dési et la faire dîner. D'autre part, les chevaux de Jerry et l'intérêt qu'il avait manifesté pour sa pâture titillaient sa curiosité.

— Avec plaisir.

Elle s'accordait quelques jours de pause dans son écriture de sorte qu'elle était libre de son temps. Elle procédait ainsi, désormais, mais travaillait avec la même intensité qu'autrefois quand elle s'y mettait.

— Je vous attends dans dix minutes.

Elle se rendit chez lui par la route. Une fois la grille franchie, une longue allée menait à une maison de pierre un peu plus petite que la leur. Le parc était impeccablement entretenu et les écuries aussi, semblait-il. Elle vit deux magnifiques chevaux que des lads faisaient marcher.

Son hôte l'attendait dans la cour pour lui faire les honneurs des écuries conçues avec le plus grand soin. Elle avait rarement vu d'aussi beaux chevaux. Sans doute étaient-ils même plus beaux encore que ceux de Miles.

La visite dura une demi-heure. Elle lui fit compliment des travaux qu'il avait effectués. Il avait entièrement restauré la maison et les dépendances. Miles et elle avaient visité la propriété à l'époque où elle était en vente mais avaient flanché devant l'ampleur des sommes à investir. Elle était alors dans un état épouvantable : il y en aurait eu pour une véritable fortune. Jerry avait magnifiquement fait les choses.

— Quelle transformation ! C'est incroyable, dit-elle en souriant, admirative. Je me souviens dans quel état c'était…

Ils traversèrent la cour pour rentrer à la maison.

— Ça a été un sacré chantier mais cela en valait la peine. Je me plais énormément, ici.

— Moi aussi.

Ils passèrent directement dans la bibliothèque. Rapidement, un domestique apporta un grand plateau d'argent garni de tout ce qu'il fallait pour un copieux thé à l'anglaise, y compris de petits sandwichs au cresson et à l'œuf ainsi que des scones avec de la confiture et de la *clotted cream*. Tout avait l'air délicieux.

— J'adore ces traditions. Les Anglais sont tellement civilisés…

Il lui sourit. À ce moment-là, elle aperçut un livre ouvert à l'envers sur la table basse. Celui qu'il était en train de lire, sans doute. Et c'était l'un des siens – le premier du nouveau contrat, celui du réveil du dragon, quand elle avait recommencé à écrire. Il suivit son regard et se mit à rire.

— Mon auteur favori. Alexander Green. Il écrit des thrillers absolument fabuleux. Je suis complètement accro. Ses livres sont ma drogue favorite. Quand il a disparu toutes ces années, j'étais en manque. Mais le voilà de retour, meilleur que jamais ! Celui-ci est fantastique. Vous en avez déjà lu ?

— Figurez-vous que je peux me vanter de les avoir absolument tous lus.

Il parut ravi d'avoir cela en commun avec elle.

— Ils sont géniaux, non ?

Il lui passa les sandwichs. Elle en prit un, ainsi qu'un scone.

— Comment êtes-vous venue à la littérature policière ?

— Par mon père. Il m'a initiée avec la série des *Alice* quand j'étais petite et m'a fait gravir les échelons.

D'*Alice* à Alexander Green, il y avait pas mal de chemin, en effet, reconnut-il en riant encore.

Ils parlèrent de ses enfants. Il en avait trois.

— Deux à New York et un à L.A. Ils sont grands. L'un est encore à l'université, en troisième cycle ; les deux autres sont mariés. Ils ont fui le Kentucky dès qu'ils sont entrés à la fac et n'ont aucune envie de venir ici. C'est bien trop calme pour eux.

— J'imagine que j'en passerai par là avec ma fille un jour ou l'autre, mais ce n'est pas pour tout de suite. Elle est heureuse ici, pour le moment. Et j'avoue que c'est en grande partie pour elle que j'ai gardé la propriété, pour qu'elle puisse en profiter plus tard. Mais sans doute la prendra-t-elle en grippe et préférera-t-elle filer à Londres.

Alex aussi était heureuse ici. Elle y avait tant de beaux souvenirs avec Miles… Elle s'y sentait bien et c'était l'endroit idéal pour écrire, loin du bruit.

— Mon mari avait deux autres enfants. Ils vivent en Afrique du Sud et ne sont pas venus ici depuis deux ans.

— Une fois qu'ils ont quitté le nid, c'est fini, observa-t-il en connaissance de cause. Mon ex-femme aurait détesté cette propriété. Elle n'aimait que New York et Paris. Et les chevaux ne l'intéressent pas.

— En effet, je ne vois pas ce qui aurait pu l'attirer ici, dans ce cas, concéda Alex en riant. Vous savez,

388

j'ai réfléchi à l'intérêt que vous portez à ma pâture. Je pourrais vous la vendre. Nous ne l'utilisons plus vraiment, maintenant que nous avons moins de chevaux, et puis elle borde votre propriété. Je ne crois pas qu'elle me ferait défaut.

Elle avait bien assez de terres. Elle pouvait se séparer de cette parcelle qui serait bien plus utile à Jerry qu'à elle.

— En voilà, une bonne nouvelle ! Et si jamais vous voulez vendre tout le domaine, je suis preneur, dit-il en mordant dans un scone, l'air ravi.

Il voulait développer un grand haras du genre de celui qu'il avait dans le Kentucky et passer plus de temps dans le Dorset.

— Allons, allons, ne vous emballez pas. Il faudra vous contenter de la pâture.

— Pardon, fit-il en riant de nouveau. Il paraît que vous avez une maison splendide, avec des douves et une pièce d'eau.

— Venez donc la visiter demain, si vous voulez. Mais pas en tant qu'acheteur potentiel : elle sera à ma fille, un jour. Elle n'intéresse pas mes beaux-enfants. Je vous préviens, le thé ne sera pas aussi raffiné que celui-ci.

— Cela me fera plaisir de jeter un œil.

Et puis, sa connaissance des thrillers l'intriguait...

Elle partit un peu plus tard. Ils étaient convenus qu'il viendrait à 16 heures pour qu'elle puisse lui montrer les lieux. Elle le trouvait sympathique. Sans savoir pourquoi, elle se sentait bien en sa compagnie. Comme s'ils se connaissaient déjà. Par ailleurs, c'était amusant qu'il soit en train de lire l'un de ses derniers romans.

Elle avait envie d'en savoir plus sur Jerry Jackson. Elle fit une recherche sur Google et passa une demi-heure à lire les résultats. Princeton, un MBA à Harvard, plusieurs gagnants du Kentucky Derby, un haras modèle, des lignées de chevaux légendaires… Il avait par ailleurs créé plusieurs grosses entreprises, était connu pour ses actions philanthropiques. Ingénieur de formation, il avait inventé un laser qui servait dans le monde entier pour des interventions médicales. Scientifique, ingénieur, homme d'affaires, éleveur de chevaux, il était divorcé, père de trois enfants qui étaient allés respectivement à Stanford, Yale et Columbia. Il semblait par ailleurs agréable et bienveillant. Il avait 49 ans. À la fin de sa lecture, elle était impressionnée, presque intimidée. Tout semblait être à la portée de Jerry.

Quel heureux hasard qu'un homme aussi intéressant soit venu habiter à côté de chez elle… et qu'il aime ses livres.

Elle passait ses journées avec Dési et ne s'absentait jamais, même pour aller voir ses amies. Pour échanger avec des adultes intelligents, comme Rose, Brigid et les sœurs, ou Fiona qui habitait la banlieue londonienne, elle n'avait que le téléphone. Bert lui manquait encore terriblement. Et Miles de façon indicible.

Jerry arriva pile à l'heure dite le lendemain. Il tomba sous le charme de la maison. Ils firent le tour des jardins, marchèrent le long des douves et allèrent jusqu'à la pièce d'eau qui inquiétait tant Alex quand Dési était petite car elle craignait qu'elle s'y noie, ce qui aurait fort bien pu arriver. Mais elle avait toujours fait en sorte qu'elle ne soit jamais seule un instant.

Au retour, ils s'arrêtèrent un moment à l'écurie pour voir les chevaux avant de rentrer prendre le thé. Elle l'avait également préparé sur un plateau d'argent mais la maison et le service n'étaient pas aussi raffinés que chez lui. Cet homme aux multiples facettes lui semblait bien plus sophistiqué qu'elle.

— Alors, dit-il avant de s'asseoir, montrez-moi votre collection des livres d'Alexander Green.

— Je ne les garde pas, répondit-elle d'un ton enjoué.

— Quoi ? Moi, je tiens aux miens comme à la prunelle de mes yeux. Un jour, ce seront des classiques que les collectionneurs s'arracheront. Pour moi, il a sa place au panthéon de la littérature policière contemporaine. Comment peut-on se séparer de ses livres ?

— Pour que d'autres puissent en profiter, répondit-elle simplement.

— Vous n'avez pas tort. Je n'y avais pas pensé. Mais je suis trop égoïste. Je veux pouvoir les relire.

Alex sourit sans faire de commentaire. Ils dégustèrent le thé et les sandwichs qu'elle avait faits elle-même. Puis il la fit parler d'elle.

— Vous travaillez ?

Ici, au fin fond du Dorset, elle ne pouvait pas faire grand-chose d'autre que son vrai métier. Elle ne voulait ni lui mentir ni lui dire la vérité.

— J'écris. Du moins, j'écrivais avant la naissance de ma fille. Je me suis interrompue quelques années après la mort de mon mari. Maintenant, j'ai repris.

— J'aimerais tant avoir ce talent... Comme Alexander Green. Il faut un esprit exceptionnel pour concevoir de pareils thrillers. Je ne parviens jamais à deviner la fin.

— Moi non plus. Le meurtrier n'est jamais celui auquel je pense.

C'était vrai. Elle avait toujours des surprises en écrivant.

— Franchement, c'est un don extraordinaire. Quel genre de livres écrivez-vous ?

— Des policiers.

Elle ne voyait pas quoi dire d'autre. Elle ne voulait plus cacher ce qu'elle faisait. En prétendant écrire de la fiction féminine, elle se serait trouvée ridicule tant c'était loin de la réalité.

— Il faudra m'en faire lire un...

Elle rit et changea de sujet. En partant, il l'invita à dîner le lendemain.

— Mon chef fait le meilleur poulet frit à l'américaine que vous ayez jamais mangé. Je l'ai amené du Kentucky ; aujourd'hui, il est plus anglais que les Anglais.

— Ça peut arriver, ici, reconnut-elle en riant. Merci pour l'invitation. Quand on pense que, pendant des siècles, les Britanniques ont donné de somptueuses parties de campagne pour se distraire. Aujourd'hui, nous profitons en solitaires de ces splendeurs et écoutons chanter les oiseaux mais il me semble que c'est eux qui avaient raison.

— Je suis de votre avis. Je me dis toujours que je vais inviter des amis, mais je n'ai jamais le temps. Et puis j'avoue que, parfois, une fois ici, je me laisse envoûter par le calme et la solitude. Cela fait du bien de faire une pause.

Elle s'abstint d'évoquer ses cinq ans de pause après la mort de Miles et le calme encore parfois trop grand de sa vie actuelle.

— Que faisait votre mari ? s'enquit-il.

— Il était producteur de télévision, dans un premier temps pour la BBC puis à son compte. Il produisait des séries.

Elle en cita quelques-unes. Jerry, qui les connaissait toutes, fut impressionné.

— À demain, dit-il en prenant congé.

Décidément, elle l'intriguait. Il y avait chez elle quelque chose de mystérieux. Elle se livrait si peu.

Le lendemain, elle choisit avec soin sa tenue pour le dîner, un pantalon noir et un pull de cachemire rose pâle. Ils passèrent une excellente soirée. En effet, le poulet frit était exceptionnel.

Ils montèrent à noùveau à cheval et firent ensemble le tour de la fameuse pâture. Il lui fit une offre très correcte, plutôt dans le haut de la fourchette, qu'elle accepta. C'était un homme honnête, gentil et de bonne compagnie. Et puis, quel plaisir d'avoir enfin un adulte à qui parler. Après des années avec pour seule compagnie Dési – et Dieu sait qu'elle l'adorait – et la baby-sitter, cela faisait un bien fou.

Un après-midi qu'il était passé boire un café, il l'interrogea de nouveau sur ses livres.

— Je t'ai cherchée sur Google, tu sais, pour pouvoir commander tes livres. Mais je ne t'ai pas trouvée. Tu utilises un pseudonyme ?

Elle hésita longuement, pesa le pour et le contre. Puis elle se décida. Elle était certaine de pouvoir lui faire confiance. Elle fit oui de la tête.

— Lequel ? J'aimerais vraiment en lire un.

— Tu l'as déjà fait, indiqua-t-elle avec un sourire mystérieux.

— Ah bon ? Je ne crois pas.

— Alexander Green.

Il éclata de rire.

— Très drôle. Non, allez… dis-moi.

Il allait insister quand il saisit son regard. Aussitôt, il recouvra son sérieux.

— Oh, mon Dieu. Alexander Green, c'est toi ?

— Pas exactement. C'est un produit de mon imagination mais j'écris sous ce pseudonyme. Depuis mes 19 ans.

La stupéfaction le réduisit au silence.

— Tu es géniale, Alex. Absolument géniale, lâcha-t-il une fois le choc encaissé. Tu es mon écrivain préféré. Mon idole. Tu es un phénomène.

Elle lisait toute son admiration dans ses yeux.

— Je t'offrirai un exemplaire du prochain en avant-première, si tu veux. Mais ne répète à personne ce que je viens de te dire. Je n'ai mis au courant que ma maison d'édition, mon agent et mon éditeur.

Son cœur se serra, comme toujours, quand elle évoqua Bert. Il lui manquait encore cruellement.

— C'est un secret que je traîne depuis toujours et qui est parfois bien lourd à porter. Mais il m'a semblé impossible de signer mes livres de mon nom. À l'époque, mon âge ne jouait pas en ma faveur. En plus, mon père m'avait suggéré de prendre un pseudonyme masculin si jamais je publiais un livre. J'ai suivi son conseil et je me suis retrouvée coincée. Je ne me doutais pas à quel point cela deviendrait compliqué. J'ai arrêté d'écrire pendant cinq ans à la mort de mon mari. J'ai traversé une période bien sombre. Et puis je me suis remise au travail.

— Je m'en souviens. J'ai écumé les librairies pendant des années en espérant que tu allais sortir un nouveau livre. Enfin, ce moment tant attendu est arrivé. Mieux, ce livre était encore meilleur que les précédents. Tu as l'esprit vraiment tordu. Tu fais peur, tu sais. Mais tu me fascines. Et je suis extrêmement flatté que tu me l'aies dit.

— J'ai voulu être honnête avec toi. Très peu de gens le savent en dehors de mon entourage professionnel. Mon mari était au courant. Et les sœurs qui m'ont élevée.

Elle lui avait parlé d'elles à l'occasion d'une promenade. Il avait trouvé l'histoire très touchante.

— Je tiendrai ma langue, je te le promets. Sincèrement, ta confiance m'honore. Cela dit, tu mériterais d'être reconnue pour ce que tu as accompli. Quel dommage que tu ne puisses pas l'être sans risquer de perdre tes lecteurs.

En l'écoutant, elle se rendit compte qu'il n'était pas jaloux d'elle. Il l'admirait. À cet instant, ce fut comme si elle entendait à nouveau Bert lui dire qu'elle rencontrerait l'homme idéal le moment venu. Et que ce serait lui qui la trouverait. Miles l'avait fait. Et voilà qu'elle venait de se découvrir ce voisin brillant et accompli. Elle le regarda comme si elle le voyait pour la première fois.

— Dans deux mois, je vais faire quelque chose d'assez amusant, dit-il tout à coup, comme s'il venait d'en avoir l'idée. Je vais à Ascot. Je suis invité dans l'enceinte royale. J'ai un cheval qui court, ce jour-là. Cela te dirait de m'accompagner ?

C'était une invitation exceptionnelle. Elle accepta avec grand plaisir.

— J'en serais ravie, assura-t-elle, rayonnante.

Il allait falloir qu'elle aille à Londres pour trouver quelque chose à se mettre, et surtout un chapeau, accessoire incontournable en cette circonstance.

— C'est toute une histoire mais ça en vaut vraiment la peine.

Il lui sourit, heureux qu'elle ait accepté. Il serait fier d'y aller avec elle, et plus encore maintenant qu'il savait ce qu'il savait. Ce n'était pas une femme comme les autres. Elle avait un don fabuleux.

Quelques semaines plus tard, Alex se rendit à Londres pour la première fois depuis des années en mission shopping. Elle trouva une robe en soie bleu ciel et un manteau ton sur ton, puis, après quelques recherches, le chapeau idéal.

La veille du grand jour, ils dînèrent au Harry's Bar dont il était membre. Alex n'avait pas renouvelé l'adhésion de Miles puisqu'elle ne vivait plus à Londres. De toute façon, y retourner sans lui aurait été trop douloureux. Elle passa néanmoins une excellente soirée en compagnie de Jerry.

Le lendemain, en quittant l'hôtel Claridge pour se rendre à Ascot, il lui fit compliment de sa tenue, en particulier de son chapeau qui lui plaisait énormément.

— Tu n'as pas l'air d'une femme qui écrit des polars terrifiants, lui souffla-t-il à l'oreille en montant en voiture.

Son cheval avait encore très peu couru et la cote était élevée. Pourtant, il gagna. Alex, qui avait parié une belle somme sur lui, était aux anges. Et Jerry plus encore.

Toute la famille royale était présente, sauf la reine, grippée, et ils s'amusèrent beaucoup à commenter leurs tenues et échanger des potins. Jerry la fit rire, lui présenta une foule de gens qu'il connaissait. Ce fut une journée parfaite, idéale à ce moment de sa vie. Tout venait à point, songea-t-elle en le regardant bavarder avec ses amis avec un bonheur évident. C'était un homme bien, lui semblait-il. Il était adorable, et aussi fier de sortir avec elle qu'elle avec lui.

Le lendemain, elle reçut un coup de téléphone de Rose.

— J'ai une grande nouvelle pour vous ! lui annonça-t-elle. Vous allez recevoir un prix extrêmement important. The Mystery Writers of America, l'association américaine d'auteurs de romans policiers, souhaite vous accorder le Grand Master Award.

C'était en effet un très grand honneur, la plus haute distinction dans son domaine d'écriture.

— Qui voulez-vous envoyer le recevoir pour vous ?

Cette question surprit Alex.

— Il faut que j'y réfléchisse.

Elle n'avait pas tellement de choix. Bert et Miles, qu'elle aurait pu choisir, n'étaient plus là. De toute façon, Bert aurait sans doute refusé : il avait horreur des mondanités.

— Vous accepteriez d'y aller pour moi ? demanda-t-elle à son agent.

— J'en serais très honorée, lui assura Rose.

Elles travaillaient ensemble depuis vingt ans. Sans être intimes, elles entretenaient d'excellentes relations professionnelles et amicales, leurs talents respectifs et leurs objectifs se complétant à merveille.

— Je pourrais venir ? En tant que votre invitée, s'entend. Faute de recevoir le prix, j'aimerais énormément assister à la cérémonie.

— Vous pourriez, vous savez. Le recevoir au nom de M. Green.

— Et si quelqu'un soupçonnait quelque chose ?

— Pourquoi voulez-vous que cela arrive ? Et puis, vous auriez le bonheur de vivre vraiment l'événement. Il me semble que c'est ce que vous devriez faire.

— Je verrai. Allons-y et voyons comment je le sens une fois sur place.

La cérémonie se déroulait à New York à l'occasion d'une immense réception au Pierre, dans la grande salle de bal. C'est alors qu'une idée vint à Alex.

— Puis-je venir accompagnée ?

— Bien sûr. Je réserve trois places.

Après avoir raccroché, elle alla directement chez Jerry pour lui raconter sa conversation avec Rose. Il connaissait cet important prix littéraire et fut très impressionné et heureux pour elle.

— C'est géant, Alex ! Félicitations !

— Tu viendrais avec moi ? C'est à New York.

Elle lui précisa la date. Cela n'aurait pu mieux tomber : il était libre et serait déjà à New York cette semaine-là.

— Eh bien, note-le sur ton carnet de bal, dans ce cas, fit-elle presque timidement.

— Je n'y manquerai pas.

Jerry lui dit qu'il était très touché de sa proposition et qu'assister à cette cérémonie avec elle serait pour lui un grand moment, même si elle ne montait pas sur scène pour recevoir le prix. Il était fou de joie pour elle.

— En fait, je me dis que c'est toi qui devrais aller le chercher, ajouta-t-il, très sûr de son fait. Tu pourras toujours te faire passer pour l'assistante de M. Green.

— C'est ce que m'a suggéré Rose, mon agent. Mais j'ai peur que ça me fasse bizarre. Et puis, ce serait dommage de risquer de me trahir maintenant.

— Peut-être. Mais tu mérites de récolter les lauriers de ton travail et de ton succès. Tu vis dans l'ombre depuis trop longtemps.

— Je n'ai pas vraiment le choix. Bon, je vais quand même y réfléchir.

Qu'auraient dit Bert et Miles, les deux hommes en qui elle avait eu entière confiance ?

Jerry doutait qu'elle change d'avis. Elle gardait ce secret depuis trop longtemps pour commettre une imprudence. Cependant, comme l'avait souligné son agent, elle pouvait très bien recevoir ce prix sans vendre la mèche, estimait-il.

Alex s'envola pour New York deux jours à l'avance afin de passer au bureau de Rose, de voir ses éditeurs et de faire du shopping. Jerry était descendu au Four Seasons. Il fut ravi de la retrouver. La veille de la remise du prix, ils dînèrent à La Grenouille pour fêter l'événement.

Le soir de la cérémonie, Jerry passa prendre Alex dans sa suite au Pierre. En costume sombre, cravate et chemise bleu pâle, il était très élégant. Ils descendirent ensemble à la grande salle de bal où personne ne fit attention à elle. Rose les attendait, vêtue d'un tailleur noir très chic. Alex avait mis une robe de cocktail Chanel bleu marine achetée à Londres pour l'occasion.

Toute la soirée, les lauréats défilèrent sur l'estrade pour recevoir leur « Edgar ». Ce fut à la fois impressionnant et interminable. Alexander Green serait récompensé en dernier pour sa carrière exceptionnelle et l'ensemble de son œuvre.

— À les entendre, dit-elle à Jerry dont elle serrait nerveusement la main, on croirait que j'ai 90 ans.

— Et que tu as un talent fou, fit-il en souriant.

Lorsque, tout en sachant qu'il n'était pas présent dans la salle, ils appelèrent Alexander sur scène après avoir présenté l'œuvre et son auteur, Alex ne bougea pas. Rose se préparait à y aller quand, soudain, Alex l'arrêta d'un gentil sourire, se leva et s'avança.

Elle monta gracieusement sur scène, reçut le prix, remercia chaleureusement le comité au nom de M. Green. Elle fut prise en photo avec le trophée entre les mains, une drôle de statuette représentant Edgar Allan Poe. Elle vit Rose et Jerry qui la regardaient en souriant fièrement, les yeux humides. Elle sentait autour d'elle la présence de Miles, de Bert et de son père.

Personne ne la présenta. Mais Alex n'en avait cure. Elle savait qu'elle avait écrit ces livres et ceux qui comptaient pour elle également. Jerry aussi, désormais. C'était la marque de sa confiance en lui. Cela lui permettrait d'avoir avec lui une relation honnête, comme avec Miles.

Elle vivait l'un des grands moments de fierté de sa carrière. Bert avait eu raison, encore une fois. Elle rencontrerait l'homme idéal au moment voulu. Cela lui était arrivé deux fois et, les deux fois, c'étaient eux qui l'avaient trouvée. Tout venait à point.

Rayonnante, elle revint s'asseoir à côté de Jerry, sa statuette dans les mains. Quand elle se rassit, il l'embrassa.

— Je vous aime, monsieur Green, chuchota-t-il.

Ils se mirent à rire tandis que toute la salle se levait pour lui offrir la *standing ovation* qu'elle méritait. Ils la destinaient à Alexander Green, certes, mais Alex, Rose et Jerry savaient qu'elle lui revenait.

Découvrez dès maintenant
le premier chapitre de

Rebelle
le nouveau roman de
DANIELLE STEEL

aux Éditions
Presses de la Cité

DANIELLE STEEL

REBELLE

ROMAN

*Traduit de l'anglais (États-Unis)
par Marion Roman*

Les Presses de la Cité

Titre original :
THE GOOD FIGHT
L'édition originale de cet ouvrage a paru en 2017
chez Delacorte Press, Random House,
Penguin Random House Company, New York

L'éditeur de cet ouvrage s'engage dans une démarche
de certification FSC® qui contribue à la préservation
des forêts pour les générations futures.

Pour en savoir plus :
www.editis.com/engagement-rse/

Le Code de la propriété intellectuelle n'autorisant, aux termes de l'article L. 122-5, 2° et 3° a, d'une part, que les « copies ou reproductions strictement réservées à l'usage privé du copiste et non destinées à une utilisation collective » et, d'autre part, que les analyses et les courtes citations dans un but d'exemple et d'illustration, « toute représentation ou reproduction intégrale ou partielle faite sans le consentement de l'auteur ou de ses ayants droit ou ayants cause est illicite » (art. L. 122-4).
Cette représentation ou reproduction, par quelque procédé que ce soit, constituerait donc une contrefaçon, sanctionnée par les articles L. 335-2 et suivants du Code de la propriété intellectuelle.

© Danielle Steel, 2018, tous droits réservés

© Presses de la Cité, un département place des éditeurs 2021,
pour la traduction française
ISBN : 978-2-258-19181-5
Dépôt légal : janvier 2022

À mes enfants adorés,
courageux et aimants :
Beatrix, Trevor, Todd, Nick,
Sam, Victoria, Vanessa,
Maxx et Zara.
Restez fidèles à vous-mêmes
et à vos convictions,
battez-vous pour vos propres causes,
et sachez que je vous aime
de tout mon être.
Avec tout mon amour, pour toujours.
Maman/DS

« Il arrive parfois que l'Histoire prenne les choses en main. »

Thurgood Marshall,
héros de la cause des droits civiques
et quatre-vingt-seizième juge
de la Cour suprême des États-Unis

1

Meredith McKenzie conservait un souvenir intact du jour où son père avait été mobilisé, en février 1942. Elle se rappelait tout, de sa silhouette imposante aux boutons de son uniforme, et jusqu'à l'odeur du pain de rasage qui avait chatouillé ses narines lorsqu'elle l'avait embrassé. Elle n'avait qu'à fermer les yeux pour qu'il lui apparaisse tel qu'il avait été en ce jour si particulier. Du reste de la journée elle ne se remémorait que des bribes. Les larmes qui baignaient les joues de sa mère, l'angoisse qui tordait le visage de ses grands-parents au moment du départ, la voix de son grand-père Bill qui l'exhortait à la fierté. Robert McKenzie, le père de Meredith, s'était enrôlé dans l'armée après l'attaque de Pearl Harbor. En sa qualité d'avocat, il avait été affecté au corps juridique et partait donc pour Washington. Il avait 37 ans, quatre de plus que Janet, son épouse ; Meredith en avait presque 6. Son papa lui avait promis qu'elle pourrait le rejoindre dans sa nouvelle ville sitôt qu'il y serait installé. L'enfant avait vu sa mère éplorée se cramponner à lui tandis que sa grand-mère, stoïque, contenait son émotion.

C'était Robert qui avait insisté pour qu'ils se disent au revoir à l'appartement. À la gare, disait-il, ce serait la pagaille. Et puis il ne partait pas outre-mer, contrairement à la majorité des soldats qui se bousculeraient sur le quai. Il n'y avait pas de quoi en faire tout un plat ! Ainsi Robert McKenzie avait-il adressé un dernier signe et un dernier sourire à sa famille puis, son sac de toile à l'épaule, sa casquette d'officier crânement vissée sur la tête et son lourd manteau sur le dos, il avait tourné les talons.

Après le départ de Robert, le grand-père de Meredith l'avait emmenée se promener au prétexte de lui faire prendre l'air ; il s'agissait en réalité de permettre à Janet de se recomposer et de discuter librement avec sa belle-mère (ses propres parents étaient morts depuis plusieurs années et elle n'avait d'autre famille que celle de son mari).

— Tu comprends pourquoi ton papa s'en va, n'est-ce pas ? avait demandé Bill à Meredith tandis qu'ils longeaient Central Park.

La fillette avait réfléchi et secoué la tête. À l'école, deux de ses camarades avaient des papas dans l'armée mais, eux, on les avait envoyés dans une base militaire du New Jersey. Les enfants racontaient qu'ils devaient s'entraîner avant de partir pour l'Europe à bord d'un gros bateau. Le papa de Merrie n'allait pas combattre d'ennemis à Washington. Il y exercerait le même métier qu'à la maison, c'était lui-même qui le lui avait dit. Et rien n'allait changer. Maman et Grand-mère continueraient d'endosser les drôles de blouses de la Croix-Rouge qui les faisaient ressembler à des infirmières. Elles étaient « bénévoles » et organisaient une collecte de sang qui devait, semblait-il, aider les soldats blessés au combat.

— Ton père aussi va défendre notre pays contre les méchants, lui avait expliqué Grand-père d'un ton solennel en s'asseyant sur un banc. Il nous protège contre ceux qui nous veulent du mal. C'est pour cela qu'il doit s'en aller. C'est très important. Parce que notre liberté, Meredith, c'est notre bien le plus précieux. Tu comprends ?

De nouveau, Merrie avait réfléchi et fait non de la tête. Son grand-père lui parlait souvent de sujets auxquels elle n'entendait pas grand-chose, mais il la traitait comme une grande personne et cela lui plaisait.

— Être libre, ça veut dire pouvoir choisir, prendre des décisions sans qu'on nous force. Personne n'a le droit de nous empêcher de faire le bien ou de nous obliger à faire le mal. Sinon, on devient des esclaves. En ce moment, dans le monde, il y a des méchants, comme M. Hitler en Allemagne, qui voudraient qu'on devienne leurs esclaves. C'est pour ça que les peuples libres du monde entier vont aller en Europe pour l'arrêter. Quand la guerre sera finie, ces gens seront des héros. Et ton papa aussi.

— Mais Papa, il va rencontrer M. Hitler, à Washington ? avait demandé la fillette avec beaucoup d'intérêt.

Bill McKenzie avait souri.

— J'espère bien que non ! M. Hitler habite en Allemagne. Ton père va mettre ses talents au service de son pays, de l'armée américaine et du président des États-Unis.

Merrie savait que son papa et son grand-père étaient « avocats » tous les deux, mais elle ignorait le sens de ce mot. Ce qu'ils faisaient, concrètement, représentait pour elle un mystère.

— Peut-être qu'un jour ton père affrontera M. Hitler, avait repris Bill McKenzie, mais ce sera dans un tribunal… Et ce jour n'est pas arrivé.

— Toi aussi, tu vas le rencontrer ? avait renchéri la petite. Tu vas te battre contre lui ?

Bill avait eu un signe de dénégation.

— Non, ma chérie. Je me suis déjà battu dans ma jeunesse. En France.

Lorsque les États-Unis avaient volé au secours des Alliés, vingt-cinq ans auparavant, William McKenzie, alors âgé de 35 ans, avait pris part au débarquement. Il en était rentré indemne. Tous n'avaient pas eu sa chance.

Merrie se concentrait.

— Grand-père, avait-elle demandé, est-ce que les filles peuvent devenir avocates, elles aussi ?

— Bien sûr ! lui avait assuré Bill.

S'il l'avait entendu, son fils aurait poussé les hauts cris. Mais il n'était pas là. Au reste, pourquoi Meredith ne perpétuerait-elle pas la tradition familiale ? Bill ne voyait pas pourquoi elle n'intégrerait pas un jour le cabinet où père et fils travaillaient de conserve. Certes, étudier le droit constituait en ce temps-là un choix audacieux pour une femme et, le moment venu, cette décision appartiendrait à Meredith et à elle seule, mais la guerre allait transformer le monde, Bill le savait d'expérience. Les femmes, participant à l'effort de guerre, reprendraient les emplois occupés par les hommes en temps de paix. Dans un avenir pas si lointain, des domaines autrefois réservés à ces messieurs allaient s'ouvrir aux femmes.

Robert nourrissait d'autres projets pour sa fille. Il espérait qu'elle marcherait sur les traces de sa mère : mariée, mère de famille et femme au foyer, c'était ainsi qu'il la voyait dans quelques années. Bill, pour sa part, avait pour la petite bien plus d'ambition. Si sa propre épouse, mariée à 19 ans et maman à 20, n'avait jamais travaillé et que Bill ne s'en plaignait nullement, Meredith McKenzie appartenait à une nouvelle génération – mieux : un nouveau monde. Aux États-Unis comme en Europe, on se battait pour toutes sortes de libertés et son grand-père souhaitait qu'elle en bénéficie.

— Alors moi aussi, plus tard, je serai avocate, déclara Meredith. Ou alors médecin ou peut-être infirmière.

— Tu seras ce que tu voudras, lui promit son grand-père.

Main dans la main, ils traversèrent la Cinquième Avenue et reprirent le chemin de l'appartement familial.

À la maison les attendaient du thé, des sandwichs et des biscuits. Meredith, à qui la promenade avait ouvert l'appétit, fit honneur à la collation, avala un grand verre de lait et laissa les adultes entre eux pour qu'ils puissent parler de la guerre. Là s'arrêtaient ses souvenirs de la journée. Mais le discours de son grand-père sur la liberté, elle devait ne jamais l'oublier. Elle y pensait encore en montant dans sa chambre pour jouer avec ses poupées. Ce jour-là, une vocation était née.

Janet rendit visite à son mari à Washington une fois par semaine. En l'absence de sa mère, Merrie dormait chez ses grands-parents. Elle ne revit son papa que de longs mois plus tard, quand Robert McKenzie revint à la maison à l'occasion d'une permission. Il lui consacra beaucoup de son temps et s'étonna de la découvrir si bien renseignée sur la guerre qui faisait rage en Europe. C'était une enfant éveillée, il ne l'ignorait pas. Quant à la source de son savoir, Robert n'eut aucun mal à l'identifier.

— Je ne veux pas que tu lui parles de ces choses-là, Papa, reprocha Robert à son père. Elle n'a que 6 ans ! Elle n'a pas besoin de savoir.

— Je ne suis pas de ton avis. Ne la sous-estime pas. Merrie est maline. Et tu penses bien que je n'entre pas dans les détails ! Je me contente de lui expliquer la situation dans les grandes lignes. Je ne suis pas idiot ! Raconte-moi plutôt ce que tu sais : quelles sont les nouvelles d'Europe ?

Comme tout un chacun, à l'époque, Bill était assoiffé d'informations.

— Les Alliés prennent une dérouillée, maugréa Robert. Hitler semble déterminé à annexer l'Europe entière. Pour ne rien te cacher, nous essuyons de lourdes pertes... Mais les Alliés n'ont pas dit leur dernier mot !

Bill s'assombrit.

— Tu risques d'être envoyé au front ?

— Non. En tout cas, pas dans l'immédiat. On a trop besoin de moi ici. C'est que je ne chôme pas, à Washington ! Et je ne suis plus dans ma première jeunesse. Ce sont les gosses qu'on envoie au front.

Les combats aériens jouaient un rôle critique dans cette guerre. Chaque jour, les Alliés larguaient de nouveaux régiments de parachutistes en Allemagne, en Italie et en France. Au vu de son âge et de son rang, il était peu probable, en effet, que Robert soit appelé à les rejoindre. Il avait brièvement été question de le rattacher à une unité en partance pour l'Angleterre qui devait prêter main-forte à la Royal Air Force, mais le projet avait été abandonné.

Deux années plus tard, cependant, Robert embarqua pour l'Europe et, au mois de mars 1944, il prit part au débarquement sur les plages de Normandie auprès de cent cinquante mille hommes de tous horizons, américains, canadiens et britanniques. Ensemble, ils libérèrent la France village après village. Au début de l'année 1945, en Allemagne, Robert découvrit l'horreur indicible des camps de concentration. Cette expérience devait le marquer pour toute la vie. S'il atteignit Auschwitz après la libération du camp par les Russes, il intégra ensuite le bataillon qui libéra Dachau. Les détenus, squelettiques, agonisants, expiraient dans les bras des soldats hébétés qui se démenaient en vain pour leur porter secours. Ils étaient arrivés trop tard. Les corps s'amoncelaient dans des charniers, quand ils ne jonchaient pas le sol. Les dernières illusions de Robert s'envolèrent. Il s'était cru lucide en ce qui concernait la nature de la guerre et celle du Führer ; force lui fut de constater qu'il était loin du compte. Les atrocités commises par Adolf Hitler méritaient le nom de crimes contre l'humanité.

La France fut libérée. L'Allemagne capitula. Avant de rentrer au pays, Robert se porta volontaire pour participer aux procès des criminels de guerre nazis lorsque ceux-ci auraient lieu. De retour à New York, il exposa ses motivations à sa femme et à ses parents. Il ne pouvait pas rester les bras croisés. Il devait contribuer, à hauteur de ses moyens, à l'œuvre de la Justice ! Janet, comme toujours, se soumit à sa volonté. Bill y était moins disposé. L'absence de son principal associé commençait à se faire sentir au cabinet. Or Bill venait d'être nommé juge fédéral. Le remplaçant de Robert était compétent et saurait faire tourner la maison, mais Bill aurait préféré la savoir aux mains d'un McKenzie.

— Si ta candidature est retenue, tu comptes t'absenter longtemps ? demanda-t-il à son fils.

— Je l'ignore. Un an, peut-être deux.

Nul n'était en mesure d'estimer la durée des procès qui se profilaient.

Un mois après son retour à New York, Robert reçut la confirmation de son recrutement : il était bel et bien convoqué à Nuremberg. Il l'annonça à sa femme d'une voix chargée d'émotion. Janet, qui avait vu son mari pleurer en lui décrivant ce qu'il avait vu à Dachau, soutint sa décision. Quant à Bill, il lui faudrait se faire une raison.

Robert devait intégrer le Tribunal militaire international établi par les gouvernements américain, britannique, russe et français. Ensemble, ils avaient défini les règles et modalités des procès. Chacune des quatre nations alliées avait mis à disposition un juge et une équipe de procureurs (ainsi que quantité d'assistants) ; l'équipe américaine comptait à elle seule un total de six cent quarante enquêteurs, avocats, secrétaires et gardiens de prison. Ce fut elle qu'on chargea de prouver le bien-fondé du premier chef d'inculpation qui pesait contre les accusés : celui de conspiration pour commettre des crimes contre la paix, crimes de guerre et crimes contre l'humanité. Le Britannique sir Geoffrey Lawrence présidait le tribunal. On désigna les juges et les procureurs – bientôt, Robert en serait.

Contrairement à la plupart de ses compatriotes, il tenait à faire venir en Allemagne sa femme et son enfant et, à force de négociations, il en obtint l'autorisation. On lui fournit un logement de fonction à même de les héberger tous les trois. L'annonce du déménagement fut pour la petite Meredith, désormais âgée de 9 ans, un vrai coup de massue. Elle n'avait aucune envie de quitter son école et ses amis. Son grand-père, pour la consoler, lui glissa qu'elle avait de la chance : elle parlerait bientôt couramment l'allemand.

— Mais Grand-père, les Allemands, c'est des méchants ! C'est contre eux que Papa s'est battu !

— Tous les Allemands ne sont pas de mauvaises gens, répondit Bill à la fillette. Beaucoup d'entre eux ont souffert à cause des nazis. Les criminels de guerre doivent être punis, et ton père veut y contribuer. C'est une mission importante qu'on lui a confiée. Tu peux être fière de lui.

Cependant, la guerre allait affecter Meredith personnellement pour la première fois, et l'enfant avait peur.

— Je ne peux pas rester à la maison avec Addie ? supplia-t-elle.

Addie, la gouvernante, travaillait pour les McKenzie depuis la naissance de Merrie. Elle l'adorait, et la fillette le lui rendait bien. Son fils était mort à la guerre et ses deux filles étaient grandes, si bien qu'elle la couvait comme sa propre enfant. Merrie n'aimait rien tant que l'aider à écosser les petits pois ou à équeuter les haricots. Il avait été convenu qu'Addie continuerait d'entretenir l'appartement jusqu'au retour de ses employeurs. Mais il paraissait si lointain !

— Et si j'oublie tout mon anglais ? s'affola Meredith. Et d'abord, où est-ce que j'irai à l'école ?

Ses parents et grands-parents lui resservaient sans arrêt le même laïus : ce déménagement était une occasion en or, elle allait découvrir le vaste monde, son papa allait aider une foule de gens, cette mission était un honneur. Merrie comprit qu'on ne lui demandait pas son avis.

Robert McKenzie se mit immédiatement en devoir d'apprendre la langue de Goethe, et il partit. Un mois plus tard, Janet et Meredith le rejoignirent à Nuremberg. Robert s'était vu attribuer une maisonnette qui respirait l'ordre et la propreté. La propriétaire, une veuve, occupait le sous-sol aménagé. Elle ne parlait pas un mot d'anglais, mais confectionnait de délicieux sablés et elle recommanda à ses locataires une jeune fille du voisinage, une certaine Anna, qui fut promptement embauchée comme femme à tout faire. Anna avait perdu à la guerre son père et ses trois frères ; restée avec une mère infirme à charge, elle travaillait dur et se montrait pleine de reconnaissance envers ses employeurs. Robert la pria d'enseigner l'allemand à sa fille. Dans un premier temps, Meredith pourrait bénéficier des cours mis en place par l'armée américaine mais, si le séjour se prolongeait, Robert espérait à terme lui faire intégrer le système scolaire allemand – une idée qui rebutait profondément Merrie.

Au début, la petite traita Fräulein Anna avec réserve. Bien qu'amaigrie par les privations, celle-ci était pourtant jolie, avec ses nattes blondes, et elle se montrait pleine de bonne volonté. C'est d'un ton enjoué qu'elle s'appliquait à lui faire la conversation tout en lui enseignant le nom des objets du quotidien. Lorsque Janet tomba enceinte, six mois après leur arrivée, Anna lui proposa aussitôt ses services comme nounou.

La nouvelle ne fit qu'accroître le mécontentement de Merrie, qui se passait très bien de frères et sœurs. « J'espère au moins que ce sera une fille ! » déclara-t-elle avec humeur. Il fut question que Janet rentre accoucher aux États-Unis, car la guerre avait fortement ébranlé l'Allemagne, et de nombreux médecins avaient péri dans les camps de la mort. En outre, Janet avait des réticences à être suivie par un Allemand. Par chance, l'armée américaine lui prodigua tous les soins nécessaires et l'éventualité d'un retour à New York fut écartée. Janet n'aurait pas supporté de vivre sa grossesse si loin de son mari et, de son côté, Meredith commençait tout juste à se faire des amis : il aurait été injuste de l'arracher à sa nouvelle vie. D'autant que celle-ci semblait appelée à durer. Sans surprise, les procès se révélaient lourds et complexes. Le nombre des prévenus avait de quoi donner le tournis. Robert n'était pas près de rentrer chez lui.

Quand le terme de la grossesse de Janet arriva, Meredith avait parcouru beaucoup de chemin. Non seulement elle était bilingue, mais elle avait complètement adopté Anna. Elle ne protesta même pas quand on lui fit intégrer le système scolaire allemand, ainsi que le souhaitait son père.

Les McKenzie menaient à Nuremberg une existence simple et tranquille. À son propre étonnement, Janet ne s'y déplaisait pas. Au mois de mars 1946, elle accoucha sans encombre du petit Alexander, un beau garçon vif et potelé à souhait. Merrie, tombant instantanément sous son charme, lui pardonna son sexe et alla jusqu'à décréter qu'il était un peu son bébé, à elle aussi. Dès lors, elle saisit le moindre prétexte pour pouponner, aidant Fräulein Anna à langer et laver son frère. Plus tard, elle veilla sur les premiers pas du petit Alex qui, ravi de ce déluge d'affection, se mettait à glousser et à piailler d'excitation à la seule vue de sa grande sœur.

Les parents de Robert avaient franchi l'Atlantique pour faire la rencontre de leur petit-fils. Pendant leur séjour, Bill accompagna Robert tous les jours au palais de justice. Ce qu'il y entendit dépassait tout ce qu'il avait pu imaginer et il en resta profondément choqué. Robert lui-même devait parfois prendre son courage à deux mains pour se rendre au travail le matin. Seule la foi qu'il plaçait dans le sens de sa mission lui donnait la force de retourner jour après jour entendre de nouveaux témoignages. Son père, comprenant enfin la ferveur qui l'animait, renonça à ses efforts pour le faire rentrer. Le cabinet se passerait de Robert pendant le temps qu'il faudrait : à Nuremberg, l'avocat avait un rôle essentiel à jouer.

Bill surprit néanmoins son fils en lui faisant la suggestion suivante :

— Un de ces quatre, tu devrais emmener Merrie. On n'a pas tous les jours la chance d'assister à la marche de l'Histoire.

Robert manqua s'étrangler.

— Tu plaisantes, j'espère ?

Les récits des rescapés étaient atrocement imagés et détaillés, sans parler des pièces à conviction : extraits de films amateurs, photos... Bill n'avait encore rien vu !

— Tu veux la traumatiser à vie ? Papa, Merrie comprend l'allemand !

— C'est bien de ça qu'il s'agit : comprendre ! Le monde entier doit savoir ce qu'il s'est passé. Nul ne doit jamais l'oublier.

— Elle a 10 ans !

Robert frissonna. La cour s'était attardée récemment sur les expériences médicales auxquelles les médecins nazis se livraient sur leurs victimes. À ce jour, la cour avait condamné vingt-trois de ces bouchers, et les récits de leurs actes chirurgicaux contre-nature le hantaient.

— Si on ne veut pas que ça se reproduise, il faut le crier sur tous les toits, avait insisté Bill.

— Plus de trois cents correspondants issus de vingt-trois pays assurent la couverture médiatique de l'événement ! Et tous les jours, quatre cents visiteurs et des poussières assistent aux procès. Ça ne te suffit pas ?

Plus doucement, Robert ajouta :

— Je ne veux pas que ma fille de 10 ans sache de quoi l'homme est capable.

— Si tu veux qu'elle change le monde, elle doit apprendre à le connaître... tel qu'il est.

— Laisse Merrie en dehors de tes croisades.

— Elle aura les siennes, et plus tôt que tu ne le penses, lui rétorqua Bill. Du moins, je le lui souhaite. Les choses sont en train de bouger, Robert. Quand elle sera grande, les femmes auront voix au chapitre. Merrie aura peut-être son mot à dire, elle aussi ! Pourquoi rechignes-tu à l'instruire ?

— Janet et moi rêvons avant tout de confort et de sécurité pour notre fille. Est-ce si terrible de vouloir préserver son enfant des cruautés de la vie ? Quel besoin Merrie aurait-elle de se faire le fer de lance de je ne sais quel combat ? Les femmes n'ont pas besoin de nobles causes à défendre. Elles contribuent à l'harmonie du monde en s'occupant des enfants et en tenant leur foyer, comme Janet le fait si bien pour moi.

Robert ne méprisait pas le beau sexe ; il exprimait simplement le fond de sa pensée. Mais son père ne l'entendait pas de cette oreille.

— Merrie est bourrée de talent ! Janet est comme ta mère : ce sont des ménagères-nées. Leur univers, c'est leur famille. Ma foi, c'est tout à leur honneur. Il n'y a rien de mal à aimer la décoration, la mode et les parties de bridge entre amies. Mais, Robert, est-ce vraiment la vie que tu souhaites à notre Meredith ? Allons ! Elle est bien trop intelligente ! C'est le moment de faire fructifier son potentiel, de lui ouvrir les yeux sur les multiples autres voies qui pourraient s'offrir à elle...

— ... et qui ne la rendront pas heureuse, lui rétorqua Robert. À force de l'inciter à sauver le monde, tu vas nous en faire une Jeanne d'Arc des temps modernes ! Une justicière, ou que sais-je. Le résultat, c'est qu'elle ne trouvera jamais de mari et n'aura pas d'enfants. Je sais ce que tu vas me dire : c'est son droit, certaines femmes font ce choix. Peut-être, mais ne l'impose pas à ma fille. Sa mère et moi ne voulons pas qu'elle commette ce... ce sacrifice. Je ne le permettrai pas. Toi, tu es un homme, tu peux faire ce que bon te semble ! Pour les femmes, c'est différent.

Bill et Robert s'affrontaient fréquemment sur la question de l'avenir de Meredith. Robert craignait que, influencée par son grand-père chéri, Merrie n'immole son bonheur sur l'autel de ses ambitions. Bill était d'avis que le jeu en valait la chandelle.

— Il faut vivre avec son temps, Robert, grommela son père. Tu ne l'as peut-être pas remarqué, mais le monde a déjà changé. Les femmes ont aujourd'hui une voix et ne demandent qu'à la faire entendre.

— Tu te trompes. Quand nous rentrerons à New York, Meredith ira à l'université, comme sa mère, puis elle se mariera. Tu n'en feras pas une marginale.

— Quel gâchis ! Tu as la chance d'avoir une enfant maline et curieuse de tout et tu voudrais la vouer à une existence de ménagère ! Coincée entre le bébé et la planche à repasser ! Le monde a besoin d'héroïnes, Robert, pas seulement de héros. Moi, quand je te regarde aujourd'hui...

Il eut un geste. Il était fier de son fils, de ses engagements. Il brûlait de voir la petite Merrie prendre la relève, un jour. Quelles que soient les craintes et les objections de ses proches.

— Mes engagements ne m'ont pas coûté ma vie de famille, s'entêta cependant Robert. Tu veux forger une âme de révolutionnaire dans notre lignée ? Patiente quelques années et concentre-toi sur Alex. Mais laisse ma fille tranquille.

Le mal était fait : les graines semées par Bill avaient germé et déjà l'amour de l'indépendance bourgeonnait dans le cœur de la fillette. Elle serinait à Anna qu'un jour elle serait avocate, pour redresser les torts et défendre les innocents, comme les Juifs d'Allemagne. Mal à l'aise, Anna lui jurait ses grands dieux que nul n'avait su ce qu'il se tramait réellement pendant la guerre. Robert ne cachait pas son scepticisme sur le sujet. Les citoyens allemands avaient vu des femmes et des enfants arrachés à leur domicile, des familles entières jetées dans des fourgons à bestiaux et emportées vers l'est, direction les camps de la mort. D'après lui, les Allemands en savaient plus long qu'ils ne voulaient bien l'admettre. Mais pour en assumer la responsabilité, on ne se bousculait pas au portillon ! C'était, insistait Robert, la raison de sa présence à Nuremberg. Depuis que les Alliés avaient révélé au monde l'ampleur des monstruosités commises, le déni n'était plus une option.

La famille McKenzie passa quatre ans en Allemagne. Meredith s'y épanouissait. Elle adorait son école et y comptait de nombreux amis. Quand les procès prirent fin et qu'il fallut à nouveau la déraciner, elle en eut le cœur brisé. À 13 ans, on l'aurait prise pour une jeune Allemande. Son petit frère n'était pas en reste, et même Janet avait acquis des bases assez solides pour se débrouiller au marché et dans les magasins. Quant à Robert, abreuvé d'allemand quotidiennement depuis quatre ans, il parlait presque sans accent.

Il n'avait pas perdu son temps. Quantité d'anciens nazis avaient été condamnés à la prison à perpétuité ou à la peine capitale. Mais Robert ne se faisait pas d'illusions : les exécutions ne ressusciteraient pas les milliers de victimes. Ces crimes étaient innommables ; le mal, irréparable. D'ailleurs, Meredith, qui avait grandi bercée par leurs récits, en savait sans doute un peu trop pour une petite demoiselle de son âge.

Quoi qu'il en soit, la mission de Robert finit par s'achever, et le jour des adieux arriva.

Ce fut une triste journée. Meredith avait supplié Fräulein Anna de les accompagner à New York, mais celle-ci s'était fiancée à un Allemand mutilé à la guerre ; après la noce, elle travaillerait dans la boulangerie de ses beaux-parents. Lentement, timidement, l'Allemagne émergeait des décombres. Les gravats des immeubles ravagés par les bombes avaient été évacués et les forces alliées aidaient à la reconstruction.

Les McKenzie n'auraient jamais pensé, quatre ans auparavant, qu'il leur serait si douloureux de quitter leur pays d'adoption. Contre toute attente, ils s'y étaient beaucoup plu. Pendant les grandes vacances, ils avaient visité Paris, Londres et le nord de l'Italie. Partout régnait un climat d'espoir et de renouveau. Meredith en particulier se sentait chez elle en Europe, et elle déploya un vaste arsenal d'arguments pour persuader ses parents de rester. New York ne recelait aucun attrait à ses yeux, et son futur lycée – un établissement pour jeunes filles tenu par des sœurs – encore moins. Mais Robert ne pouvait pas prolonger son absence. Le président Truman venait de faire à Bill un immense honneur en le nommant juge à la Cour suprême, et Robert allait devoir reprendre les rênes du cabinet, que cela plaise ou non à Merrie.

Anna accompagna les McKenzie jusqu'à l'aéroport militaire de Tempelhof. Au moment des adieux, elle pleura avec les enfants. Pour la deuxième fois de sa courte vie, Meredith se voyait catapultée dans l'inconnu. Elle avait tout oublié des États-Unis, où elle n'était retournée qu'en une seule occasion au cours des quatre années précédentes. Une perspective la réjouissait : elle allait assister à l'investiture de son grand-père à la Cour suprême. Dans sa dernière lettre, il lui avait promis de lui faire visiter les lieux après la cérémonie.

Robert embrassa l'Allemagne du regard une dernière fois, plein du sentiment du devoir accompli. Il avait apporté sa pierre à l'édifice et aidé ce pays meurtri qui l'avait accueilli avec respect et reconnaissance ; c'était sa plus grande fierté. Une existence moins harassante lui tendait à présent les bras et il n'en était pas fâché. Il avait soif de tranquillité. Bientôt, rendu à la vie civile, il pourrait consacrer davantage de temps à sa famille. Au cabinet, il recommencerait à aider ses clients à gérer leur patrimoine et leurs investissements. En d'autres termes, après sept longues années, la guerre prendrait réellement fin pour lui.

Meredith ne partageait pas l'optimisme de son père. Affligée, elle demeura mutique pendant toute la durée de leur vol.

Ce fut Addie, la gouvernante, qui lui redonna le sourire. Fidèle au poste, celle-ci attendait ses employeurs sur le seuil de l'appartement. Elle n'avait pas changé, ou alors à peine : une ride ici, quelques rondeurs là. Apercevant sa petite chérie, elle lui ouvrit grand ses bras et, après une seconde d'hésitation, Merrie se lova contre elle comme si elle l'avait quittée la veille.

— Tu m'as manqué, ma puce, roucoula Addie en l'enserrant dans une étreinte qui fit ressurgir mille souvenirs dans la mémoire de la jeune fille.

Puis Addie la saisit par les épaules et tendit les bras pour mieux l'admirer.

— Ma parole, tu as poussé comme un champignon !

Meredith était entrée dans l'adolescence. Grande et brune, sophistiquée à la mode des Européennes, elle arborait en outre une coupe au bol du dernier cri qui la faisait paraître plus que son âge. Avec ses jambes fuselées, elle ressemblait à une pouliche.

— Tu vas faire tourner les têtes, commenta Addie, radieuse.

C'était indéniable : Merrie était jolie.

La gouvernante avait préparé une collation pour les voyageurs fatigués. Le jeune Alex engloutit les sandwichs en la fixant avec curiosité. Une fois rassasié, il la remercia en allemand.

— En anglais, Alex, le reprit sa mère, amusée.

Alex obtempéra et se mit à chercher Anna. Ne la voyant nulle part, il fondit en larmes et Meredith monta avec lui pour le border, dans le petit lit où il avait déjà couché pendant les vacances des McKenzie à New York. Puis, accroupie dans l'escalier, la jeune fille écouta en cachette la conversation de ses parents. Ils égrenaient à mi-voix une longue liste de tâches à accomplir au cours des prochains jours pour permettre à chacun de prendre ses marques. Plus Merrie les écoutait, plus elle se languissait de l'Allemagne. Sa langue quotidienne, ses amies lui manquaient déjà. L'appartement de Park Avenue était beau, mais il ne lui était pas plus familier que les gratte-ciel qui l'encerclaient. Elle était devenue une étrangère en son propre pays.

Tout à la logistique du retour, Robert et Janet furent aveugles au mal-être de leur fille. Mais celui-ci n'échappa pas à son grand-père, venu dès le lendemain avec son épouse souhaiter la bienvenue aux rapatriés.

— Tu dois te sentir un peu perdue, pas vrai ? supposa Bill.

Allergique aux circonvolutions, il allait toujours droit au but. Or, quelque chose clochait chez sa petite-fille. Il ne l'avait pas vue depuis longtemps, certes, mais il la connaissait comme s'il l'avait faite et, du reste, Bill McKenzie était doué d'excellentes facultés d'observation.

— Je ne me sens pas chez moi, ici, lui répondit Merrie sans fard. L'Allemagne me manque.

Son grand-père opina du chef. Dans leurs fauteuils, Robert et Janet accusaient la surprise.

— C'est tout naturel, leur dit Bill. Meredith est une citoyenne du monde, à présent. Tu retourneras en Allemagne, ma chérie, ne te tracasse pas. Peut-être que tu iras y passer un semestre quand tu feras tes études…

Meredith écarquilla les yeux. C'était dans une éternité !

— Avec un peu de chance, mon investiture te changera les idées, ajouta Bill. Tu sais, on prend des décisions sacrément importantes, à la Cour suprême. Tu es contente de visiter le monument ? Il est chargé d'Histoire.

— Oh, oui, Grand-père ! s'empressa de lui assurer Merrie. Nous sommes très fiers de toi, tu sais.

— Parle pour toi ! intervint Robert, taquin. Qu'est-ce que je vais dire aux copains ?

Bill était un démocrate convaincu tandis que Robert était fidèle au parti républicain.

— Tu leur diras qu'ils ont de la chance de m'avoir !
Sans nous, les démocrates, le pays sombrerait dans un
nouvel âge des ténèbres. Le monde a changé, Bobby, il
faut vivre avec son temps. Je n'ai pas raison, Merrie ?

Elle lui sourit.

— Tu sais pourquoi j'ai accepté la nomination,
n'est-ce pas ? l'interrogea son grand-père.

La question la décontenança.

— Pour prendre des décisions concernant l'applica-
tion des lois ? lui répondit-elle, incertaine.

Il hocha la tête.

— C'est exact. Mais, avant tout, j'ai accepté parce
que je veux me battre pour la noble cause. Mon but
dans la vie est de défendre les plus démunis et de
protéger les gens de la discrimination. Dans la vie,
Meredith, il faut toujours se battre pour ce qui est juste.
Je sais que je peux compter sur toi pour ça.

Meredith en rosit de plaisir, et Bill vint nouer un bras
autour de ses épaules. Il avait toujours été son héros.
Robert peinait à masquer son exaspération.

— Tu ne changes jamais de disque, Papa ?

Bill éclata de rire.

— Le changement, parlons-en ! Primo, je m'apprête
à changer de métier. Deuxio, le pays est en train de
subir des transformations de fond. Je te prédis que,
dans les vingt prochaines années, nous assisterons à
plus de bouleversements que le pays n'en a jamais vu.
Le train du changement est en marche et je n'ai pas
l'intention de rester sur le quai !

Robert se renfrogna. Son parcours était diamétrale-
ment opposé à celui de son père. Sur le plan professionnel, il s'apprêtait à réintégrer son ancien poste. Il avait

repris ses quartiers dans son appartement d'avant-guerre, avec tout ce que cela supposait de confort et d'habitudes bien ancrées. Loin de chercher à révolutionner le pays, Robert s'apprêtait à redevenir le porte-flambeau de vieilles traditions et, de son point de vue, le monde marchait sur la tête. N'aurait-il pas été plus naturel que son père défende les valeurs des générations passées et que lui, le fils, le sang neuf, combatte pour l'avènement de la modernité avec l'ardeur de la jeunesse ? Mais cela n'était pas dans leur tempérament.

— La volonté de faire le bien coule dans les veines de ce pays, rappela Bill à sa famille. C'est cela, être américain : défendre la veuve et l'orphelin, aider les défavorisés, se battre pour ceux qui n'en possèdent pas les moyens.

En prononçant ces mots, il fixait sa petite-fille, qui l'écoutait religieusement. Son discours n'était pas tombé dans l'oreille d'une sourde, Bill en aurait mis sa main à couper. Quels que soient les desiderata de ses parents, Meredith ne deviendrait jamais un chantre de la tradition. Un feu inextinguible brûlait dans le sein de cette enfant, et le nouveau juge à la Cour suprême des États-Unis d'Amérique avait la ferme intention de l'attiser.

Vous avez aimé ce livre ?
Vous souhaitez en savoir plus sur Danielle STEEL ?
Devenez, gratuitement et sans engagement, membre du
CLUB DES AMIS DE DANIELLE STEEL
et recevez une photo en couleurs.

Pour cela il suffit de vous inscrire sur le site
www.danielle-steel.fr

Club des Amis de Danielle Steel
au 92, Avenue de France – 75013 Paris

La liste de tous les romans de Danielle Steel disponibles
chez Pocket se trouve au début de cet ouvrage. Si un ou
plusieurs titres vous manquent, commandez-les à votre
libraire.

Cet ouvrage a été composé et mis en page
par Nord Compo à Villeneuve-d'Ascq

Imprimé en France par CPI
en décembre 2021
N° d'impression : 3045792

Pocket – 92 avenue de France, 75013 PARIS

S32211/01